무지개 사냥 1

일러두기

1. 모본의 발간 당시의 내용을 그대로 살리되 편집상의 오류를 바로잡고 기본 맞춤법은 오늘에 맞게 수정했다.

2. 인명·지명·서명·식물명 등은 원무의 것을 그대로 살리되, 독자의 이해를 위해 현대식으로 표기하거나 현대식 표기를 병기한 경우도 있다.

이병주 장편소설

무지개 사냥 1

이병주 지음

바이북스
ByBooks

왜 지금 여기서 다시 이병주인가

탄생 100주년에 이른 불후의 작가

백년에 한 사람 날까 말까 한 작가가 있다. 이를 일러 불세출의 작가라 한다. 나림 이병주 선생은 감히 그와 같은 수식어를 붙여 불러도 좋을 만한 면모를 갖추었다. 그의 소설은 『관부연락선』, 『산하』, 『지리산』, 『그해 5월』 등을 통하여, 한국 현대사를 매우 사실적이고 설득력 있게 문학이라는 그릇에 담아낸다. 동시에 「소설·알렉산드리아」, 『행복어사전』 등을 통하여, 동시대 삶의 행간에 묻힌 인간사의 진실을 '신화문학론'의 상상력을 활용하여 문학의 그물로 걸어 올린다.

그의 소설이 보여 주는 주제 의식은 그야말로 백화난만한 화원처럼 다양하게 펼쳐져 있다. 『예낭 풍물지』나 『철학적 살인』 같은 창작집에 수록되어있는 초기 작품의 지적 실험성이 짙은 분위기와 관념적 탐색의 정신으로부터, 시대와 역사 소재의 작품에서 볼 수 있는 숨겨진 사실들의 진정성에 대한 추적과 문학적 변용, 현대사회 속에서의 다양한 삶의 절목(節目)과 그에 대한 구체적 세부의 형상력 등을 금방이라도 나열할 수 있다.

　더욱이 현대사회의 삶을 주된 바탕으로 하는 작품들에서는, 천차만별의 창작 경향을 만날 수 있다. 1980년대 이후에는 『허망의 정열』, 『그 테러리스트를 위한 만사』 등의 창작집에서 역사적 사건과 현실 생활을 연계한 중편이나 함축성 있는 단편들을 볼 수 있는데, 여기에까지 이르면 이미 그의 작품에 세상을 입체적으로 바라보는 원숙한 관점과 잡다한 일상사에서 초탈한 달관의 의식이 깃들어 있다.

　이병주는 분량이 크지 않은 작품을 정교한 짜임새로 구성하는 능력이 뛰어나지만, 그보다 부피가 장대한 대하소설을 유연하게 펼쳐 나가는 데 훨씬 더 탁월하다. 일찍이 그가 도스토옙스키의 『죄와 벌』을 읽고 그 마력에 사로잡혔다고 고백한 것도 이 점에 견주어 볼 때 자못 의미심장하게 여겨진다. 길다면 길고 짧다면 짧은 한국 현대문학사에서 이병주와 같은 유형의 작가는 좀처럼 다시 발견되지 않는다.

　그 자신이 소설보다 더 파란만장한 생애를 살았던 체험의 역사성, 박학다식과 박람강기를 수렴한 유장한 문면, 어느 작가도 흉내 내기 어려운 이야기의 재미, 웅혼한 스케일과 박진감 넘치는 구성 등이 그의 소설 세계를 떠받치고 있다면, 그에게 '한국의 발자크'라는 명호를 부여해도 그다지 어색할 바 없다. 발자크가 19세기 서구 리얼리즘의 대표 작가인 때, 이병주는 20세기 한국 실록 대하소설의 대표 작가다. 그가 일찍이 책상 앞에 "나폴레옹 앞에는 알프스가 있고 내 앞에는 발자크가 있다"고 써 붙였던 사실은 널리 알려져 있다.

거기에다 그가 남긴 문학의 분량이 단행본 1백 권에 육박하고 또 이들이 저마다 남다른 감동의 문양(紋樣)을 생산하는 형편이고 보면, 이는 불철주야의 노력과 불세출의 천재가 행복하게 악수한 사례에 해당한다. 그럼에도 불구하고 그는 우리 사회의 고질적인 학연이나 지연, 그리고 일부 부분적인 '태작(駄作)'의 영향으로 정당한 평가를 받지 못했다. 요컨대 그는 그렇게 허망하게 역사의 갈피 속에 묻혀서는 안 될 작가이며, 그에 대한 정당한 평가는 한 작가가 필생의 공력으로 이룩한 문학적 성과를 올곧게 수용해야 마땅한 한국문학의 책무이기도 하다.

그래서 지금 여기서, 다시 이병주인 것이다. 마치 허만 멜빌의『모비딕』이 그의 탄생 1백 주년 기념행사를 통해 다시 세상에 드러났듯이, 우리는 그가 이 땅에 온 지 꼭 100년, 또 유명(幽明)을 달리한 지 29년에 이르러 그의 '천재'와 '노력'을 다시 조명해 보아야 한다. 진보와 보수의 이념적 성향이나 문학과 비문학의 장르적 구분, 중앙과 지방의 지역적 차이를 넘어 온전히 그의 문학을 기리고 사랑하는 마음을 앞세워서 '이병주기념사업회'가 발족 되었던 것은, 바로 이러한 당위적인 일들을 감당하기 위해서였다.

미상불 그의 작품세계가 포괄하고 있는 이야기의 부피를 서재에 두면, 독자 스스로 하루의 일을 마치고 귀가하는 발걸음을 재촉할 것이다. 더 나아가 물질문명의 위력 앞에 위축되고 미소한 세계관에 침몰한 우리 시대의 갑남을녀(甲男乙女)들에게, 그의 소설이 거대담론의 기개를 회복하고 굳어버린 인식의 벽을 부수는 상상력의 힘, 인간관계의 지혜와 처세의 경륜을 새롭게 불러오리라 확신하는 바이다.

2021년 나림 탄생 100주년 기념사업의 일환으로 지난해 7월부터 진행해온 '이병주 문학선집' 발간 준비작업이 여러 과정을 거쳐 작품 선정 작업을 완료하고 대상 작품에 대한 출간 작업에 들어갔다. 작품 선정은 가급적 기 발간된 도서와 중복을 피하고, 재출간된 도서들이 주로 역사 소재의 소설들임을 감안하여 대중성이 강한 작품에 중점을 두기로 했다. 이를 위해 한길사 전집 30권, 바이북스 및 문학의숲 발간 25권을 기본 참고도서로 하여 선정 및 편집을 진행했다.

그동안 지원기관인 하동군의 호응과 이병주문학관의 열의, 그리고 편찬위원 및 기획위원들의 적극적인 작품 추천 작업 참여, 유족 대표인 이권기 교수 및 기념사업회 운영위원 고승철 작가 등 여러분의 충심 어린 조언과 지원에 힘입어 이와 같은 성과를 얻게 되었다. 역사 소재의 작품들에 이어 대중문학의 정점에 이른 작품들을 엄선한 '이병주 문학선집'이 독자 제현의 기대와 기쁨이 되기를 기원한다.

이병주기념사업회에서는 이 선집 발간을 위하여 〈편찬위원회〉를 구성하고 편찬위원장에 임헌영(문학평론가, 민족문제연구소 소장) 씨를 모시고, 편찬위원으로 김인환(문학평론가, 전 고려대 교수), 김언종(한

문학자, 전 고려대 교수), 김종회(문학평론가, 전 경희대 교수), 김주성(소설가, 이병주기념사업회 사무총장), 이승하(시인, 중앙대 교수), 김용희(소설가, 평택대 교수), 최영욱(시인, 이병주문학관 관장) 제 씨를 위촉했다. 이와 함께 기획위원으로 손혜숙(이병주 연구자, 한남대 교수), 정미진(이병주 연구자, 경상대 교수) 두 분이 참여했다.

이 선집은 모두 12권으로 구성되어 있으며, 선정 작품 목록은 다음과 같다. 중·단편 선집 『삐에로와 국화』 한 권에 「내 마음은 돌이 아니다」(단편), 「삐에로와 국화」(단편), 「8월의 사상」(단편), 「서울은 천국」(중편), 「백로선생」(중편), 「화산의 월, 역성의 풍」(중편) 등 6편의 작품이 실려 있다. 그리고 장편소설이 『허상과 장미』(1·2, 2권), 『여로의 끝』, 『낙엽』, 『꽃의 이름을 물었더니』, 『무지개 사냥』(1·2, 2권), 『미완의 극』(1·2, 2권) 등 6편 9권으로 되어 있다. 또한 에세이집으로 『자아와 세계의 만남』, 『산을 생각한다』 등 2권이 있다.

이병주기념사업회와 편찬위원들은 이 12권의 선집이 단순히 한 작가의 지난 작품을 다시 볼 수 있도록 재출간한다는 평면적 사실을 넘어서, 우리가 이 불후의 작가를 기리면서 그 작품을 우리 시대에 좋은 소설의 교범으로 읽고 즐거워할 수 있는 하나의 본보기가 되었으면 한다. 역사적 삶의 교훈과 더불어 일상 속의 체험들에 의미를 부여할 수 있는 유익한 길잡이로서의 문학이 되었으면 하는 것이다. 이 선집이 발간되기까지 애쓰고 수고한 손길들, 윤상기 군수

님을 비롯한 하동군 관계자들, 특히 이 일이 진행될 수 있도록 막후에서 모든 지원을 아끼지 않으신 이병주기념사업회의 이기수 공동대표님, 어려운 시절에 출간을 맡아주신 바이북스의 윤옥초 대표님께 깊이 감사드린다.

2021년 나림 탄생 100년의 해에

이병주 문학선집 편찬위원회 일동

무지개를 쫓는 것은 코르시카의 소년만이 아니다. 아시아에도 아프리카에도 소년들은 무지개를 쫓는다. 우리 한국도 예외일 수가 없다.

무지개는 또한 갖가지 빛깔을 가진다. 권력의 빛깔, 재화(財貨)의 빛깔, 혁명의 빛깔, 예술의 빛깔, 또는 스포츠와 예능(藝能)의 빛깔, 사행(射倖)과 향락의 빛깔이기도 하다.

사람이란 거개가 스스로의 무지개를 쫓고 있다는 것은 제마다 꿈을 간직하고 있다는 뜻으로 되겠지만, 인생 자체가 무지개일 수밖에 없다는 시름도 고인다. 한때 창천에 아름다왔다가 흔적도 없어져 버리는 허망(虛妄)의 그림자 무지개! 인생도 마찬가지가 아닌가.

이 소설을 『무지개 사냥』이라고 한 것은 1970년대 한국의 무지개가 어떤 것인가를 알고 싶었으며, 무지개를 쫓는 군상(群像) 가운데 특히 애석한 사람이 있었기 때문이다. 나는 이 소설을 동아일보에 〈무지개 硏究〉라는 제목으로 연재하기에 앞서 다음과 같은 글을 썼다.

"역사 속의 나폴레옹은 하나이지만 세상엔 적잖은 나폴레옹이 있다. 나폴레옹이란 원래 거창한 야심(野心)의 좌절이다. 나는 결국 하나의 나폴레옹을 쓸 참인데, 물론 그의 야심은 원형(原型) 나폴레옹에 비할 바가 아니고 그 좌절도 워털루의 장절(壯絶)을 닮지 못한다. 하지만 원형 나폴레옹이 선악(善惡)의 피안(彼岸)에 있듯이 내가 그리려는 나폴레옹도 선악의 피안에 있다.

나의 나폴레옹의 이름은 위한림(韋漢林), 그는 무지개를 쫓는 사람이며, 무지개를 다리로 하여 어디엔가에 이르러 보겠다고 시도한 사나이다.

한 개 또는 두세 개의 유형으로 시대상을 검증해 보겠다는 것은 오만불손한 수작이겠지만, 나는 위한림과 그를 둘러싼 사람들을 통해 한 시대 즉, 70년대의 병리를 조명해 볼 수 있지 않을까 한다. 70년대의 병리가 80년대와 무관하지 않다면, 만일 이 작품이 성공했을 경우 뜻밖에 유익할 수도 있을 것이다.

그런데 만만찮은 곤란이 예상되는 것은 모델에 관한 문제이다. 이 작품엔 분명히 모델이 있지만, 그렇다고 해서 그 인물의 전체적 초상(肖像)이 아니다. 사실보다 허구(虛構)의 부문이 많을지 모른다. 그러니 주인공 위한림은 어디까지나 작중 인물로서만 보아 주기 바란다……."

이렇게 썼시만 모델로 된 인물의 개성이 의외에도 강렬해서 자칫

하면 실사(實寫)에 가까워지려는 경향을 나는 어쩔 수가 없었다. 그만큼 모델은 매력 있는 인물이었을 것이다. 그렇더라도 작중 인물과 모델은 결코 동일하지가 않다.

70년대 한국의 기업 풍토는 모두가 다 그런 것은 아니었지만, 돈을 번다는 것이 어느 경우 범죄 행위와 비슷한 사례가 있었을 만큼 치열하기 짝이 없었다. 성공하면 범죄성은 사라져 성공자의 면목이 빛나는데 일단 실패하면, 그 순수했던 포부마저 범죄의 시궁창에 빠져 드는 냉혹한 현실이기도 했다.

그런데 실패했기 때문에, 그리고 오욕(汚辱)의 시궁창에 빠졌기 때문에 빛나는 인간성이 발견되었다는 기적과도 같은 사실이 있기도 한 것이다. '선'(善)이란 글자가 모조리 위선(僞善)의 뜻으로 강세(强勢)를 부려 심지어는 '악할 선'이 되어버린 듯한 상황에서 보면 하나의 인간이 인간으로서 구출되기 위해 그러한 실패와 좌절이 필요했던 것인가 하는 느낌마저 든다. 이러한 구제와 구출이 오직 문학으로만 가능하다는 것은 문학의 영광이기도 하면서 문학이 짊어진 십자가이기도 하다.

지금도 무지개를 쫓는 많은 사람이 있고, 무(無)에서 유(有)를 만들어 내려는 연금술사(錬金術師)들이 있다. 그 때문에 성실(誠實)이 아직 교육적인 광휘를 잃지 않고 있기도 하지만, 허수(虛數)없인 대수학이 성립될 수 없는 사정을 닮아, 성실만 가진 야심은 고등수학적 세계에서 주판을 들고 얼쩡거리는 산술인의 몰골일 수밖에 없다.

아무튼 나는 위한림의 발자취를 더듬어볼 작정이다. 그의 파란만
장한 행로에서 어쩌면 '착한 악인'을 발견할지 모르고, 센트 헬레나
에서 살아 돌아오는 나폴레옹을 만날지도 모르는 것이다.

끝으로 한 가지 양해를 구하고 싶은 것은 『무지개 연구(研究)』라
는 제목으로《동아일보》에 연재했던 것을 출판사의 요청에 의해『무
지개 사냥』으로 바뀌었음을 밝혀둔다.

1985년 5월 중순

지은이

1권 차례

감상의 꽃그늘에서

누구의 서울도 아닌 바로 나의 서울에서 사는 데도 백주의 서울 거리는 나를 지치게 한다.

범람 상태를 이루는 있는 통행인들은 피할 곳을 찾아 광분하는 피난민들의 몰골을 닮았고, 빽빽이 길을 메워 느릿느릿 움직이고 있는 자동차의 홍수는 만성 체증을 앓고 있는 위장을 방불케 한다. 수십 층 빌딩과 단층 판잣집으로 된 앙상한 고저는 친화력의 단절일 수밖에 없고, 그 잡다하고 너절한 간판의 형형색색은 상술조차도 아닌 물욕의 노출일 뿐이다. 그리고 공기는 무겁고 탁하다.

이처럼 지극히 산문적이고 추잡한 거리가 어둠이 깔리기만 하면 아연 로마네스크한 분위기를 풍기며 생기를 되찾는다. 피난민 같았던 몰골의 군중들이 축제에 참가한 하객들처럼 잔치에 초대 받은 손님들로 변신한다. 그것은 네온의 빛깔에 현혹된 때문만이 아니고, 술의 유인, 미녀의 유혹 때문만도 아니고 아직까지 나이값을 제대로 못하는 내 감상적 기분의 탓일 것이다.

아무튼 언제부터인가 야행성을 익히게 된 나는 한동안, 역사적 기술법을 빌면, 제3공화국의 전성기인 어느 시절, 거의 매일 밤 관철동(貫鐵洞) 한 구석에 있는 '사슴'이란 술집에서 두세 시간을 보내는 것을 습성으로 하고 있었다. 그 술집의 이름이 굳이 사슴이라야 할 근거를 찾는다면 화장실로 통하는 문에서 왼쪽으로 구석진 벽에 노천명(盧天命)의 시(詩), '사슴'이 우인(雨人)이란 아호를 가진 노 문인의 필적으로 액자가 되어 걸려 있다는 사실밖엔 없다.

그런데 나는 아직도

'모가지가 길어서 슬픈……'

운운하는 글자의 나열이 어떻게 해서 시(詩)일 수 있는 것인지 납득하질 못하고 있다.

모가지가 길다는 것만으론 시가 될 수 없다는 것은 황새의 모가지도 길고 기린의 모가지는 더욱 길지만 슬프다고 할 수 없을뿐더러 설혹 슬프다고 해도 노천명의 〈사슴〉에 적은 사연이나 상(想)으로서 시가 될 수 없다는 고집 같은 관념이 나에게 있기 때문이다.

그러니까, 그 술집의 이름이 '사슴'이란 데서 내가 그 집에 단골로 드나든 것은 분명 아니다. 그렇다면, 서울의 그 하고 많은 다른 술집을 다 제쳐놓고 하필이면 나는 왜 그 집에 일참하듯 했을까. 이제 그 이유를 털어놓지 못할 바도 아니다. 아니, 어쩌면 역시적 회상(歷史的 回想)으로 볼 수도 있을 것이니 그만한 쑥스러움 정도는 견디어야 할 필요가 있을지도 모른다.

17

먼 훗날 제3공화국의 문학사(文學史) 또는 사상사가 야담화(野談化)할 경우, 혹시 이 '사슴'이 심심찮은 화재(話材)가 될지 모르기 때문이다. 그렇다고 해서 이러한 역사를 선취(先取)할 위의 계산 속으로 내가 '사슴'의 단골이 된 것은 아니다.

이유는 간단하다. 그 집에 미스 리란 처녀 마담이 있었다. 정확하게 말하면 미스 리란 처녀가 그 술집의 주인이었다.

내가 알았을 때만 해도 미스 리는 관철동 그 바닥에서만도 10년이 넘도록 여왕처럼 군림하고 있었다니까 나이는 이미 30세를 넘어 있었을 것이었고, 처녀라고는 하지만 특수할 클리닝술에 의해서 유지한 일종의 청결에 불과했던 것인지도 모른다.

그런데 그무렵 내 눈에 비친 미스 리의 나이는 소녀와 숙녀 사이라는 그 간드러진 연령의 경계선을 넘어선 것 같지 않았고, 어떤 처녀도 닮아 볼 수 없는 청순한 품위라서 그녀의 처녀성에 티끌만한 의혹의 여지도 없었다. 이를테면 침묵하고 있을 때의 그녀는 모닝글로리를 닮은 화사한 청순함이었던 것이다.

이러한 감상이 결코 나만의 것이 아니었다는 것은 그곳에 모여드는 손님들의 언동으로써도 알 수 있었다. 잘난 얼굴의 여자는 대부분 냉정한 구석이 있는 법인데 미스 리의 경우는 그렇지가 않았다. 그 얼굴에서, 몸매에서 정이 안개처럼 피어오르고 있었다. 홀 어딘가에 그녀가 있다는 것만으로도 훈훈한 정서가 흐르고 있는 느낌이었다.

어느 때부터인가 나는 그녀를 '온양댁'이라고 불렀다. 교향이 온양이라고 듣고 명명한 것이지만, 언제나 싱그럽고 청순한 처녀적인 인상에 대한 심술의 작용도 물론 있었다.

키는 160센티, 체중은 50킬로 안팎인 팔등신, 눈은 그레이스 켈리, 코는 일레느 드몬조, 입술은 마릴린 먼로이며, 목은 소피아 로렌, 가슴은 지나 롤로브리지다. 이빨은 잉그리드 버그먼, 대충 이러한 구색이 고적적으로 단정한 윤곽에 맡겨진, 여신이 질투할 만한 이 미모의 여자를 "온양댁!" 하고 시골 냄새가 물씬한 이름으로 불러보는 것은 통쾌하기 짝이 없는 노릇이다.

처음 "온양댁!" 했을 때 그녀는 잉그리드 버그먼을 닮은 새하얀 이빨을 살큼 드러내며 웃고 눈을 째려 보는 시늉을 하더니, 두 번째는 "아이 참, 선생님두." 하며 토라진 체했고 세 번 네 번으로 거듭되자 순순히 "네! 네!" 하는 대답으로 되어 이윽고 '온양댁'이라는 이름이 정립을 보았다.

나는 미스 리만이 아니라 그 집에 있는 아가씨들을 각기 고향을 찾아 '제천댁' '청주댁' '나주댁' '원주댁'이란 이름으로 불렀다. 미스 리를 조금씩 닮아 모두들 발랄하고 순진하고 귀여운 처녀들은 이 어색한 택호(宅號)를 듣고 처음엔 얼굴을 찌푸리며 웃입술을 밀어내는 것 같더니 익숙해짐에 따라 다시 없는 애칭으로 여기게 된 모양이었다. '사슴'의 도어를 어깨로 밀고 들어서며 나는 "온양댁, 잘 있었나?" 하는 인사를 하고, 다음 "세천댁은?" 하고 눈으로 제천댁을 찾는다. 제천댁은 미스 한이란 스무 살 안팎의 처녀이다. 이를테면 나의 당번이다.

좌정을 하고 쭈욱 둘러보면 청주댁, 나주댁 할 것 없이 모두 눈인사를 보낸다. 그럴 때면 루이 15세가 '녹원(鹿苑 ; LA PARC AUX CERFS)'에 들어앉은 기분쯤으로 된다.

배경에 베를리오즈의 음악이, 모차르트의 음악이, 빈번하게 베토벤의 음악이 깔린다. 나의 서울 바이나이트는 가경으로 들어가는 것이다.

베르사이유 궁전의 한 곳에 자리잡은 루이 15세의 '녹원'은 비빈(妃嬪)을 비롯한 상류 사회의 미희들이 온갖 미술(媚術)과 색술(色術)을 다하여 현란과 음탕을 엮어낸 사상 최대의 환락향이었다지만, 서울 관철동의 '사슴'엔 미희는 있었으나 음탕은 없었다. 술과 미희가 머무른 곳이 어떻게 그처럼 청량한 분위기일 수 있었을까 하는 것은 분석과 검토를 해볼 만한 사실이지만, 그곳의 미희들과 안주를 나르고 농담을 주고받긴 할망정 손님 자리에 앉지 않는 버릇이 하나의 원인이 될 것이고, 그곳에 모여드는 손님들이 비교적 고상한 족속에 속해 있다는 사실이 두 번째 이유쯤으로 되지 않을까 한다. 그러나 저러나 이윽고 소음 속에 묻혀 버리기 마련이지만 베토벤의 장중한 음악이 물들이고 있는 공기 속에서 어찌 음탕할 수가 있겠는가 말이다.

하기야 성모 마리아를 닮은 여자가 침실에서 이사도라 던컨 이상으로 음탕할 수가 있다는 얘기고 보니 '사슴'의 청량은 내 감상적 기분이 꾸며낸 환상일 수도 있다. 결국 나는 수박 겉만 핥고 있었는지도 모른다.

하여간 나는 미스 리를 고령(高嶺)의 꽃으로만 알았지 꺾어 볼 의사는 조금도 없었다. 그런만큼 나의 농담은 산문적일 수밖에 없었다. 치정이 섞인 사랑이라야만 시적 용어를 필요로 하는 것이다.

"당신 없는 세상은 달 없는 사막이다……" 등으로.

어느 겨울밤이다.

바깥에선 함박눈이 내리고 있다고 했다. 손님이 뜸한 기회를 타서 미스 리에게 수작을 걸었다.

"온양댁, 난 온양댁의 백십칠 번 애인쯤은 되지?"

"왜 백십칠 번이죠?"

"내겐 신통력이 있지. 그 신통력이 그렇게 가르쳐준 거라."

"그렇더라도 백십칠 번은 너무 늦지 않아요."

"도리가 없지 뭐, 사실인 걸. 평론가 R씨는 백일 번쯤 될 거구, S신문의 남 군은 백이 번쯤 될 거구, 서울대학의 L교수는 백삼 번이 틀림 없구, J일보의 송 선생은 아무리 목에 힘을 주고 있어 봐야 백십육 번밖엔 안 될 거라."

"선생님 바로 앞이잖아요."

"그렇지."

"그럼 백 번 안에 드는 사람은 누구 누구예요."

"남의 일 묻듯 하는군."

"자기 일을 자기가 모르는 경우도 있잖아요."

"아마 내가 아는 사람 가운데 백 번 인에 드는 사람은 없을걸."

"그건 또 왜요."

"대강 나이가 많지. 미남도 아니구 돈도 없구. 어떻게 그런 사람들이 고위층에 끼이겠나."

"잘도 아셨네요." 하고 온양댁이 웃었다.

그때 옆에 있던 음악가 김씨가

"이왕이면 나도 등록쯤 합시다. 몇 번으로 할까요." 하고 물었다.

"부득이 백십팔 번 후라야 하지 않겠어요?"라는 미스 리의 말이 있었다.

이렇게 해서 나는 미스 리 즉, 온양댁의 애인 백십칠 번으로서 위치를 굳히긴 했는데 그 후 몇 해가 지났는데도 별반 진전이 없었다.

J일보의 손 선생이 한 칸이라도 뛰어오르면 나도 그 꼬리를 물고 승진할 수가 있을 텐데 도시 이 어른이 꼼짝도 안 하는 것이다.

한동안 나는 그의 격상운동을 열심히 했다. 그러나 보람이 없어 약간 비겁한 수단으로 그를 추월할 작정을 세웠다. 중이 제 머리 못 깎는다는 말은 진리이다. 이윽고 나는 추월할 의도를 포기하고 말았다.

그날 밤은 비가 내리고 있었는데 나는 드디어 분통을 터뜨렸다.

"짝사랑도 수 년을 하고 나니 이젠 진력이 나는구먼. 그래, 아직도 내가 백십칠 번인가?"

"가르쳐 드릴까요?"

"가르쳐 줘."

미스 리가 자기 입을 내 귀 가까이에 가지고 왔다. 나직한 말이
있었다.

"이 번이에요."

"무엇?"

"이 번이에요. 이 번."

순간 내 가슴이 '울렁'하지 않았다면 거짓말이다. 그러나 나의 이
성은 납득하지 않았다.

"백십칠 번이 한꺼번에 이 번으로 뛰었다니까 실감이 나질 않
는 걸."

"제가 언제 거짓말 하던가요?"

미스 리의 말이 상냥했다.

그땐 화가 강신석이 옆에 있었는데

"혁명이란 것도 있지 않은가?" 하고 파이프를 뻐끔거렸다.

"혁명이면 일 번이 되든가 해야지. 이 번이란." 하다가 내 뇌리에
반짝하는 것을 붙들었다.

"옳지. 내가 이 번이 된 건 확실해. 온양댁이 거짓말 할 까닭이 없
으니까 말야. 헌데 이 번짜리가 100명쯤 되는 것 아냐? 온양댁은 일
번을 빼고 그 다음을 전부 이 번에 넣어 버린 것 아냐? 역시 온양댁

은 영리하군. 이 다시 일, 이 다시 이, 이 다시 삼으로 될 테니 말이지."

"선생님은 너무 영리해서 탈이에요." 하고 미스 리가 저편으로 가 버렸다.

"바로 내가 이 번 가운데 일등이라고 해도 일 번과 이 번 사이는 대통령과 순경과의 거리쯤 되는 것 아닌가. 일부일처에 있어서 둘째 애인이란 것은 서글픈 정부만도 못하다."

내가 이렇게 투덜대고 있을 때 제천댁의 말이 있었다.

"선생님은 왜 항상 비관적으로만 생각하고 계시죠?"

"비관할 재료밖에 없는데 낙관하는 놈은 미친 놈이 아니면 머저리다. 어때 날 제천댁 제일호 애인으로 안 해 줄래?"

"언니에게 물어보구요."

"그럼 온양댁을 불러와."

"안 불러도 때가 되면 오실 거예요."

강 화백이 투덜투덜했다.

"파사데나의 엘리트들은 우주여행 계획을 짜고 있는데 한국의 엘리트는 온양댁의 애인 순위를 갖고 야단이야?"

강 화백이 투덜대건 말건 나는 온양댁을 불러 따졌다.

"온양댁, 내 결심했어. 온양댁 제 이호 애인 포기하고 제천댁 제 일호 애인 할래. 온양댁만 승낙하면 된대. 승낙할 텐가, 안 할 텐가?"

"승낙 못해요."

"정말?"

"정말이에요. 절대로 승낙 못해요."

온양댁의 말은 단호했다.

강 화백이 한마디 끼어들었다.

"제 먹긴 싫구, 남 주긴 아깝구, 그렇고 그런 게 있잖아."

"아무튼요. 남자는 일편단심이어야 해요."

"허허 이것 봤나. 날 제 이 번으로 묶어 놓고 일편단심 하라구?"

"일편단심 좋은 거예요." 하는 말을 남겨 놓고 미스 리는 자리에서 떠났다.

그때부터 미스 리의 제 일 애인이 누굴까 하는 것이 화제로 되었다.

"누구야?" 하고 제천댁에게 물었다.

"몰라요."

제천댁은 일언지하에 거절하고 뺨에 보조개를 새겼다. 긴 속눈썹 속에 제천댁의 눈이 장난스럽게 반짝였다.

"핸섬?"

제천댁은 소이부답이다.

"돈 많은 사람?"

역시 제천댁은 말이 없다.

"어찌 되었건 이등권 안에 들었으니까 그 제일 애인이란 놈을 찾아내어 없애 버리기만 하면 될 것 아닌가."

강 화백이 말했다.

"결국 테러 말곤 방법이 없다는 얘기가 아닌가."

"그것 외에 무슨 방법이 있겠오."

"러시아의 테러리스트는 황제를 노렸고, 미국의 테러리스트는 대통령을 노렸는데, 한국의 테러리스트는 '사슴' 온양댁의 제일 애인을 노린다?"

"그래 갖고 붙들리면 사랑의 영웅, 사랑의 순교자로서 신문이 대서 특필할 것 아닌가."

"화가의 상상력이 그 모양이야? 하찮은 치정 살인쯤으로 되고 마는 거다. 그래서 나는 신문쟁이 무서워 테러도 못하겠다, 이거야. 그러나 저러나 온양댁의 제일 애인이 누구인지 그걸 알아야 손을 쓰든지 수를 쓰든지……."

그런데 미스 리의 제일 애인이 누구냐 하는 것은 형이상학(形而上學)의 문제도 아니고 예술학의 문제도 아니다. 즉 나의 탁월한 추상력(抽象力)으로 추출할 수도 없는 문제이고 강 화백의 천재적인 감각으로 파악할 수도 없는 문제이다.

유일한 방법은 '사슴'의 아가씨들을 고문하는 수단밖엔 없는데 청주댁, 나주댁, 원주댁, 제천댁 할 것 없이 입이 무겁기가 차돌과 같다. 매수 작전으로 통할 것 같지도 않다.

강 화백이 말했다.

"흥신소 같은 걸 이용하면 어때. 꼭, 알고 싶다면 그 방법밖엔 없을걸."

그러나 그런 수단까지 써서 미스 리의 제일 애인을 찾아 낼 정열이 나에게 있을 것 같진 않았다.

"나는 제 이 애인으로서 일편단심하겠다."고 다짐하곤 온양댁을 불렀다.

"백십칠 호 애인이라도 좋고, 이 호 애인이라도 좋다. 제일 애인이 누구이건 상관하지 않겠다. 단 한 가지 충고가 있다."

"그게 뭐예요?"

"고운 옷 차려 입고 큰 거리에 나서지 말라."

"왜요?"

"돈 많고 날쌘 사람들이……." 하고 나는 말을 끊었다.

그러자 미스 리는 역시 영리했다.

"난 가수도 탤런트도 영화배우도 아니고, 미스코리아에 뽑힌 사람도 아니니 걱정 마세요."

하는 미스 리의 말에 우리는 배꼽을 잡고 웃었다.

사실을 말하면 미스 리의 제일 애인이 누구인가 하는 문제에 나는 그다지 관심이 있었던 것도 아니다. 사할린에서 동포가 신음하고, 중동에서 동포가 땀을 흘리고, 브라질에서 동포가 푸대접을 받고 있어도 나에게 '사슴'이란 장소만 있으면 그만이었다. 그곳에서 술을 마시고 씨알머리 없는 소리를 하고 있으면 밤은 영락없이 깊어서 자정이 가까워지곤 했었으니까. 그 밖에도 '사슴'은 갖가지 의미를 지니고 있었다.

'사슴'은 신문이나 방송이 절대로 전해 주지 않는 종류의 정보를 제공했다. 이를테면 전 중앙정보부장 김형욱이 어떻게 죽었느냐 하는 정보는 '사슴'에서가 아니면 들을 수 없는 성질의 것이다.

'사슴'은 또 현대적 철리적 지식을 제공하는 곳이기도 했다. 예컨대 시계 소리를 우리말로 '똑딱, 똑딱'이라고 하는데 일본 말론 '또기노 딱, 또기 노 딱'이라고 한다는 것이고, 이북 말론 '똑이니께니 딱이야요.' 한다는 따위의 지식이다.

'아더매치'란 심오한 말을 배운 곳도 '사슴'이고, '개지랑'이란 것을 흉측스러운 말이라고만 알았는데 개성적이고 지성적이며 발랄하다는 최고의 찬사를 줄일 말이란 것을 알게 된 실로 경이적인 경험도 그곳에서 얻을 수 있었던 것이다.

그런데 어느 날 밤 뜻밖에도 그러한 명론탁설을 듣고 있는 가운데 미스 리의 제일 애인에 관한 암시 같은 것을 얻을 수 있게 되었다.

그날 밤 '사슴'에서 자리를 같이 한 면면은 다음과 같다.

전직 Y대학의 교수 박희진.

전직 언론인 이철재.

H신문 논설위원 임형수.

K출판사 사장 고정한.

그리고 나.

이렇게 멤버가 모이면 그 화제는 고금을 오르내리고 동서로 뛴다.

나 하나를 빼곤 모두들 박식과 통찰안을 가지고 있는 분들이

서 때론 녹음기가 있었다면 얼마나 좋았을까 하는 생각을 해 보기도 한다.

어느 때는 역사적 인물, 또는 현존하는 인물들을 심판대에 올려놓고 난도질을 하기도 했다.

그날 밤 화제에 오른 것은 주로 중동과 아프리카의 인물이었는데 우간다의 이디 아민은 '능지처참을 해야 한다.'로 되었고, 이란의 팔레비도 백성들의 고혈을 짜서 스위스 은행에 수천억 달러를 갖다 놓았다니 '마땅히 총살형에 처해야 한다.'고 되었다.

그런 관계상 돈이 화제로 되었다.

전직 Y대학의 교수였던 박희진이 다음과 같은 얘기를 꺼냈다.

"내가 고등학교 교사 시절의 제자인데, 그 자가 사업을 한 지 얼마 되지도 않아 1억 달러 가까운 돈을 벌었다니 대단하지."

"1억 달러면 우리 돈으로 800억 원 아닌가."

고정한의 말이었다.

"800억 원이라, 실감이 나질 않는군."

나도 중얼거렸다.

"800억 원이면 요 옆에 있는 삼일빌딩 같은 것, 스무 개쯤 지을 수 있는 돈이다." 하고 임형수가 논설위원답게 풀이를 하며 물었다.

"도대체 그게 누구야."

"위한림(韋漢林)이란 놈이야."

어느 사이에 왔는지 미스 리도 흥미롭게 우리들의 말에 귀를 기울이고 있었다.

"나이는?"

"스물 아홉? 서른? 아무튼 서른 살은 넘지 않았을 거야."

"삼십 미만에 그것도 불과 이삼 년 동안에 1억 달러 벌었으면 대단한 놈이군."

"1억 달러, 실감이 안 나는걸."

"1억 달러라면 요 옆에 있는 삼일빌딩은 이삼십 개 지을 수 있는 돈이지."

"1억 달러는 과장이지만, 대단한 놈인 건 틀림없어."

"혹시 그 자 오나시스 같은 놈 아냐? 소크라테스, 아리스토텔레스, 오나시스, 그 놈도 삼십 이전에 한몫 잡은 놈이라고 하더구만. 배를 샀다나 어쨌다나."

제법 소피스티케이트한 안목을 가졌다고 자부하고 있는 자들이 누군가가 떼돈을 벌었다고 듣자 저마다 호기심에 덩달아 이런 소리 저런 소리하고 있는 꼴은 어쨌건 만화(漫畵) 차원 이하의 풍경이라고 아니할 수 없다. 하기야 '사슴'에서 밤마다 전개되는 풍경 자체가 만화 차원 이하인 것이다.

"참, 그 위한림이란 자, 통세산업인가 뭔가 하는 회사 사장 아냐?"

전직 언론인 이철재가 한 소리다.

"맞았어, 통세산업이다."

박희진이 고개를 끄덕였다.

"통세란 뭔가. 세계를 통합하겠다는 말인가, 세계를 제패하겠다는 말인가?"

고정한이 웃으며 말했다.

"요컨대 성공한 범죄자란 얘기가 아닌가."

임형수의 말은 신랄했다.

"범죄자라고 단언하는 건 지나치지 않을까, 자본주의 사회에서."

고정한이 한 말이다.

"범죄적인 수법 없이 어떻게 2년이나 3년 동안에 그 많은 돈을 벌었겠어. 경제적 원칙이란 게 있는 건데. 하늘에서 돈이 떨어졌거나 다이아몬드의 노다지 광산이 나오지 않은 바엔."

임형수는 이렇게 단언하고 스탠퍼드, 록펠러, 카네기 등 미국 재벌의 이름을 둘러대곤

"하나같이 범죄적 수법에 의해 치부한 놈들이라."고 결론을 지었다.

"임형의 말은 언제건 단언적이라니까." 하고 이철재가 한마디 끼었다.

"성공만 하면 범죄자란 레텔이 떨어지는 것 아냐? 플라톤에선가 어디에선가 읽은 적이 있어. 고리대금업자를 하건 매음업을 하건 결정적으로 성공만 하면 일류의 인사로서 대접을 받는 거야. 향우회에 나가면 회장을 하라고 하고 지역사회에선 무슨 위원장을 하라고 하고, 않는 곳은 언제나 귀빈실이구. 그런데 매음업이나 고리대금업을

하다가 실패한 사람, 즉 마음이 약해서 악독하게 굴지 못해 성공을 거두지 못한 사람은 지탄의 대상이 된다는 거지. 사돈할 사람도 없고 같이 공원 벤치에 앉아 줄 사람도 없구 말이야."

박희진의 이 말을 받아 이철재는

"그러니까 성공한 범죄자는 범죄자가 아니고 성공자다, 이거야. 범죄의 요건이 뭔지 알아? 불법적인 행위가 범죄인 것이 아니라 체포되었다는 사실, 그것이 범죄를 형성한다 이거야." 하고 열을 올렸다.

"그 뒤에 또 이디 아민의 얘기가 나올 건가." 하며 고정한이 웃었다.

이철재는 술좌석에 앉기만 하면 이디 아민의 목을 쳐야 직성이 풀리는 사람이다. 화제에 다시 위한림이 올랐다.

박희진이 위한림의 고등학교 시절 3년 동안을 계속 담임했다는 말이 있자 임형수가 말했다.

"그럼 그자의 사람됨을 소상하게 알고 있겠군."

"군자는 삼 일 불견이면 괄목이 상대라고 했는데 10년 전의 그를 알았다고 해서 어찌 오늘의 그를 안다고 할 수 있을까만 하여튼 엉뚱한 데가 있는 놈이었지." 하고 박희진이 다음과 같은 얘기를 했다.

어느 해의 삼일절 기념 행사가 있은 다음날인가 다음 다음의 날이었던가. 박희진이 교실에 들어가 출석을 부르고 나자, 위한림이

"선생님." 하고 손을 들었다.

"뭐냐?"

"물어볼 말이 있습니다."

"물어보렴."

"교장 선생님의 삼일절 연설은 대단히 감격적이었습니다."

"그래서 어쨌단 말이냐."

"선생님 후작이란 게 뭡니까?"

"후작?"

"공(公) 후(侯) 백(伯) 자(子) 남(男) 할 때의 후작(侯爵) 말입니다."

"중국 봉건시대에 있었던 영주(領主)들의 등급이 아니었던가?"

"일제시대는 어떻게 되어 있었습니까?"

"높은 관작이라고만 알고 있어."

"그 작위는 누가 누구에게 주는 겁니까?"

"일본 천황이 가장 공로가 많다고 인정한 충신에게 주었던 거지."

"일본 천황이 조선 사람에게 준 가장 높은 벼슬이 후작이었다는 것은 사실입니까?"

"아마 그럴 거다."

"그렇다면 일본 천황으로부터 후작 벼슬을 받은 사람이면 조선 사람으로선 제일가는 일본 천황의 충신이다, 그렇게 되는 것 아니겠습니까?"

이 대목에서 위한림이 무슨 말을 하려고 드는가를 바희긴이 알아차리고 위한림의 질물을 중단하려고 했는데 때가 늦었다. 위한림의 질문이 계속되었다.

"우리 교장 선생님은 후작의 아들을 사위로 삼았다고 대단히 자랑이시라는데 그게 참말입니까?"

그건 사실이었다. 박희진이 대답을 못했다.

"명문의 아들을 사위로 삼았다고 자랑을 하셨다는데, 일본에 나라 팔아먹고 후작이란 높은 벼슬을 천황으로부터 받은 것이 명문으로 되는 겁니까? 그렇다면 삼일운동 때 만세 부르고 총맞아 죽은 사람들은 멍충이 머저리 지랄병한 사람들 아닙니까? 교장 선생님의 후작 아들 사위 삼았다는 자랑과 삼일절에 하신 연설이 어떻게 되는 것인지 그걸 알고 싶습니다."

박희진은 어쩔 줄을 몰랐다.

위한림은 벌겋게 상기된 얼굴로 고함이라도 지를 듯하더니 가까스로 격정을 참은 모양으로

"우리도 요령껏 나라 팔아먹을 궁리나 해갖고 명문 한번 돼봐야겠습니다." 하고 앉아 버렸다.

박희진의 얘기가 끝나자 일순간 자리가 숙연해졌는데 그 침묵을 깬 것은 임형수였다.

"이건 만화가 아닌데?"

"학교 성적은 좋았나?"

이철재가 물었다.

"학교 성적은 좋지 않았어. 중하쯤이나 됐을까?"

박희진이 고개를 갸웃하며 말했다.

"대학은?" 하고 누군가가 물었다.

"그 문제에 관해 또 재미나는 얘기가 있어."

박희진이 생각이 났다는 듯 술잔을 들어 목을 축이곤 시작했다.

"졸업이 가까와 진학 문제가 나타났을 때 그를 불러 물었지. 넌 어느 대학엘 갈 거냐고, 그런데 그자 한다는 소리가 엉뚱했어. 해병대에나 입대하겠다는 거야. 왜 해병대에 갈 작정을 했느냐고 물었더니 고등학교에서 너무 물렁한 교육을 받아서 쓸모가 없을 것 같아 해병대에 가서 화끈하게 단련을 받아야 하겠다고 생각했대. 그건 그렇다고 치고 대학엔 안 갈 참이냐고 물었더니 해병대에 가기 전에 대학에 들어가긴 해야겠다고 싱글벙글 하는 거라."

그래서 박희진이,

"그럼 이놈아! 대학에 간다고 할 일이지 엉뚱한 해병대는 왜 끄집어 냈느냐." 하고 나무랐다.

그 때 위한림의 대답은 이랬다.

"해병대엔 지원만 하면 가게 되는 거니까 절대 확실한데 대학엔 내 요량만 갖곤 어떨지 싶어서 그랬습니다."

"도대체 어느 대학으로 갈 참인데."

"이왕이면 서울대학에 갔으면 합니다."

박희진은 어이가 없었다.

"네 실력 갖고 서울대학에 들어갈 수 있을 것 같으냐?"

"서울대학에선 어떻게 생각할지 모르나 내 요량으론 서울대학에 가야겠습니다."

"2학년 말의 성적은 어땠나."

"겨우 평균 육십 점을 채워 진급은 했습니다."

"3학년 올라와선 공부를 열심히 했나? 내가 보기론 매날 공만 차고 있던데."

"해병대에 가려면 그만한 체력을 단련해 두어야겠다고 생각하고 매일 열심히 공을 찼습니다."

"난 지금 해병대 얘기하고 있는 게 아냐. 서울대학 얘기하고 있는 거다."

"아, 그렇습니까."

"그래, 서울대학교의 어느 대학을 지원할 참인가."

"공과대학의 기계과……."

"공과대학의 기계과? 거긴 이 사람아, 커트라인이 제일 높은 곳 아닌가."

"저도 그렇게 알고 있습니다."

"그런데 하필이면 왜 그 어려운 델 지망해? 떨어질 게 뻔한데."

"그래도 한번 해보겠습니다."

박희진은 속으로 웃었다. 이 엉뚱한 놈이 번연히 낙방할 줄 알고 이왕이면 어려운 델 지망해서 창피를 면하려고 하는 것이로구나 하고.

"그런데 이 녀석이 덜컥 붙어 버렸어. 학교 전직원이 깜짝 놀라

버렸지." 하고 박희진은 당시를 회고하는 눈으로 되면 껄껄 웃었다.

"하여간 희한한 놈이로군."

임형수가 입맛을 다셨다. 박희진이 덧붙인 말이 있었다.

"얼마 후 그놈을 만나 어떻게 된 거냐고 물었더니 그놈 하는 소리가 실력은 없어도 컨닝 기술은 있으니까요, 하더구만."

"설마 컨닝만으로 되었을려구. 실력이 있었던 거로군."

"묘한 놈이군."

"묘한 놈이야."

"그런 놈이 어찌 정치를 안 하구."

"글쎄 말이다."

"건실한 데가 있는 놈이군."

"정치를 하면 건실하지 못하나?"

이런저런 얘기를 하다가 보니 미스 리가 내 옆에 서 있었다. 아까부터 그 자리를 움직이지 않고 있었던 것이다.

"미스 리도 위한림에 관해선 호기심이 동하는 모양이지?" 하고 이철재가 한마디 했다.

이때 내 뇌리에 반짝 하는 것이 있었다. 그래 물었다.

"온양댁, 위한림이란 사람 알지?"

"알아요."

"그럼 이 집에 왔었나?"

"전엔 자주 왔어요." 하고 제천댁이 새하얀 이빨을 보였다.

"지금은?"

"지금도 가끔 오긴 하는데 외국에 나가 있는 시간이 많은가 봐요."

온양댁의 말이었다.

"그리고 보니 이 사슴이란 곳이 대단한 곳이로군."

임형수가 탄성을 올렸다.

"돈 좀 번 사람이 온대서 대단한 곳인가요?"

온양댁의 표정에 묘한 빛이 돌았다.

"돈 좀 정도가 아니라 1억 달러 아닌가, 1억 달러. 1억 달러의 부호가 오는 곳이 대단하지 않을 수 있어?"

고정한이 한 소리다.

"1억 달러 벌었다는 말은 지나친 과장일 거예요." 하고 미스 리가 웃음을 머금었다.

"1억 달러가 아니라도 대단하지 않는가."

이철재가 한마디 했다.

"선생님 같은 분들도 오시는데요. 뭐 그 사람이 대단해요."

나는 미스 리의 이 말에 일종의 냄새 같은 것을 맡았다. 미스 리는 어떤 경우에도 어떤 특정인을 두고, '뭐 그 사람이 대단해요.' 하는 따위의 말을 할 성격의 소유자가 아닌 것이다.

나는 미스 리의 말투에서 자기의 가족이나 친척, 아무튼 아주 가까운 사람을 들먹일 때 있을 수 있는 겸손한 표현 비슷한 것을 느꼈다.

그런 까닭에 다음과 같은 말이 되었다.

"내가 온양댁의 백십칠 호 애인밖엔 안 되는 사정을 이제사 알아냈어."

"이 번이라고 했는데, 왜 백십칠 번을 고집하시는 거죠?"

"이 번, 반갑지 않아. 절대로 일 번이 될 수 없는 이 번은 백십칠 번과 다를 게 없어."

"왜 그렇게 말씀하시는 거죠?"

"1억 달러 가진 젊은 미남허구 값을 방도도 없이 외상술 마시는 놈허구 도대체 경쟁이 되겠어?"

"어머나."

"어머나구 뭐구 없어, 포기다 포기." 하면서 온양댁의 제일 애인은 혹시 위한림이 아니냐고 물어보고 싶은 충동을 겨우 참았다. 그 대신 이렇게 말했다.

"요댐 그 사람 오면 내게 소개해요."

그러자 미스 리의 대답이 있었다.

"그런 사람 선생님께 소개할 가치도 없는 사람이에요."

나는 그 말에 결정적인 증거를 본 듯했다. 위한림이 미스 리의 제일 애인일 것이라 짐작을 굳혔다.

결국 화제는 '재벌(財閥)을 경제 현상만으로 보지 말고 범죄 현상(犯罪現象)으로 보아야 한다.'는 엄청난 결론으로 기울어 들었다. 그 열렬한 주장자는 임형수.

그러나 내겐 이미 흥미 없는 대목이었다. 범죄 현상을 병리 현상으로 부드럽게 표현할 수도 있을 것이고 어떤 필요악을 극악하게 논할 수도 있다는 것이 사람의 입이고 감정이다. 인산반사, 악을 동반하지 않는 것이라고 관념하면 모든 토론은 종결을 보는 것이다.

임형수의 의견에 반대하는 사람은 고정한이었는데 나는 그들의 열띤 토론을 귀결으로 흘려들으면서 젊은 기자들이 모여 있는 한쪽 구석에 막연한 시선을 보냈다.

언제나 특종을 쫓고 있으면서도 비슷비슷한 기사밖엔 쓰지 못하는 그들의 매너리즘을 그들은 어떻게 할 참일까. 쓰지도 못할 기삿거리를 잔뜩 머릿속에 가두어 두고 그 소화불량을 어떻게 처리할 것인가. 그러나 그들은 그 고민마저도 화제에 올리지 못하고 금붕어처럼 입을 뻐끔거리고 있는 것인지 몰랐다.

그 바로 옆자리는 대학교수들이 차지하고 있었다. 언젠가 그들속에 끼어 술을 마신 적이 있는데, 그때의 상황이 되살아났다. 중요한 얘기는 피하고 지내려는 그들의 신경 작용이 눈에 보이는 것 같았다.

"교육? 결국 불가능한 것 아닙니까?"

"학생? 교수들의 머리 위에 서려는 놈들인데요."

"대학의 장래? 글쎄요."

그때 내가 얻어들은 말은 고작 그 정도였다. 라인홀드 니버처럼 근엄하게 생기고 아인슈타인처럼 총명하게 생기고 키신저만큼이나 박력있게 생긴 교수들이 모여 앉아 기껏 한다는 얘기가 낚시 얘기였고 몇 해 전엔가 낚은 월척의 붕어 얘기였다고 하면 천하는 오히려 태평한 것이다.

젊은 소설가, 평론가들이 어디엔가에 앉아 있다는 것을 나는 알고 있었다. 그들의 화제는 뭐였을까. 문학인이 모여 문학을 논하는 버릇을 상실했다면 문학을 위해 대경(大慶)한 일인지 모른다.

우리 바로 뒷자리는 활발했다.

"그 녀석 여편네 배 위에 올라탔을 때의 꼴이 보고 싶어."

"종로에 있다가 영등포까지 달려가서 벼락 맞아 죽을 놈야, 그 놈은."

이런 말들이 예사로 발설될 수 있는 것으로 미루어 그들이 들먹이고 있는 '그놈'은 조그마한 회사의 과장이나 부장이 아니었을까.

욕을 할 수 있다는 것도 하나의 정열이다. '사슴'에 정열을 주는 것도 따지고 보면 이런 정도의 정열일는지 모른다.

요컨대 대학교수나 신문기자나 문학인이나 회사원 할 것 없이 '사슴'에만 나타나면 만화적인 인물들로 되는 것이지만, 하기야 만화의 차원 이상으로 될 곳이 달리 있을 것 같지도 않는데 군이 만화적 존재가 아닌 사람은 이 '사슴' 안에서 미스 리 밖엔 없는 것이다.

그 맑은 눈, 그 부드러운 웃음 저편에 감추이져 있는 징교한 컴퓨터 만화적인 인물이 만화적으로 만들어 놓은 만화의 늪 속에서 언제나 클래식 음악의 선율을 동반하고 있는 의연한 한 떨기의 연꽃!

위한림이 비록 1억 달러를 가지고 있다고 해도 그 여자에겐 부족한 존재라고 느꼈다. 그것이 그날 밤에 있어서의 나의 결론이다.

내게 미스 리를 연모하는 마음이 전연 없었다고 하면 거짓말로 되겠지만 미스 리의 애인이 위한림이었대서 질투를 느낀 건 아니다.

"오를 수 없는 나무엔 사다리 놓고 올라가지." 하는 노래가 있다지만 오를 수 없는 나무를 바라보긴 해도 사다리를 놓고까지 오를 생각은 내게 없다. 나는 그저 미스 리를 바라보면 좋았고 "온양댁!" 하고 부르곤 몇 마디 씨알머리 없는 소리로 수작하는 것만으로 만족했다. 이를테면 철저한 만화.

사람들은 자기가 만화로 될까 봐 겁내지만 만화가 되어선 안 되겠다고 기를 쓰는 꼴로써 더욱 만화가 되어 버린다는 사실쯤은 알아둠직하다.

그런데 나는 영락 없는 만화가 되어 버린 꼴이 되었다. 본의 아니게 그리고 전연 악의 없이 실수를 저질러 버린 것이다. 충무로 '엠프레스'란 바에 친구의 초대를 받아 갔다. 나를 초대한 사람은 소장 실업가라고 할 수 있었는데 '엠프레스'가 그자의 단골이었다.

때는 가을철에 접어든 어느 날 밤.

화제는 당시 어느 주간지에 연재 중인 〈마담 열전〉이었다. 유명한 요리집이나 식당, 살롱, 바 등을 경영하는 여자들을 취재한 그 기사는 이른바 유흥가에선 심심찮은 화제가 되어 있었다.

C장의 마담은 장학재단을 만들었고, J관의 마담은 고아원과 양

로원을 경영하고 있고, D관의 마담은 학교를 경영하고 있다는 사실들은 화류계에 종사하는 여자들로선 비록 남이 하는 일인데도 뽐내볼 수 있는 얘깃거리인 것이다.

"추하게 벌어도 깨끗하게 쓸 줄 알면 좋은 일 아니겠어?"

"나도 십 억만큼 벌면 장학재단 만들어야지."

그런 따위의 말이 아가씨들 사이에 오갔다. 그러다가 아가씨 하나가 물었다.

"선생님은 어느 집 마담을 좋아하세요."

한동안 나는 사업이란 것을 한 적이 있다. 그런데 그때 사업이란 곧 요리집이나 바에서 술만 마시면 되는 것이라고 오인했기 때문에 급기야 사업은 실패하고 말았지만, 장안의 이렇다 한 술집엔 안 가본 데가 없었다. 그런 까닭에 화제에 오르고 있는 마담들을 나는 죄다 알고 있었다. 그들에겐 각기 장점과 특기가 있었다. 그래서 나의 대답은

"간단하게 비교할 수가 없어. 모두 훌륭한 분들이니까." 하는 것으로 되어 버렸는데 여기에다 주(註)를 달았다.

"마담 열전엔 나오지 않은 훌륭한 마담이 있지. 예컨대 '멕시코'의 마담, '사슴'의 마담, 그녀들은 존경할 만해. '멕시코'의 마담은 북창동의 창고를 서울의 명소로 만든 사람이고, '사슴'의 마담은 술집을 하면서도 오염되지 않은 처녀야. 이를테면 술 장사를 해도 여자가 얼마든지 고상할 수 있다는 증거 같은 사람야."

그러자 모두들 '멕시코'는 알고 있는데 '사슴'은 모른다면서 어디쯤에 있느냐고 물었다.

나는 그 장소를 가르쳐 주면서 또 '사슴'의 자랑을 한바탕 늘어놓았다.

"'사슴'과 같은 술집이야말로 도시의 오아시스다. '사슴'의 마담이야말로 현대적 의미에 있어서의 여신이다."

거나하게 술에 취한 탓도 있어 내 얘기가 약간 과장될 수밖에 없었는데 듣고 있던 소장 실업가의 말이 있었다.

"말씀을 듣고 보니 선생님은 그 여자에게 단단히 반하고 계시는 거로군요."

이것이 신호가 된 듯 내 옆에 있던 아가씨가

"그 마담, 선생님의 애인이시죠?" 하고 나에게 집적거렸다.

"아냐, 아냐."

나는 얼른 부인했다.

"얼굴이 빨개지시는 걸 보니 틀림없어. 그 마담은 선생님의 애인이야."

건너편 아가씨가 한 소리다.

"이놈아, 술에 취해 빨개졌으면 빨개졌지 내가 어디……."

그러나 모두들 내 말을 믿지 않았다.

"계집 자랑은 반 병신이구 자식 자랑은 온 병신이란 말이 있죠? 애인 자랑은 어떻게 되나요?" 하는 아가씨가 있는가 하면 "살롱에 와서 펴놓고 애인 자랑을 하시다니." 하고 입을 삐쭉하는 아가씨도 있었다. 이쯤 되었으니 나는 당황하지 않을 수 없었다.

이모(李某)란 늙도 젊도 않은 사나이가 자칭 '사슴' 미스 리의 애인이라고 충무로 바닥에 헛소문을 퍼뜨리고 다닌다는 얘기가 만일 '사슴'에 흘러들어 가기라도 하면 나는 '사슴'으로부터 출입금지를 당할 뿐 아니라 만화조차도 못 되는 쪼다의 꼴이 될 것이 분명했다.

나는 당황 이상으로 공포를 느꼈다. 극구 부인하는 태도를 강경히 지녔다. 화를 내 보이기까지 했다. 그래도 '엠프레스'의 여자들은 찐득거렸다.

"괜히 그러시질 마시라우요."

"남자답게 고백하세요."

"왜 솔직하지 못하실까?"

도리가 없었다.

"그 마담에겐 달리 애인이 있어. 괜한 헛소문 퍼뜨려 그분 입장을 곤란하게 하면 못써."

이렇게 해서 모면해 보려 했다.

"누군데요?" 하는 질문이 있었다.

"그걸 너희들이 알아서 뭐 해."

"거짓말을 하서 놓으니 이름을 못 대는군요."

"말해도 모를 사람이야."

"몰라도 좋아요. 이름을 대보세요."

물론 장난으로 하는 말이지만, 나는 나의 결정적인 결백을 증명할 필요를 느꼈다.

"위한림이란 사람이다."

아무도 모를 거라고 믿고 한 말인데

"위한림 씨? 통세산업의 사장님?" 하고 놀라는 사람이 있었다.

나는 또 당황했다.

"너희들 위한림 씨를 아는가?"

"알잖구요. 우리 집의 단골인걸요."

아뿔싸 했다.

"음, 그렇군요. 관철동에 그런 애인이 있어 놓으니까 요즘 우리 집에 발을 끊으셨군요." 하는 아가씨의 말이 있었다.

"진아 언니가 알면 쇼크 먹겠는데." 하는 다른 아가씨의 말이 그 뒤를 이었다.

"한번 그 마담 구경 가야지."

누군가가 말하자 또 하나가 말했다.

"진아 언니 데리고 가야지. 라이벌의 대결! 긴박한 순간!"

"영화 선전문구 같다, 얘."

나는 완전히 정신착란 상태가 되었다.

자기 입장의 곤란을 구하려고 어림짐작으로 말을 꾸며댄다는 것은 비겁한 일일 뿐 아니라 후환이 있다는 사실을 자계명으로 해야겠다고 생각할 정도로 나는 '엠프레스'에서의 망언을 후회했다.

그날 밤은 꿈까지 꾸었다. 실로 요사스러운 꿈이었다. '엠프레스'의 아가씨들이 여인국(女人國) 아마존의 여자들처럼 나체가 되어 칼과 창을 휘두르며 몰려와 '사슴'의 미스 리에게 덤벼들어 옷을 갈기갈기 찢어 버리는 행패를 부렸다. 말리느라고 혼이 났다. 깨어보니 잠옷이 땀으로 흠뻑 젖어 있었다. 이런 정도이니, 그 이튿날 나는 '사슴'에 나갈 기분이 들지 않았다. 그 다음날도 쉬었다. 또 그 다음 날도. 이처럼 내가 사흘 연속해서 '사슴'에 결근한다는 건 이례적인 일이었다.

나흘째는 나는 화가 김, 성악가 김, 목재회사 사장인 김, 삼 김(三金)을 데리고 일찌감치 '사슴'엘 갔다.

"어떻게 된 거예요, 선생님."

문간에서 미스 리의 반기는 미소가 있었다. 그리고 자리에까지 따라왔다.

"걱정했어요. 왜 안 오시는가 하구요. 무슨 일이 있으셨수?" 하고 물었다.

"내가 무슨 '사슴'에 다니는 걸 전업으로 하고 있는 사람인가?"

나는 부러 더 시무룩하게 대답했다.

"누가 그렇대서 따지는 건가요? 매일 오시던 분이 안 오시니까 궁금해서 물어본 거죠."

"그러나 저러나 난 온양댁에게 죽을 죄를 지었어."

"그건 또 무슨 말씀이세요."

"차차 하지"

"궁금한데요."

그러나 바로 실토할 순 없었다. 어떻게든 유머러스하게 상대방의 감정을 상하지 않게 슬쩍 넘어서야 하는 것이다.

제천댁이 술과 안주를 날라오자 미스 리는 다른 자리로 갔다. 새 손님이 온 모양이었다.

동좌한 삼 김은 술을 잘 마셔도 말은 하지 않는 사람들이다. 입은 술을 마시기 위해 그 외엔 다물기 위해 비치해 놓은 셈이다. 어느날 그 점을 지적했더니 목재회사 김 사장은

"한 가지 더 있는데요. 콧구멍이 막혔을 땐 입으로 숨을 쉽니다." 했고, 성악가 김은

"내 노래를 전연 인정하지 않는 모양이십니다." 하고 투덜댔다.

이런 상대들이고 보니 무난하긴 하지만, 술 상대론 밋밋하기 짝이 없다.

나는 주로 제천댁을 놀려가며 술을 마셨다. 제천댁과 나와는 '거나'로 통한다. '내가 조금 젊었거나, 네가 조금 늙었거나.' 아무렴 30세의 연령 차로썬 로맨스가 될 수 없지 않는가.

"내가 시인이 되었으면 '거나'의 슬픔을 시로 쓸 텐데."

"소설로썬 안 되나요?"

"소설은 구질구질하지 않은가. '거나'의 슬픔은 코스모스의 슬픔, 저 먼 산 너머에 행복이 있다고. 그 행복 찾아가는 코스모스의 길."

"그것 시 아녜요?"

제천댁이 생긋 웃었다.

"시는 시라도 시시해서 시다."

제천댁과 얘기를 하고 있으면 언제나 시시껄렁한 말밖엔 나오지 않는다.

미스 리가 살금 우리 자리에 다가섰다.

죽을 죄를 지었다고 해놓았으니 그 궁금증을 풀기 위해 왔을 것이라고 짐작했는데 그것이 아니었다.

"선생님, 오늘 이상한 일이 있었어요."

미스 리가 나지막이 시작했다.

우리는 그녀의 다음 말을 기다렸다.

"점심 식사 시간인데 젊은 여자들이 다섯이나 몰려왔어요."

내 가슴이 뜨끔했다.

"라이스 카레와 스파게티를 주문하더니만, 글쎄 맥주를 두 병 달라고 하잖아요. 낮에 술을 마시는 게 우선 이상한데요……."

"그래서?"

나는 가까스로 태연한 체 꾸몄다.

"술을 주거니 받거니 마시며 내 쪽을 흘깃흘깃 보곤 소근대는 거예요. 별루 좋은 기분은 아니었지만 모른 척했지요. 그랬더니 미스 한을 보고 묻더라나요. '이 집 밤엔 술 팔지?'하구요. 그렇다고 했더니 위한림 사상 매일 밤 오느냐고 묻더라나요. 요즘 안 온다고 했더니 그럴 리 없을 것인데 하며 째려보더래요. 거기까진 좋았어요. 그런데 식사 끝내고 나가면서 하는 소리가 위 사장 오시거든 '엠프레스'의 진아가 기다리고 있다고 전해달라더래요. 그리고는 나보구 인상을 쓰지 않겠어요? 이상한 여자도 다 있지. 그게 어떻게 된 일일까요?"

"혹시 온양댁이 위한림 씨의 애인이란 소문이 난 게 아닐까?"

"뭐라구요?"

나는 시침을 떼고 아까 한 말을 천천히 되풀이했다.

"망측해요."

미스 리가 발끈했다.

"망측하긴?"

"얼토당토 않은 소문이 어떻게 나돌겠어요."

"정말 얼토당토 않은 소문일까?"

"그럼요."

"맹서할 수 있어?"

"백 번 천 번이라도 맹세할 수 있어요."

"맹세는 한 번이면 돼."

"그렇게 들으니까 그 여자들의 행동을 이해할 수 있을 것 같은데요. 도대체 누가 그런 소문을 퍼뜨렸을까요?"

"아니 땐 굴뚝에 연기 날까?"

"때도 연기 안 나는 굴뚝이 요즘엔 많아요."

"아무튼 그럴 듯한 사연이 있길래……."

"선생님 정말 너무하셔요. 제가 맹서까지 하고 그런 일 없다고 했는데⋯⋯."

"그럼 그 허위 소문 퍼뜨린 자를 잡으면 죽일 텐가?"

"설마 죽일 수야 있겠어요."

"얼굴에 침이라도 뱉을 텐가?"

"아무리⋯⋯."

"그럼 어쩔 텐가?"

"웃고 말지 어떻게 하겠어요."

"역시 온양댁은 사람이 좋군."

"사실이 아닌 게 밝혀지면 그만이지, 그밖에 어떻게 하겠어요."

"그럼 내가 실토하지."

"실토하다니, 무슨 말씀이죠?"

"허위 정보를 퍼뜨린 놈은 바로 나야."

언덕을 내려 뛰는 기분으로 한 말인데 미스 리는 "선생님이 그럴 리가?" 하고 믿으려 하지 않았다. 차마 구체적으로 설명할 순 없어서 그냥 내가 한 짓이라고 거듭 말했는데도 "선생님 뜻 알겠어요." 하고 미스 리는 웃으며 덧붙였다.

"누가 거짓말을 했건 신경쓰지 않을게요."

위한림의 애인들이 '사슴'의 미스 리를 라이벌로 지목하고 데기 '사슴'에까지 출동해서 일종의 데모를 하고 갔다는 소문이 퍼졌다.

재미 없는 일도 재미있게 꾸며대는 이른바 입방아들이 그럴 만한 재료가 생겼으니 가만 있을 까닭이 없다. 요절복통할 과장까지 섞여 한동안 '사슴'의 화젯거리가 되었다.

덕택으로 위한림과 미스 리와의 사이엔 단골손님과 주인의 관계 이상의 것은 전혀 없다는 사실이 밝혀지게 되긴 했는데 위한림은 계속 심심찮은 화제로 남았다.

"그건 그렇고 요즘 위한림이 나타나지 않지?"

"떼돈을 벌었다니까 '사슴' 같은 덴 시시하게 되어 버린 거지."

"아닐 거야. 바빠서 나오지 못하는 거겠지."

"아무리 바빠도 술 한잔 마실 시간이 없을라구."

"지금 외국에 나가 있는 것 아냐?"

"그럴지 모르지. 박영빌딩 이래의 단골인데 국내에 있다면야 여태 나타나지 않을 리 있나."

언젠가 먼저 와서 친구를 기다리고 있는데 옆자리에서 이런 말이 오가고 있었다. 박영빌딩은 바로 저편 골목에 있는 건물이다. 그 건물에 위한림이 사무실을 가지고 있었던 적이 있다는 얘긴데 그렇다면 위한림과 '사슴'의 연고는 대단히 깊은 것으로 된다. 나 또한 수년 동안의 단골이다. 그런데도 서로가 서로를 알지 못하고 같은 집의 단골이 셈이니 '사슴'의 세계는 내게 있어서 퍽 많은 미지의 부분을 가지고 있는 것이다.

그렇다면 내가 100명쯤을 뚝 잘라 앞으로 보내 놓고 스스로 미스 리의 백십칠 호 애인으로 자처했다는 사실은 현실 인식이 그다지 서툰 게 아니란 증거가 되는 것이 아닌가. 나는 같은 나무에서 자라나고 있으면서도 동지(東枝)와 서지(西枝). 남지(南枝)와 북지(北枝)는 영영 서로 만나볼 수 없다는 뜻의 한시(漢詩)가 있다는 것을 막연하게 상기하고 있었다.

그러나 저러나 터무니 없는 낭설을 퍼뜨려 한동안이나마 귀찮은 일을 저지른 나를 계속 너그럽게 대해주는 미스 리가 고마울 뿐이다. 그날 밤도 미스 리는 나를 반겨주었다.

"아직 손님이 안 오셨군요."

나직이 말하며 내 옆에 다가왔다.

"온양댁."

"예!"

"의사가 말야, 나 술 마시면 안 된대."

"그것 반가운 소식이로군요."

"내가 술을 못 마시게 된 게 반가워?"

"그럼요."

"이것 완전히 놀부 여편네 심보로군."

"아녜요. 의사가 먹지 말랜다고 술 안 자실 어른은 아니잖아요? 그러니까 다른 데 가선 자시지 말고 우리 집에서만 자시란 말로 되는 것 아녜요?"

"말할 줄 알아, 온양댁은. 확실히 말할 줄 알아." 하고 탄복했을 때 미스 리는 벌써 딴 손님 앞에 가 있었다. 말에도 위트가 있었지만, 동작에도 위트가 있었다. 미스 리가 계속 그 자리에 서 있었더라면 피차 서툰 객담이 이어지기 마련일 것이니까.

또 하나의 발견이라고 흐뭇해 하고 있는데 강 화백이 나타났다. 범죄자이건 덕행자(德行者)이건 성공한 사람에겐 전설이 따르기 마련인가 보았다. 전설의 뜻은 나쁜 것도 좋게 해석되든지, 좋고 나쁘고를 가릴 것 없이 그저 재미있게 해석되든지 하는 데 있다.

K라고 하는 100만 명에 하나 있을까 말까 한 희성을 가진 신문 기자가 거나하게 취한 얼굴로 우리 자리에 끼어들었다. 나와는 물론 강 화백과도 친숙한 사이라서 우리는 그를 환영했다.

"이 선생, 요즘 위한림 연구를 하신다면요?" 하고 그는 대뜸 익살 조로 시작했다.

얼마 전 내가 술에 취한 길에 미스 리를 보고 "그 사람 연구해 볼 만한 사람이군." 한 말을 들었다는 것이다.

"또 위한림 얘기야?" 하고 강 화백은 노골적으로 싫은 표정을 했다.

"위한림 얘기가 나쁩니까?"

K의 말이었다.

"나쁠 건 없지만, 기껏 돈 좀 벌었다는 게 뭐 그렇게 대단하다구."

강 화백이 투덜댔다.

이로써 두 사람 사이에 설전이 벌어졌다. 나는 그저 듣고만 있으면 되었다.

K : "좋으나 굿으나 위한림은 하나의 사회 현상입니다. 가장 특징적으로 현재의 사회를 대표하고 있는……."

강 : "현재의 사회가 돈 가지고 있는 사람만으로 대표되는 건가?"

K : "돈 가지고 있는 사람만이 현대의 사회를 대표하고 있는 것은 아니지만, 그런 사람을 빼놓곤 현대사회의 해석이 불가능하죠."

강 : "그래서 그들을 영웅시해야 한단 말인가?"

K : "영웅시해야 하는 건 아니죠. 그리고 그런 사람들에게 대한 관찰의 중점이 그들의 재산에 있는 것이 아니고 어떻게 돈을 벌었는가 하는 과정에 있는 거죠. 그런 뜻에서 위한림이란 존재는 흥미의 대상이 된다, 이겁니다."

강 : "내겐 조금도 흥미가 없어."

K : "화가에겐 흥미가 없을 겁니다. 그러나 신문기자나 소설가라면 호오(好惡)의 감정은 별도로 하고라도 그런 자를 관심 바깥에 둬 둘 순 없는 거죠."

강 : "존재하는 거니까 무시할 순 없겠지만, 돈 좀 벌었다고 무슨 대단한 사람마냥 떠들어대는 게 싫다 이말이요, 난."

K : "화가들에게 있을 수 있는 결백이겠죠. 화가들은 그런 점에서 행복하다고 생각해요. 자기의 결백을 지키며 그림만 그리고 있으면 돈이 제대로 쏟아져 들어오니까요."

강 : "낭신 무슨 소릴 하는 거요. 나는 지금 아사 직전에 있소. 헌데

신문기자 해서 치부한 사람들은 어떻게 되는 거요."

K : "난 신문기자 해서 치부한 사람 본 적 없소."

강 : "한번 들먹여 볼까?"

K : "그런 사람들은 모두 한 시대 전의 사람들이겠죠. 이를테면 호
랑이 담배 피우던 시절. 그러나 그 시절에도 신문기자 해 갖
고 돈 번 사람은 백에 하나? 아니 천의 하나 꼴일 걸요."

강 : "화가도 마찬가지야."

K : "강 화백과의 토론은 이쯤 해둡시다. 나는 이 선생과 얘기를
하고 싶은 겁니다."

K기자는 이른바 사회 참여의 문학을 반체제적으로만 생각하는
것은 잘못이라고 지적하고 체제의 메커니즘을 그 음미로운 심처에
까지 동태적(動態的)으로 파악하고 부각시키려고 하는 의욕이 필요
하지 않겠느냐며 "그런 뜻에서 위한림 같은 사람을 모델로 해서 소
설을 써 볼 흥미가 없습니까?"고 물었다.

"그 사람이 실패했을 때 혹시 소재가 될지 모르지."

나의 대답이었다.

"그건 또 왜 그렇습니까?"

"실패를 하지 않을 경우, 성공자의 얘기가 되고 마는 거니까."

"성공자의 얘기면 소설이 안 된다는 얘긴가요?"

"소설이 안 된다는 얘기가 아니라 소설로 쓸 필요가 없다는 뜻
이오."

"왜 그렇습니까?"

"성공자의 얘기는 전기(傳記)로써 족합니다. 애써 소설로써 꾸밀 필요가 없지요."

"납득이 안 가는 바는 아니지만, 실패해야만 소설의 주인공이 될 수 있다는 의견엔 석연할 수가 없군요."

"석연할 수 없겠죠. 그 의견이 일반적으로 통할 까닭이 없으니. 내 의견일 뿐이오."

"왜 그런 의견을 가지는 겁니까."

"성공자의 경우 거의 동일한 패턴으로 움직입니다. 재능, 노력, 행운 이 세 인소(因素)가 일체가 되어 있는 거죠. 재능과 노력은 부족한데 행운이 결정적으로 작용한 경우가 있고, 재능과 노력이 월등한 때문에 행운이 마련되는 경우도 있지만, 대체로 삼위일체의 작용이 원활할 때 성공을 하는 것이니 굳이 소설을 쓸 필요가 없다는 겁니다. 그런데 실패했을 경우엔 각각 다릅니다. 운명과의 격투가 빚은 결과이니까요. 어느 실패자는 시초에서부터 운명과의 격투를 시작해야 하고 어느 실패자는 중반전에서 운명과 격투해야 하고 또 어느 실패자는 마지막 판 즉, 한 시간만 있으면 무사히 귀항하는데 그 직전에 폭풍우를 만나 침몰하는 등 갖가집니다. 실패자가 소설의 주인공인 수 있는 것은 그 운명과의 격투가 드라마딕 하기 때문입니다."

"성공이라는 운명과의 격투가 있지 않겠습니까."

"물론 있겠죠. 그러나 그건 모두 승리로서 끝난 것이니까 소설적인 조명이 필요 없다, 이겁니다. 신문이나 잡지의 보도기사로써 족하고 좀 더 구체적으론 전기나 자서전으로써 충분하다, 이겁니다."

"그러나 성공의 단서나 동기가 극적으로 되어 있을 때, 즉 상식과 통념을 넘어 있을 때, 다시 말해서 기상천외일 경우 소설로 될 수 있는 것 아니겠소."

"글쎄요. 하지만 그런 경우란 게 그처럼 쉽겠습니까. 설혹 있다고 해도 너무 기상천외라고 하는 바로 그 점이 소설 미학에 방해가 될지도 모르구요."

"위한림의 경우는 다를 겁니다."

"어째서요."

"특수한 데가 있습니다. 성장부터가 요약해서 말하면 커닝, 커닝의 연속이 오늘날을 만들었다고 해도 과언이 아니거든요."

"마이너스와 마이너스를 곱하면 플러스가 되는 것 아닙니까?"

"그렇죠, 그런 겁니다. 마이너스와 마이너스를 곱해서 얻어낸 플러스 같은 면이 위한림의 경우엔 있는 것 같애요."

"그러나 그게 어디……."

"아닙니다." 하고 K기자는 돌연 무슨 아이디어가 번쩍했다는 듯 비어 있는 내 잔에 술을 따르곤 흥분한 말투가 되었다.

"위한림을 미끼로 말입니다. 커닝, 커닝의 연속으로 성공의 탑을 만들어 버린 경우를 허구해 보는 것도 재미가 있지 않을까요? 어느 모델로서 시작해서 소설이 그 모델을 떠나 독자적으로 성장해버린 사례 같은 것을 만들어 볼 수도 있지 않겠어요?"

구미가 당기는 말이어서 나는 그의 다음 말을 기다렸다.

"위한림에겐 그런 게 있습니다. 그가 커닝의 명수였다는 점에 주목하는 거죠. 위한림 본인이 그렇게 생각했건 말건 나는 이 세상을 커닝만으로 걸어 보겠다. 그래서 성공해 보겠다고 발심한 주인공을 만들어 보는 겁니다. 어쩌면 한국판 스탕달리언, 줄리앙 소렐, 줄리앙 소렐은 실패했지만 성공한 줄리앙 소렐을 만들 수 있지 않겠습니까?"

"줄리앙 소렐이 성공할 까닭이 없지. 줄리앙 소렐이 성공한다면 스탕달리언의 매력이란 없어지는 거요, 스탕달의 『적(赤)과 흑(黑)』은 줄리앙 소렐의 실패로써 명작이 된 것 아닙니까?"

"그렇다면 선생님도 실패한 위한림을 쓰면 될 것 아닙니까?"

"아무리 모델로서 일부분만을 빌었다고 해도 현재 성공하고 있는 사람의 실패를 예언하는 것 같은 작품을 쓸 수야 있습니까?"

"그건 그렇겠습니다만……." 하고 K기자는 위한림에 관한 갖가지 얘기를 시작했다. K기자는 신문기자적인 흥미로 추성처럼 나타난 신재벌 위한림에 관한 얘기를 의도적으로 수집했고 지금도 수집 중이라고 했다.

K기자의 말에 의하면 위한림은 커닝이 천제이다. 국민학교 때 일은 잘 모르지만 고등학교부터 대학 졸업까지 커닝으로만 일관했다. 선생들은 위한림의 답안이 커닝으로 되어 있다는 것을 알았지만, 뚜

렷한 증거를 잡을 수 없었을 뿐만 아니라 보복이 두려워 그런 사실을 지적할 수가 없었다.

"실력으로써 일관하는 것보다 커닝으로써 일관하는 건 더 어려운 일 아닐까?"

강 화백이 말을 끼었다.

"어렵죠, 어렵구 말구요. 스탕달은 평생동안 참말을 하지 않겠다고 그가 스무 살 때 맹세했다죠? 그 스탕달과 비슷하지 않습니까. 위한림은 나는 평생동안 커닝으로만 행세하겠다고 맹세한 거나 다름이 없으니 그런 점에서 위한림도 위대한 거죠."

K기자의 이 말에 나는

"커닝 잘 했다고 위대하다고 하는 건 좀 오버된 표현이 아닐까?"

하고 웃었다. 그랬더니 K기자의 익살이 마구 쏟아졌다.

"이 선생도 소설가답지 않게 왜 그러십니까. 커닝이 어디에까지 가는지를 알고 계시면서. 아무튼 위대하다느니 거대하다느니 하는 말은 모두 그런 식으로 낭비해 버려야 하는 겁니다. 말이 액면 그대로의 가치를 가지고 있나요, 뭐. 말에 있어서의 인플레가 돈 인플레보다 훨씬 심한 줄 모르세요? 나는 애국자라고 뽐내는 놈이 있기에 물어보았더니 국물을 좋아한다고 말합디다."

"그러나 저러나 어느 정도의 실력이 없고서야 커닝이 성립될 까닭이 없지."

강 화백도 K기자의 얘기에 흥미를 느낀 듯 이렇게 말을 끼었다.

"커닝을 할 수 있을 정도론 실력이 있다로 되는 거죠. 그런데 이 점이 중요해요. 실력이 모자라는 부분을 커닝으로써 보충하는 것이 아니라, 숫제 커닝하는 데다 목적을 두고 거기에 필요한 정도의 실력을 준비한다, 이겁니다."

"그건 너무 지나친 말인 것 같다."며 이어서 강 화백이 이의를 제기했다.

"그 사람 공과대학의 기계과를 다녔다고 하니 맹탕 커닝만을 노린 것 같진 않은데."

강 화백의 이의엔 나도 동감이었다. 기계는 일종의 정직의 표현이고 정직 또는 정확을 전제로 하지 않고는 성립될 수 없다. 따라서 기계학이라고 하는 것은 학문 가운데서도 가장 커닝을 기피하는 학문일 것이었다. 그런 생각으로 나의 말은 다음과 같이 되었다.

"커닝만으로 세상을 사로잡을 작정이었으면 커닝이 최대의 효과를 발휘할 수 있는 그런 학과를 택했을 것 아닌가."

"그런 심리까지야 내가 어떻게 알겠습니까만 그 사람은 비상하게 영리한 사람이니까 시대 사정, 바꿔 말해 시운이라고나 할까요. 그런 것에 민감했다는 것 아닙니까?"

"아무튼 커닝을 무기로 해서 평생을 살 작정을 했다는 전제가 사실이라면 그 사람이 정치과나 상과, 법과엔 가지 않았다는 사실을 각별하게 평가해 줘야겠구먼."

강 화백의 이 말에도 나는 동감이었다.

"커닝이라고 하지만 그 사람의 커닝은 남의 것을 훔쳐보고 베끼는 따위의 쩨쩨한 게 아니었던 모양입니다. 지금 서울대학이나 키스트에 그의 동기생으로 많은 학자들이 있는데 그 석학들로부터 들은 얘긴데 밤중에 교무과에 침입해서 문제의 원본을 꺼내 와서는 수제들을 시켜 모범 답안을 만들게 했답니다. 어떤 경우는 등사원지를 이용해서 시험 용지를 등사해 갖고 나와 그 용지에 미리 답안을 써놓았다가 그 이튿날 시험장에 가서 슬쩍 바꿔 놓고 나오는 그런 짓도 했다니까요."

"그렇다면 그건 커닝 정도를 넘어 갱이 아닌가."

강 화백이 말했다.

"갱이죠, 갱. 기숙사 근처의 매점에 여러 놈 망을 보게 하고 들어가선 과자, 술, 제도 연필, 볼펜 할 것 없이 몽땅 들고 나온 일도 있다니까요."

"언어도단한 놈이구먼."

강 화백이 혀를 찼다.

"군에 있을 땐 밤중에 찝차를 달려 식료품점 앞에 가선 돌멩이로 유리창을 왕창 부숴 놓곤 한 시간쯤 후에 다시 가서 식료품을 몽땅 꺼내온 일도 있답니다. 군 동기를 만나면 여러 가지 기막힌 일들을 주워 들을 수가 있을 겁니다."

"그건 그렇고, 당신은 왜 그런 얘길 끌어모으고 있는가?"고 내가 물었다. K기자의 대답은

"나는 특종을 준비하고 있는 겁니다. 그자의 성공이 결정적으로 되었을 때도, 그 자가 실패했을 경우도 이 모두가 특종감 아닙니까."

"무서운 세상이군."

얼김에 내가 중얼거린 말이다.

K기자는 이어 내게 위한림을 모델로 소설을 써보라는 권고를 거듭했다.

"재료는 얼마든지 제공해 드릴 테니까요." 하는 것이어서 "그렇게 되면 당신의 특종 준비가 전부 허사로 되는 것이 아니냐."고 했더니 K기자의 말은 이랬다.

"하나의 병리 현상으로 보고 추적해 볼 만하다고 생각한 것이긴 하지만 단순한 읽을거리로 되는 것보단 시대 배경을 충분히 감안한 소설로 만드는 것이 훨씬 웨이트 있는 것으로 될 겁니다. 지금 우리나라에 있어서 주목할 만한 존재들이란 경제인 아닙니까. 그런데 경제인이 경제인으로서 등장하는 소설이 없지 않습니까. 그들의 포부와 야심, 그리고 생리와 병리, 애욕의 문제 등이 소상하게 취급되어 있는 소설이 없단 말입니다. 기껏 하잘것없는 월급쟁이, 실업자, 바나 살롱에 있는 여자들, 비행 청년, 비행 소년, 비틀거리는 중년 여자…… 물론 그런 것 갖고 문학이 안 될 이유도 없지만 언제나 우리 문학이, 아니 소설이 그런 것 주변만을 맴돌아서야 되겠습니까. 내남한 정치소설, 대담한 기업소설이 정정당당하게 문학으로서의 메리트를 갖추고 능장해야죠. 그럴 때 비로소 문학이 사회에서 정당한 발언권을 주장하게 될 게 아닙니까. 지금 형편으론 아직도 문학은 아녀자의 것, 일부 문학 청년의 것밖엔 되어 있지 못합니다. 아녀자들의 독점물이라고 해서 문학의 가치가 떨어지는 것은 아니지만 이왕이면 사회적인 영향력을 발하는 그런 문학도 있어야 하지 않겠소. 이 선생께서 한번 신기록을 내 보시구려. 그 첫째의 시도로써 위한림을 등장시키는 겁니다. 그렇게만 되면 내 특종기사쯤은 문제도 안 될 것이니 재료를 드리겠소. 내가 특종기사를 쓰려고 노린 것은 차가운 사회의 눈이 어디에선가 관찰하고 있다는 사실을 경제인, 정치인이 감득할 수 있게 하자는 거였지요. 신문기자가 그만한 사명의식 없이 그날그날을 지낸대서야 어디 말이 되겠어요? 그래서 그런 준비도 하고 있는 겁니다만, 이 선생께서 소설을 쓰시겠다면 아낌없이 드리죠."

"뜻은 고맙소만, 난 그런 소설을 쓸 의욕이 없소. 모처럼 마음을 낸 거니까 당신이 멋진 다큐멘터리를 써 보시오. 기대하겠소."

"그런데 이 선생, 난 요즘 묘한 것을 느끼기 시작했습니다. 신문기자가 어느 특정인을 두고 기사를 쓰면 아무리 좋은 의도를 갖고 정확을 기한다고 해도 독소적으로 작용할 수밖에 없다는 느낌입니다. 만일 그 독소적인 부분을 의식적으로 없애 버리려고 하면 쓰나마나 한 것으로 되구요. 신문기자의 눈은 어디까지나 타인의 눈이거든요. 타인의 눈은 무서운 겁니다. 그러나 소설가의 눈은 다르다고 생각해요. 근본에 사랑의 빛깔이 있는 이웃의 눈, 아니면 동포의 눈으로 되는 것이 아닐까 해요. 그러니 아무리 주인공을 가혹하게 다루어도 독소적인 작용은 없을 것이다, 이겁니다. 나는 요즘에 와서야 비로소 직업적인 두려움을 느꼈습니다. 신문기자란 무서운 직업입니다. 그 눈은 차갑습니다. 세상엔 물론 그런 눈이 있어야 하는 것이지만 두려워요, 무서워요. 어디까지 타인의 눈이니까요."

타인의 눈!

신문기자의 눈은 타인의 눈!

나는 벌써부터 K기자의 날카로운 문명비평적 견식을 높이 평가하고 있었던 터이지만, 신문기자가 다큐멘터리를 쓸 땐 타인의 눈이 될 수밖에 없다는 술회엔 새삼스럽게 놀랐다.

이러한 자각과 아울러 소설을 쓰는 눈은 결코 차갑기만 해선 안 된다는 사실을 깨달았을 때까진 신문기자로서 나름대로의 고민이 있었을 것이라고 짐작할 수 있어, 나는 "특히 위한림 씨가 아니라도 좋으니 재벌들에 관한 다큐멘터리를 K형이 쓰셔야 하겠소. 틀림없이 우리가 배울 것이 많을 것 같은데요." 하는 의견을 말했다.

"꼭 쓰고 싶은 사람이 있죠. Q재벌의 박 회장 같은 사람. 그러나 내가 목하 흥미를 느끼고 있는 것은 위한림 씹니다. 박 회장은 준령 태산과 같아요. 어디서부터 시작해야 할지 모른다 이겁니다. 입지독행의 연속으로만 보이니까요. 요컨대 계기가 없는 거죠. 그분이 커닝을 했단 소린 듣지 못했으니까요. 그런데 위한림 씨에겐 그런 게 있다 이겁니다. 예컨대 커닝, 그런데 그분이 지금 성공하고 있는 때문인지 몰라도 그 커닝엔 왠지 애교가 있어요. 이것도 그의 친구로부터 들은 얘긴데 커닝의 필요 없이 답안을 죄다 쓸 수 있는 경우에도 그는 60점 정도 받을 만큼 썼다는 겁니다. 커닝을 성공적으로 할 수 있을 때도 A학점은 피하고 B학점 정도로 했다는 얘기죠. 커닝으로써 수재들을 뛰어넘는 짓은 안 하겠다는 마음가짐이 아니었겠소. 말하자면 양심적인 커닝."

K기자의 이 말이 강 화백을 웃겼던 모양이다.

"오늘밤엔 별 희한한 얘기를 다 듣겠군. 양심적인 커닝이라니……."

하고 웃었다.

나도 따라 웃었다.

K기자도 웃으며 덧붙였다.

"선한 악인, 착한 악인이란 느낌이 들어요."

"이것도 특별한 말이군. 선한 악인?"

강 화백이 웃음 소리를 높였다.

"세상엔 선한 악인이 있고, 악한 선인이 있는 법인데 위한림은 선한 악인 측에 들어가는 사람이 아닐까 해요. 바로 그 점이 그 사람을 추격케 하는 모티브라고 할 수 있는데 내 다큐멘티로썬 그 선한 악인이란 델리케이트한 점을 표현할 수 없을 것 같아요. 그래 독소적으로만 작용하게 될 게 아닌가 하는 의구를 가진 거죠."

그리고는 다시 나더러 소설로 쓰라고 권했다.

아까까진 위한림에게 냉담했던 강 화백까지 슬금슬금 눈치를 보아가며 K기자와 한패가 되어 "이 선생, 한번 해 볼 만한 일 아닌가."

하고 권하기 시작했다.

"K형, 다른 젊은 작가에게 권해 보시오. 난 자신이 없소."

나는 이렇게 잘라 말하고 그 이유를 설명했다.

"사실 나는 돈을 번 사람에겐 흥미가 없소. 돈을 많이 가졌으면 하는 욕망을 없지 않으나 돈 가진 사람에겐 별로 흥미가 없단 말이오. 내 경험에 의하면 돈과 인간성은 반비례하는 것 같습니다. 돈이 많을수록 보다 인간적으로 되는 사람을 나는 아직 보질 못했소. 그러니까 흥미가 없어요."

시간의 거창한 작용엔 놀랄 수밖에 없다고 하면 새삼스러운 얘기가 되는 것일까. 그러나 새삼스러운 얘기를 새삼스럽게 하지 않을 수 없는 문제가 인생이고 시간이다. 아니 인생을 시간과 동렬에 놓고 말할 순 없다. 인생과 시간을 비유하면 인생이란 시간이라고 하는 만경창파에 던져진 한 개의 조 알맹이다. 언젠가는 모든 인생을, 그 인생들이 꿈틀거리고 있는 지구를, 그 지구를 하나의 점으로 하는 우주를 결정적으로 무화(無化)시킬 마력을 시간은 가지고 있는 것이다.

그런 만큼 도대체가 시간론은 성립될 수가 없다. 칸트의 두뇌로써도 시간이 지닌 무량한 의미 속에서 가냘픈 이율배반의 성격밖엔 도출하지 못했다. 하이데거의 두뇌도, 아인슈타인의 두뇌도 시간에 관한 한 수박의 겉을 핥는 시늉 이상으로 될 수가 없었다. 심리적 시간으로 물리적 시간을 해명할 수가 없고, 물리적 시간으로 심리적 시간을 어떻게 할 수 없다는 이유만으로서가 아니다.

권좌의 둘레에 있는 시간과 감옥의 벽 속을 흐르고 있는 시간이 같을 수가 없는 것이 아닌가. 풍요와 포만 속에서 너무나 사치로운 감각으로 죽은 하워드 휴즈의 시간과 팔 다리는 마른 나무가지처럼 되고 배는 개구리배 모양을 하고 영양실조가 되어 죽은 비아프라의 아이들의 시간과는 전연 다른 빛깔의 시간이 아니겠는가.

따지고 보면, 아니 따지고 볼 것도 없이 위한림도 시간이 만들어 낸 존재이며, 이윽고 시간이 매장해 버릴 인간이다. 우리들의 화제에서 그가 사라져간 것도 당연한 일이다. 뿐만 아니라 그와 유사한 신흥재벌이 심심찮게 돋아나고 있어 어느덧 특정한 인물은 화제에서 멀어지고 그러한 인물들을 포괄한 현상이 화제를 점령하게 된 것이다. 이를테면 무역주의, 수출주의 , 특혜주의, 번영주의, 부익부 빈익빈주의, 단군이래주의(檀君以來主義) 등. 다음은 그 무렵 '사슴'에서 얻어 들은 얘기다.

"무역주의란 뭔가."

"팔릴 수만 있다면 여편네 팬티까지 내다 달자는 건데, 특히 주의라고 하는 것은 팬티를 팔다가 어쩌다 팬티에 싸여 있는 여편네의 궁둥이까지 파는 경우가 있다는 것을, 아니 있을지 모른다는 사정을 강조한 것이다."

"수출주의란 뭔가."

"2달러어치 원료를 사다가 물건을 만들어 1달러에 팔아도 수출만 하면 좋다는 주의다."

"특혜주의는 또 뭔가."

"빚을 은행 돈으로 갚아 주고 그 빚을 또 은행 돈으로 갚아 주어 끝가는 데를 몰라라 하는 주의다.

"번영주의는 뭔가."

"생일날 잘 먹기 위해 이레를 굶자는 주의인데 차한(此限)에 부재한 계층을 인정한다는 유보가 있는 것이 이 주의의 특징이다."

"부익부 빈익빈주의는 뭔가."

"부자는 더욱 부자가 되어야만 호화 주택이 늘어서고 거리에 고급차가 범람하여 번영된 나라의 체면이 선다는 주의다."

"단군이래주의는 뭔가."

"단군 이래 이처럼 변덕스러운 날씨는 없으니 연설할 때의 인사 말씀으로 이 문자는 결코 빼선 안 된다는 주의다."

나는 이 모두가 시간이 가르친 교훈으로 안다. 그러나 내가 어줍잖은 현학 취미를 섞어가면서까지 시간에 관한 넋두리를 늘어 놓은 것은 결코 위한림과 그로 인해 유발된 문제 때문이 아니다. 현학이란 원래 허영을 가장한 센티멘털리즘일 경우가 많다.

그 해의 겨울도 시작되었을 때에 시작되었는데, 진눈깨비가 내리고 있었던 것은 내 회상 속에서만의 기후였는지 모른디.

그날 나는 미스 리를 만만찮게 웃길 재료를 마련해 가지고 '사슴'으로 갔다. 권세가 있는 사람은 권세로, 돈이 있는 사람은 돈으로, 미남은 미남이란 그 멋으로 각각 미녀의 환심을 사려고 한다. 그러나 권세 없고 돈 없고 미남도 아닌 사나이는 상대방을 웃기는 재간을 발휘하여 겨우 미녀의 환심, 그 언저리에나마 매달리려고 한다. 밀하자면 피에로의 신세를 가해 볼 뿐이다. 오죽하면 사나이가 피에로를 자처할 수 있겠는가. 피에로는 슬픈 존재이다.

어떤 재료를 마련했는지 내 기억은 소상하지 않다. 아무튼 나는 호기 있게 '사슴'의 도어를 어깨로 밀고 들어섰다. 여느 때 같으면 양 뺨에 보조개를 꽃피우고 "어서오세요." 하고 반겼을 미스 리가 보이질 않았다. 무슨 불길한 예감이 들지 않은 바는 아니었으나 자리를 잡고 앉아 활발하게 웃으며 말했다.

"온양댁이 보이지 않는군."

"언닌 편찮으셔서 나오시질 않았어요."

제천댁의 대답이었다.

"아프다니 어디가?"

"몸살이겠죠, 뭐."

"음, 소파수술 하러 간 거로군."

"선생님두 못할 말이 없으셔."

내가 소파수술을 운운한 것은 순전히 익살이었다.

짐작도 추측도 아닌 그저 말하기 위해서 한 말이며 버릇이다. 나는 어느 때이건 '사슴'의 아가씨가 하나라도 보이지 않으면 곧잘 그런 말을 써선 아가씨들의 호의적인 핀잔을 자청했다. 그러니 그 이상

왔다갔다 할 말이 필요 없었다.

그런데 그 이튿날도, 그 다음날도, 또 그 다음날도 온양댁은 '사슴'에 나타나질 않았다.

'사슴'의 간판은 여전히 그대로였고, 클래식 음악은 언제나 장엄했고, 아가씨들의 웃음은 은반의 구슬처럼 구르고 주정뱅이들의 말들과 웃음 소리의 고저는 예나 다름 없었고, 카운터에서 회계를 보는 아가씨는 틀림없이 온양댁의 동생이었는데 온양댁은 끝끝내 나타나질 않았다.

그리고 보니 온양댁의 '사슴'에서의 퇴장은 내 눈에만 돌연한 것으로 보였을 뿐이지 사실은 오랫동안 연상하고 준비하고 작정하고 각오한 결과였던 것이다.

'꽃은 피고지고 가을이 왔다.'는 유행가의 가사를 '사슴'의 비좁은 공간에 범람하고 있는 베토벤 제구 심퍼니의 음량에 띄워 놓은 꽃잎처럼 바라보고 있는 눈으로 되면서 나는 '사슴'에 있어서의 시간의 의미를 깨달았다. 무릇 모든 것은 사라져간다는 의미를.

마지막 고별 공연도 없이 퇴장한 명배우에 대한 아쉬움 같은 느낌도 있었다. 나는 온양댁이 누구와 결혼했는질 아무에게도 묻지 않았다. 행복을 비는 마음만은 간절했다. 나의 발걸음은 '사슴'에서 멀어졌다.

이렇게 해서 나의 '사슴'의 시대는 그 계절의 장을 닫았다.

그리고 몇 딜 후 우연히 그 근처를 지나다가 '사슴'에 들어섰다.

우선 낯선 얼굴이 도어 저편에 있었다. 지금은 남의 것이 된 옛집을 찾은 황량한 감회가 서렸다.

"선생님!" 하고 내가 부산댁이라고 부르던 아가씨가 달려왔다. 내가 아는 유일한 아가씨였다. 카운터에도 낯선 사람이 앉아 있었다.

"혼자세요?" 부산댁이 물었다.

"응!" 나는 부산댁이 지정한 자리에 가서 앉았다. 이윽고 부산댁이 대륜(大輪)의 국화꽃을 연상케 하는 30세 남짓한 여인을 데리고 왔다.

"제가……" 하고 그 여인은 말꼬리를 흐렸다. 자기가 이 집 주인이란 뜻의 말을 할 참이었다고 짐작했다.

"종종 놀러와 주세요." 하는 말을 남기고 그 여인이 떠난 후 부산댁에게 물었다.

"제천댁은?"

"시집 갔어요."

"청주댁은?"

"시집 갔어요."

"나주댁은?"

"시집 갔어요."

"원주댁?"

"원주댁두요."

"제기랄 시집이 홍수처럼 휩쓸었구나."

익살은 이렇게 부렸지만 한때 반치 촛불만큼이나 남아 있었을까 말까 한 내 청춘을 장식해 준 그 아가씨들에게 행복이 있길 비는 마음으로 간절했다.

"부산댁은 시집 안 가나?"

"오라는 사람이 있어야 가죠."

부산댁은 약간 슬픈 얼굴을 했다.

"곧 좋은 사람이 나타날 거야. 예쁘고 마음씨 고운 아가씨에게 좋은 신랑감이 나타나지 않을라구."

"그렇길 바래요." 하며 부산댁은 활짝 웃었다.

나는 혼자서 천천히 술잔을 들이키며 감상에 젖었다. 시집을 갔다는 그 아가씨들은 하나같이 좋은 아가씨들이다. 술집에 있으면서도 때묻지 않았던 그 아가씨들을 진흙 속에서 나서 진흙에 더럽혀지지 않은 연꽃에 비유할 수 있을는지 모른다는 감회가 새로웠다. 보다도 그녀들은 백조(白鳥)처럼 청아한 아가씨들이었다. 나는 감상에 겨워 다음과 같은 어느 외국 시인의 시 한 절을 마음 속으로 읊었다.

"슬프지 않을손가 백조는. 하늘의 푸르름, 강물의 푸르름에 물들지도 않으니……."

귓전을 모차르트의 〈주피터〉가 스쳐가고 있었다. 눈물겨우리만큼 현란한 그 선율! 그것이 또한 시간의 이미였디.

"온양댁은 잘 사는가?"

"아들을 낳았어요."

"아들을?"

"예쁜 아들이요."

"온양댁의 아들이면 예쁘겠지."

이런 말을 주고받고 있는데 내 앞에 다가서는 사람이 있었다. 기름기 없이 덥수룩한 머리, 소박한 생김새의 얼굴, 잠바 차림의 청년이었다.

"이 선생이시죠? 위한림입니다."

"혼자시라기에 실례를 무릅쓰구." 하는 위한림에게 자리를 권하고 술잔을 권했다. 신흥재벌의 총수는커녕 청년 실업가다운 인상도 아니었다. 방금 합숙소에서 나온 운동선수 같은 풍채와 기분이라서 부담감 없이 그를 앞에 하고 앉아 있을 수가 있었다.

그는 담배를 내게 권하고 자기도 입에 물어 라이터로 불을 켜대곤 "어른 앞에 버릇이 없습니다." 하고 수줍게 웃었다.

"담배 피운다고 버릇까지 들먹일 필요가 있습니까."

나도 상냥하게 대했다.

"어른들 앞에 얌전히 하고 싶은 마음이 없진 않지만, 제 아버지를 한 번도 정성스럽게 모셔 보지 못한 게 콤플렉스가 돼서 다른 어른에게 얌전히 하는 게 아버지를 배신하는 것 같은 느낌이 들어서요. 그래서……."

위한림은 머리를 긁적긁적 했다.

이런 엉뚱한 서두가 말문을 수월하게 틔운 계기가 되어 우리들은 거리낌 없는 말을 주고받을 수가 있었다.

"선생님은 미스 리를 퍽이나 좋아하셨다죠?"

"마이너스 에로틱한 감정이었죠. 누구나 호감을 가질 수 있는 여자가 아닙니까."

"저도 미스 리를 무척 좋아했죠. 그런데 두세 달 외국에 갔다가 돌아와, 모처럼 찾아왔는데 없어졌다고 하니 되게 섭섭하네요."

"나는 당신이 온양댁의 제일 애인인 줄 알았지."

"그 얘기 '엠프레스'에서 들었습니다."

"미안하게 됐소."

"아닙니다. 나는 선생님께 그 점으로 감사를 드려야 할 판입니다."

"그건 또 왜 그렇습니까."

"'엠프레스'에 있는 아가씨를 좋아했더니 이 아가씨가 서두는 폼이 대단해서 어떡하나 하고 걱정을 했죠. 그러던 참에 선생님의 유언비어가 있었던 거죠. 그 아가씨가 '사슴'에 와 본 모양입니다. 미스 리를 보곤 단념한 거죠. 내가 돌아왔을 땐 딴 남자를 사귀고 있다는 거였어요. 덕분에 홀가분한 기분입니다."

"위 사장도 좋은 사람은 아니군."

"좋은 사람일 까닭이 없지요. 그러나 저러나 이편에서 여자를 버린다는 건 상대가 어떤 여자이건 개운치 않은 일 아닙니까. 내가 버린 여자가 불행하게 되거나 하면 마음 아픈 일이거든요. 여자 편에서 나를 버려 주니 이런 다행이 없다고 생각합니다. 그래서 선생님

75

을 만날 수만 있으면 한턱하겠다고 벼르고 있었는데 이것 마침 잘 됐습니다."

"유언비어를 날조한 덕분에 술대접을 받는다는 건 희한한 일도 다 있다로 되느구먼."

"인생이란 원래 묘한 것 아닙니까?"

"거기까진 인생이 등장할 필요는 없다고 보는데."

"인생을 들먹인다는 것은 건방진 노릇인 줄도 아는데 가끔 인생을 들먹이지 않곤 말이 안 되는 그런 기분일 때가 있어요. 더욱이 오늘밤 같은 땐……."

"온양댁이 없어졌다구?"

"그런 뜻도 없지 않지요."

"무척 좋아했군. 나만큼이나 좋아했을까?"

"글쎄요. 아무튼 선생님, 오늘밤 우리 실연한 동지처럼 술을 마십시다요."

실연이란 말이 마음에 걸렸지만 굳이 따질 필요가 없다고 생각한 나는 "위 사장은 젊구 실력도 단단한데 좋은 사람에게 적극적으로 나가보지 않구 왜 닭 쫓은 개처럼 되었소." 하고 빈정대 보았다.

"내가 아직 총각이라는 사실이 부담이 된 겁니다. 결혼할 생각없이 수작을 건다는 건 미스 리를 모독하는 것이라서 내키지 않았고 결혼하자고 덤비기엔 내 자신의 장래에 뭐랄까 아쉬움? 아니 의문점이 있었구요."

나는 그의 대답에서 성실성을 느꼈다. 그러나 나는 여전히 빈정대는 투로 나갔다.

"위 사장은 앞으로 어떤 여자와 결혼할 작정이우. 오나시스처럼 미인 제일주의로 나갈 건가?"

"천만의 말씀입니다. 나는 약간 못나도 영리한 여자를 택할 겁니다. 얼굴만 잘 나고 영리하지 못한 여자는 우선 뱃구멍 아래가 틀려먹었습니다. 영리하지 못한 게 허영만 가득 차 가지구 조막손으로 달걀 도둑질 하는 것 같은 꾀를 부리는 꼴도 보기 싫구요."

이런 말 저런 말 오가는 가운데 피차의 알코올 도수가 높아만 갔다.

"위 사장, 돈이 많다는데 그 돈 어디다 쓸 건가?" 하는 시덥잖은 말을 해 본 것도 술탓일 것이다.

"전연 실감이 나질 않아요. 돈은 호주머니 안에 있어야 하는 건데 얼마나 되는지 모르지만 전부 은행에 있거든요. 정거장에 나가 열차 운행표 보고 있는 기분일 뿐입니다. 순전히 장부 놀음입니다. 그놈의 돈 실감있게 만져 보고 이리로 움직이든 저리로 움직이든 하고 싶은 마음이 없지 않지만 어린애 장난 같아서 할 수 없구요. 만질 수도 볼 수도 없는 돈 때문에 우왕좌왕 하다가 보면 빌어먹을 은행에 있는 대로 돈을 왕창 꺼내다가 광화문 네거리쯤에서 확 뿌려 버릴까 싶은 충동도 느끼구요……."

나는 위한림의 얘기를 들으며 옛날에 본 르네 크레르의 영화 한 장면을 상기했다. 무슨 축하식이 있는 장소였는데 돈을 싣고 가던 트럭이 전복하여 때마침 불어닥친 바람으로 돈 부대가 풀려 돈이 눈처럼 축하식장을 덮친 것이다. 연설을 하는 사람도 듣는 사람도 날아가는 돈을 향해 광분하는 꼴이 눈 앞에 선하게 전개되었다.

"위 사장, 아무쪼록 그것 한번 해 보시오. 서울에 온통 난리가 날 테니 구경할 만하잖겠소. 100억 원쯤 만 원짜리로 뿌리는 거요."

술에 취하면 사람은 반쯤 미친다. 취한 김에 나는 이런 소리를 떠들어 댔다. 위한림은 어이가 없다는 표정으로 듣고 있더니, "영감님!" 하고 불렀다. 선생님이 어느덧 영감님으로 호칭이 바뀌는 바람에 나는 얼떨떨했는데 위한림의 말이 있었다.

"영감님의 방중술을 라이브 쇼로 공개하시오. 그럼 나는 백 억쯤 헬리콥터로 한강 백사장에다 뿌리겠소. 광화문 네거리는 교통 때문에 안 됩니다."

지리멸렬한 말은 지리멸렬한 행동을 유발하기 마련이다. 그날 밤 나는 위한림의 포로가 되다시피해서 어느 곳에론가 끌려 가서 미추(美醜)를 분간 못할 여류(女類)들에 끼어 술을 마셨다. 심한 숙취에 머리가 아파 깨어보니 한남동의 어느 집에 겨울 아침이 찾아 들고 있었다.

타인의 눈

악야(惡夜)를 같이 지냈다는 공범 의식이 그와 나를 가까이한 것은 사실이다. 그래서 이모저모 관찰할 기회가 있었던 것인데 그에겐 경로사상이란 추호도 없다는 것을 알았다. 그런 까닭에 서툰 경로사상이 개입될 여지가 없어 술자리는 악동들의 모임처럼 되어 매양 유쾌했다. 그에겐 일체의 권위에 대한 외경심리란 것도 없다. 그런 것이 없으니 말에 꾸밈이 있을 까닭도 없다. 그의 말엔 노상 육두문자가 섞이고 행동은 거칠다.

그런데 그러한 언동이 오만한 성격의 탓에 있는 것이 아니고 도리어 스스로의 수줍은 성격을 카무플라지까지 하기 위한, 즉 자기 자신도 의식하지 못하는 사이에 이루어지는 함수(含羞)의 작용인 것이다.

예컨대 —

아우나 누이동생이 기특한 일을 했다고 할 때 '아, 너 잘했구나!' 하며 이깨라도 두드려 주고 싶은데 그렇게 했다간 눈물이라도 한방울 굴러 떨어지는 이를테면 스타일 구기는 장면이 될까 두려워 본능적인 발작으로 "자식, 그걸 뭐 잘했다고 으스대는 거야, 치사스레." 하고 꿀밤이라도 한 개 먹여 버린다.

반가운 친구를 만났다고 하자. '아아, 반갑다.'는 말이 목구멍까지 차올라 왔는데 갑자기 쑥스러운 생각이 들어, 입에서 말이 나왔을 땐 "이 강도 같은 놈아, 그 흔한 교통사고에 용케 뒈지지도 않구 잘도 살아 남았군." 하는 익살로 되어 버리는 것이다.

술 따르는 계집애들이 갑자기 측은해질 때가 있다. "너희들 고생하는구나." 하는 말을 하고 싶은 심정으로도 된다. 그럴 때면 마음관 전연 딴판으로 "돼먹지 못한 가시내들, 왜 우물쭈물하고 있어, 술이나 빨리 따라." 하고 호통을 친다.

요컨대 이러한 함수를 가진 사람은 "사람은 성실해야 된다." "사람은 정이 있어야 한다." "사람은 정직해야 한다."는 등의 말은 못하는 것이다. 본심을 토로할 수가 없는 것이다. 육두문자를 섞지 않곤 심성의 일단을 비춰 보이지 못하는 것이다.

한마디로 말해서 착한 악인들이 하는 노릇은 대개 이러하다. 악한 선인쯤 되어야 일장의 설교를 할 수가 있고, 손때 기타 등등으로 더러워질 대로 더러워진 애국, 진리, 정의 등의 말을 구사해서 멋진 웅변의 요리상을 차리기도 한다.

이런저런 이유로 나는 위한림에게 착한 악인의 편린 같은 것을 발견하고 비로소 인간적인 흥미를 느꼈다.

며칠을 망설인 끝에 나는 K기자에게 전화를 걸었다. 위한림에 관한 기록이 있으면 보여달라는 부탁이었다.

기자는 위한림에 관한 기록은 물론 기타 재벌에 관한 메모와 같은 것을 합친 보따리를 넘겨 주며 이런 말을 했다.

"가끔 내 익살을 섞은 편견적 부분이 있을 겁니다만, 그런 것에 구애되지 말고 한번 읽어 주십시오. 신문기자도 꽤나 고민하고 있다는 사실을 알게 될 겁니다. 앞으로 내 정보망에 걸리는 게 있으면 연락드리겠습니다."

나는 K기자에게 과분한 기대는 갖지 말라고 일렀다.

말하자면 나의 위한림 작업은 이렇게 시작된 것이다.

K기자의 메모에 의하면 위한림은 1971년 2월 서울대학교 공과대학 기계공학과를 졸업한 것으로 되어 있는데 위한림은 송별 파티의 스피치에서 다음과 같은 말을 했다고 쓰여 있다.

"세계에 일백 삼십 몇 갠가의 나라가 있다고 하니 그 가운데 초대국도 있고 미니 국가도 있으니까 1971년도에만 해도 대학 졸업한 놈이 줄잡아 일백 삼십만은 있을 것 아닌가. 이를테면 우리는 일백 삼십만 가운데, 즉 원 오브 젤이다. 그런데 우리 산술 한번 해 보자. 미래 공학이란 것이 있으면 미래 산술도 있지 않겠는가. 나는 일백 삼십만 가운데 일 퍼센트는 자살할 것으로 내다본다. 일 퍼센트는 병들어 요절할 것이고 일 퍼센트는 자동차 사고, 기타 교통 사고로 죽을 것이고 일 퍼센트는 총을 맞아 죽을 것이고, 일 퍼센트는 물에 빠져 죽을 것이고, 일 퍼센트는 복상사(腹上死)할 것이고, 일 퍼센트는 알코올 중독에 걸려 취생몽사할 것이고, 일 퍼센트는 감옥에 들어갈 것이고, 일 퍼센트는 부랑자가 될 것이고. 또 일 퍼센트는 원인도 모르게 자멸한다. 이렇게 해서 일백 삼십만 가운데 약 십삼만은 불행한 운수를 감내해야만 하게 돼 있다. 그런데 일 퍼센트는 권좌(權座) 근처에서, 일 퍼센트는 금좌(金座) 근처에서, 일 퍼센트는 학좌(學座) 근처에서, 일 퍼센트는 예좌(藝座) 근처에서 일 퍼센트는 불특정의 행운좌(幸運座) 근처에서 얼쩡거리며 인간으로서는 절정에 가까운 행복을 누릴 것이다. 그러니까 이 숫자가 대충 6만 5천 명. 이상 상한(上限)과 하한(下限)을 제외하고 남는 숫자가 그럭저럭 백만이다. 이 백만을 또한 분석해 보면 날강도 같은 놈이 있을 것이고, 사기꾼이 있을 것이고, 아첨을 수단으로 하는 비굴한 놈이 있을 것이고, 유부녀 간통을 상습으로 하는 카사노바 같은 놈이 있을 것이고, 남의 약점을 뜯어먹고 사는 하이에나 같은 놈도 있을 것 아닌가. 더러는 순교자도 있을 것이고 혁명가도 있을 것인데 도대체 우리는 어느 부류에 끼어야 하느냐, 이 말이다. 한마디로 말해 우리는 치사스럽게는 살지 말자. 그렇다고 해서 자살은 말자. 창피하게 자동차에 치여 죽는 그런 꼴만은 되지 말자. 할 수 없으면 알코올 중독쯤으로 세상을 비딱하게 보고 살 경우는 있겠지만 그런 친구가 생겨나면 우리 가운데 성공한 놈이 그 놈들 술값이나 대어 주자. 요컨대 세계를 우리들의 가슴에 안아 보자. 몸은 한국에 있으되 우리의 시야는 육 대주 칠 대양으로

틔어 놓자. 비록 실패를 할망정 기우장대한 실패자가 되어야 할 것이 아닌가. 꾀죄죄한 성공자보다는 거창한 실패자가 낫다는 견식쯤은 가져야 할 것이 아닌가. 내 한번 아는 척 삐겨 볼까? 장대한 일을 시도하다가 좌절한 자를 나는 좋아한다. 이건 독일인 니체군의 말이니라. 얘들아, 정신일도 하사불성이다. 그런데 이 말엔 두 가지가 있다는 것을 잊어선 안 돼. 정신을 한번 집중하면 무슨 일인들 해내지 못하리오 하는 뜻도 되지만, 아무리 정신을 한 곳에 집중해도 아무 일도 안 되느니라 하는 뜻도 있다 말이다. 그러나 정신을 집중해서 화끈하게 덤벼 갖고도 안 되는 일을 어떻게 할건가. 화끈하게 덤볐다는 그 사실만으로도 가상할 것이니라. 제기랄 좋은 말 한번 해볼려고 했더니 낯이 간지럽구나. 자아, 술이다. 술⋯⋯."

이렇게 인용한 끝에 K기자는 위한림에 대해서

― 어색한 자기 현시욕, 서글픈 영웅주의란 비판을 달고 있었다.

그 비판을 읽고 나는 신문기자의 눈, K 자신의 말마따나 타인의 눈을 느꼈다. 그런데 나는 K처럼 생각할 순 없었다.

1971년에 대학을 졸업한 무리들을 하나의 운명공동체처럼 보고 자기도 그 백 수십 만으로 헤아려지는 무리 가운데의 하나라는 인식, 그리고 그들 앞에 기다리고 있을 갖가지 운명에 대한 터프한 스케치. 얼만간의 허엽과 익살과 센티멘털리즘에 니는 위흔림이란 사람의 개성을 보는 듯했던 것이다.

아닌 게 아니라 이른바 70년대가 열리는 1971년이란 해는 개성적인 청년에 있어서 센티멘털리즘을 유발하고야 말 시점이 아니었 던가. 캄보디아에선 론놀의 쿠데타가 있었고 라오스에선 내란이 있 었다. 하노이의 압박은 날로 심하여 인도차이나의 전부는 선언 별개 의 양상을 띠게 되었는데, 닉슨 정부는 애매모호한 정책을 발표했다. '베트남의 베트남화(化)'. 베트남에 있어서의 전쟁은 베트남 사람으 로 하여금 수행케 한다는 얘기다. 이것은 미구에 미군이 인도차이나 에서 철수하게 될 것이란 의사 표시와 다를 것이 없다. 그럴 때 인도 차이나의 운명은 어떻게 될 것인가.

아프리카의 우간다에서는 오보테 대통령이 이디 아민이라고 하 는, 하사관 출신의 무지막지한 자가 일으킨 쿠데타에 의해 축출되었 다. 아프리카의 진주라고 하던 우간다의 운명이 어떻게 될 것인가.

이웃 중공에선 치열한 문화혁명이 있었는데도 모택동이 추방하 려고 했던 세력이 점점 고개를 쳐들고 미국과의 교섭을 시작하고 있 다는 것인데 그 장래는 어떻게 전개될 것인가.

미국의 청년들은 매주 50명 꼴로 캐나다를 통해 국외로 탈출하 고 있다는 얘기다. 양심적인 이유로써 병력을 기피한다는 것이 그들 의 이유이다.

일본은 경제대국으로서의 면목을 차차 선명하게 하고 있다. 자동 차와 전기제품을 주요 생산으로 하는 미국에 일제 자동차와 전기제 품이 홍수처럼 밀려 들어가고 있다는 얘기다.

1959년 이래 70년까지 우리나라에 도입된 외자는 총액 31억 달러, 70년도에 이룩한 수출 실적은 10억 달러 남짓. 그런데 재작년에 있었던 삼선 개헌 이래 끈덕진 소문이 나돌고 있었다. 박정희 대통령은 그의 영구 집권을 위해 스페인의 프랑코와 같은, 대만의 장개석과 같은 총통제를 도입하리라는 소문이다.

어느 해고 중요하지 않은 해가 있을까만, 어느 때고 위기를 잉태하지 않을 때가 있을까만, 새 세대로 진입하는 1971년이 젊은 사람의 마음을 자극하여 센티멘털한 익살을 토하게 했대서 그것이 어색한 자기 현시욕, 서글픈 영웅주의로 될 까닭이 없지 않는가.

K의 기록에 의하면 —

이 해의 사월 위한림은 평진산업에 입사했다. 입사 시험 때 기명호 사장이 물었다.

"우리보다 크고 좋은 업체가 많은데, 하필이면 왜 우리 회사를 지망했는가?"

위한림의 대답은 다음과 같았다.

"평화롭게 전진하겠다는, 평진이란 이름이 좋아서요."

평진산업은 일제 때 견직물 생산으로 성장한 업체인데 최근에 와서 건설, 광업, 가전제품 생산, 무역 부문을 곁들여 수출 진흥의 바람을 타곤 급격하게 그 사세(社勢)를 넓힌 업체이다. 아직 일류라고까지 할 수 없었으나, 산하에 디섯 개의 계열회사를 둔 모회사로서 그 재정 구조가 튼튼하다는 정평이 있었다.

위한림은 입사한 지 얼마 되지 않아 평진산업이 일제 때 평진견

직으로 유명한 메이커였는데 일본인이 돌아가고 난 뒤 그것을 맡고 있던 사람으로부터 지금의 회장 기순영이 순전히 사기적 수법으로 강탈하다시피했다는 이야기를 들었다. 그런데 회장 기순영은 칠십이 넘은 나이로 은발을 머리에 얹고 언제나 입언저리에서 미소를 지우지 않는 온유하기 짝이 없는 풍모의 소유자였다.

그 풍모의 어느 곳에서도 기왕 사기꾼이었던 과거를 냄새로도 맡을 수가 없었으며, 회사를 빼앗긴 자가 자살했다는 소릴 듣고,

— 천치 같은 녀석, 죽긴 왜 죽어. 약육강식의 사회란 걸 몰랐던가. 하고 비웃는 냉혈성을 찾아 볼 수 없었다. 뿐만 아니라 그는 신입사원을 모아 놓고 일장의 훈시가 있었는데,

— 회사에 충실하다는 건 곧 국가와 민족에 충실한 것으로 된다. 오늘과 같은 국제경쟁 시대에 있어선 엄밀한 의미에 있어 사기업(私企業)이란 있을 수 없다. 모두 국가적 의미를 가지고 있다. 애사 즉, 애국이다. 저, 아이젠하워 대통령 시절의 국방장관 윌슨은 천고의 명언을 남겼다. 그는 제너럴 모터스의 대주주이기도 했었는데 이런 말을 했다. 제너럴 모터스에 유리한 것은 미국에 유리하다. 여러분은 이 말을 명심해야 한다. 우리 평진산업에 유리한 것은 대한민국에 유리한 것이다. 나는 내 평생의 모토로써 공명정대를 실천해 왔다. 여러분이 평진산업에 바치는 충성과 능력에 따라 공명정대하게 여러분을 평가하여 대접해 줄 참이다. 중요한 것은 공정이며, 근면이며, 회사에 대한 충성이다.

대강 이와 같은 요지의 장장 한 시간 반에 걸친 장광설이었다. 과연 사업수단도 출중하거니와 언변도 대단하다는 평을 받을 만하다고 생각했다. 그러나 위한림의 느낌으론 훈시 자체에 목적이 있다기보다 기순영이 자기의 박식을 과시하고 자기의 노익장을 뽐내고 만사를 꿰뚫어보는 통찰력을 지녔다는 사실을 표명함으로써 사원들에게 은근한 위압을 주려는 데 목적이 있는 것 같았다.

간교한 수단을 부려 남의 업체를 뺏은 데 대한 후회라곤 전연 없는 것일까. 자기가 저지른 기왕의 악을 마음속에서 어떻게 처리하고 있는 것일까. 성공만 하면 사기꾼도 명사가 된다는 건 새삼스럽지도 못한 상식이겠지만, 그렇다고 해서 저렇게 인자한 외모로까지 될 수 있는 것일까.

회장의 훈시에 이어 사장 기명호의 인사가 있었다. 요지는 회장님의 공명정대한 창업정신을 받들어 일사분란하게 회사의 번영을 이룩하자는 짤막한 내용이었다.

"짤막하게 말할 줄 아는 걸 보니 즈그 애비보단 영리하다."는 감상과 함께 그 자꾸만 되풀이되는 공명정대라는 단어가 위한림의 귀에 거슬렸다.

회장은 물론이고 사장 기명호도 위한림의 마음에 들지 않았다.

기명호는 나이 40세, 회장 기순영의 장남이며 작년 회장의 칠순 잔치를 계기로 사장 자리에 앉았다고 들었다.

그는 나면서부터 특권층에 속해 있는 이른바 귀족적 인물이란 의식을 세포 하나 하나에 새겨 넣고 있는 듯한 사람이다. 그런데도 나는 이렇게 평민적으로 너희들을 대한다는 제스처를 잊지 않는다. 젊은 사원들을 인견하면서도 "자 담배 피워요, 담배." 하고 담배통을 권하고 라이터를 손에 든다. 자기도 담배를 피우지 않고 상대방도 담배를 피우지 않을 것을 번연히 알면서 해 보는 제스처다.

이를테면 관대한 체하면서도 결코 관대하지 않고, 겸손한 체하면서도 결코 겸손하지 않고 은근 무례한, 자기 딴으로 대단히 영리하게 굴고 있는 요량이지만 그런 모순을 노골화함으로써 이윽고 만화가 되어 버린 묘한 성격의 사람이다.

이러한 성격을 우리는 흔히들 재벌 2세들에게서 발견한다. 그런 점에서 볼 때 기명호는 전형적인 재벌 2세인 것이다.

그렇다고 해서 어느 누구도 그를 빈축할 사람은 없다. 모두들 그의 장점만을 보려고 한다. 아니 단점마저도 그에게 있어선 장점이 된다. 기명호가 국산품 시계를 차고 있는 것은 가난한 자가 롤렉스를 차고 있는 거나 다를 바 없는 일종의 허영일 텐데 그것이 또한 칭찬의 재료가 된다. 대재벌의 아들이요, 평진산업의 사장님이신 그 어른이 국산 시계를 차고 있다니 검소도 하셔라, 이런 식이다.

그런데 그들은 기명호가 한 세트에 수백만 원이나 하는 골프채를 사들였다는 사실은 보려고도 않는다. 우선 시계만 해도 국내 여행용, 외국 여행용 등 몇 개나 가지고 있다는 사실엔 아는 체를 안 한다.

그렇게 해야만 아첨의 명분을 가질 수가 있다. 바꿔 말하면 안심하고 아첨할 수가 있다. 구실과 명분 없는 아첨은 사람을 비굴한 것으로 만들지만 명분이 있는 아첨은 아첨이 아니고 당연한 예의라고 합리화할 수 있을 만큼 무릇 아첨배들은 영리한 것이다.

입사한 지 얼마 후 위한림이 한 해 먼저 입사한 선배 사원 민경태에게 물었다.

"공명정대가 이 회사의 모토인 모양이죠?"

"그런가 봅니다."

"만일 참으로 공명정대를 부르짖는다면 이 회사의 근거가 무너지는 것 아닐까요?"

"중대 발언이신데."

"내가 듣기론 회장이 이 회사를 사취한거나 다름이 없다면서요?"

"나도 그렇게 듣고 있소만 아득히 이십 수 년 전의 일이니 도의적으로도 시효 만료가 아니겠소."

"공명정대를 모토로 한다는 사람이 유능하고 나이 많은 중역들을 제쳐 놓고 자기 아들이란 이유만으로 사장 자리에 갖다 놓겠수?"

"상속자이니까 그런 것 아니겠소?"

"회장의 훈시 말씀엔 이 회사는 사기업이 아니라고 하던데요."

"위 형이 그런 걸 개물을 징도로 순진하다면 앞으로 날리 보아야 하겠는데."

"절 그렇게 순진하다고 본다면 나도 민 형을 달리 보아야 하겠는데요."

"아무튼 공명정대는 훈시용으로 있는 말이라고만 알아 두시오."

민경태의 결론이었다.

우선의 가면이 그냥 녹아 붙어 진짜 얼굴이 되어 버린 듯한 기순영 회장은 위한림의 마음에 들지 않았다. 그러나 그는 먼 곳에 있었기 때문에 견딜 수가 있었다.

아버지의 위선을 약간 다른 각도로 그리고 보다 세련된 방식으로 익히고 있는 사장 기명호도 물론 싫었다. 그러나 그도 역시 자기와 먼 곳에 있었기 때문에 참지 못할 바가 아니었다.

그런데 바로 직속 상사로서 회사에 나오기만 하면 줄곧 같이 있어야 하는 고경택 계장은 정말 견딜 수가 없었다. 고경택은 이발소에 전시하고 있는 모범 머리 스타일을 하고, 양복은 그대로 남자복 패션쇼에 나가도 될 만큼 입고, 와이셔츠는 언제나 새하얗고, 넥타이는 온도와 습도와 날씨를 계산해서 매는 것인지 매일 매일 달랐다. 그리고 그 청결한 버릇이란! 책상 위에 먼지 하나를 용납하지 않는다. 자기 옷에도 먼지 한오라기 붙어 있을 까닭이 없다.

복장과 몸가짐에 추호의 하자가 없는 것처럼, 그의 언동에도 조그마한 어긋남이 없다. 말 소리는 상대방만 들릴 만큼 낮고 정중하다. 지시하는 내용은 정확했다. 언제나 근엄한 얼굴을 하고 있으면서도 고개를 들고 누구와 상대할 땐 봄바람이 호면을 스치는 것처럼 부드러운 미소가 인다.

"일은 징기스칸이 세계를 석권할 때처럼 박력있게 하되 매너는 영국 신사 뺨칠 정도로 완벽하게 하자."는 게 그의 좌우명, 아니 신념인 듯 싶었다. 그런데 그는 그 해 29세인 것이다. 30세가 넘은 평사원이 수두룩한데 29세에 계장이라니 사람이 어떻게 저처럼 되어 먹을수가 있을까 할 정도이다.

위한림은 그러한 고경택 계장만 보면 이빨이 시어오르고 모처럼 고운 말을 쓰기로 작정했는데도 육두문자가 목구멍에서 튀어나오려고 했다. 근무 태도로 보나 대인 태도로 보나 결점 하나 없이 완벽하다는 것, 완벽하다는 것이 결점일 수밖에 없다는 것. 그것을 위한림은 견딜 수가 없는 것이다.

"제기랄, 무거운 절 떠나라기보다 가벼운 중이 떠나야지."

위한림은 막연히나마 회사를 떠날 날을 계산하는 마음으로 되었다. 이왕 떠날 바에야 볼 거나 실컷 보고 떠나자는 건데 그 회사 안에서 볼 거라야 신물나는 계장의 얼굴, 하나같이 만화로만 보이는 과장, 부장 그리고 사원들 얼굴밖에 달리 있을 것이 없다.

"에에라, 여사원들 궁둥이 연구나 하자."

그로부터 위한림은 여사원들의 궁둥이를 열심히 관찰하기로 했다.

무릇 관찰해서 흥미가 없는 것이 이 세상에 있을 까닭이 없다. 곤충학자와 세균학자가 가능한 것도 그런 까닭이며 빈대의 콧구멍, 벼룩의 생식기로 박사 학위를 받을 만큼 관찰 연구하게 되는 까닭도 그런데 있는 것이니 하물며 인간하고도 여자의 궁둥이가 흥미 물씬한 관찰의 대상이 될 수 있는 것은 당연한 일이다.

위한림은 여중, 여고, 여상의 야간부에 다니는 소녀들과 중년을 넘어선 청소부들을 제외하고 회사 내에 있는 일체의 여자, 회사에 드나드는 일체의 여자를 관찰 대상으로 하기로 했다. 평진산업에 입사해서 별 볼 일이 없이 떠날 바에야 여자의 궁둥이를 연구한 성과쯤은 있어야 하지 않겠는가 하는 심정으로.

궁둥이를 통한 여자의 연구, 아니 궁둥이에 있어서의 여자의 연구, 어느 편이건 멋진 연구 제목이 아닌가. 우선 그런 아이디어를 냈다는 것부터가 후덥지근하기만 하고 비릿한 냄새를 곁들인 직장의 분위기 속에서도 다소나마 위한림의 마음을 경쾌하게 했다.

"하기야 패사디나의 청년들은 화성과의 거리를 재고 있는데 나는 여자들의 궁둥이를 연구한다?" 하는 마음이 서글프지 않을 까닭이 없진 않았지만, 위한림이 패사디나에 있는 것이 아니고 평진산업의 철제 책상 앞에 앉아 있는 것이니까 달리 도리가 없는 것이다.

여자의 궁둥이는 관찰할수록 묘하다. 위한림은 가끔 조물주(造物主)의 솜씨에 찬사를 보내고 싶은 마음으로도 되어 빙그레 벌어지는 입술을 얼른 다물어 버리기도 하고, 어떤 때는 "훗흐!" 하는 묘한 소리로 되는 웃음을 웃기도 했다.

민경태가 위한림에게 생긴 그런 이변을 놓칠 까닭이 없었다. 점심을 먹고 막 돌아와 앉아 또 그런 웃음을 웃었을 때였다.

"위 씨, 그 웃음이 뭐요. 심상치 않은 웃음을 번번이 보는데 아무튼 기분 좋은 현상은 아니오. 설명할 필요가 있잖을까요?"

민경태가 빈정댄 말이었다. 물론 고경택 계장의 청각 범위에 들어가지 않게 배려한 목소리였다.

위한림은 민경태를 만만치 않은 인물로 보고 있는 터라 그의 기분을 상하게 하고 싶지 않았다.

"굳이 설명을 요구하면 하죠. 그러나 괜히 쑥스럽네요."

"쑥스러우면 그만 두슈. 나는 혹시 청량리까지 동행해야 할 일이 생길까 봐서 해 본 소리유."

"퇴근하거든 '사슴'에나 갑시다. 쑥스러움을 무릅쓰고 얘기하리다."

"무리하실 것까진 없소."

"아닙니다. 괜히 체호프의 육호실 신세가 될까 겁이 나는데요."

이 이상의 말이 오가면 고 계장의 귀가 발동하기 시작하고 이윽고 그의 입이 움직일 것이다.

"유익하고 좋은 말씀이면 마이크를 통해 전 사원이 다 듣도록 하시구, 유해한 말씀이면 삼가시구, 무해무익한 말씀이면 이따 다방에 나가서서 하시지."

사뭇 정중한 위한림은 그 이상 말하지 않았고 민경태도 그 이상의 말이 없었다.

어치피 '사슴'엔 갈 작정이었다.

위한림의 나날은 '사슴'에 가서 술 마시는 것이 본업이고 평진산업에 출근하는 것은 부업이었다.

외국에서 온 문서 하나를 번역해서 제록스로 카피를 오륙 통 뜨고 나니 퇴근 시간이다. 이래서 월급장이 말릴 수 없는 것이다. 거지노릇 사흘만 하면 그만둘 수 없다는 거나 마찬가지다. 월급장이는 퇴근하는 맛으로 출근한다. 퇴근하기 이해 흥청흥청 시간을 보낸다. 그런데도 되는 회사는 되고, 안 되는 회사는 안 되는 걸 보면 확실히 무슨 신의(神意)에 의한 예정조화(豫定調和) 같은 것이 있는 모양이다.

위한림은 이런 생각 저런 생각을 하며 복도에서 기다렸다가 민경태에게 말을 걸었다.

"민 형, 갑시다. '사슴'으로……."

K기자의 기록에 의하면 이날 밤, '사슴'에서 위한림의 신상에 중대한 작용을 끼치게 될 사건의 계기가 생겼다는 것인데, 그 기록을 소설식으로 구성해 보면 —

위한림은 맥주를 한 병쯤 마시고 난 뒤,

"하두 회사의 분위기가 따분해서요. 여자 사원들의 궁둥이를 관찰하기 시작한 거죠. 그랬더니 간혹 그런 웃음이 터지데요. 민 형도 한 번 해 보십시오. 그래 갖고 우리의 연구 결과를 비교 검토합시다."

"위씨, 금방 한 말 농담으로 하는 거유, 진담으로 하는 거유." 하고 민경태가 피식 웃었다.

"민 형, 사람의 인격을 그처럼 묵사발로 만들지 마슈. 나는 내 평생을 참말만 하고 살 작정은 아니지만, 거짓말을 하고 살 작정도 안 하고 있소."

위한림이 투덜댔다.

"거짓말도 아니고 참말도 아닌 그런 말이 있다는 거유?"

민경태가 물었다.

"있구 말구요. 가령, 좋다 나쁘다 하는 식으로 하는 말은 거짓말이거나 참말이라고 할 수밖에 없죠. 그런데 '방불하다', '나쁠 것까진 없다.' 하는 건 참말도 아니고 거짓말도 아닌 말로써 통용할 수 있다 이겁니다. 빛깔에 중간색이 있듯이 말에도 중간이라는 게 있는 거죠. 어느 책에서 보았는데 세계의 거부 로드차일드 1세는 평생에 참말한 마디도 안 했고 거짓말 한 마디도 안 했다더군요. 주로 사용한 것이 이를테면 중간어였다는 겁니다."

"위 씨, 그렇다 치고 궁둥이 연구 결과나 피력해 보시지."

"헌데 민 형, 나는 민 형 민 형! 하는데 민 형은 나를 위 씨 위 씨하니 어쩐지 손해 보는 기분인데요."

"난 되도록이면 말만은 정확하게 쓰고 싶어. 위 씨를 두고 위 선생, 하긴 뭣하고, 그렇다고 해서 한 살이나 젊은 사람을 오뉴월 볕이 하루가 무섭다는 건데 형자를 붙여 부르기도 쑥쓰럽구."

"민 형, 이 형, 하는 건 언령에 관계없이 쓰게 돼 있는 관행인데 왜 그래요."

"아무리 관행이라도 내가 납득할 수 없는 관행은 싫다 이거요."

"그럼 좋소. 나도 민 씨라고 하리다."

"민 씨 좋지 않소. 아니면 민 형이라고 하는 말은 웬지 시답잖은 정감이 남이 덮던 이불에 남아 있는 온기처럼 묻어 있는 호칭보다 깨끗하지 않소. 약간 드라이하기도 하구 말요. 그래서 나는 위 씨라고 불렀던 거요, 싫어요?"

"위 씨, 좋습니다. 나도 민 씨라고 부를 테니까."

"그렇게 하라니까요."

"됐어, 민 씨. 얘기를 본론으로 돌리겠소. 그런데 모처럼의 연구 결과를 민 씨 하나만을 상대로 해서 하긴 아까운데요. 미스 리를 부릅시다."

"맘대로 하슈.

위한림이 미스 리를 불렀다.

미스 리가 옆에 와서 서자 물었다.

"오늘밤 내가 중대 발표를 할 참인데 경청하실 용의가 있수?"

"뭔데요?"

"여자의 궁둥이에 관한 나의 연구 발표요."

"그런 건 안 들어요." 하고 미스 리는 살짝 웃고 살짝 째려보는 눈을 하며 저편으로 가 버렸다.

"민 씨, 한 사람 앞에서 연구 발표한다는 건 아무래도 아까운데요." 하고 위한림은 눈으로 미스 리의 행방을 찾았다.

"이래 봬도 난, 한 사람으로서도 인류를 대표하고 있다는 기분인 걸."

"민 씨는 기껏 남자들, 그러니까 인류의 반을 대표하고 있을 뿐이오. 여류(女類)의 대표가 있어야지."

그때 미스 한이 옆으로 왔다.

"미스 한이라도 있으면 돼." 하고 위한림이 시작했다.

"첫째, 이건 중대 발견인데 여자의 얼굴은 가리기만 하면 표정을 볼 수가 없다. 그런데 여자의 궁둥이는 옷으로 가려져 있어도 그 표정이 뚜렷하거든."

"위 선생님, 무슨 얘길 하시려는 거예요."

미스 한이 웃음을 머금었다.

"잠자코 듣고 있어. 헌데 그 궁둥이의 표정이 또한 정직하단 말야. 처녀의 궁둥이는 단호해. '나는 처녀입니다.' 하고 말야. 성적 경험이 있는 여자의 궁둥이는 '어때요. 내 궁둥이 쓸만 하죠?' 하는 식으로 선정적이구, 결혼한 여자의 궁둥인 뻔뻔스러워. '내 궁둥이에겐 주인이 있어.' 하는 따위지. 음탕한 여자의 궁둥인 '이래도 내게 반하지 않을 테야? 조래도 내 궁둥이에 반하지 않을 테야?' 하고 살살 흔들어대구."

"아이구 망측해." 하고 미스 한이 쩨려보며 말했다.

"위 선생은 그런 것만 보고 다니세요?"

"할 일이 있나 뭐. 유엔 대사를 시켜 줄 까닭도 없구."

"그런데 위 씨."

맥주를 들이켜고 민경태가 정색을 했다.

"그 정도의 지식을 관찰 끝에 얻었단 말요? 그런 것쯤은 관찰하지 않아도 알 수 있는 거요."

"성급하게 서둘지 마슈. 지금 진행 중이니까. 여자의 궁둥이는 대채로 삼류(三類), 삼종(三種), 그러니까 아홉 가지로 나눌 수 있소. 비만도(肥滿度)에 따라 대(大), 중(中), 소(小) 삼류로 나뉘고 그 삼류가 다시 상, 중, 하 삼종으로 나뉘는 거죠. 이를테면 대상형(大上型)은 큰 궁둥이가 바싹 치켜 붙었다는 뜻이고, 대하형은 큰 궁둥이가 축 처져 있다는 뜻이며, 대중형은 그 중간쯤 된다는 것인데 대체 대형에 속하는 여자를 〈카마 슈트라〉에선 상녀(象女)라고 표현하고 있어요. 그런데 행인지 불행인지 평진산업엔 상녀에 속하는 여자는 없소. 중형과 소형이 있을 뿐이지. 미스 한의 궁둥이는 중상형(中上型)?"

"그만둬요. 위 선생님!" 하고 미스 한이 몸을 돌려 가 버렸다.

"이것 멋쩍게 되었는데."

위한림이 맥주잔을 들었을 때 미스 리가 나타났다. 그리고 핀잔이었다.

"위 선생님, 순진한 아이들을 놀리지 마세요. 귀한 집 딸들예요."

"그럼 미스 리 들어봐요. 뼈다귀가 앙상한 좁디좁은 궁둥일 가진 여자는 거개가 신경질적이고 편협해요. 궁둥이가 바싹 쳐들려 있는 여자는 깔끔한 매력이 있지만 악녀가 많구. 궁둥이가 축 처진 여자엔 악녀는 없는 대신 맛이 없을 것 같아. 소금도 없이 삶은 감자 먹는 맛이 아닐까 해. 이 이상은 풍기문란이 되겠지?"

"아니 짓궂어." 하고 미스 리도 가 버렸다.

"그 정도 갖고 뭣이 궁둥이에 있어서 여자의 연구요."

민경태가 투덜댔다.

"지식이나 정보엔 공개할 성질의 것이 있고 또 공개하지 못할 성질의 것이 있는 것 아니겠소. 더구나 구체적인 설명이 되면 같이 있는 여자들을 모욕하는 결과가 되니까요."

"아무튼 그런 정도의 연구 같으면 근무 시간에 그 따위 묘한 웃음 웃지 마시오."

"웃을 자유도 없단 말요?"

위한림의 말이 장난스럽게 된 것은 민경태가 장난스럽게 빈정댔기 때문이다.

"그럼 위 씨는 샐러리맨에게 웃을 자유가 있는 것으로 아시우?"

"그럴 자유도 없을라구요."

"나는 위 씨를 매우 총명한 사람으로 알았더니 이제 와 보니 착각의 대가이시군. 샐러리맨에겐 웃을 자유가 없는 거유. 노예가 웃는 것을 봐쑤? 미국의 남부영화(南部映畵)에 나오는 노예들이 웃는 장면이 있습디까? 웃는 노예가 있다면 그건 머저리거나 미치광일 거요. 헌데 샐러리맨이 옛날 노예와 본실석으로 나틀 게 뭐요. 문넝을 가상한 보다 교묘한 수단에 의해 지배를 받고 있다는 사실을 빼놓고 뭐다를 게 있단 말요. 그런 주제에 웃어요? 허파에 바람이 들어갔대서 웃어요? 그야말로 웃기는 얘기군. 내 나쁜 말 하는 것 아뇨. 그런 웃음 당장 집어치우슈."

"그럼 언제나 똥 찍어먹은 곰쌍처럼 하고 있으란 말요?"

"그것도 안 되지. 주인이 노예의 찌푸린 꼴을 보아 넘길 것 같수? 현대의 지배자들도 마찬가지라오. 위 씨가 똥 찍어먹은 곰쌍을 하고 있어 보시오. 저놈은 회사에 앙심을 품고 있구나, 아니면 무슨 나쁜 짓을 한 게로구나, 이렇게 생각하기가 십중팔구일 거요."

"그럼 어떻게 하라는 거유."

"나처럼 하슈. 언제나 시원한 바람을 쐬고 있는 것처럼. 봄 바람 속에서 꽃을 보고 있는 것처럼. 약간은 바보스럽게, 더러는 총명하게. 이를테면 비둘기와 같은 눈과 뱀 같은 마음……."

"난 모르겠소." 하고 위한림이 잔을 비웠다.

"큰일 났군."

민경태가 중얼거렸다.

"뭣이 큰일났단 말요."

"나는 위 씨를 잘 훈련시켜 빨리 출세케 해서 그 덕을 보려고 했는데…… 위 씨가 과장이나 부장이 되면 난 그 그늘 밑에서 편안하게 지낼 작정이었거든. 그런데 남의 말귀를 못 알아들으니 큰일났다, 이거유."

"민 씨가 출세하면 될 게 아뇨."

"난 안 돼요.

"왜요."

"내 관상을 보시오. 회사의 과장이나 부장을 할 관상이우?"

"난 민 씨의 관상이 우리 총무부에선 제일이라고 생각하는데요."

"그러니까 사장이나 회장을 할 관상일진 모르나 과장이나 부장은 안 될 관상이다, 이거요. 왕이 될 관상을 가진 사람이 왕실에서 태어나지 않았다는 것은 비극이 아니겠소. 그래 나는 위 씨에게 기대를 건 거요."

"미안하지만, 난 이 회사에 오래 있을 생각은 없소."

위한림이 잘라 말했다.

"그건 또 왜 그렇소?"

묻는 민경태의 눈이 빛났다.

"우선 계장의 꼴이 보기 싫어서도 오래 있을 생각 없소. 무거운 절 떠나라고 하기 보다 가벼운 중이 떠나야죠."

"고 계장 말인가?"

"고 계장 말구 우리 계에 또 계장이 있수?"

민경태는 빙그레 웃으며 다음과 같이 시작했다.

"샐러리맨으로서 출세하려면 고 계장을 배워야 하오. 그런 사람을 배우지 못하면 어느 회사로 옮겨도 별 볼일 없을 거요. 고 계장은 대단한 사람이오."

"대단한 사람이란 건 나도 알고 있소. 나는 그 대단한 점이 싫다, 이거요."

"엘리트의 샘플인데 왜 그래요."

"꼭 그렇게 생각한다면 민 씨나 고 계장을 많이 배우슈."

"나는 그렇게 못해.

"왜요."

"그 이유는 차차 설명하지." 하고 망설이는 눈치더니 민경태는 자기 손으로 자기 글라스에 맥주를 따르곤.

"내 얘기 하나 할까?" 하며 이런 얘길 시작했다.

"고경택 계장은 회장의 막내딸을 노리고 평진산업에 입사한 거요. 그때 기 회장의 막내딸은 여고 2학년인가, 1학년이었는데 말이오. 아무튼 그는 기 회장의 막내딸을 사로잡을 요량으로 계획적으로 들어온 거요. 물론 이건 내 추측이지만, 아마 거의가 틀림없을 거요."

"치사스런 작자일 것이라고 생각했었는데 역시 그렇군."

위한림이 뱉듯이 말했다.

"뭣이 치사스럽단 말요."

민경태의 눈이 싸늘하게 빛났다.

" 꼭 내가 설명을 해야 하나요?"

위한림도 차갑게 맞섰다.

"이보슈, 위한림 씨. 영리한 사람이면 사주의 딸을 노려볼 만하잖을까?"

"글쎄요."

"위 씨 한번 생각해 보슈. 매년 수백 만의 샐러리맨이 이 지구상에서 생산되오. 그 가운데 구 할은 노예로서 살다가 노예로서 죽어야 할 팔자를 가지고 있소. 겨우 일 할이 될까말까한 숫자의 사람이 겨우 노예 신세를 면하게 되는 건데…….''

"그 산술은 내 산술과 비슷하군요. 나도 가끔 그런 산술을 하고 있습니다."

"그렇다면 내 말을 끝까지 들으슈. 성공한 일 할에 끼려고 모두들 필사적이오. 일단 샐러리맨이 된 이상 그 목적 이외의 목적이 어디에 있겠소. 그런데 그 목적 달성의 첩경이 사주의 사위가 되는 게 아니겠소. 아직도 봉건적 잔재가 남아 있는 자본주의 사회에선 가장 편리하고 안전한 길이란 말요. 좋은 아내를 얻는 것이 사나이의 가장 좋은 숙제일진대, 고 계장은 일석이조를 노린 셈이오. 그게 뭐 나쁘다는 거요. 왜 치사스럽다는 거요."

"민 씨는 진심을 말하고 있는 건가요? 야심에도 미학이 있어야 하는 법인데 고 계장의 타산엔 미학이란 전혀 없군요. 난 그런 것 싫어요. 절대로 싫어요. 적어도 아내를 얻는 대목에 있어선 그 여자 본인 이외의 조건은 계산에 넣지 않을 참이오. 아내에 대한 사랑만은 수수해야 하리라고 믿는데요. 자식들과 부모에 대한 사랑과 마찬가지로 말요."

어느넛 위한림은 흥분하고 있었다.

"위 씨는 순진하군."

민경태가 껄껄 웃었다.

"부부와 부자 간의 문제에만은 순진해야죠."

위한림이 힘을 주어 말했다.

"그럼 위 씨, 같은 값이면 하는 말이 있지 않소. 같은 값이면 사주의 딸이 좋다, 하는 사고방식 말요. 위 씨는 그것까지 부인할 생각인가요?"

"같은 값이란 말이 불쾌하군. 어떻게 같은 값으로 칠 수 있는 여자가 둘이나 셋이 있겠소. 그리고 고 계장의 경우는 미리 돈이라고 하는 척도로 되어 있는 안경을 쓰고 있었던 것 아닐까요? 치사스럽게……."

"그렇게만 볼 것이 아니라니까 그러네. 위 씨, 아까 야심에도 미학이 있어야 한다고 했는데 고 계장의 야심엔 미학이 있소. 야심의 미학이란 보통 사람은 따를 수 없는 규모나 집념을 말하는 것이 아니겠소. 이를테면 나폴레옹의 야심, 오나시스의 집념 같은 것 말요. 고 계장에겐 규모는 작지만 그런 게 있어요."

"그게 뭔데요?"

"7년 동안이나 공을 들였다는 그 집념을 말하는 거요."

"7년?"

"여고 1학년 때 점을 찍어 두고 그때부터 정성을 다했다가 명년에 대학을 졸업하는 걸 기다려 약혼식을 올리게 되었으니 장장 7년 동안의 집념이 아니오."

"그렇다면 다시 보아야 하겠군. 그러나 불쌍하군."

"누가 불쌍하다는 거요?"

"기 회장의 막내딸이 불쌍하다는 겁니다."

"그건 또 왜 그렇소."

"처세술로만 머리 끝에서 발 끝까지 되어 있는 사람과 평생을 살아야 하니 불쌍하지 않소."

"그렇게만 볼 건 아니지."

"헌데 민 씨는 어쩌자고 고 계장의 편을 들어야 하는 겁니까."

"나는 패배자니까."

"패배자?"

"바른대로 말하면 나는 고 계장과 겨루어 패배했습니다."

"그럼 민 씨도 기 회장의 막내딸을 노리고 있었단 말요."

"그렇소."

"회사에 들어오고 나서요?"

"그건 아닙니다. 나는 기명숙이 평진산업의 회장 딸인 줄은 몰랐죠. 그 여자를 알았을 땐. 그리고 그 여자와의 관련도 모르고 평진산업에 입사한 거죠. 입사하고 보니 사실이 그렇게 돼 있더만."

"패배했다는 사실은 결정적입니까?"

"결정적이죠."

"돌이킬 수 없나요?"

"돌이키고 뭐구도 없죠. 원래 나만의 일방통행, 즉 짝사랑이었으니까요."

"치사스럽게 짝사랑을 해요?"

"인생이란 건 그런 것 아뇨."

민경태는 쓸쓸하게 웃었다.

"거창한 대목이 나와 버렸군. 인생이 등장하셨으니."

"사랑을 하게 되면 인생을 알게 되는 거요. 실연을 하게 되면 더욱 잘 알게 되구."

"그런 쑥스러운 이야기 그만두구 기 회장 딸과의 스토리나 얘기하슈. 어쩌면 내가 힘이 되어 드릴지 모르는 일 아뇨."

"그야말로 쑥스러운 얘긴데." 하더니 민경태가 돌연 화제를 바꿨다.

"위 씨, 정치에 관심이 있수?"

"뜻밖에 정치가 왜 튀어나오는 거요. 잘라 말하면 난 정치에 관심이 없소. 정치는 정치가에게 맡겨 놓으면 될 게 아니오."

이것은 위한림의 진심이었다. 그래서 "자기 뜻대로 안 되는 일엔 당분간 관심을 두지 않기로 했다."고 덧붙였다.

"그건 나도 동감인데, 그러나 나는 한때 열렬한 정치학도였다오. 그런데 기명숙의 출현과 더불어 정치를 포기하고 연애에 열중하기로 했지."

"그 스토리를 듣고 싶다는 거 아뇨." 하고 위한림이 민경태의 글라스에 맥주를 따랐다.

"어느 미팅에서 만나자 홀딱 반했지. 그땐 물론 기 회장의 존재는 몰랐고 알리고도 안 했지. 기명숙과 같이 산에도 갔고 음악감상실에도 가고 했지. 단둘이서만 간 건 아니지만. 상대방이 학생이고 하니 성급하게 서둘진 않았지. 밤송이가 익어 터지는 날이 있을 거로만 기대하고 신중히 연애 사업을 전개한 건데…….'

기명숙이 어느 때부터인가 민경태의 앞에 나타나지 않았다. 명숙의 친구를 통해 갖가지로 작용해 보았으나 허사였다. 그녀의 친구들 말로는 명숙에겐 이미 정해 놓은 거나 다름 없는 사나이가 있으니 단념하는 것이 좋을 것이라고 했다. 그래도 민경태는 단념할 수 없었다. 우선 평진산업에 취직을 해 놓고 기명숙의 대학을 찾아가서 학교에 출석했다는 사실을 확인하곤 오후 교문 근처에서 서성거리며 기다렸다. 그것이 지난 해의 오월.

그랬는데 오후 4시쯤 되어 자가용 차가 교문으로 들어가는데 그 차를 운전하고 있는 사람이 고경택 계장이었다.

"나 자신이 회사를 무단 조퇴하고 나온 처지라서 얼른 골목길 안으로 피했지. 고 계장이 돌아나오길 기다릴 참으로. 조금 있으니 고 계장이 운전하는 차가 나오더먼. 그 차 안에 이삼 명의 여학생이 있었는데 고 계장 옆자리에 앉아 있는 게 기명숙이었다, 이 말인데……."

이렇게 이어진 민경태의 말을 간추리면 별일이 없는, 한 3년 전부터 기명숙의 등하교를 고경택이 자기 자동차로 맡아 시키고 있는데 그렇게 하는 것을 기명숙의 집안에서 승낙하고 있다는 것과 기명숙의 아버지가 바로 평진산업의 회장이란 것과, 고경택이 기명숙의 여고 시절부터 연애 사업을 시작하고 있다는 것을 민경태가 비로소 알게 되었다는 것이다.

"그렇다고 해서 포기했단 말요?"

위한림이 물었다.

"포기 안 하면 어떻게 할 거유. 내가 평진산업에 있다는 사실을 기명숙이 모르고 있고, 따라서 고경택 계장이 우리의 사정을 모르고 있다는 것만으로도 다행이라고 생각해야지."

"민 씨."

"뭐요?"

"난 민 씨가 틀려 먹었다고 생각하오."

"왜요?"

"그까짓 연적이 나타났다고 해서 사랑을 포기한다는 건 출발에서부터 인생을 포기하는 거나 다를 바 없잖소."

"아닌 게 아니라, 나는 내 인생을 반쯤 포기하고 있소."

"말도 안 되는 소리." 라며 위한림이 흥분했다.

"말이 되건 안 되건 생각해 보시오. 고 계장은 7년이란 세월을 그여자에게 성의를 바쳤는데 3년 동안은 운전사 노릇까지 하고. 내 실적은 1년에도 미달이야. 첫째, 그 점이 결정적인 핸디캡이고, 둘째, 그들의 사이는 가정적으로 이미 승인을 받아 있고, 세쩬 고경택은 장차 중역 후보로 발탁된 처지에 있고 나는 아직 피라미 새끼나 다를 바가

없잖소. 레이스가 성립되지 않는다 이거요. 그런데다 내가 연연하고
있으면 위 씨 말마따나 미학적으로 재미가 없소. 사랑에도 미학이 있
는 법이고 미학이 결여된 사랑은 추잡하기만 한 거요."

민경태의 표정이 씁쓸했다.

"그럼 묻고 싶은데요. 그 기명숙이란 여자가 우리 민 씨의 애착에
합당할 만한 그런 여자요?"

"내가 아는 여자 가운덴 최고라고 할 수 있지."

"그 최고라고 평가를 하는 원인 가운데 재벌의 딸이란 조건이 들
어 있수?"

"난 그 여자가 재벌의 딸인 줄도 모르고 애착을 느꼈다니까요. 오
죽 했으면 그 여자의 가정을 알아보려고도 하지 않았을까."

"꼭 그렇다면 이 위한림의 호기심이 대단히 발동하는데요."

민경태는 잠자코 술잔을 들었다.

위한림이 글라스를 단숨에 들리켜고 나서 "민 씨!" 하고 불렀다.

"뭐요."

"민 씨를 모욕하는 것으로 되지 않는다면, 내 그 기명숙인가 하는
여자에게 모션을 걸어 보고 싶은데요."

민경태의 얼굴이 순간 경련되는 것 같더니

"아무리 내가 실연한 상내이기로서니 그녀가 농락덩해도 좋다는
기분으론 될 수 없는데요." 하고 정색을 했다.

"그럼 고경택의 아내가 되어 버리도록 방치해 둬야 한다, 이 말

입니까?"

위한림도 정색을 했다.

"고 계장은 그 여자에게 7년 동안이나 정성을 쏟아온 사람이오. 그 사람이 싫건 말건 기명숙은 그 사람의 아내가 됨으로써 행복할 거요."

"그걸 민 씨가 어떻게 보장합니까?"

"그런 심증이 들어요."

"민 씨, 내 분명히 말하리다. 고경택은 머리 끝에서 발 끝까지 처세술로만 되어 있는 사람이오. 말소리로 말하면 그는 육성을 잃은 사람이오. 눈으로 말하면 그는 의안을 해 넣은 사람이오. 얼굴로 말하면 정교한 가면을 쓴 사람이오. 심장으로 말하면 철테를 두른 사람이오. 기명숙을 여자로서 사랑하는 것이 아니라 재산을 만들기 위한 도구, 출세의 수단으로만 보고 있는 사람이오. 물론 미모와 총명에 대한 애착이 없진 않겠지요. 그러나 그건 재산과 출세의 수단과 도구란 의미를 상실하고 나면 그에겐 아무런 가치도 없게 되는 거요. 그런 인간이 여자를 행복하게 해 줄 수 있을까요? 입센의『인형의 집』의 노라의 남편 이상으로 더 될 것이 있을까요? 그런 남자에게 민 씨는 자기가 가장 소중하게 여기고 있는 여자를 떠맡기려고 하고 있는 거요. 될 말입니까?"

중간에서 위한림은 '나는 지금 괜한 흥분을 하고 있다.'는 반성을 하고 있으면서도 그는 자기 내부에서 고개를 쳐든 야성의 힘에 이끌려 갈 수밖에 없었다.

"민 씨는 자기의 패배에 필연성을 주어 그로써 안심하려고 하고 있는 거요. 이를테면 저런 훌륭한 사람에게 졌으니 도리가 없다, 이렇게 생각하고 싶은 거요. 틀림없죠?"

민경태는 어이가 없다는 듯 웃었다. 그리고는

"우리 그 얘긴 그만둡시다." 라고 했다.

"안 됐수다. 철저하게 디스커션을 합시다. 민 씨, 그런 사고방식을 뭐라고 하는지 아시죠? 그야말로 그건 노예의 사고방식이오. 뭣 때문에 고 계장을 훌륭한 사람으로 봐야 하는 겁니까?"

"그 사람이 훌륭하다, 안 하다가 문제되는 것이 아니라 자기가 사랑하는 사람에게 대한 성실함은 확실하다는 거요."

"나는 그 성실에 문제가 있다고 생각합니다. 무엇을 위한 어쩌자는 성실이냐 이 말입니다."

"위 씨의 고 계장에게 대한 평엔 위 씨의 편견이 작용한 거요. 자기와 사는 방식과 다르다고 해서 그런 평을 하는 건 지나치다고 나는 생각하오."

"민 씨, 우리 정직합시다. 미운 놈을 밉다고 합시다. 밉지 않은 사람을 밉지 않게 생각하고 그런 사람에게 중점적으로 힘이 되어 주려면, 아니 우리의 생활을 위선없이 충실한 것으로 만들려면 미운 놈을 미워할 줄 알아야 하오. 내 편견이건 아니건 나는 고 계장 같은 사람이 미워요. 인생을 어떻게 살아야 하느냐 쯤의 인간다운 문제 의식

111

은 가지고 있어야 할 것 아뇨. 좋은 답을 얻지 못하고, 그런 답을 얻었대서 그대로 행하진 못할망정. 그런데 이 자는 철저하게 세상에서 어떻게 처세해야 하느냐, 상사에겐 어떻게 아첨해야 하느냐, 동료들은 어떻게 취급해야 하느냐 그런 것만 생각하고 성공만을 노리는 자를 나는 용납할 수 없어요."

민경태가 씁쓸하게 웃었다. 그리고는 물었다.

"용납하지 않으면 어떻게 할 거요?"

"이 세상 모두가 자기의 마음과 계산대로 될 수 없다는 것을 고경택에게 보여줘야죠."

"어떻게?"

"우선 기명숙과 그와의 결혼이 성사되지 않도록 하는 겁니다."

"어떻게 하겠소."

"그러니까 내게 맡기라 이겁니다. 민 씨가 포기한 지점에서 나는 시작하겠다 이겁니다. 물론 기명숙을 나 스스로 관찰해 보고 결정할 일이지만. 기명숙이 만일 민 씨가 말한 것처럼 훌륭한 여자라면 절대로 나는 고경택에게 줄 수 없어요. 밸이 틀어져 어떻게 삽니까? 내가 못 먹는 밥엔 재라도 집어넣어야죠. 고경택의 7년 공부를 나무아미타불로 만들어 버려야죠. 허나 그럴 가치가 없는 여자라고 내가 판단하면 그만둬 두죠 뭐. 밸이 틀릴 것까지 없으니까요. 또 한 가지 내 행동을 저지할 조건이 있죠. 그건 민 씨가 그 여자를 포기하지 않겠다고 나설 경우입니다. 어때요. 포기했다는 말을 취소하겠소, 안 하겠소?"

민경태는 기명숙을 포기한 것은 이미 오래 전의 일이라고 되풀이 해 놓고 "위 씨가 한 말이 있지 않소. 내 마음대로 되지 않을 일엔 관심을 쓰지 않겠다고. 나도 그런 사람이오." 하는 말을 덧붙였다.

위한림은 "꼭 그렇다면 내일부터라도 행동을 개시하겠다."고 해 놓고 "괜한 센티멘털리즘에 빠져 이적 행위는 말아 달라."고 했다.

"이적 행위가 또 뭐요?"

민경태는 얼굴을 찌푸리더니 빈정대는 투로 말했다.

"위 씨는 참으로 별난 사람이군."

"별난 사람?" 하고 위한림이 '핫하!' 하고 웃곤,

"그럽시다. 난 별난 사람이우. 민 씨, 한국 사람은 흥부형, 놀부형, 물에 물 탄 듯한 형 세 가지가 있는데 아무리 봐도 민 형은 흥부형이오. 그런데 나는 놀부형이오. 철저하게 놀부형이오. 이 놀부가 앞으로 어떤 짓을 하는지 한번 두고 보시오."

"내 생각은 조금 다른데요."

민경태가 한 말이다.

"어떻게 다르오."

"난 위 씨가 흥부같이만 보여. 애써 놀부가 되려고 하면서도 흥부로밖엔 안 되는……."

"천만의 말씀. 나는 고경백에게 대해선 놀부 이상의 놀부가 될 테니까."

"놀부 놀부 하지만 놀부는 뜻밖에 매력이 있는 인간이오."

"그건 나도 동감이오. 우리나라 소설에 등장하는 인간으로서 가장 매력이 있는 것이 춘향전의 변학도, 흥부전의 놀부라고 생각하니까요. 그래서 나는 애써 놀부가 되려는 거요."

이것이 계기가 되어 화제는 이리 뛰고 저리 뛰었다.

위한림이 변학도와도 더불어 술을 마실 수 있고 놀부와도 더불어 술을 마실 수 있어도 이도령과 흥부는 상대도 하기 싫다는 얘기가 있자 민경태는 악우(惡友)가 좋다는 철학을 한바탕 피력했다. 선우(善友)는 거개 마이홈주의자이기 때문에 급할 때 돈을 빌 수도 없고 술을 사라고 강요할 수도 없고, 같이 모험적인 놀이를 할 수도 없어 언제나 이편에서 술을 사야 하고, 모험적인 놀이를 같이하자고 유혹해야 하는데, 돈을 실컷 써서 상대방을 즐겁게 하고서도 미안하다는 소리는 이편에서 해야 하는 결과가 된다는 것이고, 어쩌다 싸움이라도 하면 이편이 옳았는데도 그 선량한 사람과 싸운 네가 나쁘다는 소리만 듣게 된다는 것이다. 이와는 반대로 악우는 공금을 횡령해서까지 돈을 빌려 주기도 하고 술을 사기도 하고 모험적인 놀이에 초대하기도 해서 이편의 생활을 풍부하게 해 주는데도 고맙다는 인사를 하지 않아도 통한다는 것이다.

위한림은 민경태의 그런 얘기를 듣고 "아직도 젊은 나이로 그러한 기미에 통해 있는 사람이 어쩌자고 그렇게 무기력하냐."고 핀잔을 주는 동시에 앞으로 악우로서 최악을 다하겠다고 약속했다.

'사슴'을 나설 때 위한림은 새삼스럽게 미스 리에게 악수를 청하고 "오늘 밤은 정말 즐거웠소. 내일부터 할 일을 얻었으니 말요." 하는 애매한 익살을 남겼다.

위한림에게 일이 생겼다. 즉 평진산업 회장의 딸 기명숙을 공략하는 작업을 시작한 것이다.

K기자는 신문기사를 적는 요령으로 이렇게 서두하고 그 공략의 과정을 메모식으로 기록해 놓았는데 그 기승전결(起承轉結)을 밝히기 위해선 역시 소설의 형식을 취할 밖엔 없다.

위한림은 민경태로부터 고경택 계장이 자기 차로 기명숙의 등하교를 돕고 있다고 들었기 때문에 그 이튿날 아침 여자대학의 근처에서 몸을 숨기고 기다렸다. 몸을 숨길 때 감상이 있었다. '일을 치르기 위해선 몸을 적의 눈으로부터 숨길 필요도 있느니라.' 이윽고 눈앞을 고경택이 운전하는 차가 서행했다. 위한림은 운전자석 옆에 앉은 기명숙을 눈여겨 관찰했다.

'서면 작약이고 앉으면 모란'이란 말이 있는데 기명숙은 앉아 있었으니 모란일 수밖에 없었는데 그 옆 얼굴만으로써도 수발한 미녀라는 것을 알았다. 눈은 명모, 코는 그레코 노즈, 귀밑에서 턱으로 흐른 선은 말할 나위 없이 우아했다. 머리칼이 귀를 덮을 정도로 빗겨 내려져 있었기 때문에 귀모양을 볼 수 없었던 것이 유감이었지만, 그 첫 관찰을 통해 충분한 공작 대상이 된다는 판단을 얻었다.

다음은 접촉하는 방법이었다.

위한림은 군에 있었을 때의 친구나 부하 가운데 최고급 자가용 자동차를 운전하는 놈이 없는가를 알아보았다. 있었다. S재벌의 총수가 타는 벤츠 육백의 운전사가 해병대에 같이 있었던 진또수란 놈이었다.

진또수를 관철동 '사슴'에 불려 오후의 한 시간쯤 그 자동차를 이용할 수 없을까 하고 물었다. 일단 의기를 느끼면 못할 짓이 없는 전 해병대 진또수는 위한림의 사정 설명을 듣자 그 차를 이용할 수 있는 날과 시간대를 알렸다.

매주 화, 목, 토엔 S씨가 골프장엘 가니 그럴 경우 오후 두 시간쯤 이용할 수 있다는 것이었다. 그리고 구체적인 것은 수시 전화로 연락하기로 했다.

평진산업의 기 회장의 차는 벤츠 이백 팔십이니 벤츠 육백을 이용할 수 있었다는 사실로써 승기(勝機)를 잡은 듯한 느낌이었다. 참고로 말하면 고경택의 자동차는 국산 소형이다.

6월의 첫 화요일 오후 3시 위한림은 장미 한 송이를 사들고 진또수가 운전하는 벤츠에 몸을 실어 여자대학의 주차장에서 내렸다. 주차장에서 영문과 교실은 얼마 되지 않는다. 위한림은 당당히 기명숙에게 면회신청을 했다.

의아한 얼굴을 하고 기명숙이 나타났다. 위한림이 얼빠진 사람처럼 기명숙을 바라보고 섰다가 입을 연 첫마디가 다음과 같았다.

"신령의 계시를 받고 찾아왔습니다."

신령의 계시란 말에 기명숙의 큰 눈은 더욱 크게 열렸다.

"잠깐 걸으면서 얘기합시다."

기명숙이 무엇엔가 홀린 사람처럼 따라 걸었다.

"꿈에 신령이 나타났어요. 기명숙 씨를 만나 전하라는 말씀이 있었습니다. 그걸 가지고 왔습니다."

하고 벤츠 육백 가까이에 왔을 때 진또수는 이미 각본으로 짠 그대로 황급히 꽃을 들고 나와 시종이 황제에게 하듯 한 송이의 장미꽃을 위한림에게 바치곤 뒷걸음질 쳐서 차 옆으로 갔다.

"신령께서 기명숙 씨에게 전하라고 분부하신 건 바로 이 한 송이의 장미입니다." 하며 위한림이 장미를 내밀었다.

기명숙이 어이가 없다는 듯 살큼 묘한 웃음을 웃었으나, 그 꽃을 받으려고 하지 않았다.

"신령의 분부가 한두 번이었으면 내가 이처럼 나타나지도 않았을 겁니다. 그런데 요즘은 매일처럼 꿈에 신령이 나타나선 재촉입니다. 하는 수 없이 오늘 결심한 겁니다."

"나와 내 이름을 어떻게 아셨죠?"

기명숙이 결연한 태도를 지으며 힐난하듯 말했다.

"신령의 계시로 알았다니까요."

"농담이 심하신 게 아녜요?"

기명숙의 눈에 날카로운 빛이 있었다.

"농담이라니. 농담으로 신령을 들먹여요? 벼락맞을 소리 마시오. 일단 신령이란 이름이 나왔으면 외경하는 마음을 가져야 합니다. 여호와를 두려워함이 지혜의 시작이니라. 이게 헤브라이즘의 근본 아닙니까. 우리 동양에서 여호와에 해당하는 건 신령입니다. 빨리 이 장미를 받으슈."

위한림이 권위를 얼굴에 내뿜으며 장미를 기명숙의 가슴팍에 닿도록 내밀었다. 기명숙이 엉겁결에 장미를 받았다.

"이로써 나는 신령님의 분부를 완수한 셈입니다. 또 신령님의 계시가 있으면 찾아오겠소. 없으면 그만이구요."

하고 돌아서서 위한림이 자동차 가까이로 갔다. 진또수가 황공하다는 시늉으로 도어를 열고 위한림이 좌정하자, 다시 도어를 닫고 기명숙에게 깊게 머리를 숙여 최경례를 한 뒤 운전사석으로 가서 자동차에 발동을 걸었다.

자동차는 기명숙의 아연한 시야 속을 지나 대학의 정문을 빠져나갔다. 위한림은 백미러에 비친 기명숙을 보았다. 기명숙은 한참동안을 움직이지 않고 그 자리에 서 있었다.

"멋지게 됐다."며 위한림이 진또수의 어깨를 두드렸다.

"빈틈이 있겠습니까, 형님."

진또수도 쾌활하게 웃었다.

위한림은 감상이 있었다.

'없는 놈이 있는 체하고 여자를 홀리려는 것은 치사하다. 그러나 부자 딸에겐 부자의 품위로서 대해야 한다. 그렇다고 해서 이 차가 내 차란 말은 하지 않았다. 앞으로도 그런 거짓말은 안 할 것이다. 기명숙이 어떤 생각을 가졌는지까진 아직 참견할 단계가 아니다. 다음 목요일에 와서 그 눈치를 살피면 그만인 것이다.'

"그 여자 예쁘던데요."

진또수가 말했다.

"그 여자를 자네 형수로 만들려고 하는 판이니 협력해야 한다."

"그래서 이렇게 협력하고 있는 것 아닙니까."

"그러나 저러나 이 자동차가 기막히게 좋군."

"값이 얼맙니까. 거의 1억 원이나 하는 자동차입니다." 하고 진 또수는 버튼을 이것저것 눌렀다. 노래가 나오는가 하면 창이 저절로 열리고 닫히고 했다. 자동적으로 환기가 되는 모양으로 담배 연기가 남지 않았다.

— 이런 차를 타고 다닐 팔자가 되면 인생관이 달라지겠군.

위한림이 속으로 해본 말이었다.

다음 목요일 오후 —

진또수가 운전하는 벤츠 육백을 타고 여자대학의 캠퍼스로 들어간 위한림은 기명숙의 강의실이 있는 건물로 걸어 올라가며 그답지 않게 주위의 풍경에 도취한 기분에 빠졌다.

지난번까지만 해도 얼룩이 섞인 신록이었던 정원수들이 짙은 녹색으로 치장하고 그 사이 사이로 대륜의 꽃들이 눈부신 태양 아래 현란한 아름다움이었다.

'아아, 벌써 여름.'

처다보나 둘러보나 여름의 정색 속으로 여름 옷으로 가볍게 차림한 여학생들이 삼삼오오 걷고 있는 모양은 확실히 눈의 위생상 좋은 일이었다.

위한림은 하얀 개금(開襟) 셔츠 위에 달걀색 엷은 잠바를 걸치고 흰 운동화, 카키색 바지를 입은 차림으로 천천히 건물 앞으로 가서 어떤 학생을 붙들고 기명숙을 찾아달라고 부탁했다.

"댁은 누구시죠?"

양 뺨에 보일듯 말듯 보조개를 피우며 아직 소녀티를 벗지 못한 여학생이 물었다.

위한림은 약간 당황했다. 전번 기명숙에게조차도 밝히지 않은, 당분간은 비밀의 베일 속에 간직해 두어야 할 소중한 이름인 것이다.

"내가 누구인가를 꼭 알아야 하나요?"

"상급반 언니에게 연락을 하려면 이름쯤 밝혀야 하지 않겠어요?"

당연하고 야무진 의견이다. 그러나 위한림은 쉽사리 이름을 밝힐 수 없었다.

"신령의 소개로 온 사람이라고 해 두세요."

"신령의 소개?"

"그렇게만 말하면 압니다."

여학생은 "흠!" 하는 표정으로 되더니 계단을 밟고 올라갔다. 위한림은 그 모습이 사라지기까지 바라보고 있다가 현관을 나와 햇빛이 눈부시게 범람하고 있는 캠퍼스의 풍경을 바라보기 시작했다.

'신령! 좋은 아이디어를 발견했다. 역시 나도 영리해……'

위한림은 마음 속으로 만족스러운 웃음을 지었다.

'신령의 존재는 확실하다. 신령이 존재하지 않는다면 어떻게 우리가 신령을 들먹일 수 있겠는가.'

이번엔 시시하다는 마음이 시니컬한 웃음으로 되었다.

신이 없고서야 어떻게 우리가 신을 관념할 수 있겠는가 하는 말이 토머스 아퀴나스의 『신학대전』 즉, 『수마 떼오로지아』에 있다고 들었기 때문이고 '수마 떼오로지아'란 말을 어디선가 굳이 주워 듣고 와서 뻐기던 어떤 친구의 얼굴이 뇌리를 스쳤기 때문이다.

학생들이 들어가고 나가고 있었다. 한결같이 싱싱하고 매력적이고 탄력적인 오오, 그대들의 이름은 처녀.

'나도 아내를 결국 이 가운데서 골라야 하는 것일까.' 하는 생각으로 비약하며 위한림은 통로 한가운데 서 있는 스스로의 무법(無法)함을 의식하고 조금 비켜서서 여전히 캠퍼스의 여름 풍경을 관찰하기 시작했다.

"십 분쯤 더 있어야 강의가 끝나요." 하는 말이 귓전을 스쳤다. 아까의 그 여학생이었다.

몇 걸음 걸어가더니 그 여학생이 돌아보며 말했다.

"걱정 말고 기다리세요. 쪽지를 써서 전달했으니까요."

지금 1982년 5월. 현재 세상은 장영자 사건으로 떠들썩하다. 바

야흐로 '영자의 전성시대'를 이루었다. 신문은 장영자 사건으로 인해 존재하고 독자들은 장영자 사건을 읽기 위해 신문을 산다. 조석간 이십사 면을 거의 다 채우고 있는데도 독자들은 한 자도 빼지 않고 장영자에 관한 기사면 다 읽는다. 그러니 소설 따위를 읽을 기력이 남을 까닭이 없다. 기력만의 문제가 아니다. 흥미의 문제도 중요하다. 1조 원을 한 손에 주무른 여인이 현실에 존재하고 있는데 째째한 소설의 주인공들을 돌볼 겨를이 있을 까닭이 없다.

제3 공화국 연재기사, 의령 궁류면 사건, 이번의 장영자 사건 이렇게 기상천외도 유만부동인 사건이 연속된다면 소설가의 몰락은 확실하다. 누가 소설을 읽겠는가 말이다. 그래서 장영자 사건이 잠잠해질 때까지 소설을 휴재하라고 했더니 편집자는 펄펄 뛰었다.

현실은 소설 이상으로 괴기하다고 하지만 소설이 읽히려면 세상이 태평해야 한다. 소설 이상으로 재미나는 사건이 범람하고 있는 판국에 소설을 쓴다는 건 정말 쑥스럽기 한량 없다. 그러나 이미 내친걸음이니 계속 무지개를 연구할 밖에 없지만, 그러나저러나 이런 푸념이라도 하고서야 위한림과 더불어 기명숙을 기다릴 마음의 여유도 생겨난다 이 말이다.

각설하고 1971년 6월의 목요일로 되돌아간다.

이윽고 강의 시간이 끝난 모양으로 화려한 여색 청춘이 앨토로부터 소프라노까지 음역(音域)을 가진 소음을 동반하고 현관문으로 몰려나왔다. 그 눈과 눈들은 하나같이 위한림을 이질적인 동물로 보는 눈빛을 가졌다. 위한림은 이 때처럼 그가 알랭 들롱과 같은 미남이 아닌 사실을 통탄하게 여겨 본 일이 없다. 하지만 알랭 들롱 이상의 매력을 과시할 수 있는 포즈가 무엇일까 하는 사고(思考)까지 중절된 것은 아니다.

그는 멀찌감치 라일락 나무 옆에 턱 버티어서서 그녀들을 관찰하기로 했다.

혹시 친구들 틈에 끼어 벌써 나가 버린 것이나 아닐지 하는 생각이 뇌리를 스쳤을 무렵, 기명숙이 몇 사람의 친구들과 현관을 나서고 있었다. 위한림의 시선이 그녀를 따랐다.

기명숙이 위한림으로부터 서너 걸음 떨어진 곳에 섰다. 부신 눈을 가느다랗게 뜬 것은 위한림 때문이 아니고 초하의 태양 때문일 것이었다.

위한림이 한 발 다가섰다.

"기억해 주셔서 감사합니다."

"또 신령님의 분부로 오셨나요?"

"물론이죠."

기명숙과 같이 갈 참인지 친구들이 셋, 저편 그늘진 곳에서 이쪽을 보며 뭔가를 재잘거리고 있었다.

"이번엔 무슨 분부인지 말씀하세요."

"주차장까지 걸어가며 얘기합시다." 하고 위한림이 앞장을 섰다.

세 걸음쯤 뒤에 기명숙이 따랐다.

"가까이 오시지 않고서야 신령의 분부를 전할 수가 없는데요."

위한림이 기다렸다가 기명숙과 어깨를 나란히 했다.

무슨 화끈한 말을 해야겠다며 뇌수의 골짜기를 헤매 찾았지만 찾기질 않았다. 말없이 몇 걸음을 걸었다. 찬란하고도 신선한 초여름의 캠퍼스 풍경이 짜릿한 감동으로 피었다.

"나도 여자로 태어나서 이런 대학에 다닐 수 있었으면 얼마나 좋을까 싶은데요."

위한림의 이 말엔 과장은 있었으나 거짓은 없었다.

"그게 신령님의 분부예요?"

기명숙은 무표정한 채였다.

"아니, 나의 개인 감정입니다."

기명숙이 시선을 친구 쪽으로 돌려 눈으로 무슨 사인을 한 것 같았다. 그녀들이 허리를 꺾으며 웃음을 참았기 때문이다.

"딸을 낳으면 이 학교에 보내야지."

겸연쩍스러워 위한림이 중얼거렸다.

"결혼하셨어요?"

"결혼한 사람에게 처녀를 위해 신령님이 분부를 내리겠어요?"

"끝까지 신령님이세요?"

"진실이니까요."

"신령님이 있는 건가요?"

"예수 그리스도의 신이 있다면 신령님도 있겠죠. 아니 틀림없이 있습니다. 신령이 없고서야 어떻게 내가 이처럼 기명숙 씰 찾아왔겠습니까."

"윈스턴 처칠이나 루즈벨트 아니 모택동, 장개석쯤 되어야 이름을 내놓을 수 있지. 그 정도도 못 되는 사람의 이름이 뭣 때문에 필요하시겠습니까. 그저 신령의 심부름꾼 정도로 알아 두시죠 뭐."

이때 기명숙은 또 친구 쪽을 보며 왼손으로 귀언저리에 동그라미를 그렸다. 좌선회로 그린 동그라미. 위한림을 살큼 돈 사람으로 친다는 신호일 것이었다. 그것은 오히려 위한림에겐 다행한 일이었다. 그래 눈치채지 못한 체, "신령의 분부로썬 매일 기명숙 씰 찾아뵈라는 것이었지만……" 하고 말꼬리를 흐렸다.

기명숙의 말에 장난기가 섞였다.

"아무리 신령의 분부라고 해도 너무 하잖아요. 매일매일 여자대학에 남자가 나타나는 건요."

"정신이 영 없진 않으신 모양이네요."

기명숙이 위한림을 힐끔 보았다.

그때였다. 그곳은 주차장 가까이였는데 진또수가 하얀 종이에 한 송이의 장미꽃을 사들고 달려 와서 공손히 아주 공손히 신하가 제왕에게 하는 공손한 태도로 그 꽃을 위한림에게 건넸다. 위한림이 그것을 받아 기명숙에게 내밀었다. 진또수는 허리를 깊이 꺾어 곁을 하곤 벤츠 육백이 있는 곳으로 뛰어갔다.

기명숙의 손이 나오시 않았다.

"신령의 분부이십니다. 받으세요."

위한림이 재촉했다. 기명숙이 친구들 쪽으로 시선을 보내며 그것을 받았다. 받을 수도 안 받을 수도 없는 거북스러운 태도였다.

"신령님의 분부에 의하면 내일에 또 와야 하는 거지만, 아마 그렇게는 안될 것이니 걱정하지 마십시오." 하고 위한림이 기명숙과 헤어져 자동차 있는 곳으로 걸어갔다. 진또수의 연기는 완벽했다.

위한림이 다가서자 자동차의 도어를 열고 위한림이 올라타자 도어를 닫는 데 그 동작은 일본 천황폐하를 모시는 천황폐하의 운전사처럼 정중한 동작이었다.

자동차가 기명숙과 그 일행 옆을 서행하며 지나갔다. 위한림이 작금 성년식을 맞은 영국의 찰스 황태자의 그라비아 사진처럼 기명숙에게 손을 흔들어 보였다.

권력자는 상위의 권력자에게 약하다. 부자는 상위의 부자에 약하다. 이러한 세속적 상식에 입각한 위한림의 '벤츠 육백 작전'은 그런대로 성공을 거둔 것이었다.

"자네의 연기는 기가 막히던데."

거리로 나와 최초의 신호 대기를 하면서 위한림이 말했다.

"우리 오야붕에게 하는 식을 그대로 했을 뿐인데요, 형님." 하고 진또수는 '헷헷' 웃었다.

"그년이 말이다. 그년이 날 살큼 돈 인간이라고 생각하고 있는 모양이야."

"그럼 안되지 않아요, 형님."

진또수가 정색을 했다.

"아냐, 그쯤 인식시켜 두면 돼. 벤츠 육백이 거들고 있으니 그런 인식 자체가 신비감을 만들어 낼 거거든. 손자의 병법은, 아니 손자의 병법엔 그런 게 없지. 적을 넘어뜨리는 비책은 적으로 하여금 자기 꾀에 자기가 넘어가도록 하는 데 있어. 두고 보렴. 별의별 추측을 다 하다가 자기가 한 추측에 기명숙이 말려들 테니까."

"하기야 형님의 꾀는 조조니까."

군대생활을 같이 한 적이 있는 진또수는 무에서 유를 만들어 내고 모래사장에 극장을 만들어 내는 위한림의 꾀와 술책에 감복하고 있는 터라 "재미나는 영화를 보는 셈치고 다음을 기대하겠다." 며 싱글싱글했다.

"임마, 구경만 하면 되냐. 넌 조연이야, 조연. 조연이 잘 해야 주연이 돋뵈는 거다. 알았지?"

"일러 무삼 하오리 아닙니까, 형님."

위한림과 진또수가 이런 말을 주고받고 있을 무렵 기명숙과 그 친구 사이에는 이야기 꽃이 만발하고 있었을 것은 충분히 짐작할 만하다.

물론 주제는 위한림.

부득이 상상력을 동원할 수밖에 없는데 대강을 적으면…….

"누구야 그 사람?" 하고 친구 가운데의 하나가 물으면

"나두 잘 몰라." 하고 이런저런 설명을 보태곤 기명숙이 다음과 같이 단정했을 것이다.

"살큼 돈 사람이야, 그 사람."

그리고 나선 중구난방이다.

"이름이 뭐니?"

"몰라."

"그것 참말?"

"돈 사람이나니까."

"헌데 그 사람 타고 있는 차가 벤츠 육백이 아니던? 벤츠 육백을 가진 사람은 한국에선 두세 사람밖엔 안된다더라, 애."

"재벌의 망나니 녀석이겠지 뭐."

"아무리, 재벌의 망나니가 벤츠 육백을 탈까?"

"즈 아버지 자동차를 훔쳐 탄 거겠지 뭐."

"그렇다고 치더라도 운전사의 태도가 너무너무 정중하던데."

"하여간 미친 사람야. 요즘 세상에 신령님을 들먹이는 게 어딨어?"

"신령님? 참신하지 않니?"

"케케묵은 신령이 참신해? 아무튼 돌았어, 그 사람."

"돌아도 곱게 돌았더라. 매너가 괜찮던데? 장미꽃 한 송이, 약간 로맨틱하잖아?"

기명숙이 위한림의 데이트 신청을 받아들인 것은 그로부터 일주일 후. L호텔의 커피점에서 오후 7시부터 8시까지 커피를 마시며 다음과 같은 대화가 있었다.

위한림 : "학교를 졸업하신 후 뭣을 할 작정입니까."

기명숙 : "시집이나 가죠 뭐."

위 : "그렇게 빨리 청춘을 포기해요?"

기 : "결혼하고도 청춘을 만들 수 있다고 생각해요."

위 : "결혼하기 전에 프랑스에라도 다녀 오면 어때요."

기 : "결혼하고 난 후에라도 프랑스에 갈 수 있을 텐데요."

위 : "결혼하고 프랑스에 가는 것은 고삐를 달고 시장에 나가는 거나 마찬가집니다. 선택의 자유를 포기하고 프랑스에 가서 뭣을 하겠다는 겁니까."

기 : "난 그렇게 생각하지 않아요."

위 : "결혼할 상대자가 결정되어 있다, 이 말씀이군요."

기 : "그런 질문에 대답할 필요는 없다고 생각해요. 우선 댁의 이름부터 알아둡시다."

위 : "위한림이라고 합니다."

기 : "위 씨면 희성이네."

위 : "기 씨도 마찬가지 아뇨?"

기 : "헌데 당신은 무엇하는 사람이죠?"

위 : "보잘것없는 회사의 말단 사원입니다."

기 : "말단 사원이 낮에 나돌아 다녀도 되나요?"

위 : "그 회사에 평생을 묶어둘 생각이 아니니까요."

기 : "실례가 되지 않는다면 어느 학교를 나왔는지 말해 줄 수 없을까요?"

위 : "실례될 까닭은 없죠. 서울대학을 나왔습니다."

기 : "전공과목은요."

위 : "기계공학과."

기 : "기계공학과를 다닌 이유는?"

위 : "지금 세계를 움직이고 있는 건 기계입니다. 앞으로도 그럴 테구요. 그러니까 제일의 적인 공부를 한 셈이죠."

기 : "고등학교는."

위 : "경기고등학교."

기 : "말하자면 이른바 KS 마크군요."

위 : "유감스럽게도 그렇게 되었나 봅니다만, 사실 난 KS 마크가 싫습니다."

기 : "왜요?"

위 : "KS 마크보다 나쁘건 좋건 그거에서 벗어나야 한다고 생각하고 있으니까요."

기 : "그럼 당신은 KS 마크를 코리언 스탠다드로 생각하고 계시는군요. 그런가요?"

위 : "그렇게 생각해야지 달리 생각할 방도가 없지 않습니까."

기 : "코리언 스페셜이라고도 생각할 수 있잖아요?"

위 : "코리언 스페샬. 괜찮은 발상인데요."

기 : "아까 세계를 움직이는 것은 기계라고 했는데 기계도 결국은 사람이 움직이는 것 아녜요?"

위 : "그렇다고 할 수 있죠."

기 : "기계를 움직이는 사람은 기술자, 그 기술자를 움직이는 사람은 정치가. 그렇다면 제일의 적인 것을 하려면 정치가가 되어야 하지 않을까요?"

위 : "난 정치가가 싫어요."

기 : "왜요?"

위 : "정치가는 자기가 자기의 주인이 될 수 없을 것 같아서요."

기 : "기술자는 자기가 자기의 주인이 될 수 있는 걸까요?"

위 : "낮게 잡아도 기술자에겐 허위가 개재할 여지는 없죠. 그러나 나는 기술자로서 끝날 생각은 없습니다."

기 : "그럼 뭣을 바라는 거죠."

위 : "이를테면 초인, 슈퍼맨."

기 : "혹시 과대망상증에 걸린 것은 아니시겠죠?"

위 : "다소 걸려 있는지 모르죠."

기 . "보아하니 당신 집은 꽤 부자인 것 같네요."

위 : "천만에요. 내 아버지는 속칭 만석군의 아들입니다만, 나는 만석군의 손자조차도 아닙니다."

기 : "무슨 뜻이죠? 그건."

위 : "아버지는 만석군의 아들로서 만석의 재산을 써 본 모양입니다만 내가 세상에 태어났을 땐 덩실하게 큰 집을 가진 거지였으니까요."

기 : "아버진 꽤나 낭비벽이 심한 사람이었던가 보죠."

위 : "아닙니다. 아버지는 실패하기 위한 사업만 연구해서 자꾸 실패만 거듭한 거죠. 그래 갖고 만석의 재산을 날렸는데 그래도 철학 하나는 얻게 되었더군요."

기 : "무슨 철학?"

위 : "만 천 석쯤 있어야 만석의 재산을 유지할 수 있는 건데, 만석을 다 털고나니 이제부턴 그런 신경 안 써도 되게 돼서 홀가분하다는 거였습니다."

기 : "멋진 아버지를 가지셨네요."

위 : "그 덕택으로 지금 우리 집엔 아버지를 포함해서 장정이 다섯 사람인데 입을 만한 팬티가 네 개밖에 없어요. 그러니 조금 동작이 느렸다간 팬티없이 바지를 입어야 하죠. 그뿐만이 아닙니다. 구멍 뚫리지 않은 양말이 네 켤레뿐입니다. 누군가는 구멍 뚫린 양말을 신어야 합니다."

기 : "그렇다면 이상하군요."

위 : "뭣이 이상합니까."

기 : "그런 처지에 벤츠 육백을 타나요?"

위 : "남의 것을 빌어 타는 건데 콩코드 1호 비행긴들 어떻습니까."

기 : "당신 날 놀리는 거 아녜요?"

위 : "결코 그렇진 않습니다. 신령님의 분부까지 받은 내가 어째서 당신을 놀립니까."

기 : "그 신령님이란 어색한 단어 쓰지 마세요. 기분 잡쳐요."

위 : "신령님은 엄존합니다. 예수교도에게 여호와가 있고 회교도에게 알라가 있고 올림포스에 제우스가 있듯이 우리 동양엔 신령님이 존재합니다."

기 : "신령님과 기계와의 관계, 다시 말해 과학과의 관계는 어떻게 되는 거죠?"

위 : "과학도 신령님의 분부 없인 보람을 다할 수 없는 거죠. 신령님은 비행기를 추락시킬 수도, 열차를 충돌시킬 수도 있으니까요."

기 : "그래 당신은 신령님을 믿나요?"

위 : "믿지요. 그러나 예수교나 불교도처럼 예배는 하지 않습니다."

기 : "오늘도 신령님의 계시가 있었나요?"

위 : "있었죠."

기 : "오늘 계시는 뭐였어요."

위 : "결혼하기 전에 프랑스를 가도록 기명숙 씨에게 권고하라는 계시였소."

기 : "그걸 말이라고 하세요."

위 : "신령님의 분부를 어기면 천벌을 받습니다."

기 : "어이가 없어 말을 못하겠군요."

한 달 후 우리는 위한림과 기명숙을 동해의 이름 모를 해변에서 보게 되는 것이지만, 어떻게 그런 관계가 되었는가 하는 경위의 설명을 하려면 상당히 복잡하다. 능력 있는 소설가의 손에 걸리면 폴부르제의 『제자』에 필적할 한 편의 소설을 이룰 수가 있을 것이고 어쩌면 70년대 초반에 있어서의 청춘 남녀의 풍속도를 활사(活寫)하는 것이 될지도 모른다. 하지만 나는 열 번 찍어 넘어가지 않을 나무가 없다는 말로써 대신하고 그 경위 설명을 생략할까 한다.

그러나 그렇게 생략한다고 해도 찍는 도끼의 성능에 관한 언급을 피할 순 없다. 위한림에겐 그만한 견인력과 방법적인 행동력이 있었다고 해야 하기 때문이다. 예컨대 위한림은 신령이라고 하는 초과학적인 관념을 내세워 기명숙에 대한 자기의 접근을 유머러스하게 인상지우는 한편, 기명숙으로 하여금 자기에게 반발케 하는 계기로 삼음으로써 일종 소크라테스식 설복을 의도한 것이다.

위한림은 신령을 설명하는 데 아인슈타인의 이론을 원용하고 모자라는 부분은 그의 신념을 피력함으로써 보충했다. 뿐만 아니라 신비를 과학으로써 설명하고 과학을 신비의 베일로 싸기도 하며 이른바 지(知)와 무지(無知), 존재와 무(無), 유한과 무한, 필연과 우연이란 대립관념으로써 그 윤곽을 잡을 수 있는, 인생을 궁극적으로 지배하는 그 무엇을 X라고 하는 경우 그 X에 군이 이름을 붙이려면 신령이 아니겠느냐고 반문했을 때 기명숙은 얼굴엔 싸늘한 웃음을 띠고 있었지만 지성적으론 일단 항복하는 자세로 된 것이고 그 항복이 드디어는 위한림에게서 어떤 매력을 발견하는 마음의 터전이 되었다고 해도 지나친 추측은 아닐 것이다.

아무튼 L호텔의 커피숍에서 나눈 한 시간 가량의 대화가 기명숙을 심리적 혼란에 빠뜨린 것은 사실이었다. 그리고 꼭 두 번 위한림이 여자대학으로 기명숙을 찾은 일이 있었는데 기명숙의 태도엔 격단한 변화가 있었다. 한 송이 장미꽃을 전할 뿐 별 다른 말 없이 돌아가는 위한림에게 자기의 운명을 느끼는 듯한 마음이 되기도 한 것이다.

만날 때마다 한 번쯤은 들먹이는 '신령'이란 단어가 뜻하지 않는 작용력을 갖기도 했다. 그러는 동안 위한림이 기명숙과 그 친구 몇이 대학 생활 마지막의 여름방학을 기념하기 위해 동해의 어느 한촌에서 한때를 지낼 계획을 세웠다는 사실을 알았다.

위한림은 그의 여름 바캉스를 그녀들의 계획에 맞추기로 은근히 마음먹었다. 그리고는 기명숙과 그 일행이 떠났다는 것과 그들이 간 곳을 확인하곤 그 이튿날 완장한 지프를 빌어 스스로 운전대를 잡고 달리기 시작했다.

영해 가까이에 있는 그 한촌은 해수욕장이라고 할 수도 없는 그 야말로 이름 그대로의 한촌이었다. 얼만가의 백사장을 제외하곤 해

안선 일대에 바위가 돌골하게 드러나 있고 비탈진 언덕에 십수 호가 조는 듯 자리잡고 있는 곳. 그곳을 찾는 손님들이라야 기명숙과 그의 친구 셋밖엔 없었는데 돌연 검은 지프가 산허리를 돌아 그 미을을 향해 달려왔다.

자동차 길도 아닌 겨우 손수레나 경운기가 드나들 뿐인 그 길로 검은 지프가 나타났을 때 기명숙에게 어떤 예감이 있었던 모양이다.

수영복 차림으로 바위 그늘에 앉아 그림을 그리고 있던 기명숙은 지프에서 내린 위한림이 다가서자 화필을 던지고 일어서며 한 첫마디가

"위한림 씬 줄 알았어요."

"어떻게요."

"나에게도 신령님의 계시가 있게 되었으니까요." 하고 기명숙은 처음으로 위한림을 그녀의 친구들에게 소개했다.

"위한림 씨야. 아직은 정체불명인⋯⋯" 하는 말에 이어

"이 숙녀는 이효녀, 저 숙녀는 김경숙, 그 다음은 이신옥." 이라고 했다.

"처음 뵙겠습니다."

위한림의 말이 있자 이신옥이 말했다.

"우리는 종종 뵌 적이 있는 걸요."

"그건 그렇고 여긴 뭣하러 왔죠?" 기명숙이 물었다.

"동해 바다에 고래 잡으러 왔다고 하고 싶은데 사실은⋯⋯"

위한림이 말끝을 흐리자 기명숙이

"숙녀들을 호위하러 왔다 이것 아녜요?" 하고 웃었다.

"정답입니다." 위한림이 간단하게 승복했다.

그렇게 해서 위한림은 네 숙녀들과 어울리게 된 것인데 역사는 그 다음날, 만월의 밤에 있었다.

위한림은 월광이 비늘처럼 번득거리는 해면을 헤쳐 수백 미터를 헤엄쳤다. 그리곤 크롤로 서서히 되돌아와 바위 위에 앉았는데

"수영이 대단하군요." 하는 기명숙의 소리가 바위 사이에서 났다.

"내가 해병대 출신이란 걸 모르셨군." 하고 위한림이 바위에서 내렸다. 기명숙은 큰 바위와 바위가 병풍처럼 둘려 있는 반반한 바위 위에 하얀 케이프를 깔고 앉아 있었다. 위한림이 그 케이프 끝에 가서 앉으며 물었다.

"다른 숙녀들은 어디로 갔습니까."

"모두들 잠들어 있겠죠."

"헌데 당신은 왜 여기에."

"신령님의 계시가 있었어요. 혹시 오늘밤 위한림 씨가 바다에 빠져 죽을지 모르니 지켜보라구요."

"내가 빠져 죽길 원하우?"

"난 남의 죽음을 원하는 그런 여자는 아녜요."

"그렇다면 내가 빠져 죽게 되었을 땐 어떻게 할 작정이었소."

"신령님에게 호소할 밖엔 없었겠죠."

"드디어 기명숙 씨도 신령을 믿게 되었군요. 반가운 일이오."

파도 소리가 침묵의 의미를 더욱 깊게 했다. 위한림은 잠자코 바다를 보고 하늘을 보고 만월을 찾았다. 그리고 자기도 의식하지 못하는 사이에 팔을 뻗어 기명숙의 어깨를 안았다. 기명숙은 위한림의 팔을 뿌리치려고 하지 않았다.

위한림은 자기의 손 끝이 기명숙의 가슴의 고동을 헤아리고 있음을 느꼈다. 그것은 세찬 파도 소리로도 덮어 버릴 수 없는 힘찬 소리로 울려 오고 있었다.

"명숙 씨!"

기명숙은 대답 대신 얼굴을 위한림의 가슴에 묻었다.

상황이란 말이 있다. 일정한 조건이 상황을 구성하면 그 상황이 갖가지의 작용력을 발휘한다. 일러 상황 또는 정황 구성이라고 한다. 강간이란 잘못된 상황에서 성적 충동의 발현이라고 말할 수 있는 것은 정황 구성만 잘 되어 있었다면, 남녀 간엔 언제든지 화목한 정교(情交)가 이루어질 수 있다는 전제가 있기 때문이다.

동해의 한적한 어촌, 사람의 의식을 빛깔로 물들게 하는 만월, 지구의 호흡 소리를 닮은 파도의 유착임, 그리고 밤의 침묵, 젊은 남자의 육체, 젊은 여자의 육체. 이들은 결정적으로 어떤 정황 구성의 요건이 되는 것이며, 정황 그것이다. 다음은 인간의 의지 또는 정열의 행방이 그 정황의 의미를 만들 뿐이다.

오히려 자연스러운 동작이었다.

위한림은 이윽고 기명숙의 깊은 곳에 있었고 기명숙은 위한림을 자기의 깊은 곳으로 맞이해 들였다. 그때 만월은 축복이었는지도 모르고 비정(非情)의 경물(景物)이었을 뿐인지도 모른다. 마찬가지로 파도 소리를 갈채처럼 들을 수도 있고 극히 우연한 동반이라고 칠 수도 있었다.

이렇게 말할 수 있었던 것은 위한림도 기명숙도 서로 사랑을 확인할 수 있기 전의 성급한 결합이었기 때문에 설혹 그런 행위에 도취가 있었기로서니 마음의 한 부분은 차갑게 깨어 있었기 때문이다.

위한림은 거의 본능적으로 기명숙이 처녀가 아님을 알아차렸다.

"만일 임신이라도 하면."

전신이 경련하면서도 기명숙은 이처럼 신음했다.

"그런 걱정은 말아요."

황홀경의 직전에 있으면서도 위한림은 이렇게 말할 마음의 여지가 있었고 사실 임신의 염려가 없도록 배려하는 수단을 취했다. 행위가 끝나고 두 사람이 정신을 차렸을 때 위한림이 자연스럽게 말할 수 있었다.

"처녀가 아니었군."

"그럴 거예요."

기명숙의 대답도 자연스러웠다.

"혹시 고경택 씨와?"

고경택이란 이름이 위한림의 입에서 나왔을 때 기명숙이 놀라는 표정이 되었지만 곧 평온한 얼굴로 돌아갔다.

"그 사람관 관계한 적이 없어요."

"그럼 다른 상대가 있단 말인가요?"

이엔 대답하지 않고 기명숙이 물었다.

"위한림 씨는 처녀, 비처녀의 문제가 중요하다고 생각해요?"

"그렇게 중요한 문제라고 생각하진 않습니다."

"그런데?"

"궁금증이란 건 있지 않겠습니까."

"궁금증, 그런 건 있을 법 하죠. 그런데 이 밤과 같은 밤에 바닷가에서, 저 달 아래서 하기엔 쑥스러운 얘기군요."

"굳이 들으려는 것도 아닙니다."

다시 침묵이 흘렀다.

달빛은 더욱 더욱 신비를 더하는 느낌이고 파도 소리는 더욱 더욱 거칠어만 갔다. 위한림은 숨을 죽이고 있다가 침묵을 깼다.

"고경택 씨는 명숙 씨가 처녀가 아니란 사실을 알고 있습니까?"

"알고 있죠."

기명숙의 말은 오히려 평온했다.

남자로서의 궁금증이 신사로서의 절제를 무시했다. 위한림이 중얼거렸다.

"고경택 씨완 관계가 없었다면서."

"부득이 쑥스러운 얘기를 해야겠군요." 하고 오른 손을 위한림의 무릎에 얹고 달을 쳐다보는 포즈가 되면서 기명숙은 담담하게 이런 얘기를 했다.

"고등학교 3학년 때의 일이었어요. 그 날은 크리스마스였죠. 집에서 친구들과 모여 파티를 하고 있었는데 누군가가 명동엘 나가보자고 했어요. 자정을 조금 지나고 있을 시간이었는데 명동은 엄청나게 붐비고 있었어요. 그때 같이 간 사람이 고경택 씨였죠."

도저히 자기 뜻대로 걸을 수가 없었다고 했다. 이리 밀리고 저리 밀리는 바람에 친구들과 헤어지게 되고 나중엔 고경택의 모습마저 잃게 되었다. 그렇게 밀리다 보니 어느 여관의 어귀에 서 있었다. 여관의 현관에도 사람이 꽉 차 있어 숨통을 트일 양으로 계단 위로 올라갔다. 이 방 저 방에서 노래 소리, 기타 소리, 웃는 소리가 흘러나오고 있었다. 어느 방의 문이 열렸다. 젊은 남녀가 섞여 술을 마시고 있었다. 한 사람이 일어서서 기타를 퉁기며 잡스런 노래를 부르고 있다가 기명숙을 보자 들어오라고 했다.

그러자 모두들 와아 와아 하며 그에게 손짓을 했다. 그 가운데의 한 사나이가 골마루로 나와 덥석 명숙의 팔을 잡아 끌었다. 명숙도 싫지 않았다. 서넛 여자가 섞여 있어 안심이 되기도 했다. 군중 속에서 시달린 다음이라 앉고 싶기도 했다.

"짝 잃은 기러기?"

"대학생으로선 조금 어리고 공순이로선 너무 고상하구."

"차어간 환영힙니다."

등등 각기 무슨 소린가를 하며 명숙에게 술잔을 권했다. 명숙은 한사코 사양했지만 우악스런 권유를 물리칠 수가 없어 한두 잔 받아 마셨다. 그것이 화근이었다. '누구 잔은 받고 내 잔은 왜 안 받느냐'는 성화도 있어 명숙은 요량없이 주는 잔마다 받아 마셨다.

어느 시점에서 의식을 잃었는지 모른다. 의식을 회복한 것은 어느 병원의 침대에서였다. 허벅다리 근처의 동통이 심하게 느껴졌다. 군데군데 끊어진 필름마냥 희미한 기억이 연속되었지만 내용을 파악할 수 없었다.

"그러나 무슨 중대한 사건이 있었다는 것만은 알았어요. 고경택 씨가 심각한 얼굴로 지켜보고 있었어요. 여관마다를 찾아 헤맨 모양으로 새벽 가까이 와서야 그 여관에 와서 나의 처참한 꼴을 보게 된 거지요."

위한림은 그 이상 듣고 싶지 않았다. 너무나 처참했다. 윤간이란 단어가 뇌리에 떠올랐다. 얼른 그 단어를 지워 버렸다.

"고경택 씨가 없었더라면 전 죽었을 거예요. 고경택 씨는 절 안심시키느라고 모든 성의를 다했어요. 교통 사고와 같은 거라면서, 그 시련에서 이겨나야 한다고도 했어요. 제 평생을 자기에게 맡기라고 하면서 변함 없는 사랑을 맹서하기도 했구요. 고경택 씨는 그런 일이 있었다는 것을 우리 집에도 알리지 않았어요. 지금은 이렇게 얘기할 수도 있게 되었지만, 그 충격에서 회복하기에 오랜 시간이 걸렸어요."

위한림은 묵묵할 밖에 없었다.

"이상한 밤이 되어 버렸군요."

기명숙이 나직이 중얼거렸다. 그녀는 혹시 위한림의 입에서 나올 사랑의 고백 같은 것을 기대했을지 모른다. 그런데 위한림은 엉뚱한 연상을 하고 있었다.

여름의 바캉스가 지나 한두 달 되면 산부인과 병원이 번창하고, 크리스마스가 지나 한두 달 되면 또 산부인과 병원이 번창한다는 얘기 그저 어림짐작으로만 꾸며낸 흥미 본위의 낭설이 아닌 것이다.

그 때문만이 아니라 위한림은 허전했다. 기를 쓰고 기명숙에게 접근한 목적이 무엇이었던가가 새삼스럽게 생각이 났기 때문이다. 민경태에 대한 의협심? 물론 그런 것이 아니다. 얄미운 고경택 계장에 대한 일종의 보복? 물론 그런 것이 아니다. 그렇다면 기명숙을 손아귀에 넣음으로써 대재벌의 사위가 되어 보겠다는 것? 그래서 고경택 계장에 대한 승리감을 맛본다?

마음의 한 가닥에 필연코 그런 의도가 있었을 것이지만, 지금에 와서 보니 공허감만 더할 뿐이다. 어린 시절 뜻하지 않게 유린당한 처녀성에 대해선 동정은 할망정 비난할 건덕지라곤 없다. 사정에 따라선 그런 일이 있기 때문에 더욱 사랑하는 마음을 북돋을 수가 있기도 할 것이었다. 그러나 위한림의 심경은 기명숙의 그러한 수난적 과거를 나눠 가질 정도에까진 이르지 않았다.

불행한 여자를 불행하다는 사실만으로 사랑할 수 없다. 처녀 비

처녀를 굳이 가릴 심정은 아니지만 허무하게 짓밟힌 사정까질 알면서도 그것을 문제시하지 않을 정도로 그의 기명숙에 대한 사랑은 익어 있지 않은 것이다.

"물어 봐도 돼요?"

기명숙의 질문에 정신을 차렸다.

"좋습니다. 무어라도."

"고경택 씨를 어떻게 아셨죠?"

"관심의 대상으로 삼은 숙녀의 주변에 가장 가까이 있는 사람을 모르고 지낼 수 있을까요? 더욱이 아침 저녁 자가용차로 명숙 씰 등하교까지 시켜드리는 인물을……."

"또 물어도 될까요?"

"물론."

"위한림 씬 나에게 무슨 목적으로 접근했죠?"

"사랑을 건설해 볼까 해서였죠."

"그래 지금 심정은 어떠세요."

"뜻밖에도 고경택 씨가 강적이었다는 것을 알고 얼떨떨합니다."

"강적인가 아닌가는 내가 결정할 문제 아닐까요?"

"명숙 씨의 결정이 어떻든 강적인 것만은 틀림없습니다. 좋게 해석했을 때 나는 도무지 그분의 마음먹기를 따라갈 수 없습니다. 그것이야말로 헌신적인 사랑이니까요. 그리고……."

"그리고?"

"나쁘게 해석했을 때 나는 도무지 그와 같은 자기 희생적인 집념을 가질 수 없구요."

"나쁘게 해석한다는 건?"

"사랑 때문에 명숙 씨를 감싸고 애착하는 것이 아니라 대재벌의 사위란 자리를 노리고 한 짓이 아닐까 하는 해석이죠."

"그럼 오늘밤, 우리 사이에 있었던 일은?"

"사랑의 시작일지도 모르고, 달빛에 홀린 해프닝일지도 모르죠."

말이 채 끝나기도 전에 위한림의 눈이 번쩍했다. 기명숙이 위한림의 따귀를 갈긴 것이다.

허수(虛數)의 윤리

바캉스에서 돌아오자 위한림이 평진산업에 사표를 냈다.

위한림이 밀어 놓는 서류가 사표라는 것을 알자, 고경택 계장이 찔끔 놀라는 눈치더니 말만은 점잖게 했다.

"어디 좋은 자리라도 생겼수?"

"자리구 뭐구 그런 것 없습니다."

위한림이 텁텁하게 대답했다.

"이 직장이 싫더라도 취직처를 구해 놓은 후 떠나도 될 텐데요."

고경택이 사표를 만지작거리며 말했다.

"그럴 마음의 여유가 없습니다."

"무슨 이유가 있는 게로군요."

"물론 이유가 있죠."

"뭡니까, 그 이유가?"

"글쎄요."

"한번 솔직하게 말씀해 보시지. 혹시 내 힘으로 제거될 수 있는 이유일지도 모르잖소."

위한림은 밤낮 당신 얼굴을 보고 지내는 것이 지겨울 뿐이요. 하고 한마디 던지고 싶은 충동이 없지 않았지만 차마 그렇게까진 할 수 없었다. 그래 "이유는 회사나 다른 사람에게 있는 것이 아니고 나 자신에게 있는 것이니까요." 하고 계장 앞을 물러나오며 덧붙였다.

"내일부터 출근 안 할테니 그렇게 아십시오."

"그건 안 되죠. 상부의 결재를 받아야 하니까요. 결재가 있을 때까진 출근하셔야 합니다."

고경택의 얼굴은 정색이 되어 있었다.

"정승 판서도 제 하기 싫으면 그만이라고 하는데 결재가 무슨 소용입니까." 하고 책상 서랍을 정리하기 시작했다.

"후임자에게 인계할 사항도 있을 것 아뇨?"

"계장쯤 되면 모르되 산따로한테 무슨 인계 사항이 있겠습니까."

"혹시 정리가 덜 돼 있는 사무는 없수?"

"바캉스에 가기 전에 깨끗이 정리해 놓았습니다."

"미스터 위는 정리를 했을지 몰라도 회사측에서 정리할 게 있을 거 아뇨."

고 계장은 잔뜩 불쾌한 모양이었다.

자기가 기느리고 있는 사원의 하나가 확실하지도 않은 이유로 그만둔다는 것이 간부들로부터 통솔력의 미흡으로 보일까 봐 신경이 걸리기도 했던 모양이다.

그러나 위한림이 이제 와서 남의 신경에 관심할 바 아니었다.

"그런 문제는 민 형이나 조 형을 통해 연락해 주십시오."

민경태와 조성문이 놀란 얼굴을 하고 쳐다보고 있다가 민경태가 물었다.

"어떻게 된 거요, 위 씨?"

"보는 바 그대로 아닙니까." 하고 위한림은 그 자리에선 그 이상의 말을 하지 않았다.

서랍을 마저 정리하고 책보에 쌀 것을 쌌을 때 점심 시간이 되었다.

과장 이상의 간부에겐 사표가 수리되고 퇴직금을 받으러 올 때 인사하기로 하고 위한림이 사무실에서 나왔다.

민경태가 뒤쫓아왔다.

"점심이나 같이 합시다."

"그럽시다." 하고 있는데 조성문, 문오병, 강달수 등 같은 계에 있었던 동료들이 그를 에워쌌다. 결국 같이 점심을 먹게 되었다.

빌딩을 나서며 뒤돌아봤다.

대단한 건물은 아니지만, 평진산업의 건물은 십이 층으로 그런대로 당당하다. 약간의 감회가 없을 수 없었다. 불과 사 개월 간이라곤하나 대학을 나와 처음으로 취직한 회사인 것이다.

빌딩 뒷골목에 있는 분식점에 둘러앉았다.

조성문이 불쑥 말을 꺼냈다.

"위 형, 어떻게 된 거요. 밤중에 홍두깨 내미는 꼴도 아니구."

"리어카를 끌더라도 월급쟁인 안 할 참이오."

위한림이 우선 이렇게 대답했다.

"위 형, 월급쟁이로 남아 있을 우리들 앞에 월급쟁이 욕은 마슈."

문오병이 한 말이었다.

"바캉스에 가서 무슨 쇼크를 먹은 건 아니겠지." 한 것은 강달수.

"위 씨가 웬만한 일에 쇼크를 먹을라구."

민경태는 변함없이 '위 씨' '위 씨'로 일관이다.

"그런데 쇼크를 먹었다면 어떻게 할 거유."

위한림이 빈정대는 투가 되었다.

"그렇다면 대사건이 있었던 게로군."

민경태가 빙그레 웃었다.

"그 사건 얘기 좀 해 보소."

조성문이 한 소리다.

"그렇게 궁금하다면 한마디만 하지. 고래를 잡으러 갔다가 고래에게 먹힐 뻔했소."

"그런 수수께끼 같은 말은 집어치우구, 산술적 두뇌로도 납득할 수 있게 구체적이며 명쾌하게."

상날수는 성발 궁금한 보양이었다.

"아마 산술적 두뇌론 알아듣지 못할 거요. 워낙 고등수학적 문제가 돼 놔서 말이오."

이러고 있을 때 갖가지 국수가 날라져 왔다. 사람 다섯인데 국수의 종류가 각각 다르다. 비빔국수, 가락국수, 유부국수, 냄비국수, 소고기국수 따위로.

한참을 신나게 먹는 동안엔 대화가 없었다. 제일 먼저 그릇을 비운 사람은 비빔국수를 먹은 강달수. 그는 집에서 나올 때 마누라가 1,000원 이상은 절대로 주지 않는다며 가끔 투덜거린다. 한 그릇쯤 더 먹고 싶은 모양이지만 참는 눈치다. 위한림은 강달수의 몰골에 새삼스럽게 월급장이의 비애를 느낀다. 딴으론 이삼 년 후엔 전셋집 신세를 면하겠다고 기를 쓰고 있는 모양이니 더욱 처량하다.

식사가 거의 끝나갈 무렵 "그러나 저러나 위 형의 송별 파티는 해야 하지 않겠소." 하고 문오병이 제안했다.

"우릴 싫다고 떠나가는 사람에게 송별 파티?"

조성문이 빈정대는 투가 되었다.

"미운 녀석 떡 하나 더 주란 얘기가 있지 않소."

문오병이 고집하고 나섰다.

결국 송별 파티를 언제 어디서 하느냐가 화제로 되었다.

그러자 민경태가 "별 수 있겠어? 위 씨가 단골로 다니는 '사슴'에서 해야지." 하는 바람에 그 토론은 마무리를 지었다. 날짜는 사표가 수리되어 퇴직금이 나오는 날로 정했다.

분식집에서 나오며 오늘밤 '사슴'으로 나오라고 민경태에게만 귀띔을 하고 여름의 오후가 무르익은 거리로 위한림이 나왔다.

그날 밤 '사슴'에서—

위한림은 대뜸

"민씨는 아무래도 대어(大魚)를 놓쳤소." 하고 시작했다.

"대어란 기명숙 씨 말이지?"

"그래요."

"참 기명숙 씨에게 접근하겠다더니 그 얘긴 어떻게 되었소."

민경태의 눈에 생기가 돌았다.

위한림은 민경태에게도 기명숙과의 경위를 말하지 않았다.

"알고 싶수?"

"얘기하기 싫으면 그만둬요."

"얘기하기 싫은 게 아니라 얘기를 못하겠소. 너무나 처참한 패배
가 돼서."

"……?"

"야무지게 따귀를 얻어맞았지."

"누구에게."

"기명숙 씨에게 얻어맞았지 누구헌테 얻어맞았겠소."

"그 이유는?"

"말 못하겠소. 내가 맞을 만했으니까 맞은 게 아니겠소. 아무튼 기
명숙은 훌륭한 여자였습니다. 즈그 이비지나 오빠는 그녀에 비하면
아무것도 아니오."

"어떤 점이 훌륭하더란 말요."

"사태의 의미를 아는 여자에요. 어떻게 사태를 전환시켜야 하는가도 아는 사람이요."

"좀 더 구체적으로 말해 보시오."

"구체적 표현은 불가능해요. 대수적 표현밖엔 못해요. 무리수(無理數)가 들어가야만 수식(數式)이 성립되는 걸요. 아냐, 허수(虛數)지 허수. 허수가 도입되어야만, 겨우 성립되는 수식을 구체적으로 어떻게 설명해요."

"뭐 그렇다면 설명하지 말고 사실만을 나열해 보시구려. 해석은 내가 할 테니까요."

"사실은 하나 밖에 없소. 만월의 바닷가에서 호되게 따귀를 얻어 맞았다는 것. 눈에서 불이 번쩍 하더라는 것. 사실은 그것뿐이오."

"거기까지 이르자면 무슨 경로가 있을 것 아뇨."

"경로를 설명하려면 출생 때까지 거슬러 올라야 하지 않겠소."

"위 씨, 왜 그래요. 솔직하지 못하구."

"나는 따귀를 맞고 비로소 인생을 안 것 같습니다. 여자가 무서운 존재란 것을 알았어요. 사람은 더러 맞아 보야 하는 거라."

베토벤의 〈운명〉이 울려 퍼지고 있었다. 위한림은 그 음향에 귀를 기울이다가 말을 이었다.

"저런 음악 천 번 만 번을 들어 봐야 인생을 모르오. 여자로부터 야무지게 따귀 한 번 맞아 보는 것만 못하다, 이 말이오."

"그건 그렇다고 치고 따귀를 맞았을 때 위 씨는 어떻게 했소."

위한림은 그 때의 감정이 그냥 되살아남을 느꼈다. 기명숙에게 대한 모정(慕情)이, 사랑이 분수처럼 솟아올랐던 것이다.

"난 당신을 위해 죽어도 좋다."고 외치며 그녀를 안으려고 했다.

그러나 때는 이미 늦었다. 기명숙은 박차듯 자리에서 일어서더니 뒤도 돌아보지 않고 모래밭을 걸어갔다. 만월의 빛에 물든 기명숙의 등에서 위한림은 자기에 대한 빙벽(氷壁)과도 같은 거부의 의사를 읽었던 것이다. 아아! 심야의 바다, 교교한 월광……

음악도 주변의 소음도 사라지고 있었다. 눈앞의 맥주 글라스도 사라졌다. 어느덧 위한림은 달빛 속으로 사라져간 기명숙의 거부의 모습을 뇌리에서 쫓고 있었다.

"어떻게 된 거요, 위 씨."

민경태의 말에 정신을 차렸다.

"아무튼 확실한 것은 민 씨가 기막힌 여성을 놓쳤다는 얘기요."

위한림은 아직도 환상을 쫓으며 중얼거렸다.

"뭣이 기가 막히단 말이오."

민경태가 정색을 하고 물었다.

"자기를 모독하는 자, 모욕이 아니고 모독입니다. 모독하는 자를 결코 용서하지 않는 의지를 가진 여자니까요."

"그런 여자가 어디 기명숙 하나만이겠소." 하고 민경태가 술잔을 들었다.

"민 씨, 모르는 소리 마시오. 여자들은 모욕엔 민감해도 모독엔 무

신경입니다. 그런데 기명숙 씬 그렇지 않아요." 라고 했지만, 위한림은 그걸 설명하려고는 하지 않았다. 위한림 자신이 그 델리키트한 부분을 납득할 수 없었던 탓이기도 했다.

기명숙은 달빛에 홀렸던지 신령이란 관념에 홀렸던지 일종의 혁명이나 전신(轉身)을 감행하려고 했다. 처참한 사고로부터 고경택과의 관계에 이르기까지의 운명적인 사슬에서 스스로를 해방시키려고 기도했다. 그 기도가 어느 사나이의 불성실에 의해 불장난에 불과한 해프닝으로 되어 버렸다. 그래서 위한림의 따귀를 갈겼다.

위한림이 이해하고 있는 것은 기껏 이 정도에 불과하다.

"구체적인 얘기를 해보라니까 그러네."

민경태의 표정에 역정이 새겨졌다.

"민 씨, 들어 보시오. 무덤에까지 가지고 갈 비밀을 사람은 한두 건 가지고 있어야 하는 법이오. 뿐만 아니라 구체적으론 도무지 표현할 수 없는 그런 것도 이 세상엔 있는 법이오."

"그런 게 어딨겠소."

"그렇게 보진 않았는데 민 씨는 꽤나 무식하십니다. 만일 그런 게 없다면 대수학(代數學) 또는 고등수학이란 것이 무엇 때문에 이 세상에 존재하겠소. 이를테면 순수문학(純粹文學)이란 것 말이오. 구체적으로 도무지 설명할 수 없는 문제인데도 문제로서 성립되는 문제가 있으니, 그런 게 존재하는 것 아니겠소."

"나와 수학과는 인연이 멀어 그런 것 모르겠소."

민경태가 투덜댔지만 위한림은 아랑곳하지 않고 쟁반을 밀어 놓고 탁자의 갓에 손가락으로 물을 찍어 〈$\sqrt{-1}$〉이라고 썼다.

"그게 뭐요?"

민경태가 물었다.

"대학까지 나온 분이면 $\sqrt{-1}$ 쯤은 알 텐데요."

"수학이란 흘려듣고 마는 것인 줄 알았지 외어 두는 것이라곤 알지 못했소."

"이게 허수(虛數) 아닙니까. 영어로 말하면 이매지너리 넘버."

"그게 어쨌다는 거요."

"이 세상에 있지도 않은 허수가 있어야만 성립되는 수식이란 게 있다 이겁니다. 뿐입니까? 순허수(純虛數)란 것도 있어요. 말하자면 내게 있어서의 기명숙은 순허수를 도입해야만 겨우 수식으로서 가능한 그런 존재지요."

"하여간 기명숙으로부터 쇼크를 먹고 머리가 살큼 돈 것 아뇨?"

민경태는 이렇게 위한림을 유도하려고 했지만, 위한림은

"이상해, 나는. 어쨌든 나는 여자, 그것도 미녀에게 얻어 맞아야 사람이 되는 모양이야." 하고 중얼거렸다.

"그건 또 무슨 소리요."

"됐고. 내 얘기할께요."

다음은 위한림의 얘기다.

"제기탄 섯 알죠? 엽전을 미농지에 싸서 수술을 길게 뽑아 차는 것 말이오. '의지자지-어린애-나노지'로 시작되는, 흥겨운 노래로 시작되는 그거요. 난 원래 발재간이 있어 제기차는 덴 선수요. 어느 날이었소. 국민학교 때인데 방과 후 운동장에서 김삿갓 곡조를 구성지게 뽑으면서 으지자지를 차는데 하늘에서 불이 번쩍합디다. 그리고는 기절했죠. 한참 있다 깨어 보니 학교에서 제일 예쁘다는 여선생이 독을 품고 내려다보고 있었소. 가만히 추리를 했지. 이 여선생이 방과 후 강당 으슥한 데서 총각 선생을 불러다가 슬로슬로 퀵퀵을 가르치고 있는데 어딘가에서 방랑시인 김삿갓을 생판 요사스런 가사로 바꿔 구성지게 부르는 소리가 들려오니까 어떤 놈이 그들을 들여다보며 희롱하는 거라고 생각했던 모양이야. 이럴 때 사내놈들은 하나같이 비겁해지는 법이오. 대번에 낯짝이 벌개져 갖곤 주섬주섬 얼렁뚱땅 넥타이를 슬금 고치고 머리도 좀 만지고 하곤 교실에서 쓰는 지휘봉 같은 거 찾아들고 슬리퍼 찾아 신고 어물쩡 없어졌어. 그런데 이런 때일수록 예쁘게 생긴 여자는 앙큼하고 용감해지는가 봐. 대충 몸매를 수습하고 노래 소리 나는 쪽으로 살금살금 걸어가 보니 해는 석양에 뉘엿뉘엿한데 촌에서 온 지 얼마 되지도 않은 조그만 새끼가 대가리는 박박 깎고, 위에는 구제품 골덴 잠바, 원래는 남색이었던 모양인데 지금은 허옇게 바래진 것을 얼룩덜룩 기워 입고, 군복바지 염색한 거 줄여 무릎에는 빈대떡 같은 거 한 장씩 붙여 입고 눈은 떴는지 감았는지 이번엔 아리조나 카우보이 곡조에 맞춰 부르는데, 손에다 깡통만 쥐어 주면 어느 장터에 내다놔도 굶어 죽진 않게 생겼는데 요게 창문으로 들여다보며 야유를 하다가 사람이 나오는 낌새를 채고 능청 떠는 게 분명하니, 내일의 동량이 될 새싹을 키우는 신성한 교정에서 저 따위 양아치 새끼를 그냥 놔뒀다간 국가 장래가 위태롭겠다 싶어 혼찌검을 내야겠는데, 그래도 교육자로서 인정상 노래 한 곡조 끝날 때까진 기다려 줬는데도 거지 벙거지 벗겨 놓은 거 같은 저놈의 제기는 이 발에서 떨어질 듯하다가 저 발로 가고 저 발에서 떨어질 듯하다가 이 발로 오고, 노래는 아리조나 카우보이에서 굳세어라 금순아로 가더니 추억의 백마강이 안 나오나 찔레꽃이 안 나오나 하며 시대 역순으로 올라가는데 요놈의 고아원 출신 같은 알로 까져도 발랑 까진 양아치 같은 새끼가 도대체 이 풍진 세상에서 끝날지 학도가에서 끝날지, 기어코 청구영언으로 해서 당시선, 고문진보로 급기야 황제가 추었다는 춤까지 추고 퇴장하려는지, 남은 지금 빨리 집에 가서 얼른 밥 먹고 화장 좀 고치고 원남 카바레에 가서 한 바퀴 돌기도 부지런히 서둘러야 빠듯한데 저 양아치 새낀 저렇게 천연덕스러우니 독이 머리끝까지 올라 라이트 훅을 날린기라…….'

"이런 사정을 어렴풋이 파악하고 일어섰는데 일어서자마자 그 알짱 같은 여자가 나를 코너로 몰더니 마구 치는 겁니다. 여자도 독이 오르니 무섭습디다." 하고 위한림의 얘기는 계속되었다.

"김기수가 도전해도 아마 일 회전 넘기기가 힘들 겁니다. 때리기만 했나요. 물고 할퀴기까지 하니. 십 초도 안돼 KO 됐소. 그리고 얼마나 지났는지 알지도 못해요. 문득 떠보니 하늘에 별이 총총 합디다. 도무지 일어날 수가 없어요. 엉금엉금 기어 책가방을 더듬더듬 찾아 기어가다 생각하니 수위실로 가면 또 도둑놈 취급을 받아 타작을 당할 것 같대요. 그런 몸으로 담을 넘을 순 없고 전에 봐두었던 개구멍을 찾아 기어나와 집으로 갔죠."

"집에서 난리났겠구려."

민경태가 한마디 끼었다.

"천만에, '저 놈의 새끼 밤낮 하라는 공부는 안 하고 싸돌아다니면서 싸움질만 하더니 싸다 싸. 꼴 보기도 싫다. 당장 없어져라.'고 하던데요."

"그래 집을 나갔수?"

"집을 나가다뇨. 내가 양아치요? 그만한 일로 집을 나가게. 아무 소리 안 하고 엉금엉금 기어 내 방으로 들어갔죠."

"형제들이 각자 방을 썼나요?"

"귀찮아서 내 방이라고 그랬는데, 실은 삼 형제가 이불 하나 요 하나에 같이 자는 시절이었소." 하고 이어진 위한림의 얘기는 —

"사흘 밤 사흘 낮을 먹지도 마시지도 않고 생각했소. 내 아무리 미천한 촌놈으로 태어나서 가당치 않게 서울 학교엘 좀 다녔기로소니 방과 후에도 같이 놀 놈이 없는 처지에 기분도 그럴 듯해서 아무도 없는 으슥한 곳에서 으지자지를 좀 했기로소니, 으지자지를 이북 아이들도 좋아하는 것인진 모르지만, 뭐 또 이북 놈들도 좋아하는 것이어서 북괴의 행위에 동조했다는 혐의를 받을 수 있었다고 한들 모르고 한 일은 죄가 되지 않는다던데 마른 하늘에 날벼락도 유만부득이지, 이게 무슨 핍박이냐 싶은데요. 그래 백 번을 생각하고 천 번을 생각해도 결과는 단 하나 좋다, 나도 사나이다. 내 손으로 복수한다. 내 아무리 촌놈이지만 무슨 까닭으로 무고한 매를 맞아야 했는가. 아무리 예쁘게 생겼기로소니 어쩌자고 죄 없는 사람을 그처럼 막 대하느냐. 좋다, 나도 사나이다. 내 손으로 복수한다…….

이렇게 마음을 먹고 일어나서 학교로 갔소. 대강 지형지물을 파악한 뒤 삼 주일을 잠복했소. 휴전 직후 애들 말로 똥통학교, 똥통은 대충 이랬더랬소. 길쭉한 건물 가운데가 통로이고, 운동장 쪽으로 오줌 누는 데가 있고, 으슥한 뒷담 쪽으로 똥 누는 데가 있는데, 안 쪽 세 개는 특별히 깨끗했소. 차례대로 문 위에 내빈용, 교직원용(여) 교직원용(남), 이렇게 써붙여 있었소. 그런데 뒤쪽으로 가면 똥을 퍼가는 1미터 사방의 맨홀이 세 개 있는데 뚜껑이 부실해서 까불던 놈이 하나 빠져 죽은 후 똥 퍼가는 인부들 이외엔 사람들이 얼씬도 안 했소. 삼 주일만에 드디어 절호의 찬스가 왔지. 그 예쁜 여선생이 변소로 들어가는 게 보입니다. 미리 계산해 놓은 터라 따라가 볼 필요도 없었소. 모든 게 자신이 있었으니까요!

나는 내 대가리 두 배쯤 되는 돌을 들고 맨홀 뚜껑을 열었소. 하늘을 쳐다보고 일단 호흡을 가다듬은 후 입사선과 빈사신이 교차하는 점을 노려 머리 위로 치켜들었다가 돌을 있는 힘을 다해 던졌소. 그리고 미오늣 하는 눈물을 닦지도 않은 채 하늘을 향해 부르짖었지-아이 썅! 어린애 니노지는 털이나 없지, 선생 니노지에 똥물이 튀냐? 비단을 찢는 듯한 비명소리를 뒤로 하고 나는 감추어 두었던 곳으로 가서 가방을 챙겨 들곤 뛰었소. 이것이 마이 스토리 오브 리벤지, 나의 복수 얘깁니다."

민경태는 말끄러미 위한림의 얼굴을 얼마동안 쳐다보고 있더니 뚜벅 말했다.

"감탄했소."

"감탄? 무엇에 감탄했단 말요."

"위 형 다른 일 다 집어치우구 소설가가 되시오."

"웃기는 소리 작작하슈."

"아냐, 위씨의 화술은 천하일품이야. 그 화술이 그냥 소설술이 되지 않겠소?"

"내가 이 세상에서 가장 하기 싫다는 걸 골라 보라면 나는 소설 쓰길 들겠소. 소설은 읽는 거지 쓰는 게 아니라요."

"아까운데, 아까워."

"하여간 나는 그 여선생에게 얻어 맞은 사실로 해서 인생이 가혹하다는 것을 알았고 예쁜 여자일수록 독살스럽다는 것을 알았고 가장 귀중한 지혜, 복수를 해야 한다는 것을 알았소. 그리고 세계적인 챔피언이 되려던 제기차기를 완전히 포기하고 만화가게를 찾게 되었소. 유년기가 끝나고 소년기에 들어선 거죠. 위대한 교훈과 함께 말이오."

"그렇다면 위 씨는 기명숙에게도 복수를 하겠단 말요?"

"복수는 물론 해야죠. 그러나 대상이 달라요. 나는 나에게 복수할 작정이오. 기명숙 씨에겐 장차 가능하다면 송덕비라도 세워 줄 참이오."

"무슨 뜻인지 모르겠군."

"이것이 바로 허수(虛數)의 윤리라는 것이오."

"그 허순지 뭔지 알아듣지 못하는 수학 용어 그만 쓰시오."

"공과대학에서 수학적으로 수련된 두뇌는 수학 적으로 돌아갈 수밖에 없는 것 아뇨. 나는 대수학(代數學)을 가장 인간적인 학문이라고 생각하오. 인생은 플러스와 마이너스의 상관관계로써 얽힌 현상 아뇨? 기하급수적으로 돈버는 놈, 산술급수적으로 돈버는 놈, 허수와 무리수까질 도입해서 척척 성공의 길을 닦아나가는 놈, 평생을 고작 산술적 문제 안에 묶어 놓고 실패하는 놈. 내 인생에 있어서 기명숙은 하나의 허수였소. 그것은 순허수(純虛數). 그런데도 일백 캐럿의 다이아몬드 이상으로 실재적이고 고도의 경도(硬度)를 가진 존재. 그렇기 때문에 나는 평진산업에 사표를 제출한 겁니다. 허수의 윤리에 충실하기 위해서."

"평진산업을 그만두고 뭣을 할 작정이오."

"무수한 길이 있지 않소. 길을 찾을 때끼진 룸펜 노릇을 하겠죠. 룸펜이 뜻밖에도 화려한 직업일 줄도 모르지 않습니까?"

"아무튼." 하고 민경태는 술잔을 들었다.

"위 씨의 전신(轉身)을 축복하오."

"고맙소."

위한림이 잔을 민경태의 잔에 갖다 댔다.

"그러나 유감은 있소."

반쯤 비운 글라스를 내려놓으며 민경태가 말했다.

"뭣이 유감이란 말입니까?"

위한림이 물었다.

"위 씨가 우리와의 우정을 위해서라도 조금만 더 솔직해 주었더라면 해서……."

"솔직하지 않은 게 뭐죠?"

"구체적인 얘기는 전부 생략해 버리고 입장이 곤란한 성싶어지면 엉뚱한 수학 용어를 끌어대구……."

"그게 내 솔직한 심정인 걸 어떡허우. 민 씨가 구체적인 사실을 그렇게 원한다면 내 한 가지만 얘기해 드리죠."

"기명숙은 고경택과 결혼하지 않을 겁니다. 혹시 기명숙은 누구와도 결혼하지 않을는지 모르죠. 그러나 이건 장담하지 못하겠습니다만 고경택과 결혼하지 않을 것은 장담하겠소. 눈 뺄 내기라도 하겠소."

"무슨 눈 뺄 내기를 한다는 거예요."

언제 와서 있었던지 미스 리가 웃으며 끼어들었다.

"어떤 여자와 남자를 두고 내가 점을 친 거지."

"위 선생님 점도 치세요?"

"치다마다."

"그럼 내 점 좀 쳐보세요."

"새삼스럽게 점을 치지 않더라도 내 미스 리의 신수는 환하게 알고 있어요."

"어떻게요?"

"돈 많이 벌면 부자가 될 거구요. 좋은 남편 만나면 행복하게 살 거구요. 죽는 그 날 그 시각보다 일 초도 빠르지 않고 일 초도 늦지 않게 확실히 죽을 거구요."

"어떻게 그처럼 영특하시지, 위 선생님 다시 보겠어요."

"그걸 인제 알았수, 난 모르는 것 빼놓군 다 아는 사람이오. 비가 오면 날씨가 나쁘구, 100년 동안에 만월은 천 이백 번이구, 사람이 한 번 죽으면 다시 살아나지 못하구. 그런데 이처럼 천문과 인생에 통해 있는 사람이 내일부터 굶어 죽게 되었습니다."

"그럼 나도 위 선생님의 점을 쳐 드릴까요?"하고 미스 리는 웃으며 덧붙였다.

"천하 사람들이 다 굶어 죽어도 위 선생님만은 절대로 굶어 죽지 않을 거예요."

"미스 리가 위 씨보다 한두 킨 상수인걸!"

민경태가 구슬려 올렸다.

"아냐, 나는 미스 리의 말을 자기가 나를 굶게 하지 않을 것이란 선언으로 들어. 그거 분명하죠?"

"꿈보다 해석이 좋으시네요. 그런데 갑자기 굶어 죽는다는 말이 왜 나왔죠?"

미스 리가 위한림과 민경태를 번갈아 보았다. 민경태가 말했다.

"위씨는 오늘 사표를 냈어요."

"아냐, 내가 회사로부터 추방을 당했어." 하고 위한림이 말을 고 쳤다.

"무슨 일이 있었어요?"

"무덤 없는 핑계, 아니 핑계 없는 무덤이 있을라구. 그러나 그 핑 계 얘긴 다음에 하겠소."

위한림이 자신만만하다는 투로 팔을 한 번 휘저어 보였다.

수 일 후 위한림은 회사로부터 연락을 받았다. 사표 수리의 결재 가 난 모양이었다. 위한림에게 필요한 건 결재가 아니고 얼만가의 돈 이었기 때문에 오후 3시쯤을 가늠해서 회사로 나갔다.

고경택 계장은 굳은 표정으로 과장, 부장에게 인사를 시키고 전 무실에까지 위한림을 데려다 놓았다.

김태진 전무는 고경택에겐 "돌아가서 일을 보세요." 하곤 위한림 에겐 소파를 권했다.

그리고 김 전무는 돈이 들어 있는 성싶은 봉투를 손에 들고 응접 탁자 앞으로 와서 위한림과 마주 앉았다.

"서울대학 출신이 우리 회사에 몇 명 있다는 것이 기 회장의 자랑이었는데."

이것이 김 전무의 첫말이었다. 그러나 그 말은 대답을 필요로 하지 않는 기라서 위한림이 잠자코 있었다. 전무가 물었다.

"어디 갈 데가 정해져 있소?"

"없습니다."

"왜 이 회사를 그만둘 생각을 한 것인지 그 이유는 묻지 않겠소. 물어봤자 소용 없는 일이니까." 하고 기름기가 없는 그러나 그런대로 손질이 잘 돼 있는 머리칼을 손으로 거둬 올리며 이렇게 덧붙였다.

"비위에 맞는 직장을 찾아보다가 적당한 데가 없든지, 계획한 일이 생각대로 안 되든지 해서 직장이 필요하게 되거든 언제건 찾아오시오. 복직할 수 있는 기회를 주겠소."

떠나가는 사람에게 복직의 기회를 주겠다고 미리 말할 수 있는 회사야말로 너그럽다. 위한림은 살큼 감동할 뻔했다.

위한림은 일단 "고맙습니다." 해 놓고 비서가 날라다 놓은 주스를 마시며 생각한 것은 ―따지고 보면 서울대학 출신이란 그 간판이 아쉬워서 하는 배려일 텐데, 과연 서울대학 출신이 그런 아쉬움을 받을 만한 존재일까. 고등학교 때 남달리 공부를 열심히 해서 거기에다 황토밭 귀신 같은 운이 붙어 어떻게 서울대학에 들어가긴 했으나 그 후론 성장이 정지되어 평범 이하의 사람으로 되어 비려, 괜히 프라이드만 강해지고 직장의 분위기를 흐리게 할 뿐인 무능자가 없지도 않을 텐데……

"그런데 이건 나의 배려가 아니고 회장님의 의사이니 직장 구하기가 여의치 않거든 주저 말구 오시오."

전무는 들고 있던 봉투를 내밀며 회장님이 호의로 주는 것이라고 하고, "봉급과 다소의 퇴직금은 경리과에서 받아가라."고 일렀다.

위한림이 그 봉투를 챙겨 넣고 일어섰다. 전무도 따라 일어서며 손을 내밀었다. 악수를 했다. 위한림은 뜻밖에도 정다운 전무의 손을 감촉으로 느꼈다.

"젊을 때 잘하시오."

50세 치고는 대단히 젊어 뵈는 김 전무의 이 말엔 약간의 친밀감이 있었다.

그때서야 김태진 전무가 평진산업의 간부 가운데 유일하게 허무적인 분위기를 두르고 있는 사람이란 사실을 위한림은 깨달았다.

위한림이 김 전무에게서 느낀 허무적인 분위기란 이 사람만이 사물의 상대성을 알고 있다는 느낌에 불과한 것이지만 위한림은 전무실에서 나오며 불손하게도 이런 생각을 했던 것이다.

'장차 내가 대재벌의 총수가 되면 김 전무 같은 사람을 사장으로 앉혀야지.'

"후하기도 하군."

평진산업에서 뚝 떨어진 다방에 들러 커피를 시켜 놓고 위한림이 전무가 준 봉투를 뜯어보니 그 속에 30만 원이 들어 있었다. 봉급과 명색이 퇴직금이란 것을 보탠 액수가 35만 얼마. 그러니까 위한림의 수중에 70만 원 가까운 돈이 잡힌 셈이다.

이 세상에 나서 처음 쥐어보는 대금이었다. 위한림은 친구들을 불러 멋지게 술판을 벌여 보고 싶은 유혹을 느꼈다. 10명이 일류 살롱 일류 요정에 가도 넉넉히 먹고 마시고 흠뻑 취해 버릴 수 있는 액수인 것이다.

위한림의 기억 속에 하나의 장면이 떠올랐다. 해병대를 제대하고 서울에 돌아왔을 때다. Y라는 선배가 위한림을 섞어 몇 사람을 충무로 어느 일류 살롱에 초대했다. 그리고는 한다는 소리가 오늘밤은 뺏뺏하게 걸어서 집에 갈 생각 말고 기어서 집엘 갈 작정으로 배가 터지도록 먹고 눈이 뒤집혀지도록 마시라고 했다. 3시간을 먹고 마셨는데도 어느 한 놈 집으로 기어간 놈은 없었지만 정신은 가물가물했는데 그때 카운터에서 위한림이 목격한 광경만은 잊을 수가 없었다. 선배는 호주머니에서 돈다발을 꺼내 그냥 캐시어에게 건네 주며 필요한 대로 세어 받고 나머질 돌려 달라고 했다. 계산이 얼마냐고 묻지도 않았고 돌려 받은 돈을 세는 법도 없었다.

'아아, 나도 언제이건 저렇게 돈을 한번 써 보았으면.' 하는 고정관념이 위한림의 의식 속에 잠재하게 되었던 것인데, 그 잠재의식이 고개를 쳐든 것이다.

'한판 벌이려면 해병대 친구가 좋다.'

위한림이 이렇게 마음 먹고 진또수에게 전화를 걸었다. 진또수란 S재벌의 총수가 타는 벤츠 육백의 운전사이며 위한림을 위해 공연자(共演者)가 되어 준 자다.

그런데 진또수는 없었다. 회장님 모시고 골프장엘 갔단다. 골프장으로 전화를 걸었다. 방금 떠났단다. 다시 S회사로 전화를 걸었다.

"회장님은 오늘 온천에 가셨습니다." 하는 아가씨의 말은 쌀쌀했다. U온천이라면 서울에서 200킬로나 떨어져 있는 곳이다.

'팔자치곤 상팔자군. 아침부터 골프를 치고 저녁 나절엔 온천으로 가신다? 그러나 진또수 팔자는 말이 아니군.' 100년에 1번 있을까 말까한 잔치를 놓쳤으니, 아무튼 김 팍 샜다.

위한림이 송수화기를 놓고 다방에서 나왔다. 여름 해는 길다. 5시가 가까운데도 오전과 같은 기분이다.

대학 동기들인 몇몇을 상기해 보았다. 그러나 놈들과 술을 마셔 기분이 날 끼닭이 없었다. 모두들 말초신경만 예민해 갖고 모처럼의 대접을 '이녀석 실직을 하곤 자포자기한 거나 아닐지.' 하고 수근댈 것이 틀림없었다.

'회사 친구들? 그것도 안 되겠다.'

모두들 위한림의 돌연한 퇴사를 수수께끼로 여기고 있는 터라 그 수수께끼를 풀려고 꾀를 부릴 것이니 말이다.

'에에라, 하월곡동인가 도원동인가 하는 데 가서 며칠쯤 푹 빠져 버릴까 부다.'

그런데 위한림의 미학이 그걸 용서하지 않았다. 어쨌건 그가 상대하는 여자는 아름다워야 하는 것이다.

'기분도 그렇잖고 한번 낚아 볼까.'

위한림은 명동으로 어슬렁 들어섰다. 구월이라고 하지만 아직 잔서가 오후의 태양과 더불어 깔려 있는 명동의 거리였다. 위한림은 곧 깨달았다.

'이럴 때 이런 거리를 걷는 여자는 골이 빈 년이 아니면 가족 먹여 살리느라고 억척같은 여자일 건데······.'

말하자면 어장이 나쁘고 기상조건 또한 나쁜 것이다.

'골 빈 여자 낚아 갖고 뭣 할 건가. 찌개도 안될 거고 사시미도 안될 거고 기껏 팬티 벗기는 운동밖에 안될 텐데······.'

그런데 이 팬티란 단어에 촉발된 그 무엇이 있었다.

현재 위한림이 입고 있는 팬티의 고무줄이 늘어져 엉덩이 뼈 위에 걸려 있는 것이다. 그것으로 미루어 그는 동생들의 팬티 사정, 아버지의 팬티 사정을 알 것 같았다.

생각하면 그는 평진산업에 입사하여 월급생활을 몇 달 하긴 했어도 아버지를 위해, 동생들을 위해 해 준 일이라곤 전혀 없었다.

어떤 친구는 첫 월급을 고스란히 부모님에게 갖다 바쳤다고 들었다. 그러나 그런 미담은 위한림에겐 듣기 위해서 있는 것이지 실행하기 위해 있는 것은 아니었다. 도대체 위한림은 효라는 것을 이해할 수 없었다. 그러나 가끔 이대로 부모님이 돌아가시면 나는 실컷 울 것이다. 하는 예감은 가지고 있었다. 그럴 때마다 위한림은 '제기랄 긴깃 울시 뉘. 석달 열흘을 울어제끼지 뭐.' 하며 울먹여지는 기분으로 되긴 했으나 고기니 술이니 사들고 집으로 와서 "아버지, 어머니 이것 잡수시지요. 오늘은 기분이 좋으셨어요? 용돈 조금 드릴까요?" 하며 효도놀이를 하는 꼬락서니를 상상만 해도 이빨이 시어오르고 등언저리가 간지러워지곤 하는 것이다.

어느 때인가 막내 동생놈이,

"형아, 아부지 담배가 떨어진 모양이더라." 하고 슬그머니 암시를 놓았다. 그때 위한림은 담배 한 보루 사다 드리라고 포켓에 손을 넣으려다 말았다.

"담배가 떨어졌다구? 그 모처럼의 기회로구나. 그 절호의 기회를 이용해서 담배 끊으시라고 해라. 제기랄, 나이 잡순 어른이 지각도 없이 왜 자꾸 담배만 피워재끼노." 하고 훌쩍 집을 뛰쳐 나왔다.

후회가 고통처럼 가슴을 저몄다. 스스로의 불효가 무섭기까지 했다. 그러면서도 그는 중얼거리고 있었다.

'불효? 나는 세계 제일의 불효자가 될 거다. 제기랄, 누가 나를 만들어 달라고 했나?'

동시에 그는 로렌스 스턴의 『트리스트램 샌디의 생애와 의견』이란 책에 있는 서두를 외고 있었다.

'나의 절실한 희망은 이젠 어떻게 할 수도 없게 되어 버렸지만, 내 아버지나 어머니 어느 편이라고 하기보다 두 분 다 같이 책임이 있을 테니까 나라고 하는 인간을 만들어 넣고 있을 때 좀 더 조심을 해 주었더라면 하는 것입니다.'

영문과 학생도 읽기가 힘드는 로렌스 스턴을 공과대학생인 위한림이 읽었다고 하면 놀랄 일인데, 그는 그 책이 무척 마음에 들었던 모양이고 그게 그의 후천적 성격을 만드는 데 적잖은 작용력을 행사했던 터였다.

'창피하지만 오늘만이라도 효도의 흉내를 내본다? 형 노릇을 한 번 해본다?'

위한림의 발길은 동대문 시장을 향해 걸었다. 메리야스 제품을 파는 가게에 들어섰다.

팬티를 하나 집어 들고 물었다.

"이것 한 개 얼마요."

"150원이에요."

주인으로 보이는 중년 부인이 대답했다. 위한림은 아버지와 자기들 삼 형제 도합 네 사람에게 각각 열 장씩 살까 하는 속셈을 서른 개로 고쳤다.

"이것 삼십 개만 주시오."

"똑 같은 사이즈로요?" 하고 주인이 반문했다.

"같은 걸로요."

위한림이 무뚝뚝하게 말하고 돈을 꺼내 사천 500원을 헤아렸다. 부자 넷이 모두기 비슷비슷한 체구라서 같은 사이즈의 팬티면 되었다. 이로써 당분간은, 아니 수 년 동안은 팬티 걱정 안 해도 되겠구나 싶으니 저절로 입가에 웃음이 나붙었다.

돈을 받고 팬티를 싼 꾸러미를 건네주며 안주인이 물었다.

"손님은 팬티 장사를 할 참이우?"

"천만에요."

"그렇다면 무엇에 쓰려고 그렇게 많은 팬티를 한꺼번에 사우?"

"아차 그렇군. 돈을 치르기 전에 말씀하셨더라면 이런 바보 짓을 안 했을 텐데. 하여간 아주머니의 충고가 늦었소. 그러나 그런 대로 이유가 있어요. 이렇게 많은 팬티를 사야 할 이유가 있는 겁니다."

안주인은 애매하게 웃었다.

"궁금하죠? 그 이유가 뭘까 싶어서요."

"팬티를 그만큼 샀으면 다른 물건도 사세요. 러닝셔츠나 언더셔츠."

"그런 건 그다지 필요하지 않아요. 약간 떨어진 거라도 입을 수 있으니요. 그런데 팬티만은 안되거든요."

안주인은 여전히 애매한 웃음을 띠고 있었다.

"팬티를 왜 이렇게 많이 사는가, 그 이유 가르쳐 드릴까요?" 하고 위한림이 주변을 두리번거렸다. 아무도 없었다.

위한림이 소리를 낮추어 말했다

"내 물건이 너무나 크고 빳빳해서요. 팬티를 입기만 하면 펑크가 나요. 하루에 한 장씩 들게 되는 거죠. 치사스러워서 부모님께 말도 못해요. 이런 사정."

안주인의 얼굴이 홍당무가 되는 것을 뒤로 하고 위한림은 시장

골목을 빠져 나왔다.

'어디로 가나?' 하고 동대문을 바라보며 길가에 섰다. 기껏 갈 곳이 '사슴'밖에 없는데 '사슴'에 가기엔 시간이 너무 일렀다. 해가 서산에 한 발쯤 남았는데 술집에 무슨 주제로 가느냐 말이다.

동대문은 그 이마에 '興仁之門'(흥인지문)이라고 두 줄로 쓴 현판을 달고 있다.

'흥인문이면 될 것을 왜 하필이면 흥인지문인가. 꼭 그럴 필요가 있었다면 왜 남대문엔 숭례문이라고만 써붙였는가!'

이렇게 사대문의 이름부터가 수수께끼인 이 서울은 그야말로 수수께끼의 더미다. 위한림은 이윽고 팬티를 한꺼번에 삼십 개나 산 스스로의 행동이 실은 수수께끼란 사실을 깨달았다.

호주머니에 막대한 돈이 들어 있다는 의식은 사람을 간지럽게 한다.

위한림은 '제기랄, 파르크 왕처럼 진탕 써버릴까 부다' 하는 유혹이 마음 한구석에 돋아나고 있음을 깨달았다.

파르크 왕이란 물론 나세르 일파들에 의해 축출된 이집트의 왕이다. 위한림은 몬테 카를로의 망명지에서도 그 낭비벽을 고치지 못한 파르크왕의 얘기를 헌 잡지에서 읽은 기억이 있었던 것이다.

진탕 돈을 써버리자고 히는 '낭비'성향에 반대하는 의식이 돋아났다. '새로운 직장, 또는 새로운 재원이 생길 때까지 이 돈으로 꾸려나가야 한다.'는 절약 성향이었다.

동대문을 지나 종로 2가를 향해 걸어오는데 그의 가슴엔 위의 두 가지 성향이 토론하고 있었다. 막상막하한 이유와 명분을 가진 상당히 치열한 토론이었다.

그런데 종로 3가쯤에 이르자 스르르 분통이 터지기 시작했다.

'제기랄! 100만 원도 훨씬 못되는 푼돈이 호주머니에 있다고 해서 명색이 대장부가 이따위 치사스런 생각을 용납할 수 있는가 말이다. 이럴 바에야 뭣 때문에 평진산업을 그만두었겠는가. 바람부는 대로 물결치는 대로 살아볼 일이지. 뭐, 쩨쩨하게…….'

동시에 아이디어가 생겼다.

실은 다동으로 갈 아이디어였다. 목욕을 하고 셔츠쯤이나 새 걸 사 입구……. 양품점에 들러 감색 바탕에 물방울 무늬가 있는 T셔츠 한 장을 샀다. 러닝셔츠도 한 장 샀다.

목욕을 하고 새 팬티를 갈아 입으니 여간 좋은 기분이 아니었다. 그 위에 러닝셔츠를 끼고 그 위에 물방울 무늬의 T셔츠를 입고 보니 놈팡이와 샐러리맨의 중간쯤 되는 스타일이 생겨났다. 내의가 깨끗하면 허술한 겉옷이 되레 돋뵈는 경우도 있으리라.

이발소에 들렀다. 스킨 부레이서만으로 얼굴을 다듬고 머린 토닉만으로 드라이어에 걸었다. 그리고는 빗질을 한 것도 같고 안 한 것도 같게 머리 형을 꾸몄다. 거울 속을 들여다보며 표정의 갖가지를 시험해 보았다. 상냥하게, 우울하게, 호탕하게, 우람하게, 허무적으로, 낙천적으로, 무소불능한 것처럼, 의협의 남아처럼, 그러면서 위한림이 생각한 것은 모험이 있고서야 에베레스트의 산정이 있고, 북극의 탐험이 있고, 솔로몬 왕이 숨겨 놓은 보화를 찾을 수가 있다는 것이었다.

아무튼 나폴레옹이 이윽고 점령하고 만 유럽은 그런 야심이 어디에서 싹트고 있는 줄 모르고 그저 잘도 놀고 잘도 마시고 있었던 것이 아닌가.

이발소에서 나왔을 때의 위한림은 투론을 공격하기 직전의 나폴레옹을 닮아 있었다. 그러자 자기 팔에 끼고 있는 꾸러미가 눈에 띄었다. 그 꾸러미엔 새로 산 팬티 스물 아홉 장을 비롯해서 헌 팬티, 헌 언더셔츠, 헌 T셔츠가 있었다.

'나폴레옹이 이런 꾸러미를 들고 대로를 걸었을까?'

위한림은 이발소로 되돌아가서 내일 찾으러 오겠다며 그 꾸러미를 맡겼다. 그리고는 발길을 조선호텔로 돌렸다. 한데 무슨 뚜렷한 의도가 있어서 조선호텔로 간 것은 아니었다. 나폴레옹이 노닥거려 볼 만한 장소로선 우선 그곳 외엔 생각나는 곳이 없었기 때문이었다.

조선호텔에 들어선 위한림은 곧 바로 스낵바로 갔다. 전투, 무엇을 대상으로 어떻게 해야 하는 전투인진 위한림 자신도 몰랐지만 아무튼 무슨 종류이건 간에 전투를 하려면 일단 무장을 해야만 한다. 그 무장이 위한림에겐 몇 긴의 위스기를 마시는 것으로 되었다.

불원 헐리게 된다는 조선호텔의 그 육중한 고풍이 마음에 들어 있는 위한림은 장차 어떤 건물로 변신할까 공상하면서도 이와 같은 마제스틱한 분위기는 살려야 할 것인데 하는 어울리지 않은 생각을 해 보았다. 매사에 개혁적이고 저돌적인 위한림에겐 뜻밖에도 고풍을 즐기는 성벽이 있었다.

위한림은 장차 집을 지을 경우엔 소슬대문을 단 구식 한옥을 짓고 싶었다. 물론, 그 내장 시설은 초현대식으로 할 작정이지만.

위한림은 이런저런 생각을 하며 위스키를 더블 스트레이트로 두 잔을 마셨다. 그의 주량으로선 십분의 일도 채 안 되는 분량이다. 그러나 일종 앙양되는 기분을 느낄 수가 있었다. 군대 생활 이래로 겪은 위한림의 술 경험에 의하면 맥주는 만복감과 더불어 충실감을 주어 괜히 큰소리가 나오고, 막걸리를 먹으면 포복감과 더불어 억척감이 생겨 천안 삼거리쯤이 나오고, 청주, 이른바 정종이란 걸 마시면 몸 전체가 포근하게 따뜻해지는 것 같아 졸음이 오고, 위스키를 마시면 전투적으로 발랄하게 되어 여자를 보기만 하면 정복의 의욕에 사로잡히곤 했다.

그러고 보니 위한림은 여자를 노려 이곳에 온 것이었다. 명동의 어장을 포기하고 조선호텔의 어장을 택한 셈이다. 그러나 조선호텔이 여자를 낚아 올릴 어장으로서 적당한가 안 한가는 위한림이 미리 생각해 본 적이 없다.

시간이란 것을 고려에 넣지 않는다면 드라마는 기다리는 사람에게 나타나기 마련이다. 기막힌 드라마를 포착할 수 있기 위해선 천재적인 안력이 있어야 하고 그것을 표현하기 위해선 천재적인 묘사력이 있어야 하는 것이지만, 자기 자신이 드라마 속의 인간이 되기 위해선 어디에서건 기다리면 되는 것이다.

위한림이 위스키를 한 잔 더 청했다. 그때 시야의 일각에 어떤 여자가 나타났다. 호텔이란 원래 호사스런 배경이기에 망정이지 다른 곳에 갖다 놓았더라면 돼지우리의 공작처럼 어울리지 않을 극히 호사스런 차림의 여자였다. 헌데 그 여자는 스탠드로 오지 않고 구석진 곳에 자리를 잡았다.

위한림이 부자연스럽지 않을 정도로 신사도에 어긋나지 않을 매너를 지키면서 경치를 보듯 가끔 주위에 시선을 돌리면서 파악한 결과 여자의 나이는 50세 안팎, 진주 목거리는 수백만 원짜리, 손가락에 낀 반지의 다이아몬드는 몇 캐럿이나 될지…….

이런 상상을 하며 술을 마시다가 다시 한 번 그곳을 보았을 땐 여자 앞에 젊은 남자가 앉아 있었다. 하얀 상의에 남방 셔츠의 짙은 색 깃 하며, 이발소의 간판처럼 다듬어 올린 뒤통수의 머리카락하며 그 젊은 사나이는 영락없이 제비족의 하나임이 틀림없었다. 오십대 여자와 이십대 사나이의 정사 장면은 생각하기만 해도 등에 소름이 끼친다.

'그런데도 나는 여기서 뭣을 하고 있는가?'

위한림이 쓸쓸하게 웃었다.

오십대 여자의 제비족 사나이가 걸어나가고 있었다. 그것을 보고 있는 바텐더의 눈에 야릇한 빛깔을 본 위한림이 물었다.

"도대체 어떻게 된 거요? 저 여자와 남자."

산전수전 다 겪은 것 같은 능청스런 표정의 바텐더는 애매한 웃음을 입언저리에 띠어 놓고 말만은 이랬다.

"손님에게 다른 손님의 얘기를 안 하는 것이 우리 직업상의 매너입니다."

"당신 지금 나한테 무안을 주었소. 그러기 있기요."

위한림이 바텐더를 쏘아보며 말했다.

"우리 입장을 밝힌 게 무안을 주는 것으로 되었다면 사과하죠."

바텐더는 뜻밖에도 상냥했다. 그리고는 물었다.

"손님은 누굴 기다리세요?"

"기다리는 사람같이 보이우?"

"그렇지도 않아서 물어본 겁니다."

"나는 하두 세상이 재미가 없어서 이런 데라도 오면 재미가 있을까해서 왔는데 여기도 별 수 없군요."

주위에 다른 사람이 없는 탓으로 위한림이 용기를 내어 서슴없이 말할 수 있었다.

"무슨 재미를 찾으십니까?"

"여자."

"여자를 찾아 하필이면 왜 이런 곳에 오십니까?"

"아무래도 일류 호텔이면 일류의 여자가 있을 것 같아서죠."

"쉽지 않을 겁니다."

"돈을 써두요?"

"그래, 손님은 오늘밤 돈을 써보겠다, 이 말씀이십니까?"

"그렇소."

"그럼 얼마나 쓸 용의가 있습니까."

"이걸 다 써도 좋소." 하고 위한림이 보증수표와 현금이 섞인 돈 뭉치를 잡히는 대로 꺼내 보였다.

놀란 빛도 없이 바텐더는 위한림을 새삼스럽게 관찰해 보는 눈치였다.

"꼭 그런 기분이라면 얼마 동안만 기다려 보슈." 하고 잠깐 스탠드를 비우고 바의 입구에 서서 로비를 한 바퀴 휘둘러보았다. 그리고는 다시 자기 자리로 돌아와 서며 위한림에게 나직이 말했다.

"지금 로비에 여자가 하나 들어 왔소. 엷은 그레이색 수트를 입은 여잡니다."

위한림이 뒤돌아보았다. 그러나 그가 앉아 있는 위치에선 로비가 보이지 않았다. 바텐더가 덧붙였다.

"조금 있으면 반드시 이리로 올 거요. 이리로 오거든 기술껏 해 보시오."

"어떤 여잔데요."

"그런 걸 미리 알아 뭣 할 거요. 수작을 걸어 볼 만한 여자란 것만 알면 될 게 아뇨."

"젊은 여자?"

"그건 손님이 확인하시오."

하여간 기다리고 있으면 드라마가 전개되기 마련인 것이다.

위한림은 자기가 왜 이토록 오늘 여자를 필요로 하는가를 살펴보는 마음으로 되었다.

문제의 초점은 기명숙이다. 아직도 몸과 마음에 부착해 있는 기명숙의 흔적을 지워 버리고 싶은 것이다. 절대로 보람을 바랄 수 없는 미련에서 벗어나고 싶은 것이다. 기명숙으로부터 탈출해야만 비로소 무언가 앞날을 기약해 볼 수 있다는 그런 기분이었던 것이다.

여자는 좀처럼 나타나지 않았다.

위한림은 괜한 말로 바텐더가 자기를 농락하고 있는 게 아닌가 싶었다. 그러나 그렇겐 따질 수가 없어 "그 여잔 창부인가요?" 하고 물었다.

"여자는 대개 창부 아니겠소."

바텐더의 입에서 철학적인 말이 튀어 나왔다. 위한림은 프랑소와 모리아크의 소설에 '모든 여성은 창부이다' 하는 제목의 것이 있더란 기억을 했다. 바텐더는 곧 다음과 같이 말을 고쳤다.

"창부 가운덴 돈만으로 조종할 수 있는 여자가 있고 돈만으론 안 되는 여자가 있지 않겠소. 이제 로비에 들어선 여자는 돈만으론 안 되는 부류에 속할 거요. 그러니 서툴게 돈 같은 건 내비치지 않는 게 좋을 거요."

이런 말을 주고 받고 있는데 이윽고 배후에 인기척이 있었다. 엷은 그레이색 수트가 잘 어울리는 몸매였다. 그레이색 니트 수트 안엔 진홍색의 비단 블라우스가 전등불에 황홀하게 빛났다. 몸매의 선을 숨길 수가 없는 니트 스카트 아래 걸음마다에 허벅다리의 선이 나타나는데 그 중심부에 여자의 세모꼴 언덕의 윤곽이 완연한 것이 놀랄 정도의 신선한 매력이었다.

위한림은 순간 저 여자는 기어이 정복해야겠다는 결심과 더불어 등골에 전류와 같은 전율이 흐르는 것을 느꼈다.

여자는 위한림과는 세 개쯤 자리를 건너뛴 스틀에 앉았다. 니트 수트나 진홍색 비단이 국산품이 아니라는 걸 단번에 알아차렸다.

"진 피스."

여자는 빨갛게 매니큐어한 손톱으로 스탠드의 바닥을 가볍게 세 번 두드렸다. 빨간 색의 매니큐어를 싫어 하는 위한림이 그 여자의 경우엔 그것이 싫지 않게 느껴졌다.

진 피스의 잔을 여자 앞에 갖다 놓으며 바텐더가 아양을 떨었다.

"오늘은 혼자이시군요."

그 말엔 대꾸도 않고 여자는 잠깐 입술에 대기만 하고 술잔을 놓더니 핸드백에서 담배 케이스를 꺼냈다. 울금색 당초 무늬가 있는 호사스런 케이스였다. 그 케이스를 열어 가늘고 긴 담배를 꺼냈다. 바텐더가 성냥을 그어내려고 하자 왼손을 들어 제지하곤 라이터를 꺼냈다. 카르티에로 보이는 백금색 라이터였다. 그녀는 짤까닥 불을 켜서 담배에 불을 붙였다.

여느 때 같으면 위한림의 반감을 살 물건과 여자의 동작이 조금도 위화감과 거부 반응을 일으키지 않는 것이 이상했다.

위한림이 담배를 꺼내 들고 자기도 모르게 여자에게 말을 걸었다.

"그 라이터 좀 빌립시다."

거절할 수 없는 청이었다. 여자는 힐끔 위한림을 보더니 라이터를 밀어 놓았다. 위한림이 그 라이터로 담배에 불을 붙이곤 바텐더를 보았다. 바텐더의 눈에 '잘 한다'는 뜻의 격려의 빛을 발견했다.

"라이터에 따라 담배 맛이 달라진다는 건 신발견인데요." 하고 일어서서 정중하게 라이터를 돌려 주곤 다시 앉으며 말했다.

"라이터를 빌린 데 대한 예 갚음으로 제가 술을 한 잔 사고 싶은데 허락해 주시렵니까?"

여자가 힐끔 위한림을 보았다. 싸늘한 금속성 눈초리였다.

그 싸늘한 눈초리가 부시기도 해서 위한림이 말을 보탰다.

"호의로써 한 저의 제안에 대해서 숙녀께서의 반응이 너무나 쌀쌀합니다."

여자는 아직 삼분의 일도 타지 않은 담배를 부벼 껐다. 그리곤 말이 없었다.

"담뱃불을 빌렸다고 해서 댁에선 일일이 예 갚음을 하나요?"

"경우에 따라서죠. 특히 숙녀와 같은 절세의 미녀에겐 생명을 걸고라도 예 갚음을 하고 싶습니다."

"거절하면요?"

"다시 간청을 하지요."

"그래도 거절하면요."

"또 다시 간청을 하지요."

"그래도 거절하면요?"

"몇 번이라도 간청을 하지요."

"그런 간청이 싫어서 도망을 치면?"

"하는 수 없죠 뭐. 자살이라도 할밖엔."

"자살을 해요?"

"그럴 수밖에 없잖습니까?"

"농담이 과하시군요."

"농담인지 아닌지 시험해 보십시오. 그럼 알 것 아닙니까?"

"당신을 시험하기 위해서가 아니라 난 거절하겠어요."

여자는 진 피스의 잔을 반쯤 마셨다.

"술 한 잔 사겠다는 호의를 미녀로부터 거절당하고 전도유망한 청년이 자살하다, 신나는 신문기사가 될 법하구먼요. 헌데 전도유망하다는 표현은 악착같이 살고 싶어한 청년이라고 바꾸는 것이 무난할지도 모르지요. 나는 조금도 전도유망하지 않으니까요. 그 대신 악착같이 살고 싶긴 합니다. 그 증거가 있습니다. 오늘 나는 팬티를 서른 장이나 샀으니까요. 오숙이나 살고 싶어 하는 자가 아니고서 팬티를 서른 장이나 사겠습니까?"

여자는 어처구니가 없다는 듯 바텐더를 보고 피식 웃어 보였다.

위한림이 말을 계속했다.

"내 술 한 잔 대접 받으면 될 것을 그 사소한 호의를 거절함으로써 신문쟁이들만 신나게 해 줄 필요가 없지 않습니까. 설혹 농담일망정 하나의 생명을 들먹여 가며 낙하는 술을 거절한다는 건 너무나 비정하지 않습니까. 사실을 말하면 나는 오늘 날짜로 실직했습니다. 악착같이 살고 싶어 팬티를 서른 장이나 샀는데도 내 앞날은 캄캄합니다. 얼만가 받은 퇴직금이 다 되는 날이 내가 죽는 날입니다. 퇴직금으로 구차하게 생명을 연장하느니보다 그 퇴직금을 오늘밤 안으로 날려 버리고 내일 새벽에 죽어 버리는 것이 떳떳하지 않을까 했는데 계기가 있어야죠. 기막힌 계기도 없이 실직했다는 이유만으로 자살해 봤자 일단짜리 기사가 될까 말까 할 것인데 절세의 미녀에게 술 한잔 낙했다가 퇴짜맞고 자살했다고 하면 그 로맨틱한 사유는 신문의 톱감이 안되겠습니까. 절멸한 지 이미 오래인 로맨티시즘이 아직도 살아 있었구나 하구요."

위한림이 지껄여대도 여자는 듣는 둥 마는 둥한 태도일 뿐이었다. 이때 바텐더의 말이 있었다.

"제가 참견할 문제는 아니지만, 한 잔쯤 받으시지요. 사실이지 이 청년은 지금 격한 심정으로 있는 모양입니다. 괜한 농담만은 아닐 겁니다. 무엇을 드리깝쇼? 진 피스를 한 잔 더하시면 어떻겠습니까."

여자의 시선이 다시 위한림에게로 돌아왔다. 부드러운 눈빛으로 바뀌어져 있었다.

"꼭 그렇다면 호의를 받겠어요."

그리고 매니큐어한 손톱으로 스탠드를 가볍게 두세 번 두드리며 덧붙였다.

"진 토닉을 주셔요."

진 토닉은 진 피스보단 한 옥타브쯤 강한 술이다. 드라마는 시작된 거나 다름이 없었다. 줄거리는 시간이 맡을 것이고 그 밀도와 색채는 대사와 동작이 꾸며 나갈 것이었다.

"나는 위스키 더블로."

위한림이 호기있게 말해 놓고 여자의 연령을 짐작해 보려고 했다. 이십대 중반쯤으로 젊기도 하고 삼십대 중반으로도 보이는 인상이 동시에 발랄했다. 설혹 창부라고 해도 아무 데서나 굴러다니는 그런 종류완 확실히 다르다.

"뭘 잡수실 걸 좀 드릴까요?"

침묵을 메우기 위한 바텐더의 수작이라고 보았다.

"필요 없어요." 하고 여자는 팝콘 한 알을 집어들었다.

"피넛을 자셔요."

위한림이 말을 끼었다.

"이빨을 건강하게, 아름답게 지니시려면 피넛이 제일입니다. 피넛엔 이빨이 필요로 하는 비타민이 있는 모양입니다."

"젊은 분이 꽤 아시는 게 많군."

바텐더는 밉지 않은 익살을 섞었다.

"그럼요. 난 아는 게 많아요. 비가 오면 날씨가 나쁘다는 것도 알구, 한 번 죽으면 절대로 다시 살아나지 못한다는 것도 알구, 이혼하기 위해선 결혼을 꼭 해야 한다는 것도 알구……."

여자의 얼굴에 살큼 웃음이 돋아났다는 것을 옆 얼굴로 보아서도 알고 있었다.

"뿐만 아니라 더욱 기막힌 것도 알죠. 은행 말입니다. 은행, 은행이 어떤 덴 줄 아십니까? 은행이란 곳은 날씨가 좋은 날 양산을 빌려주었다가 비가 오면 그 양산을 도루 거둬가는 곳입니다."

여자가 위한림의 말에 흥미를 느낀 모양이었다. 웃는 얼굴을 위한림에게로 돌렸다. 위한림이 여자를 정면으로 보며 물었다.

"여자 29세가 30세가 되려면 몇 해 걸리는지 아십니까?"여자는 웃는 얼굴로 그냥 있었다.

"5년 걸린답니다. 5년."

이때 서양 사람과 한국인이 어울린 일행이 우르르 스낵 바로 들어섰다. 여자는 진 토닉을 반쯤이나 남겨 놓은 채 백을 챙겨들고 일어섰다. 위한림도 섰다.

여자가 셈하는 옆에 서서 위한림도 셈을 했다. 여자가 바깥으로 나갔다. 위한림도 따라나갔다. 여자는 주차장으로 가고 있었다. 위한림도 그리로 갔다. 여자는 베이지색 중형 자동차에 다가서서 키를 끄집어냈다. 직접 운전할 모양이었다.

위한림이 성큼 다가서서 "운전은 제가 할게요." 했다.

여자는 순간 망설이듯 하더니 말없이 조수석으로 비켜 앉았다.

위한림이 운전사석에 앉아 시동을 걸었다.

호텔 정문을 나설 때 위한림이 물었다.

"어디로 모실깝쇼?"

어느덧 운전사의 말투가 되어 있었다.

"워커힐."

"오케이."

드라마의 무대는 자동차 안으로 옮겨졌다. 자동차 안에서 드라마는 자동차의 속도를 닮는다.

"운전 솜씨가 꽤 익숙하시군요."

을지로를 빠져 성동 경찰서 부근에 이르러 여자가 한 말이다.

"자동차나 여자나 마찬가지죠."

위한림의 대답은 엉뚱했다. 그런데 그 다음 멋진 말을 준비했는데도 여자는 그 계기를 주질 않았다.

"오늘밤 돈을 써 볼 작정을 했다면서요?"

성수동 근처에서 여자가 한 말이다.

"실컷 다 써 버리고 내일부터 막노동을 할 참입니다."

"실컷 쓰다니 돈을 얼마나 가지고 있수?"

"50만 원."

"기껏 50만 원?" 하고 여자가 웃었다.

"50만 원이 적나요? 내 반 넌치의 생활빕니다."

"그럼 그 돈 내게 맡길 용의가 있수?"

"있다마다요. 멋진 하룻밤을 보낼 수만 있다면요."

"그런 조건을 붙이지 않곤?"

"하여간 맡기겠소."

"그럼 이리 내놔요."

위한림은 손 감각으로 20만 원쯤은 포켓에 남겨 놓고 나머지를 몽땅 꺼내어 여자의 무릎 위에 놓았다. 여자는 그 돈을 세기 시작하더니 "꼭 51만 원이에요." 하곤 핸드백에 집어넣었다.

워커힐의 입구에 이르러서였다.

"자동차를 카지노 가까운 주차장으로 돌려요."

"카지노가 어디쯤인데요."

"본관으로 가요."

"본관은 또 어디에 있습니까?"

하고 위한림은 마구 촌놈을 폭로하는 거라고 내심으로 웃었다. 입구에서부터 본관까지 실히 십 분은 걸린다.

그 동안 여자가 한 말은 ―

"아까 맡긴 돈 51만 원을 510만 원으로 만들어 드리죠. 난 다른 사람의 노름을 대행하기만 하면 꼭 따요. 내 자신의 노름을 하면 반드시 잃구요. 그래 내 스스로 보살형이라고 자부하고 있죠. 그러나 만에 하나 남의 노름을 대행하면서도 잃을 수가 없다고는 못할 거요. 그땐 빈털터리가 되는 겁니다. 그래도 좋아요?"

"좋습니다."

"지금이라도 늦지 않아요. 카지노에 가기 싫거든 말하세요. 돈을 돌려 드릴 테니까요."

"장부일언은 중천금입니다. 일구이언은 이부지자이구……."

"빈털터리가 돼도 좋다 이거지요?"

"오브 코스."

"각오하셨지요?"

"슈어리."

"구질구질한 소리 안 하겠죠?"

"내가 당신 운전사로 취직하겠다고 보챌까봐 그러세요. 난 방천 말둑에 혀를 박아 놓고 죽어도 아니, 불알을 씨앗 속에 놓고 견뎠으면 견뎠지 그런 구질구질한 소리 안 할 사나이요. 나 위한림은."

제일 막이 끝나는 장면에서의 대사로선 이만하면 충분하다고 생각하고 위한림은 여자가 지시하는 대로 코스를 잡아 워커힐 본관 앞 주차장에 자동차를 몰아넣었다.

여자는 왼팔을 들어 시계를 보았다. 섬세한 팔목엔 어울리지 않는 문자판이 또록또록 아라비아 숫자로 되어 있는 남자용 시계였다. 왜 그런 시계를 그 여자가 차고 있는진 뒤에 알게 된 것이지만, 여자는 시계를 들어다보며 "8시 반이군." 히고 카지노로 돌렸던 빌길을 커피숍으로 돌렸다.

창가에 자리를 잡고 앉아

"8시 반이면 카지노에 갈 시간은 일러." 하며 커피를 주문했다.

"카지노에 가는 데도 시간이 있습니까?"

위한림이 물었다.

"내 자신의 요량이죠." 하고 여자는 덧붙였다.

"초저녁부터 카지노에 간다는 건 노름에 환장이 되어 있는 사람처럼 보이잖아요?"

그럴 듯도 한 얘기였다.

위한림이 물었다.

"어째서 노름판을 카지노라고 하는지 아십니까?"

"어째서 이곳을 워커힐이라고 하는지 모르듯이 그런 것 몰라요."

여자가 살큼 미소지으며 한 말이다.

"그럼 내가 그 설명을 할까요?"

위한림의 이 말에 "카지노에 가본 적이 없다고 하구서 그런 걸 알고 있나요?" 하고 여자는 아리송한 표정으로 되었다.

"모르는 것 빼 놓군 내가 모르는 건 없죠."

하고 어느 선배로부터 귀동냥을 한 지식을 피력하기로 했다. B씨로 불리우는 그 선배는 실로 잡학의 대가라고 할 수 있었다. 일상생활에 관해 유익한 지식은 전무에 가까우면서도 자질구레한 쓸데없는 지식은 놀랄 만큼 풍부했던 것인데 B씨에 의하면,

— 카지노는 이태리어로 집을 뜻하는 카자의 별칭(別稱). 굳이 우리나라 말에 그와 유사한 것을 찾는다면 정자 또는 별당. 르네상스

시대 베네치아, 피렌체의 귀족들이 가지고 있는 별장을 말하는 것이었는데 그런 곳이 대강 도박, 음주, 무용 등 유흥장을 겸하게 됨에 따라 그 후 해변, 온천장, 휴양지 등에 설치된 도박 전문의 장소를 카지노라고 말하게 되었다. 카지노는 18세기부터 19세기에 걸쳐 프랑스와 독일에서 번창했는데 독일에선 1868년, 벨기에선 1902년에 금지되었다. 현재 프랑스에선 한정된 관광 도시에서만 허용되어 있는데 이태리는 1차 세계대전 후 산레모와 베네치아에 이를 허용하고 1930년 단치히 자유시에선 한 군데만 허용되었다. 미국에선 1931년 네바다주에서만 허용되었다. 유명한 라스베이거스는 네바다주에 있다. 중남미의 나라들은 모두 허용하고 있다. 세계에서 가장 유명한 카지노는 모나코의 몬테 카를로에 있다…….

위한림이 대강 이런 내용의 얘길 하자, 여자는 비웃는 표정으로

"카지노는 노름하는 곳이라고만 알고 있으면 그만 아닐까요."

하더니 뚜벅 한마디 보냈다.

"골은 그다지 나쁘지 않은 모양이군요."

위한림이 이 말에 모욕을 느꼈다. 그래서 그야말로 쑥스러운 말을 뱉어 버렸다.

"이래 봬도 나는 서울대학을 나온 사람이오."

"보기보단 촌스러운 사람이군요."

여자의 표정에 냉소가 그냥 남았다.

"촌스럽다는 게 또 뭐요."

191

위한림이 볼멘 소리가 되었다.

"이 자리에 서울대학이 무슨 상관이우. 그게 거짓말이면 창피스럽구, 참말이면 치사스럽구. 누가 학력을 묻기라도 했나요?"

"날 깔보는 것 같아서 한 말일 뿐이오."

"깔봤다고 자꾸만 더 깔볼 소릴 해야 하는가요?"

"나도 그 말을 하고 아차했는데 그렇다고 사람에게 그처럼 무안을 주긴가요?"

"무안을 당한 건 아니까 다행이군요. 그러나 당신은 좀 더 무안을 당해야 하겠어요."

"그건 왜 그렇소."

"당신의 그 싱겁고 어색스런 묘를 깎아 없애려면 무안의 칼날밖엔 필요한 것이 없을 것 같아서요."

이런 말을 할 때의 여자는 확실히 삼십대를 넘어 사십대에 들어서있는 느낌이었다. 그런데 얼굴과 몸매는 삼십대에도 이르고 있지 못한 것 같으니 이상했다.

위한림이 묵묵해 버리자 여자는 "카지노에 가면 50만 원 몽땅 날려 버릴지 몰라요. 마음이 변했으면 그렇다고 말해요. 지금 같으면 늦지 않아요." 하고 백에서 돈을 꺼내려고 했다.

"장부일언은 중천금이라고 하잖았소. 나는 한번 마음 먹었으면 그만이오. 날 모욕하지 마시오."

"괜한 허세가 아뇨?"

"날 모욕하지 말래두."

여자는 위한림의 성난 표정을 한동안 바라보고 있더니 "그럼 좋아요." 하고 일어섰다. 시계는 9시 10분을 가리키고 있었다.

카지노에 들어섰다.

위한림은 촌닭이 장에 온 것처럼 되지 않기 위해서 모든 신경에 비상을 걸었다.

"내 옆을 떠나지 말아요. 내게 말을 걸지도 말구요."

여자가 나직하게 말했다.

룰렛이 있고 다이스판이 있고 포커를 하는 곳이 있었다. 장내는 비교적 붐비고 있었으나 시끄럽진 않았다. 모두들 낮은 소리로 주고받고 있었기 때문이다. 여자는 룰렛대에 자리를 잡고 앉았다. 위한림이 그 왼편에 앉았다. 여자는 돈을 꺼내 30만 원을 세었다. 그걸 가지고 토큰 비슷한 것과 바꿨다.

여자는 몇 바퀴 룰렛이 돌아가는 것을 지켜보고 있더니 위한림의 귀에 입을 대고 물었다.

"나이가 몇이죠?"

"25세."

여자가 얼만가의 돈을 25라고 표시되어 있는 곳에 걸었다. 룰렛이 힘차게 몰아나더니 정시했다. 다이스, 즉 十슬 모양의 수사위가 25에 멎었다. 여자 앞에 토큰이 푸짐하게 쌓였다.

위한림이 룰렛이 정지하고 있는 동안 그 정교한 원반을 읽었다. 0

에서 36까지 같은 간격으로 금을 지어놓고 있었다. 만일 그 금마다에 돈이 걸려 있었다면 다이스가 자기의 번호에 맞았을 경우 서른 여섯 배의 돈을 따게 되어 있는 것이라고 알아차릴 수 있었다.

여자는 그 다음 돈을 34에다 걸었다. 위한림은 여자의 나이가 34세일 것이라고 짐작했다. 그런데 이번엔 실수했다. 다이스는 33번으로 가버린 것이다.

잃기도 하고 따기도 했다.

위한림의 어림짐작으로썬 여자는 잃기보단 따는 경우가 빈번했다.

11시 반쯤 되었을 때 여자가 시계를 보았다. 아라비아 숫자인 그 문자판이 위한림의 눈에도 선명했다. 여자는 노름을 할 때 시계를 수월하게 보기 위해 그런 남자용 시계를 차고 있는 것이었다.

위한림은 여자가 일어설까 말까 하고 망설이고 있는 것으로 보았다. 지금 일어서면 자정이 되기 전에 집으로 돌아갈 수 있을 것이었고 지금 일어서지 않으면 호텔에서 밤을 새울 수밖에 없을 것이었다. 위한림이 말했다.

"왜 계속하지 않습니까?"

"말하지 말라고 했잖아요."

여자가 낮은 소리로 나무랐다.

그리고 한참을 뭔가 생각하는 듯하더니 다시 돈을 걸기 시작했다.

그런데 어떻게 된 일일까. 여자는 계속 잃기만 했다. 백에서 나머지 돈을 꺼냈다. 20만 원이었다. 그것을 잃으면 위한림은 완전히 빈 털터리로 되는 것이다.

5만 원 단위로 돈을 거니까 네 번 실수하면 바닥이 날 판이었다. 위한림이 후회하는 마음이 되었다. "아까 왜 계속하지 않느냐."고 했던 말이 화근이 된 성싶어서였다.

룰렛은 돌고 여자의 번호는 빗나가기만 했다. 드디어 마지막의 돈을 걸며 여자가 애매하게 웃었다. 이번에 돈을 건 번호는 25였다. 최초에 걸렸던 그 번호에 돈을 건 것이다.

룰렛이 돌았다. 위한림은 급격한 동계가 가슴 속에 일고 있는 것을 느꼈다. 룰렛이 정지했을 때 눈을 감고 싶었다. 그러나 눈을 감을 수가 없었는데 다이스는 보기 좋게 25에 있었다. 그 맨 전 번호에 돈이 걸려 있었던 것이다. 여자 앞에 토큰이 푸짐하게 쌓였다.

그 다음 번 여자는 실수를 하고 그 다음 번은 땄다 그리고는 다섯 번을 연속 이겼다. 여자의 팔목시계는 12시를 넘어 있었다.

여자가 일어섰다. 위한림도 따라섰다. 환전하는 창구로 갔다. 여자가 받아 쥔 돈이 700만 원은 넘어 있었다.

바깥 바람이 그렇게 시원할 수가 없었다. 하늘에 별들이 찬란했다. 심호흡을 하고 여자는 본관으로 가더니 종업원을 붙들고

"빌라에 비어 있는 네가 없느냐."고 물었다.

"조금 기다리세요." 하고 잠깐 어디론가 갔다 오더니

"있다고 합니다. 빌라 센터로 가세요." 하는 종업원의 말이었다

"얼마 안 되니까 슬슬 걸어가죠 뭐." 하고 여자가 앞장을 섰다.

빌라가 무엇인지, 빌라 센터가 무엇인질 알 수 없는 위한림은 여자를 따라갈 수밖에 없었다.

본관에서 200미터쯤의 거리나 되었을까, 띄엄띄어 가로등이 달려 있는 비탈진 길을 걸어가는 곳에 이른바 빌라 센터라는 것이 있었는데 유리문을 통해 그들을 보자 종업원이 열쇠를 들고 달려나왔다.

빌라라는 것은 방갈로 풍으로 세워진 독립 객실이었다. 빌라 앞엔 '펄 23호'라고 씌어져 있었다.

널찍한 홀이 있고 침실이 있고 목욕탕도 있었다. 창은 한강 쪽으로 나 있었다. 천호동의 불빛이 아름다웠다. 여자는 종업원에게 위스키, 비프스테이크 등을 주문하고 있었다.

'기막힌 밤이다.'

위한림은 이러한 예감에 가슴이 설렜다. 그러나 자기로선 어떤 적극적 행동을 하기란 어림이 없었다. 빌라라는 곳에 들어와 본 적이 없는 것이다. 위한림은 우두커니 응접탁자 앞 소파에 앉았다.

위스키, 소다수, 샌드위치, 건포도, 주스, 과일, 커피, 케틀 등 주문한 것을 종업원이 들고 들어오자 여자의 말이 있었다.

"샌드위치와 커피는 탁자 위에 놓아 두고 나머지는 전부 냉장고에 넣어 두세요."

종업원은 시키는 대로 해놓고 물었다.

"또 무슨 시키실 일이 없으십니까?"

여자는 백에서 5,000원권을 꺼내 종업원에게 주며 말했다.

"필요한 게 있으면 전화하겠어요."

종업원이 도어 저편으로 사라지자 여자는 백을 들고 위한림의 정면에 앉았다. 그리고는 돈뭉치를 꺼내 세기 시작했다. 위한림의 눈이 자연 그리로 쏠렸다. 정확하게 500만 원을 세었다 싶었을 때 여자는 센 돈을 탁자 앞에 놓았다.

"10배로 만들어 드리기로 했죠?"

위한림은 말없이 지켜보고만 있었다.

여자의 말이 계속되었다.

"약속대로예요. 돈을 포켓에 넣으세요."

위한림은 그 돈을 포켓 이곳저곳에 넣고 그 상의를 벗어 의자에 걸었다. 그리고는 다시 소파에 앉으려고 하자 여자는 말없이 위한림을 일으켜 세우곤 밴드를 가리켰다. 밴드를 끄르라는 시늉으로 알았다. 위한림은 밴드를 끄르고 바지를 벗었다. 바지를 벗고나니 팬티만 남았다. 여자는 팬티를 가리켰다. 위한림은 팬티까지 벗어버렸다. 다음, 여자는 웃도리 언더웨어를 가리켰다. 위한림은 그것까지 벗었다. 위한림은 완전히 알몸이 되었다. 여자가 가리키는 대로 소파에 가서 앉았다.

여자가 옷을 벗기 시작했다. 먼저 상의를 벗었다. 나음엔 스타킹을 벗었다. 그 다음엔 블라우스를 벗었다. 이어 스커트를 벗었다. 브래지어와 팬티만 남았다. 위한림이 숨을 죽였다. 위한림이 숨을 죽이고 지켜보는 눈 앞에서 여자는 브래지어를 벗고 팬티를 벗었다.

그 순간 나타난 여자의 나체.

상아빛으로 빛나는 황홀한 여자의 나신상. 명장 미켈란젤로의 신기를 방불케 하는 감동과 아울러, 여체 이상으로 아름다운 것이 이 지상에 있을 수 없다는 르느와르의 말이 절실한 실감을 동반하고 위한림의 가슴을 설레게 했다.

옷을 입고 있을 땐 여윈 편으로 보이던 것이 옷을 벗고 보니 그처럼 양감(量感)으로 우아하고 풍려하기조차 하다는 건 정녕 기적이라고 아니할 수 없었다.

섬세한 어깨의 선, 크지도 작지도 않은 유방의 융기, 체육이란 조금도 없는 잘록한 허리가 히프에 이르러선 탐스런 곡선을 그리고 허벅다리는 백단의 기둥을 닮았는데 그 중앙에 풍요한 언덕, 그 언덕엔 방초를 방불케 하는 갈색의 털이 밀생해 있었다.

이상하게도 위한림에겐 음탕한 기분이 없었다. 예술품을 대하는 감동만 있을 뿐이었다.

여자는 표정을 죽인 얼굴로 걸어오더니 소파로 가지 않고 카페트에 다리를 뻗고 앉아선 양 팔꿈치를 위한림의 무릎 위에 세웠다.

팔꿈치를 위한림의 무릎 위에 세우고 턱을 괸 채 여자는 위한림을 쳐다보았다. 눈에 이상스런 광채가 비쳤다.

"당신의 이름이나 알아 둡시다." 하고 입을 열자 여자는 손가락을 들어 위한림의 입을 막았다. 말을 하지 말라는 시늉이었다. 여자는 팔을 위한림의 무릎에서 내려 커피의 케틀을 끌어당기더니 카페트에 앉은 자세 그대로 커피를 따랐다. 그리고는 잔 하나를 위한림 쪽에 밀어 놓고 커피를 마셨다.

위한림은 커피를 마시고 냉장고에 가서 위스키를 꺼내왔다. 그러자 여자가 샌드위치를 가리켰다. 샌드위치부터 먼저 먹으라는 시늉일 것이었다.

샌드위치를 먹고 얼음물에 타서 위스키를 마셨다. 여자에게도 위스키 잔을 밀어 놓았다. 여자는 반 잔쯤 위스키를 마셨다. 위한림이 한 팔을 뻗어 여자의 허리를 안았다. 한 손으로 유방을 만졌다. 여자는 위한림이 하는 대로 몸을 맡겼다. 그러나 말을 하려고 하자 번번이 손가락을 들어 위한림의 입을 막았다. 철저한 판토마임을 하자는 작정인가 보았다.

여자는 비어 있는 위한림의 잔에 술을 따라놓고 일어서서 목욕탕으로 갔다. 물을 트는 소리에 귀를 기울이며 위한림이 술을 마셨다. 아라비안 나이트의 세계를 헤매는 기분이었다.

망설임을 박차고 위한림이 목욕탕으로 들어섰다. 여자는 배스텁에 길게 몸을 누이고 명상에 잠긴 듯했다. 위한림은 먼저 양치를 하고 샤워기를 틀어 손과 발과 그곳을 씻었다. 그리고는 배스텁에 비집고 들어서려는데 여자가 나오며 손끝으로 이미 경식되어 있는 위한림의 그것을 살짝 건드렸다.

위한림이 목욕탕에서 나왔을 땐 여자는 침대 위에 길게 누워 있었다. 한오라기의 실도 걸치지 않은 나신(裸身). 관능의 꽃이라고도 할 수 있는 여자의 그 정교한 육체. 위한림은 주저없이 여자의 옆에 몸을 뉘었다.

음탕이 이처럼 청정할 수 있을까.

위한림은 경성(傾城), 경국(傾國)의 뜻을 비로소 알 수 있는 기분이 되었다. 여자는 그지없이 부드러웠고 측량할 수 없을 만큼 깊었다. 그 쾌락의 깊이에 위한림은 전심전력 몰두했다.

몇 번의 클라이맥스가 되풀이되었는지 모른다. 그러면서도 다음 다음으로 힘이 솟았다. 여자는 신음하고, 애소하고, 격정에 겨워 전신을 꿈틀거렸다.

이러길 몇 시간을 지냈는지.

위한림은 어느덧 깊은 나락으로 굴러떨어지듯 잠에 빠졌다.

아침 눈을 떴을 때 창은 환하게 밝아 있었다. 10시였다. 여자는 흔적도 없이 사라져 있었다. '꿈이었던가?'

꿈이 아닌 것은 탁자 위의 술병이 증명하고 있었다. 창을 열어 젖혔다. 가을의 냄새를 섞은 바람이 한강 쪽에서 불어왔다. 천호동이 아침의 경색 속에 있었다.

위한림은 꿈이 아닌 사실을 재확인하기 위해 상의의 호주머니를 뒤졌다. 500만 원의 지폐가 고스란히 있었다. 반가운 촉감이었다.

500만 원이면 미국 돈으로 4만 달러. 조촐한 집을 한 채 살 수는 액수다. 위한림은 흐뭇한 웃음을 지어보려다 말고 어두운 얼굴이 되었다.

'이 여자는 어딜 갔을까?'

뭔가를 초조하게 기다리고 있을 때의 주변의 풍경처럼 산문적인 것은 없다.

위한림은 언제라도 송수화기를 들 수 있는 거리에 앉아 전화통만 바라보고 있었다. 반들반들 회색 빛깔로 된 그 전화통은 시간이 감에 따라 괴물스러운 인상을 띠었다. 그러나 전화 벨은 좀처럼 울리지 않았다.

'그 여자는 정녕 나를 이대로 두고 사라져 버렸단 말인가!'

뭐라고 한마디쯤 메모라도 있음직한데 이제까지 뒤져본 바 그대로 아무런 흔적도 남기지 않았다. 빌라 센터의 종업원들도 부탁을 받은 말이 없다고 했다. 주차장에 베이지색의 중형차가 없다는 것이고 보니 그 여자가 워커힐 안엔 없는 것이 확실했다. 아침 일찍 일이 있어서 나갔다고 치더라도 무슨 한마디 말쯤은 있어야 마땅할 것 아닌가. 그처럼 농밀한 밤이 아니었던가.

아리비안 나이트를 방불케 하는 극채색 밤이 아니었던가. 그런 밤을 같이 지내고 어떻게 상대한 남자를 깜쪽같이 따돌릴 수 있는 여심(女心)이 과연 있을 수 있는 것일까.

위한림은 정각 12시가 되었을 때 식사를 주문했다. 점심과 곁들여 남아 있는 위스키를 마셨다 노곤한 피로감이 스며들었다. 침대에

201

가서 드러누웠다. 위한림은 자기가 빌라를 나서는 순간 그 여자와 단절되는 것으로 알았기 때문에 조금이라도 더 그 빌라에 남아 있고 싶은 심정이었던 것이다.

전화 벨이 울렸다. 위한림이 후다닥 수화기를 집어들었다. 빌라 센터에서 온 전화였다.

"체크 아웃 시간이 되었습니다만……."

"하룻밤 더 묵겠소."

위한림이 퉁명스럽게 대답해 놓고 다시 침대 위에 벌렁 드러누웠다. 또다시 깊은 나락으로 떨어졌다.

어느덧 잠이 들었던 모양이다.

눈을 떴을 땐 3시.

여자로부터의 연락이 오긴 기대할 수 없는 것으로 쳐야만 했다. 말할 수 없는 공허감이 스며들었다.

'내 호주머니엔 500만 원의 거금이 있다며 생기를 북돋워 보려고 했으나 공허감을 메울 순 없었다.'

여기에 좀 더 남아 있어야 하느냐 떠나야 할 것이냐고 생각하면서 위한림은 이 상황이야말로 햄릿적인 상황이라고 씁쓸하게 웃었다.

'투 비 오어 낫 투 비, 댓 이즈 더 퀘스천!'

에에라, 기다린 김에 저녁나절까지만 버텨 보자고 위한림이 소파로 내려앉아 담배에 불을 붙였다. 그리고는 앞으로의 일을 계획해 보기로 했다.

500만 원이면 무언가를 계획해 볼 만한 액수일 것이었다.

'셋집 생활을 청산하기 위해 집을 한 채 산다?'

위한림은 바로 엊그제 이웃에 있는 꽤 큰 집이 350만 원에 팔린 사실을 상기했다.

'아직 이르다는 생각이 뒤따랐다.'

500만 원을 그렇게 써버리기엔 아까왔다.

'무슨 경천동지할 일이 없을까?'

이러면서도 위한림은 돈 500만 원을 호주머니 속에 가지고 있다고 해서 약간의 흥분 상태에 빠져 있는 스스로가 째째하다고 느꼈다.

'아아, 그 여자가 있었더라면 멋지게 돈을 쓸 수 있을 것인데!'

빌라 센터에 가서 선금을 치르고 본관으로 내려왔다. 신문과《타임》지,《뉴스위크》지,《리더스 다이제스트》지 등을 샀다. 며칠 활자를 보지 못한 탓으로 활자에 대한 기갈증이 시작되고 있었다.

커피숍의 한구석에 앉아 신문을 펴들었다. 여전히 우울한 기사 투성이다.

지난 8월 10일에 발생한 광주단지 난동사건(廣州團地亂動事件)의 후일담이 실려 있었는데 한마디로 말해 비참하기가 짝이 없다. 그 사건은 십만여 주민이 분양지 가격 이하와 세금의 면제를 요구하여 일으킨 사건인데 관용차 네 대를 불사르고 출장소 건물을 파괴하는 등 행패가 있었다. 결국 배가 고파서 일으킨 난동이었다.

지난 31일의 국무회의에서 체코, 쿠바, 폴란드, 유고 등 공산지역과 교역을 트기로 의결했다는 소식은 밝은 소식이었으나 중공과 북괴 간에 무상군원 협정이 체결되었다는 것은 어두운 소식이었다. 후르시초프 전 수상의 병세가 악화되었다는 소식은 나쁜 것인지 좋은 것인지 소득세를 인하한다는 기사도 있는데 소득세를 물 처지에 있지 않은 위한림에겐 있으나마나 한 소식.

　국내의 신문을 다 읽고 《리더스 다이제스트》를 폈는데 헨리 폰더라고 하는 영화배우의 익살이 하나 소개되어 있다.

　'워싱턴에서 할리우드으로 날아오는 비행기 안에 헨리 폰더가 타고 있었다. 그의 친구가 워싱턴이 어떠냐고 물었더니, 폰더 대답하여 가로되 워싱턴은 상대방이 자기를 속이고 있다는 것을 내가 알고 있다는 것을 상대방도 알고 있는, 그런 사람들이 모여 사는 곳이다.' 라고 말했다.

　위한림은 단번에 폰더에게 호감을 느꼈다. 그런 익살을 할 줄 아는 정도면 대단한 것이다.

　위한림은 신문과 잡지를 덮어 놓고 두리번거렸다. 혹시 그 여자가 나타나지 않을까 하는 일루의 희망이 시킨 노릇이었다. 여자는 나타나지 않고 양공주로 보이는 여자들이 껌을 딱딱 씹으며 떼지어 몰려와서 저편에 자리를 잡았다. 조금 있으니 이제 막 버스에서 내린 듯한 미군들의 일단이 들이닥쳤다. 그 여자들은 일선에서 휴가를 나온 미군들을 대접하기 위해 준비된 존재들로 보였다.

아니나 다를까 끼리끼리 짝을 짓고 앉더니 성급한 GI는 벌써 여자의 궁둥이를 만지기 시작했다. 여자들은 까악까악 하는 비명인지 교성인지 모르는 소리를 지르며 몸을 비비 꼬았다.

'저런 여자들과 비교하면 어젯밤의 그 여자는 여왕이다.' 하는 생각이 아픔처럼 위한림의 가슴을 찔렀다.

정각 7시가 되길 기다려 위한림은 카지노로 어슬렁 어슬렁 걸어 들어갔다. 어느 겨를에 위한림은 카지노에서 자기의 운명을 걸어 볼 작정을 하고 있었던 터였다.

카지노에 모여 있는 군상들은 어젯밤의 그 군상들 같았다. 노름을 좋아하는 사람들의 인상은 대강 닮아 뵈는 까닭으로 그런지 바로 그들이 그들이었기 때문에 판별할 수가 없었다. 위한림은 카지노를 한바퀴 돌았다. 포커의 딜러를 하고 있는 여자 가운데 특히 눈에 뜨이는 여자가 있었다. 길고 화사한 손가락이 민첩하게 동작하고 있는데 매력을 느꼈다.

달걀 모양을 닮은 윤곽의 얼굴, 짙은 속눈썹, 광택에 바래버린 듯한 얼굴의 빛깔. 음화식물을 방불케 하는 기분인데 표정을 죽이고 있으나 얼굴에 생명의 그림자가 있었다.

멋진 섹스의 상대가 될 것 같다는 음흉한 짐작을 하며 위한림은 그 여자와 눈을 맞추려고 했으나 여자의 눈은 트럼프에 십중되어 솜처럼 감응하지 않았다.

포커에 끼어볼까 했으나 위한림은 자신이 없었다. 그 자리를 떠나 룰렛이 있는 곳으로 왔다. 룰렛은 어제 여자가 하는 수작을 지켜 보고 있었던 터라 그 수작에 따르면 될 것이었다.

그는 돈을 50만 원을 세어서 한쪽 포켓에 나눠 넣고 자리를 잡았다. 처음 25에 돈을 5만 원 걸었다. 보기 좋게 빗나갔다. 다시 25에 걸었다. 이번에도 빗나갔다. 세 번째도 25에 걸었다. 역시 실패였다.

위한림은 꼭 같은 번호에 계속 걸고만 있으면 37분의 1의 확률은 확실할 것이라고 믿었던 것이다. 37회 가운데 한 번만 맞으면 본전이 된다는 계산이었다. 그렇게 계속 25번에 돈을 걸고 있다가 50만 원을 몽땅 날려 버렸다. 그런데 일어설 수가 없었다. 다시 50만 원을 꺼내 이번에도 25에 걸었다. 그리고 여자의 나이가 생각나서 별도로 5만 원을 34에도 걸었다. 그런데 34에 다이스가 굴러 들어 한꺼번에 100만 원 가량 벌었다. 위한림이 대담해졌다. 동시에 여섯 군데에 걸었다. 도합 30만 원의 금액이다. 건 번호는 1971년 9월 2일임을 상기하고 19, 7, 1, 9, 2, 25에 각각 돈을 걸었다. 그런데 이번에도 다이스는 34에 떨어졌다.

동시에 여섯 자리에 돈을 걸고 번번이 빗나가다가 보니 어느덧 위한림은 11시까지에 200만 원을 잃고 있었다.

'일어서느냐, 나머지 돈을 다 털어버릴 각오로 하느냐.' 하는 양자 택일의 기로에 선 느낌이었다.

위한림이 계속하기로 했다.

새벽 1시가 되고 있을 땐 300만 원을 잃고 있었다. 그는 비로소 연구의 필요성을 느껴 몇 라운드를 쉬기로 하고 룰렛의 구조를 지켜보았다. 룰렛의 표면만을 보고 그 구조를 알 까닭이 없었지만 뚫어지게 보고만 있으면 기계가 스스로 비밀을 말해 줄 것이란, 이를테면 기계공학도로서의 자부가 있었던 것이다.

같은 동력, 같은 매커닉인데, 돌리기 시작할 때의 기점 천분의 일이나 만분의 일의 작용력의 차로써 다이스의 행방이 결정된다는 결론까지 얻었는데 그 결론만으론 아무것도 안된다. 무슨 확고한 공식 같은 것을 정립할 수 없을까 하고 궁리해 보았지만 그것이 간단한 문제일 수가 없다.

위한림이 쉬고 있는 동안에 다이스가 낙착한 번호는 9, 7, 1, 13, 17, 33 그리고 0이었다. 다음 번부터 다시 시작해야지 하고 지켜보는 눈앞에 룰렛은 회전하고 멎고 다이스는 25에 굴러떨어졌다.

"아차." 하고 소리를 지를 뻔했다.

위한림은 자신이 없어졌다. 초저녁부터 자기가 노린 번호 25는 자기의 나이이며 돈을 따고 잃고 하는 문제에 앞서 운명적인 의미를 가지고 있었던 것인데 그 숫자에 행운이 있는 순간을 놓쳐 버렸기 때문이다.

그래도 그냥 일어설 수가 없어 십 라운드를 계속하여 다시 50만 원을 닐러 버렸다. 세어보나 마나 위한림의 주머니에 있는 돈은 170만 원이었다.

500여만 원을 가지고 있다는 충족감이 컸던 만큼 170만 원 밖에 남지 않았다는 느낌은 허탈에 가까운 상실감이었다.

새벽 3시쯤에 그는 빌라에 돌아와 누웠다. 목욕을 할 힘도 없었다. 심신이 같이 망그러진 기분이었다. 위스키를 한 병 가지고 오라고 해서 그 반을 마셔 버리고 절벽을 뛰어내리는 기분과 더불어 잠에 빠졌다.

그런데 위한림의 꿈 속에선 계속 룰렛이 돌고 있었다. 동시에 어떤 공식이 짜여져 나가는 듯했다. 어느덧 꿈 속의 위한림은 아라비안 나이트의 알리바바가 되어 "오픈 세서미."를 외쳐대고 있었다.

"오픈 세서미 1번." 이라고 하면 다이스는 일 번에 굴러떨어지고, "오픈 세서미 2번." 이라고 하면 3번에 가 있던 다이스가 2번으로 되돌아오곤 했다.

신나는 순간이었다. 만일 그 옆에 누군가가 있었더라면 위한림이 꿈 속에서 미쳐 버렸다고 했을지 모른다.

비몽사몽 간에 침대 위를 뒹굴다가 그가 완전히 잠을 깬 것은 정오가 넘고도 훨씬 후였다. 그는 목욕탕으로 가서 샤워를 하고 무거운 머리를 식혔다. 입맛이 없었지만 굶을 순 없었다.

스파게티를 시켰다.

스파게티를 가져온 종업원에게 하루 더 빌라를 쓰겠다고 이르고 "엊그제 밤 나와 같이 온 여자를 혹시 아느냐."고 물었다.

"잘 모릅니다." 하는 속절 없는 답이 돌아왔다.

"이상도 하지." 하고 위한림이 고개를 갸웃했다.

"뭣이 이상하단 말입니까"

종업원이 물었다.

"혹시 백여우가 아닌가 해서 말야."

"여우면 꼬리가 있을 것 아닙니까." 하고 종업원이 웃었다.

"아냐, 워커힐 근처엔 꼬리 없는 여우가 나온다고 들었어."

종업원은 애매한 웃음을 띠고 나가버렸다.

'이름도 성도 모르는 여자. 베이지색 자가용을 몰고 다니는 여자. 룰렛에 도가 튼 여자.'

위한림은 이어 룰렛을 마스터했을 경우를 생각했다. 룰렛을 지배하면 세계를 지배할 수 있을 것이란 아이디어가 일었다. 하룻밤에 1,000만 원씩 딴다고 치고 1년이면 36억 5,000만 원.

'위한림은 모처럼 이런 공상으로 흐뭇해 했을지 모르지만 지금 와서 생각해 보면 36억 원쯤은 장영자가 한 달 동안 유럽에서 쓴 용돈 밖엔 안되는 액수가 아닌가.'

위한림은 자기의 공상에 날개가 돋히도록 내버려 두었다. 이윽고 몬테 카를로에 군림하는 위한림의 모습이 떠올랐다. 모나코의 왕비 그레이스 켈리와 호화로운 야회에서 춤추는 장면이 잇달았다.

'잘만하면 그레이스 켈리의 예쁜 딸과 결혼할 수 있게 될지도 모른다'는 공상과 더불어 위한림이 피식 웃었다. 자조자멸(自嘲自蔑)의 웃음이었다.

오랜 세월이 흐른 것 같았다.

평진산업에 있었던 사실이 아득한 옛날처럼 느껴졌다. 기명숙에 관한 기억도 이미 그 빛깔을 잃고 있었다. 정체 모를 여자와의 하룻밤이 꿈속의 일처럼 되었다.

위한림의 망막에, 뇌리에 돌아가고 있는 것은 룰렛의 다이스였다. 눈을 감아도 눈을 떠도 그것은 선명하게, 그리고 그 독특한 음향을 동반하기까지 하며 빙빙 돌아가고 있는 것이다.

운명의 주사위, 상아 빛깔의 구슬?

이기건 지건 상관할 바 않는다면 룰렛을 하는 데 특수한 기술도 숙련도 필요하지 않는 것이지만 그 기본적 룰은 비교적 까다롭다. 돈을 거는 방식에 따라 이겼을 때 얻는 돈이 이분의 일 대 일로부터 삼십오 대 일까지 달라진다. 영번(零番)에 걸었을 때는 뱅크[오야]와의 특수한 조건이 있고 빨간색의 번호에 걸고 또 검은색의 번호, 예컨대 십칠 같은 데 걸어 놓으면 한쪽이 이겼다고 해도 다른 쪽이 지게 되어 있는 것이니 현명한 방법이 아니다. 뿐만 아니라 갖가지 복잡한 규칙이 또 있다.

그런데 위한림은 이런 까다로운 규칙을 불과 사흘 동안에 마스터했을 뿐만 아니라 룰렛 노름은 필경엔 뱅크가 이기게 되어 있다는 사실을 발견하기조차 했다. 문제는 필경엔 이기게 되어 있는 뱅크를 상대로 해서 이편이 이기는 방법이 무어냐 하는 데 있었다. 그 방법은 연속적으로 돈을 걸지 말고 적당한 사이를 두는 호흡에 있을 뿐인데 그 사이의 호흡을 어떻게 발견하느냐 말이다.

몽롱한 눈을 뜨고 침대에 누운 채 창을 보았다. 바깥은 어두워가고 있었다. 긴 세월이 지난 것 같았지만 닷새째의 날이 저물어가고 있는 것이다. 그런데 위한림의 경우엔 닷새째의 날이 저물어가는 것이 아니라 닷새째의 밤이 시작된다고 해야 옳다.

그의 요즘의 나날은 밤은 카지노에서 새우고 낮엔 빌라에서 자는 것으로 되어 있었기 때문이다.

이를테면 태양을 모르는 사나이로 되어가고 있었다.

'태양을 모르는 사나이.'

몬테 카를로에 한때 군림한 적이 있는 사나이를 주인공으로 한 소설의 제목으로 기억하고 있는 위한림은 그 태양을 모르는 사나이란 말이 썩 마음에 들었다. 태양을 모르고 살면서 태양 있는 세계를 지배하는 것도 나쁠 것이 없다는 사상은 감미로웠다.

돈을 벌려고 동분서주하는 사람들. 권력을 쫓아 광분하는 사람들. 혁명을 하겠다고 팔을 걷어 붙인 사람들. 그날 그날을 살기 위해 악착스럽게 구질구질하게 사는 사람의 시각(視角)에서 보면 가소롭기 짝이 없을 것이란 생각이 얼핏 들었다.

'왜 그런가?' 하고 이 한림은 자문자답했다.

'이 세상에 허무관(虛無觀)을 이겨낼 그 무엇이 있는가 말이다.'
노름꾼의 눈은 허무주의조차도 아닌 허무지의 눈이다. 그들은 돈을 노리고 있는 듯하지만 사실은 돈밖엔 믿을 수 없다는 허무의 바탕을 노려보고 있는 것이다.

룰렛의 회전, 그 반들반들한 상아 빛깔의 구슬에 생명의 순간 순간을 걸고 있는 자들이 허무자가 아닐 까닭이 없다. 위한림은 스스로를 허무자 속에 묻어 버려도 좋다는 사상에 도취했다. 태양은 너무나 눈부시다. 그걸 모르고 살아도 좋다는 사상은 감미롭기만 했다.

'나폴레옹 앞엔 알프스가 있고 내 앞엔 룰렛이 있다.'

침대로부터 내려서서 호주머니를 챙겼다. 2만 원이 모자라는 100만 원이었다. 그 액수를 확인하고 샤워를 했다. 이를 닦았다. 면도를 했다. 토닉을 뿌리고 머리를 빗었다. 미상불 태양을 모르는 사람의 몰골을 닮아가고 있었다.

위한림은 어젯밤을 상기했다. 한푼 남기지 않고 다 털릴 뻔했다. 단 5만 원이 남았을 때였다. 그는 운명을 두 번으로 나눴다. 2만 원과 3만 원으로. 2만 원을 잃었다. 그랬는데 최후의 3만 원이 35배의 돈으로 되어 돌아왔다. 그 순간 위한림이 영웅이 되었다. 주위의 뜨거운 시선을 느꼈다. 위한림은 로마에서 파리로 돌아가는 개선장군 나폴레옹처럼 빌라로 돌아왔던 것이다.

그리고는 졸음에 겨워 있는 빌라 센터의 종업원들에게 한 사람마다 1만 원씩의 호기를 부렸다.

벌써 8시.

식사는 카지노 근처의 식당에서 하기로 하고 어슬렁 어슬렁 내려가는데 본관 입구 근처에서 윤신자를 만났다. 윤신자란 포커 게임의 딜러를 하는 여자이다. 위한림이 카지노 출입을 한 이틀째 포커 테이블 앞에 서서 넋을 잃게 했던 바로 그 여자다. 이름을 알게 된 것은 가슴에 붙어 있는 명패 때문이었다.

위한림이 인사를 했다.

"굿 나이트."

윤신자의 상아빛 얼굴이 살큼 웃는 표정으로 되더니

"굿 나이트가 아니라 굿 이브닝 아니겠어요." 했다.

"굿 나이트나 굿 이브닝이나 한국 사람의 영어일 바에야 무슨 상관이 있겠소. 우리 같이 식사라도 할까요?"

"사 주실래요?"

뜻밖에도 윤신자는 상냥하게 응했다. 나흘 밤을 연속 출입하는 손님에게 느끼는 친숙감이 시킨 일인지 몰랐다. 윤신자는 딜러를 하번(下番)하면 가끔 위한림이 끼어 있는 룰렛대 근처에 와서 서성거리곤 했던 것이다.

식당으로 가며 위한림이 물었다.

"시간이 있소?"

"9시까지만 출근하면 돼요."

"오늘밤은 심야 근무로군."

"1시까지만 근무하면 돼요."

"숙소가 가까이에 있나요?"

"카지노 종업원의 숙사가 있어요, 심야 근무자가 자는……."

"어때, 빌라로 오지 않겠어? 펄 이십 삼호."

"노 쌩스."

언하의 거절이었다.

"재고할 여진 없구?"

"그런 말은 실례예요. 숙녀에 대해서."

"에크제큐제 무아 마드모아젤 윤."

"사과할 줄 아니 다행이에요."

식탁에 가 앉자 윤신자는 스파게티를 시켰다. 위한림은 비프스테이크를 시키며 "이왕이면 피가 줄줄 흘러내리고 있는 놈을 미디엄보다 살큼 구워 달라."고 주문했다.

"아이, 징그러워. 그런 스테이크 먹는 사람보면 징그러워요."

"그러나 감사해야 하오. 사람을 잡아 먹지 않기 위해 그런 스테이크를 먹는 것이니까."

"아이 징그러워."

윤신자는 예쁘게 상을 찌푸렸다. 식사를 할 때는 말이 없다가 커피가 나왔을 때 다시 대화가 시작되었다.

"유혹을 받아 본 적은 없수?"

"유혹을 하는 사람은 있었지만 받은 적은 없어요."

"꽤나 정확한 말을 쓰는군."

"딜러는 매사에 있어서 정확해야 해요."

"헌데 그 딜러란 직업이 어떤가요."

"한마디로 현세(現世)에 현신한 여신(女神)이라고 생각하면 돼요."

"여신?"

"어느 사람에겐 행운을 주고 어느 사람에겐 불운을 주니까요."

"그걸 당신 마음대로 하나요?"

"내 마음대론 안 하지만 내 손끝에서 나가는 걸요."

"야바위는 없어요?"

"그런 것 없어요."

"그럴까? 황금의 팔이란 영화 보았겠죠? 프랭크 시내트러가 딜러 노릇을 하는."

"보지 못했는데요, 그 영화."

"내가 아직 어릴 때 본 거니까 마드모아젤 윤은 못 보았을지도 모르죠."

"위 씨의 나이는 몇 살인데요."

"나이는 왜 물어요. 그런데 내 이름을 어떻게 알아요."

"누군가가 미스터 위라고 부르는 걸 들었으니까요."

"그것 이상한데?"

"이상할 것 없어요. 미스터 위는 종업원 사이에 인기가 있어요."

"인기? 그건 또 왜."

"카지노에 처음 온 사람이 하루만에 보기만 하고 룰렛의 규칙을 다 외어 버렸다는 기예요."

"그까짓, 그런 것보다 백 배 어려운 고등수학의 공식을 줄줄 외고 있는 사람인데."

"흠 그래요?"

"그것보다 아까 그 황금의 팔이란 영화 말이오. 딜러인 프랭크 시내트러가 마음대로 교묘하게 승부를 조작하더란 말이오. 그래서 황금의 팔인 거라. 황금을 자유자재로 만들어 낸다는 뜻이겠지."

"내 팔은 여신의 팔이긴 해도 황금의 팔은 아녜요."

"직업상의 비밀? 직업상의 위신?"

"아무렇게나 생각하세요."

"마드모아젤 윤에겐 애인이 있수?"

"있으면?"

"포기하구."

"뭣을 포기한단 말이에요."

"제안이 있거든."

"무슨 제안이에요."

"애인이 있으면 하나마나한 제안."

"남에게서 애인을 뺏을 용기는 없나요?"

"그럼 말하죠. 우리 시험연애라도 해보지 않겠소?"

"시험연애?"

"시험결혼이란 게 있다지 않소. 그 앞 단계의 시험연애."

"노"

"그렇다면 하룻밤의 실수라도 해 볼 용의가 없소."

"실수란 걸 알고 실수를 할 수 있을 정도로 내 인생이 서글프진 않아요."

"사람은 실수를 할까봐 모험을 못하는 것 아뇨. 요컨대 실수를 각오하고 모험을 하면 혹시 성공할지 모르잖나 이거요. 그렇게 생각하면 서글픈 인생까질 들먹이지 않아도 되지 않을까요?"

"미스터 위는 여자를 보면 누구에게나 그런 수작을 걸어요?"

"천만에, 난생 처음 있는 일입니다."

"그 거짓말을 믿는다고 치고 무슨 이유로 그런 수작을 하는 거죠?"

"마드모아젤 윤이 좋으니까."

"뭣이 좋죠?"

"아름다워요, 우아하구."

"그런 여자는 나 말고도 많을 텐데요."

"게다가 항금의 팔, 아니 여신의 손을 가진 여자를 애인으로 했으면 영광이겠다는 동경, 갈망."

"황금의 팔을 가진 여자는 내가 아니고 홍 마담이에요."

"홍 마담이 누구요."

"왜 이러시죠?"

"왜 이러다니. 카지노에 처음 출입하는 놈이 어떻게 황금의 팔을 가신 홍 마남을 알겠수."

"능청 부리지 말아요."

"능청을 부리다니. 점점 해괴한 말씀이군."

"미스터 위가 카지노에 온 첫날 밤, 같이 온 여자는 누구였죠?"

위한림은 깜짝 놀라 말했다.

"그럼 그 여자가 홍 마담이란 말요?"

"그래 미스터 위는 이름도 모르는 사람허구 같이 왔다는 거유?"

"그렇소. 그 날 오후 조선호텔의 스낵바에서 처음 만났소. 그래 그
분이 안내하길래 카지노에 온 거요."

"홍 마담이 또 물귀신 노릇을 한 거로군요."

"물귀신?"

"도박사를 또 한 사람 만들어 놓았단 뜻이에요. 그런데 그날 밤은
이상하게도 자정 넘도록까지 버티데요. 그런 일은 없었는데."

"도대체 그 여자는 어떤 여잡니까?"

"참으로 모르고 묻는 거예요?"

"그렇다니까요."

"유명한 도박사 홍 마담을 모르다니." 하고 윤신자는 이런 얘길
했다.

홍 마담은 상업고등학교를 나오자마자 딜러의 훈련을 받고 항구
도시 I에 있는 카지노의 딜러가 되었다. 천재적인 소질이 있었던 모
양으로 자유자재로 카드를 조작했다. 홍 마담의 미모에 반했는지 PX
책임자인 미국 군인이 홀딱 빠졌다. 홍 마담은 그 미군을 사랑하게
되었다. 홍 마담은 만만찮은 돈을 그 미군에게 벌게 해주고 반대급부
도 받은 모양이었다. 그러던 사이 PX를 통해 들어온 권총을 횡류(橫

流)한 사건이 터졌다. 권총을 PX가 사들일 순 없는 것인데 미국에 있는 친구와 짜고 다량의 권총을 들여와서 횡류한 사실이 밝혀진 것이다. 그 사건의 배후에 홍 마담이 있었다는 것을 아는 사람은 알고 있었다. 그러나 그 미국인은 모든 책임을 자기 혼자 둘러쓰고 홍 마담과 관련된 부분을 일체 발설하지 않았다. 그 미국인은 군사재판을 받고 감형을 용인하지 않는 조건이 붙은 종신징역형을 받고 지금 미국의 어느 형무소에서 복역 중에 있다. 그 후 홍 마담은 카지노를 그만두고 전국 각지에 있는 카지노를 찾아다니며 노름을 했다.

"홍 마담은 룰렛 밖엔 안 해요. 포커는 못하게 돼 있거던요. 아마 국내의 카지노에선 앞으로도 못할 겁니다. 가끔 미국에 가서 남자를 면회하고 오기도 하는데 그럴 때마다 왕창 돈을 따오는 모양이에요."

하고 윤신자는 위한림을 힐끔 보았다.

"이상한 여자군."

위한림이 중얼거렸다.

"이상한 정도가 아니죠. 그런데 왜 요즘엔 나타나지 않는지 모르겠네요."

윤신자의 말에 위한림은 자기만은 그 이유를 알 것 같았다. 요컨대 위한림이 카지노에서 노닥거리고 있을 것으로 알고 나타나지 않는 섯이라고 심삭했다.

"그건 그렇구 딜러의 수입은 얼마나 됩니까?"

"로맨틱한 얘기가 갑자기 경제적인 얘기로 바뀌네요."

"경제의 비료가 있어야 로맨틱한 꽃도 피는 것 아닙니까?"

"그런 이치를 따지면 로맨틱은 도망가는 거예요."

"어떻게 그처럼 말솜씨가 좋으십니까?"

"상대가 좋으면 자연 따라가는 것 아녜요?"

"그럼 내 말 솜씨도 무던하다 이겁니까?"

"무던하다가 아니라 보통이 아녜요. 이를테면 고등 보통."

"다시 한번 더 묻겠소."

"뭐 말씀인데요?"

"아까의 내 제안"

"그건 거절했을 텐데요."

"너무 속절없지 않습니까?"

"예스와 노가 분명해야죠."

"딜러로선 그걸로 통하겠지만 여성으로서는 그걸로 안 통할 겁니다."

"그럼 어째야 하나요."

"중간기간, 즉 유예기간을 두어야죠. 생각해 보겠다든지, 기다려보라든지, 분명한 예스와 노로 잘라 버리기엔 인생은 너무나 복잡하고 정서적인 것입니다."

"그 반론도 있을 수 있지만 일단 미스터 위의 의견에 경의를 표하는 뜻으로……" 하고 윤신자는 장난스런 얼굴이 되더니 말했다.

"미스터 위가 룰렛으로 저스트 1억 원을 손에 넣었을 때 신청하세요."

"1억 원!" 하고 위한림이 중얼거렸다. 지금 자기가 가지고 있는 돈의 100배에 해당하는 액수이다.

"1억 원이면 너무 많나요?"

"다른 방법으로 내가 1억 원을 벌었다고 해도 되겠죠?"

"그건 안 됩니다."

"왜?"

"1억 원이란 돈이 문제인 것이 아니라 룰렛이 미스터 위에게 1억 원을 안겨 준 행운을 중요시하고 싶은 거예요."

"마드모아젤 윤이 내 행운으로 되어 주면 어떻겠어요."

"그 뜻은?"

"내가 포커를 하겠다는 겁니다. 여신의 손을 믿구."

"미스터 위는 일 낼 사람이군요. 여신은 만인에게 공평해요. 난 홍 마담관 달라요."

"물론 다르겠죠. 젊고 더 예쁘구."

"그런 말 불쾌하지만 안 들은 것으로 해 두구 내 제안을 수정하겠어요. 룰렛으로 2,700만 원만 손에 넣으세요. 그때 신청하세요. 생각해 볼 테니까요."

"기껏 생각한다는 겁니까?"

"예스와 노로 현실을 가르고 살던 여자가 그만한 유보를 둔다는 것도 대단한 거예요. 알았죠?" 하고 윤신자는 일어섰다.

그날 밤 룰렛은 위한림에게 비정했다. 자정에 이르기까지 한 번도 그 상아빛의 구슬은 그의 번호를 찾아 주지 않았다. 위한림이 하루 종일 자다가 말다가 하며 꾸며 놓은 가설이 하나하나 무참히 부너진 셈이었다.

위한림은 확률변수이론(確率變數理論)을 원용해서 몇 개의 가설을 만들어 보았다. 확률변수엔 이산형(離散型)이란 것이 있고 연속형(連續型)이란 것이 있다. 그런데 위한림이 기억하는 확률변수이론이 기껏 눈이 여섯 개 있는 주사위를 대상으로 한 것이기 때문에 삼십칠목을 가진 룰렛에 합당될 까닭이 없고 더더구나 억지로 조작한 가설임에 틀림이 없었지만 그 전부가 무너져 버렸다는 덴 기가 죽을 수밖에 없었다.

위한림은 호주머니에 남은 돈을 짐작해 보았다. 40만 원? 38만 원? 이대로 계속했다간 전부 날려 버릴 것이 틀림없다는 예감이 들었다. 서툰 공식, 아니 가설에 집착한 것이 실패의 원인이었다.

그는 돈을 걸지 않고 다이스가 떨어지는 번호만을 기억 속에 챙겨 넣었다. 1971년 9월 ○일 오전 1시부터 2시까지의 적중 번호다. 그의 신통한 기억력은 두세 시간 후에 그 번호를 모조리 수첩에 기입할 수 있게 돼 있었다.

위한림은 카지노를 나서기 전에 포커 테이블 쪽을 보았다. 윤신자는 이미 없었고 다른 아가씨가 딜을 하고 있었다. 그 아가씨의 관상도 보아 둘 필요가 있었다. 포커 테이블 가까이에서 여자를 보았다. 보통 여자의 눈보다는 한 배 반쯤은 커 보이는 눈동자를 가진 얼굴만으로도 짐작할 수 있는 대형의 여자였다. 손가락이 길고 큰 손이어서 트럼프가 몽땅 손아귀 속에 들어 보이지 않을 때도 있었다. 속임수를 하기엔 적당한 손이라고 보았다.

카지노에서 나와 본관 앞 광장에 섰다. 달이 있었다. 음력 스무날쯤의 달일까. 한쪽 모가 살큼 떨어져 나간 듯한 느낌이었다. 달을 보고 있으니 괜히 서글픈 생각이 들었다.

'어머니가 걱정하고 계실테지.'

닷새 동안 행방을 알리지도 않고 집을 떠나 있었으니 어머니의 걱정은 당연한 것이었다.

'그러나 아버지가 적당하게 하시겠지.'

위한림의 아버지는 위한림을 설혹 수천 도로 끓고 있는 용광로에 집어던져 놓아도 사명대사처럼, 어어 춥다고 엄살을 떨며 나올 놈이라고 믿고 있는 터였다.

'동생들도 물론 걱정 같은 걸 할 까닭이 없다. 애들과 싸움질만하고 돌아다녔는데도 경기중학에 붙고, 공만 차고 놀았는데도 서울대학 하고도 가장 어려운 공대에 붙고, 해병대에 들어가선 가장 억센 해병이 되고.' 그들의 눈으로선 무소불능 무소가외(無所不能無所可畏)의 형인 것이다.

'그런데 나는 이처럼 서 있다.' 싶으니 위한림은 자기가 존재하는 것만으로 남을 속이고 있는 것이 아닐까 하는 자책감 같은 것이 솟

223

아 올랐다.

'제기랄, 여자란 이럴 때 필요한 것인데.' 하고 홍 마담을 생각하고 윤신자를 생각했다. 이어 '윤신자, 그년, 어디 두고 보자.' 하는 용맹심이 끓어 올랐다.

'이런 공상이 틀려 먹은 거라.' 하면서도 빌라에 돌아가 위스키를 병 채 마시면서 위한림은 룰렛에서 1억 원을 따 갖고 그 돈을 그냥 윤신자 앞에 밀어 놓는 광경을 상상하고 있었다.

"장해요. 잘했어 미스터 위."

하고 그녀도 홍 마담처럼 실오라기 하나 걸치지 않은 알몸으로 된다. 그러면 머리채를 휘어쥐고 얼굴을 들어선 그 입술에 뜨거운 자기의 입술을 갖다 댄다. 그 다음엔 또 그 다음엔,

"당신은 행운아야, 행운아."

윤신자가 신음하면 위한림은 "행운은 행운이로되 이 행운은 내가 만든 행운이다." 하고 뽐낼 것이고, "어떻게 그 행운을 만들었느냐."고 물으면 콜모고로프 힐베르트, 라플라스의 학설을 곁들여 그의 확률이론을 당당히 전개하여 윤신자 그년의 정신과 육체를 완전히 압복해 버린다……

그런데 사실 위한림은 콜모고로프 힐베르트까진 몰해도 라플라스를 이해하고 있는 단계에는 이르고 있지 못한 것이다. 이렇게 깨닫자 공상의 화원은 사라지고 낙타의 성욕만 남았다. 낙타의 성욕이란 사막에서 느끼는 성욕이다. 무드도 없이 가락도 없이 수컷이란 의미

만으로 불룩불룩 솟는 그 성욕 말이다.

"아아, 치사스러워." 하면서도 전화로 빌라 센터를 불렀다.

"여긴 별 이십 삼 호인 데, 여자 없을까, 여자."

"이 시간에 여자가 어디에 있겠습니까?"

"여자가 없으면 절구통에 치마를 둘러 놓은 거라도 돼."

"절구통도 없습니다."

"혹시 바람맞은 양공주라도 없을까?"

"손님, 그만 주무시도록 하시지요."

"그렇게 간단하게 주무실 수 있다면 내가 뭘 한다고 이런 전화를 하겠어. 혹시 카지노에서 노닥거리고 있는 여자 가운데 신데렐라가 돼 볼 년이 없을까?"

"우린 카지노 출입이 금지되어 있습니다."

"어떻게 그런 편리한 금지만 있노." 하다가 윤신자가 워커힐 어디에선가 자고 있을 것이란 생각이 들어서 물었다.

"카지노 여자 종업원들 숙소가 어디지?"

"그건 왜 묻습니까?"

"몰라서 물어?"

"손님 그만 주무세요. 새벽 3시가 되려고 합니다."

"수컷이 암컷을 찾는데 새벽 3시면 어떻된 밀인가."

하고 전화를 끊었으나 윤신자의 이름과 몸매가 눈앞에 아른거렸다. 그러자 윤신자가 1억 원이라고 했다가 2,700만 원으로 고쳐 말한

게 상기되었다.

'오오라, 그년의 나이가 27세로구나. 나보다 2살 위. 그렇다면 내가 병술생으로 개띠니까 그년은 갑신생 원숭이띠로구나.'

위한림이 와락 장난기가 생겼다

'내일 한번 넘겨 짚어야겠다.'

그런데도 낙타의 성욕은 사그러지지 않았다. 그는 며칠 전에 산 《뉴스위크》지를 집어들었다. 표지에 안경을 쓴 여자의 사진이 있고 그 아래에 이름이 있었다. 글로리어 스타이넘―새로운 여자.

'이년이 누굴까?'

글로리어 스타이넘이란 여자.

모든 남자, 모든 여자들이 갈구해 마지 않는 성적 대상의 유형이라고 씌여 있다. 그래서 '영원한 여성'이라고 극찬이다.

낙타의 성욕 앞에 이 무슨 자극인가. 기사는 삼십 삼 페이지에 날씬한 전신 사진과 곁들여 있었다. 그 사진을 한참 들여다 보다가 위한림이 기사를 읽어 내려갔다.

궁둥이에 찰싹 붙은 산딸기 빛깔의 미니스커트를 입었는데 목 부분은 선 머슴의 티셔츠를 닮았다. 블론드의 머리카락은 젖가슴 위에 드리워져 있고 그녀의 싱그러운 얼굴은 푸른 색깔의 안경으로 해서 더욱 총명하게 보인다. 그녀의 관골은 넓고 높고, 그녀의 이는 새하얗고 고르다. 그녀는 신격화된 여자다. 사내들은 글로리어 스타이넘을 믿을 수 없을 만큼 가장 완벽한 여자라고 부른다……

이 여자는 정치평론가로서 《이스턴》지의 칼럼니스트이며 TV쇼의 출연자이기도 하다. 그런데 동시에 맹렬한 여성해방 운동자, 이를 테면 여권운동자다.

기사는 말한다.—

여권운동을 하는 여자는 대개 여자로서의 결점을 지니고 있다. 사랑을 받을 수 없는 여자라든지, 남자의 환심을 살 수 없는 여자라든지. 그런데 글로리어 스타이넘은 우아하고 아름답고 총명하고 말할 수 없이 아름답다. 영화감독 마이크 니콜라스, 육상 경기의 스타인 래퍼 존슨, 극작기인 허브 사젠트, 석학 존 갈브레이드, 상원의원 조지 맥거번 등이 그녀를 친구로 하고 있는 것을 영광스럽게 느끼고 있다는 얘기다.

말하자면 인습적이고 전통적인 도덕 기준에 따라 살다간 패자가 될 수밖에 없는 여자가 여권운동자로서 설쳐 대는 것이란 상식을 글로리아 스타이넘은 완전히 뒤엎고 있다는 얘긴데 위한림의 낙타의 성욕은 그녀까지도 침범하고 있었다.

그러나 글로리어 스타이넘이 아무리 매력적이라고 하더라도 소용이 없다. 위한림이 잡지를 내던지고 오늘밤 1시부터 2시까지의 사이에 다이스가 굴려든 번호를 기억 속에서 되살려 종이에 적기 시작했다. 그리고 그 숫자를 들여다 보았다. 이상하게도 그밤, 그 시간엔 같은 번호가 두 번 다이스를 맞이한 경우가 없었다. 영 번만이 예외였다.

그는 내일밤 1시부터 2시 사이를 가늠해서 오늘밤의 행운 번호를 근거로 자기의 행운을 시험해 볼 작정을 세웠다. 즉 오늘밤은 7, 17, 22의 순서였으니까. 내일밤 1시의 기점이 가령 5라고 하면 15, 20의 순서로 돈을 걸어 보겠다는 것이다.

'요행만 바라보고 살기엔 인생은 너무나 엄격하다고 생각하다가도 요행을 무시해 버리고 살기엔 인생은 너무나 삭막하다'는 마음으로 바뀌었다.

'룰렛을 마스터하기만 하면 천하를 지배할 수 있다.'

공장도 필요없고 회사도 필요없다. 경찰도 군대도 필요없다. 연구소도 정당도 필요없다. 룰렛만 있으면 되는 것이다.

그렇다고 치더라도 낙타의 성욕은 너무나 지긋지긋했다.

'1억 원을 벌어 갖고 윤신자를 벗겨야지.'

그 이튿날 밤 위한림은 200만 원 가량을 땄다. 1시에서 2시 사이의 일이다. 지난 새벽 구상해 놓은 것이 5분의 1 정도로 적중한 것이다.

그 이상 룰렛의 특혜를 그날 밤에 또 기대한다는 것은 어리석다고 생각한 위한림은 윤신자가 마침 딜을 하고 있는 포커 테이블로 갔다. 윤신자는 아는 체도 하지 않더니 위한림이 끼여들려고 하자 눈에 날카롭게 불을 켰다. 포커를 하지 말라는 권고이기보다 단호한 거부라고 하는 것이 옳을 정도로 강한 표정이었다. 그러나 그건 위한림에게만 알 수 있는 그런 것이었다.

위한림이 포커 게임의 진행을 지켜 보았다. 당장 알아 챈 사실이 있었나. 윤신자로부터 오른쪽 두 번째에 앉아 있는 사나이는 세 번에 한 번, 네 번에 한 번은 꼭 따는데 그 인터벌이 어김이 없었던 것이다. 위한림이 그 사나이를 주시했다. 알랭 들롱을 동양적으로 만든 것 같은 용모인데 옆얼굴의 인상이 냉혹을 석고로 깎아 놓으면 저렇게 될 것이라고 짐작할 수 있을 만큼 싸늘했다. 꼭 다문 엷은 입술은 각박했다. 검은빛 T셔츠와 검은 바지를 입었는데 왼편 손 약지에 큼직한 반지가 끼여 있었다. 그 반지가 불길한 냄새를 풍겼다.

그 사나이는 착실하게 돈을 모아가고 있었다. 세 번, 네 번에 걸쳐 15만 원 내지 20만 원을 잃고 한 번을 이기면 50만 원이 들어오는데 그것이 규칙적이니 돈이 모이는 것은 당연했다.

위한림은 계속 그를 지켜보며 그것이 그 사나이의 운이냐, 조작이냐, 딜러인 윤신자의 야바위에 의한 것이냐를 살펴보려고 했으나 무망한 노릇이었다. 다만 윤신자와 그 사나이 사이에 특수한 관계가 있을 것으로만 짐작이 갔다.

'그렇다면 저 놈이 라이벌인가?'

위한림은 저도 모르게 그 사나이에게 대한 증오의 불길이 가슴 속에 타오르고 있음을 느꼈다.

이윽고 윤신자가 내려오고 다른 여자가 딜을 시작했다. 위한림은 곧 윤신자의 뒤를 쫓고 싶었으나 남의 눈이 두려웠다. 계속 그 사나이만을 주시했다. 그런데 딜러가 바뀌어지자 사나이는 아까처럼 되질 않았다. 잃고 따는 경우가 불규칙하게 되더니 계속 잃기만 했다. 그러자 사나이는 일어섰다. 그러나 코인의 부피로 보아 엄청난 논을 땄으리란 짐작이 갔다. 사나이는 환전소에 가서 돈을 바꾸더니 도로 그것을 맡기고 카지노 밖으로 사라졌다.

적당한 사이를 두고 위한림이 카지노에서 나왔을 때 그 사나이가 간 곳은 알 수가 없었다. 윤신자의 모습을 찾았으나 보이질 않았다.

'년놈이 어디선가 만나는 것이로구나.' 하는 생각이 일종의 확신처럼 되었다.

200만 원쯤은 회수할 수 있었다는 만족감 같은 것이 감쪽같이 사라지고 상처 받은 짐승처럼 마음이 아프고 산란했다.

'사나이는 나만 있는 것이 아니다. 윤신자쯤 되는 여자가 애인 하나 없이 이때까지 살아 왔으리라고 생각하는 것이 어리석은 일이다. 좋은 거라고 해서 어찌 내 차지로 만들 수 있겠는가. 위한림아, 이 놈아. 사람 좀 되거라.'

호젓한 삼경의 길을 빌라로 걸어 올라가며 위한림이 되뇌어 본 마음이다.

다음날 밤. 윤신자는 카지노에 나타나지 않았다. 비번(非番)인가 보았다.

룰렛 앞에 가서 호흡을 조절하고 막 돈을 27에다 걸려는 참이었다. 어젯밤 포커 테이블에 앉아 있던 검은 T셔츠 차림이 돌연 어디에선가 나타나더니 선뜻 27번에 걸었다. 발끈한 반발이 위한림으로 하여금 33번에 걸게 했다.

룰렛이 돌았다. 다이스는 27번으로 굴러떨어졌다. 검은 T셔츠 차림의 사나이는 뱅크가 모아다 준 코인을 무표정한 얼굴로 자기 앞에 쌓았다.

불길한 예감이 있었다. 그러나 위한림은 중단할 수 없었다. 번번이 불운이었다. 그런데 검은 T셔츠의 사나이는 어떻게 된 셈인지 연전연승이었다. 위한림은 거의 이성을 잃었다. 돈을 따는 데 목적이 있는 것이 아니라 저 놈에게 이겨야겠다는 경쟁심이 목구멍까지 차올랐다.

이래선 안된다는 속삭임이 내부로부터 있었다. 하지만 어쩔 수가 없었다. 절벽을 굴러 떨어지는 돌멩이와 같은 심정이 되었다.

자정 가까운 시각, 위한림은 완전히 빈털터리가 되었다. 룰렛을 계속 하려면 빌라로 돌아가야만 했다. 빌라 침대 밑에 비상용으로 30만 원을 묻어 두고 있었던 것이다. 주저하는 마음, 망설이는 마음이 있을 까닭이 없었다. 빌라로 돌아가 침대 밑의 돈을 꺼냈다. 빌라 대금은 선불해 놓고 있다고 해도 만일의 경우를 위해 얼마간의 돈을 남겨 두어야만 했다. 택시값도 필요할 것이다. 5만 원을 도로 침대 밑에 넣어 두고 위한림은 빌라를 나섰다.

'독약이라도 준비해 둘 걸!' 그의 뇌리에 죽음의 관념이 스쳤다.

완전히 패배하는 날 그는 죽어야 하는 것이다. 카지노에서의 패배는 곧 인생 패배란 생각으로 연결되었다. 그처럼 철저한 불운을 안고 어떻게 살아가느냐 말이다. 독약을 구입할 방법이 없다는데 섭섭한 기분을 느끼며 위한림이 바쁜 걸음으로 카지노로 들어가려고 하는데 이제 막 나오는 사람과 정면으로 충돌했다.

"이 새끼." 하는 말이 저절로 위한림의 입에서 나왔다. 상대방은 검은 T셔츠를 입은 그 사나이였다. 피가 머리로 역류했다. 다시 한마디 뱉으려는데 사나이는 말없이 그의 옆을 지나가려고 했다.

위한림이 덥석 그 사나이의 팔을 잡았다.

"뭔가 인사가 있어야 할 것 아닌가."

순간 사나이의 눈이 네온 빛으로 반짝하는 것 같더니 다시 차가운 눈빛으로 되었다. 허허하고 냉혹하고 모멸적인 눈. 위한림은 이녀석을 죽이고 자기가 죽어도 좋다고 감정이 격했는데 사나이는 말없이 그의 팔을 잡은 위한림의 손을 떼어 놓았다.

이만저만한 악력(握力)으로 붙들고 있는 손이 아닌데 위한림의 손은 어른에게 매달린 어린애의 손처럼 간단하게 떼진 것이다. 위한림은 그 사나이의 팔과 손에서 강철같은 강인함과 싸늘함을 느꼈다. 그러나 뼈와 가죽만으로 된 것 같은 자그마한 체구의 그 사나이의 몸 전체가 무슨 흉기처럼 느껴졌다. 동시에 맹렬한 미움이 치밀었다. 위한림은 다시 그 사나이의 팔을 덥석 잡았다.

사나이는 아까와 같은 동작으로 다시 위한림의 손을 떼려고 했다. 그러나 이번의 사정은 달랐다. 위한림이 혼신의 힘을 손에 쏟고 있었기 때문이다.

"사람에게 부딪쳤으면 무슨 사과라도 있어야 할 것 아닌가."

위한림이 나직이 이를 갈았다.

"코노 바카야로오가."

잇 사이에서 뽑아내듯 일본말로 '이 바보녀석 같으니라구.' 하더니 사나이는 팔꿈치로 위한림의 명치 뼈를 충격했다. 아찔하며 숨이 탁 막힐 지경이었지만 위한림이 용하게 참고 그 반동을 이용해서 상대방의 턱을 향해 박치기를 들이댔다. 그러나 상대방이 몸을 살큼 비켜서는 바람에 위한림의 이마는 콘크리트 기둥을 향해 날았다. 그냥 두었으면 위한림의 머리는 콘크리트의 기둥을 부셨든지, 산산조각이 났든지 했을 것인데 재빨리 사내가 위한림의 밴드를 뒤로부터 잡아끌었다. 그러면서 한다는 소리가

"너 이마 깨지는 덴 간섭할 사람이 없겠지만 기둥을 부셔 놓으면 호텔이 가만 있지 않을 것 아닌가." 하곤 섬뜩하게 웃었다.

이것이 위한림을 더욱 자극했다. 위한림은 양팔까지를 포함해서 깍지를 끼고 상대방을 죄붙이곤 무릎을 올려 불알을 차려고 덤볐다. 어떤 무술꾼도 힘센 놈에게 깍지를 끼여 놓으면 어떻게 할 수 없다는 요령을 알고 있었던 것이다. 그러나 위한림이 아무리 서둘러도 마음대로 되질 않았다. 상대방은 귀찮아진 모양이다.

"이런 데서 이러고 있으면 누가 본다. 창피한 노릇이다. 꼭 덤빌 생각이면 싱대를 해 줄 테니 이걸 풀고 사람 없는 곳으로 가자."

"그렇게 하자."

위한림과 사나이는 힐탑관 길 하나의 저편에 있는 동산으로 올라갔다. 그믐 가까운 달이 희미한 빛으로 동산 근처에 떠올라 있었다. 흥분한 기분 속에서도 위한림은 몹시도 불길한 달이라고 느꼈다. 무슨 위험을 감지한 탓인지 풀벌레 소리도 나지 않았다. 바람이 없으니 풀잎 하나 요동도 안 했다. 나무가 듬성듬성 난 곳에 이르자 사나이가 버티어 섰다.

"자 덤벼라."

위한림이 주먹을 휘두르며 덤볐지만 사나이는 이곳저곳으로 몸을 움직여 붙들리지 않았다. 그러면서도 저편에서 공격하려고 들진 않았다. 그것이 또 위한림의 분노를 자아냈다.

"비겁한 놈아, 왜 피하고만 있어. 너도 이놈아, 덤벼라."

위한림이 악담을 퍼부었다.

"피라미 같은 놈과 겨뤄 싸울 만큼 내가 시시한 놈으로 보이느냐." 하는 것이 사나이의 응수였다.

위한림은 마지막이다, 하고 속으로 악을 쓰며 사나이에게 대시하여 놈의 팔을 잡았다 싶었을 때 그 자신이 내동댕이질을 당하고 말았다. 위한림이 다시 일어서서 덤볐다. 이번엔 손에 잡힌 나무 막대기를 마구 흔들며 덤볐다. 그런데 그 막대기는 다음 순간 사나이의 손에 있었다.

"이걸로 골통을 한 대 갈겼으면 하지만." 하고 사나이는 막대기

를 먼 곳으로 던졌다. 그래도 위한림은 굴하지 않았다. 어떻게 해서
건 놈을 깔고 앉아 주먹다짐을 해 놓아야만 직성이 풀릴 것이었다.

위한림이 이번엔 돌을 집어들었다. 그리고 그 놈을 향해 던졌다.
돌이 잡히질 않을 땐 흙을 던졌다. 검은 셔츠의 사나이는 이리 피하
고 저리 피했다. 사나이는 돌 한 개 맞질 않았다.

그래도 위한림은 계속 덤볐다. 숨이 가쁘고 이마에선 땀이 줄줄
흘러내려 눈을 뜰 수가 없었다. 옷소매로 연신 눈을 닦으며 상대방
의 허(虛)를 노리려고 했으나 상대방의 동작은 사슴처럼 민첩했다.

어느덧 햇살이 비끼기 시작했다.

"그만둬. 그만 했으면 직성이 풀렸을 것 아닌가."

사나이의 말은 조용했다.

"결판을 내기까진 그만 안 둔다. 덤벼라, 덤벼."

위한림이 악을 썼다.

"내가 너에게 덤빌 까닭이 없잖은가. 네게 아무런 감정도 없는데.
네가 덤비니까 내가 상대해 준 것 밖엔 없어. 네가 원한다면 계속 상
대해 줄 마음이 없진 않다만, 이렇게 훤히 밝아 버렸으니 남의 눈에
뜨일 것 아닌가. 나는 그만두기로 하겠다."

하며 위한림에게 싸늘한 시선을 쏟곤 사나이는 비탈진 곳을 가벼운
동작으로 내려가 버렸다. 아무런 배려도 없는 것 같은 그의 등을 향
해 대시하면 놈을 두드려 넬 수가 있을지 모른다는 생각이 순간 반
짝했지만, 위한림은 이미 전의를 잃고 있었다. 정신적으로나 육체적

으로 위한림이 그자의 적수일 수 없다는 것을 깨달았다.

'이상한 사람이다.' 하는 인상이 새겨졌다. 확실히 그 자는 한두 가지의 무술에만 익숙한 것이 아닌 성싶었다.

'직업적인 도박사가 되려면 저만한 호신술도 필요한 것일까?'

그는 볼품없이 흙투성이가 되어 있는 바지의 이곳저곳을 털고 손수건을 꺼내 땀을 닦으며 가파른 언덕을 내려왔다. 태양이 부끄러운 심정이었다.

아스팔트로 포장된 길을 내려섰을 때 사나이를 보았다. 사나이는 길가에 서서 위한림을 기다리고 있었던 모양이다. 사나이가 말했다.

"빨리 돌아가서 샤워를 하고 본관 식당으로 내려 와라. 한 시간 이내에. 내 당신에게 할 말이 있다."

무표정한 얼굴로 이렇게 말하더니 사나이는 위한림의 대답을 기다리지도 않고 등을 돌려 더글러스 하우스 쪽으로 걸어가 버렸다.

야무지게 퇴짜를 놓지 못한 것이 후회스러웠으나 한편 호기심이 일기도 했다. 빌라로 돌아가서 샤워를 했다.

'갈까 말까?' 망설였다.

'어떤 놈인질 알아두는 것도 나쁘진 않다'는 결심이 섰다.

흙이 묻은 부분을 물수건으로 닦아내어 옷을 입곤 위한림은 빌라를 나섰다. 가벼운 흥분마저 있었다.

햇빛이 깔리기 시작한 본관 앞 광장엔 벌써 사람들이 붐비고 있었다. 어디에선가 단체로 온 관광객들인가 보았다.

'관광객! 팔자도 좋은 사람들이군.'

이런 넋두리가 가슴속에 일기도 했다.

위한림이 식당으로 들어섰다.

저편 구석진 곳에서 사나이는 위한림이 들어서는 방향을 똑바로 보고 앉아 있었다.

기묘한 간주곡(間奏曲)

위한림이 다가서자 사나이는 턱으로 앞자리를 가리켰다.

자리를 잡고 나니까 자기가 들고 있던 메뉴를 위한림 앞에 밀어 놓고 보이에게 손짓을 했다.

"에그 프라이 네 개, 토스트 넉 장, 그리고 주스, 커피."

위한림이 들먹이자 사나이는 메뉴의 바닥을 손가락으로 두드렸다. 그 손가락 밑에 있는 식사를 가져오라는 뜻일 것이었다.

사나이는 오렌지주스를 마시고 오트밀을 먹었다. 위한림은 달걀을 먹고 토스트에 잼과 버터를 발라 열심히 먹었다. 식사하는 동안엔 피차 말이 없었다. 식사를 하며 관찰한 결과, 사나이의 나이를 사십대 후반 아니면 오십대 초로 잡았다. 전등불 아래에선 이십대 후반, 삼십대 초로 보이던 얼굴이었던 것인데 백일하엔 나이를 속일 수 없었다.

백색의 얼굴, 짙은 눈썹, 우뚝한 콧날, 다물면 일직선이 되는 입, 하나하나 뜯어보아도 흠잡을 곳이란 없는 그야말로 알랭 들롱 형의 미남자인데 웬지 불길한 그늘과 냉혹한 느낌이 교차되어 있었다.

두 사람은 묵묵히 식사를 끝냈다. 냅킨으로 입을 훔치고 커피 잔을 들며 사나이는 비로소 입을 열었다.

"내 이름은 양 가요. 그러나 부르긴 쿠로키라고 하지. 검은 나무란 일본말이야. 일본놈 이름이지만 난 일본놈은 아니다. 헌데 당신의 이름은?"

"내 이름은 위한림이다."

망설이는 기분이 없진 않았지만 위한림은 경어를 쓰지 않기로 했다.

"탁 터놓고 얘기하고 싶어서 오라고 했다."

"나는 내 평생 누구하고라도 탁 터놓고 얘기해 본 적이 없어."

위한림은 쿠로키의 다음 말을 기다릴 수밖에 없었다.

"당신은 별놈이야." 하고 커피를 한 모금 마시더니 쿠로키가 말을 이었다.

"한국놈 치고 당신같은 사람 첨 봤어. 승산도 없는 싸움에 그처럼 악착같이 덤비는 놈을 본 것은 내 평생에 위? 위한림 당신이 처음이다. 한 대 갈겨 서너 시간 재워 버리고 싶었지만 그렇게 할 수 없더라 이거야. 아무튼 마음에 들었다. 그런데 묻고 싶어. 당신 죽으려고 환장을 했나?"

"천만에 말씀. 왜 내가 죽으려고 했겠소."

어느덧 위한림의 말은 성어로 바뀌어져 있었다.

"죽으려고 환장치 않고서야 상대를 생각지도 않구 그처럼 덤벼?"

"나는 경우에 어긋난 사람을 그냥 보아 넘길 수가 없어요."

"그러다간 당신이 죽어. 어젯밤에도 당신은 죽을 뻔했어. 내가 재빠르게 끌어 당기지 않았다면 당신은 콘크리트 기둥에 대가리를 깨고 지금쯤 화장터에나 갈 준비를 하고 있을걸."

"그래, 나에게 은혜를 팔겠단 말요?"

"천만에, 그렇게 죽도록 내버려둬 봐. 오늘쯤 나도 귀찮아 배기지 못할 거다. 난 귀찮은 건 질색이다. 그래서 당신을 끌어당겨 놓은 거다. 은혜를 팔 생각은 없어."

쿠로키는 덤덤하게 말하고 위한림의 얼굴을 똑바로 보았다.

"그런 말 하려고 날 오라고 했소?"

위한림이 정색을 했다.

"얘기는 지금부터다." 하고 쿠로키는 담배에 불을 붙였다.

연기를 한 모금 뿜어내고 나서 물었다.

"어젯밤 카지노에서 돈 다 털렸지. 그래서 자포자기가 된 것 아닌가?"

"자포자기까지야……." 하고 위한림이 말꼬리를 흐렸다.

"불문곡직하고 남에게 덤빌 만큼 되었으면 자포자기한 거나 마찬가지야."

"도박사는 흥분하면 안돼. 흥분만 갖고 돈 딴 놈 나는 아직 보지 못 했으니까. 돈도 돈이려니와 흥분하면 건강에 나빠. 나는 흥분하기 쉬운 사람이다. 하는 자각이 있으면 도박은 그만둬야 해."

"……"

"잃었을 땐 잃고, 땄을 땐 따고, 졌을 땐 배우고, 이래도저래도 좋다고 되었을 때 도박사의 자격이 생기는 거다."

"난 도박사가 될 생각은 없으니까."

"그럼 뭣 하러 카지노에."

"어쩌다 오게 된 거죠."

"그렇지, 어쩌다 오게 된 거겠지. 그런데 솔직하게 묻겠다만, 회사의 돈을 썼거나 아니면 남의 돈을 썼거나 해서 이럴 수도 저럴 수도 없는 형편으로 되어 버린 것 아닐까?"

"그렇다면 어떻게 할 테요."

"도움이 되어 주고 싶어."

"어떻게요."

"그 돈을 내가 보충해 준다든지, 무슨 방법을 강구해 준다든지."

"어째서 그런 생각을 하게 됐죠?:

"당신의 성질이 아주 못됐어. 오늘 새벽 나에게 덤비는 걸 보고 느꼈어. 그런 성질 갖고 카지노에 드나들었다간 죽어. 다른 일을 하면 그게 박력으로 될 수도 있겠지만 카지노에선 스스로 묘혈을 파는 수작으로 될 뿐이야."

"……"

"다시는 카지노에 나타나지 않겠단 약속만 하며 당신이 축을 낸 공금을 내가 마련해 주지."

"그게 막대한 액수라두요?"

"아무리 막대해도 1,000만 원은 넘지 않을 것으로 니는 짐자하
는데."

"그걸 어떻게 알아요."

"일주일 동안에 카지노에서 잃을 수 있는 돈이래야 기껏 그정도
지. 어젯밤 당신이 하는 실수를 대강 내가 알았거든. 나쁜 소리 안 할
테니 얼마나 잃었는지 똑바로 말해 봐요."

위한림은 스스로 불쾌한 생각이 일었다. 공금을 횡령해서 카지노
에서 노닥거리는 사람으로 오인을 받았대서가 아니라, 뭔가 한 단쯤
낮추어 보는 쿠로키의 태도가 그의 자존심을 건드린 것이다.

"쿠로키 씨, 사람을 잘못 보신 것 같습니다. 나는 남의 돈을 훔쳤
거나 공금을 횡령해서 이곳에 온 게 아닙니다. 정정당당한 내 돈으로
놀고 있는 거니까 안심하십쇼. 사람을 그렇게 보는 게 아니오. 게다
가 이것 하나는 알아 두시오. 나는 방천 말뚝에 혀를 처박고 죽었으
면 죽었지 남의 동정을 받을 사람이 아니오."

하고 위한림이 자리에서 일어섰다.

"오해를 한 거면 사과하지. 정작 내가 하고자 하는 말은 못했어.
앉으시오."

쿠로키의 만류에 성의가 있어 보였다.

"남의 동정을 받지 않겠다는 그 마음가짐 또한 마음에 들었소."

쿠로키는 이렇게 말해 놓고 커피를 또 주문하며

"나는 술은 한 방울도 안 하는데 커피는 매일 열 잔 이상을 마셔요. 이를테면 키피병 환자……" 하고 중얼거렸다.

위한림이 덤덤히 앉아 있었다.

"그런데 당신의 직업이 뭐요?" 쿠로키의 질문이었다.

"난 직업이 없소. 얼마 전 실직을 했으니까요. 내가 카지노에 털어 놓은 돈은 그 퇴직금이었소."

"퇴직금을 털어 버렸으면 당분간 곤란하겠구려."

"그런 것 걱정 없소. 난 막노동이라도 할 수 있으니까."

"말뿐이겠지만, 인생을 그렇게 시작해선 안되지. 노동자가 좋지 않다는 뜻이 아니라 너무 밑바닥부터 시작해 놓으면 헤어나오기 힘들어."

"이미 각오하고 있는 바이니까요."

"특별히 하고 싶은 일은 없소?"

"가능하다면 룰렛을 마스터했으면 합니다."

"룰렛엔 마스터란 것이 없어. 기술이라야 마스터가 있지. 룰렛은 기술이 아니거든."

"그래도 나는 마스터하고 싶다는 거요."

"룰렛을 마스터하려고 애쓸 시간이 있디면 ·신에 가서 나부를 심는 게 나을 거요."

"도박사로부터 그런 충고를 듣는 건 뜻밖인데요?"

243

"세상엔 두 가지의 일이 있어. 이치와 숙련으로 되는 일이 있고, 이치와 숙력으로 안 되는 일이 있소. 룰렛은 이치와 숙련으로선 안 되는 일에 속하지. 당신의 나이쯤이면 이치와 숙련으로시 되는 일을 노릴만 하잖을까?"

"학교 선생님 같은 말씀을 하시는군요."

"빈정대지 말구 내 얘길 들어요."

쿠로키의 눈이 사납게 빛났다. 그리고는 다음과 같이 덧붙였다.

"나는 이 세상에 나서 처음으로 탁 터놓고 얘기를 하고 싶은 거요. 사람다운 얘기를 하고 싶은 거라. 죽을지 살지도 모르고 덤비는 엉뚱한 놈을 발견했기 때문이지. 한국 사람에게선 쉽게 찾아 낼 수 없는 별난 놈을 만났기 때문에 사람다운 얘기를 해보고 싶어진거라. 싫어도 내 말을 들어줘야겠어."

깡마른 체구에서 발산하는 이상한 체취같은 것을 맡았다. 쿠로키의 눈이 개구리를 노리는 뱀의 눈을 닮았다고 생각했다. 위한림은 뱀에게 홀린 개구리처럼 된 스스로의 처지를 확인하지 않을 수 없었다.

"카지노에 드나드는 사람은 돈이 많아 주체를 못하면서도 더 많은 돈을 가지고 싶어하는 놈들이 아니면, 어쩌다 일확천금이라도 할까 싶어 그러다간 결국 자멸하는 여름밤 불에 모여드는 하루살이 같은 놈, 아니면 달리 아무것도 할 수 없어 노닥거리는 놈, 아니면 단순한 취미로 얼만가의 한도를 정해 운수를 시험해 보려는 놈, 그리고 나같은 놈이다. 아무리 생각해도 당신같은 밸을 가진 인간이 낄

곳은 아니다."

"당신은 낄 수 있는데 나는 끼지 못한다는 건 무슨 까닭이오?"

위한림이 퉁명스럽게 말했다.

"그건 간단해. 당신은 결코 내가 될 수 없으니까. 나는 일본 놈 깡패 속에서 자랐다. 철이 들고 보니 깡패의 소굴에 있더구먼. 물론 그때는 깡패가 뭣인지도 몰랐지. 깡패 세계 이외의 세계가 있는지도 몰랐고, 내 아버지는 한국 사람인데 어쩌다 일본인 깡패 두목의 딸과 붙었던 모양이야. 그렇게 해서 만들어진 게 난데 내가 나기 전에 아버지는 죽었어. 어머니를 짝사랑하고 있던 깡패가 아버지와 어머니 사이를 알자 찔러 죽여 버린거라. 그런데 어머니는 아버지를 죽인 그 깡패와 살았어. 나는 그런 것도 모르고 그 깡패를 의부로 하고 자랐지. 의무교육이라고 하는 소학교도 나는 다니지 않았어. 그래도 젊은 깡패들이 귀여워해 주는 바람에 즐거운 나날이었지. 내가 글을 배울 수 있었던 것은 깡패 가운데 꽤 유식한 사람이 있었어. 그 사람한테 배운 거야. 의부가 내 아버지를 죽였다는 사실을 알려 준 것도 그 사람이었지. 아비를 죽인 놈하곤 같은 하늘을 이고 살 수가 없다는 말을 하고 빨리 무슨 기술이건 배워 의부 밑을 떠나라고 하더구먼. 그때 나는 복수하는 얘기를 즐겨 읽고 있었던 터라 단번에 결심했어. 아이쿠키(비수) 한 자루를 얻어 갖고 연습을 했지. 깡패 가운데 귀신같이 비수를 쓰는 자가 있었어. 그자에게 열심히 배웠지. 자고 있을 때 죽이거나 불의의 습격을 해서 죽이거나 하려면 연습도 필요 없겠지만 나는 당당하고 싶었거든. 당당히 복수할 뜻을 선언하고 상대방이 무기를 갖게 한 후 결판을 내자, 그렇게 생각한 거지. 의부에게 도전하기로 결심한 전날 밤 나는 어머니에게 예고를 했지. 내일 나는 아버지의 원수를 갚을 작정이다, 어머니는 나를 말릴 생각 말고 꼭의부를 돕고 싶거든 의부에게 이 사실을 알려 피신케 해도 좋다고. 만일 의부가 도망을 치면 나는 추적까지 해서 의부를 죽일 의사가 없다고까지 했지. 어머니는 처음엔 당황하더니 내 걱정은 네 생명에 있지 너의 의부에게 있진 않다, 네가 감히 의부에게 정면으로 도전하여 살아남을 수가 있겠는가, 그런 생각 아예 말라고 하더군. 친구집에 가서 자고 그 이튿날 아침 집으로 가서 의부에게 말했지. 당신이 내 아버지를 죽였다는 사실을 안 이상 나는 가만 있을 수가 없다. 날 키워 준 은공을 잊지 않았다는 증거로 불의의 습격을 하지 않고 정면으로 통고하는 것이니 당신도 비수를 들고 나에게 대항하라. 그러자 외부는 손을 모아 빌더먼. 잘못을 뉘우친다고도 하고, 그 때문에 5년 동안이나 콩밥을 먹었노라고도 하고, 그만큼 너의 어머니를 사랑하기도 했으니 죄를 용서해 줄만도 하지 않느냐고 빌었어. 그래도 나는 단연코 거부했어. 내가 배운 건 오로지 의리뿐이다. 원수를 갚아야 사나이의 체면을 세울 수 있다는 것뿐이다. 몰랐으면 하는 수없는 일이지만 안 이상 나는 어쩔 도리가 없다. 나는 내 있는 힘을 다하여 원수를 갚아야겠다. 그러니 당신도 주저할 것 없이 대항하라. 원수를 갚으려다 내가 되레 죽는다면 그것도 사나이의 본회(本懷)다……."

쿠로키는 석 잔째의 커피를 마저 마시고 얘기를 계속했다.

"……내 결심이 부동하다는 것을 알았던 모양으로 의부는 말하더면. 좋다. 상대를 해 주마. 그런데 어떤 방법이면 좋겠는가를 말해 봐라. 나는 라이조 오야붕의 집뜰에서 오야붕 입회하에 비수로써 결판을 냈으면 좋겠다고 했지. 라이조 오야붕은 내 어머니의 오라버니 되는 사람으로 당시 40여 명의 부하를 거느리고 있는 두목이었는데 이 사실을 전해 듣자 하늘 아래 비밀이 없는 것이니 이런 날이 올 줄 알긴 했지만 참으로 난처한 문제라고 하면서도 자기가 입회해 주겠다는 승낙을 했어. 그 대신 싸우는 기간은 십 분. 승부가 나건 말건 그로써 결투는 끝내야 한다고 하고 결과가 어떻게 되었건 외부인에 대해선 절대 비밀을 지킬 것을 명령했어. 사흘 후 결투가 있었지. 의부는 십 분 동안만 요령 있게 지내면 되겠다고 짐작한 모양인데 나는 그렇지 않았어. 일격으로 상대방의 심장을 찔러 결판을 낼 작정이었지. 연습도 그런데 중점을 두고 했고. 대문을 굳게 잠그고 타인이 못 들어오게 엄중한 경계가 있는 가운데 젊은 깡패들이 씨름 연습을 하기 위해 뜰 한구석에 만들어 놓은 도효(土俵) 위에서 결투가 있었지. 신호가 있자 나는 비호처럼 상대방의 가슴을 향해 날아 일격에 의부의 심장을 찔렀지. 채 오 초도 안되어 일은 끝났어. 그때, 내 나이 15세, 오야붕이 어떻게 처리했는지 모르지만 아무 일도 없었어. 경찰의 추궁도 없었고. 그런데 문제는 그 다음부터 발생했어. 의부의 동생이 보복하려고 든 거야. 나는 그놈을 죽이지 않을 수 없었어. 그 때문에

10년 동안 감옥살이를 한 거야. 감옥살이를 하고 나오니 의부의 아들, 즉 나와 동복이부의 동생 되는 사람이 성장해 있더먼. 어머니의 말이 있었어. 언제 형제간에 서로 죽이고 죽고 하는 참변이 있을지 모르니 일본을 떠나라고. 나의 유랑은 그때부터 시작된 거야. 처음엔 홍콩으로 갔다가 마닐라로 갔지. 미국에도 가고 라틴 아메리카도 가고. 할 일이 무엇 있겠어. 나는 어느덧 카지노족이 되었지. 카지노밖엔 갈 곳이 없어. 소문에 들으니 한국에도 카지노가 생겼다고 하더먼. 그래서 나도 아버지의 나라로 돌아온 거야. 돌아왔지만 카지노 말고는 갈 곳이 없어. 할 일도 없구."

쿠로키는 여기서 말을 끊고 한참을 침묵하고 있더니

"이를테면 카지노는 나와 같은 사람이 드나들 곳이다. 당신처럼 달리 할 일이 있는 청년이 노닥거릴 곳이 아니라는 말을 하고 싶어서 한 얘길 뿐이다."라고 덧붙였다.

위한림은 약간의 감동같은 것을 느꼈다. 그리고 보니 쿠로키로부터 느낀 냉혹감이 기실은 짙은 허무감일 뿐이란 감상으로 바뀌었다.

"당신은 뭔가 할 수 있는 사람이다. 한국인은 감정적인데 비해 의지가 약하고 뱃심이 없는 게 탈인데 당신에겐 의지가 있고 뱃심도 있고 억지도 있어. 그게 내 마음에 들었어. 난 음지에서만 살게 되어 있는 놈이지만 당신은 그렇지가 않아. 양지에서 활개를 치고 살 사람이다."

쿠로키는 혼잣말처럼 중얼거렸다.

알게 모르게 정이 통하고 있었다.

쿠로키의 몸 전체에서 스며나오고 있는 허무감에 일종의 공감을 느끼면서부터 위한림의 감정은 점점 부드러워졌다.

"양친은 계시나?"

"계십니다."

"형제는?"

"셋."

"집안의 형편은?"

"가난하죠. 그러나 굶어 죽을 정도는 아닙니다."

"요즘 한국의 사정은 국민을 굶어 죽겐 하지 않을 정도로 되어 있다더군."

"그게 뭐 대단합니까?"

"대단하지. 일제 때만 해도, 해방 직후 자유당 정권 때만 해도 춘궁기란 말이 있었다며? 그 말이 어느 샌가 없어졌다는 것, 그게 대단하지 않은가."

들고 보니 그럴 듯했다. 위한림은 어머니로부터 들은 얘기를 상기했다. 어머니는 기회가 있을 때마다 이런 얘길 했었다.

"뭐니 뭐니 해도 세상은 좋아진 거다. 일제 땐 가난한 사람들은 부자가 밥을 먹듯 굶었단다. 춘궁기가 되면 굶어 부황증이 걸린 사람이 수두룩했지. 백 호 동리에 여름에 쌀밥을 먹는 집은 한 집이나 두 집, 나머지는 모두 꽁보리밥으로 배를 채우고 보리도 없어 보릿겨를 쪄서 끼니를 때우는 사람도 있었다. 대동아전쟁인가 하는 그 때의 얘기가 아니라 그 전의 사정도 그랬단다. 그런데 지금 어디 굶는 사람이 있는가. 저번에 시골엘 가 봤더니 모두들 쌀밥을 믹고 있더라. 남북이 분단되고 정치가 어지러워졌다고는 하나 일본놈 통치하에 있던 사정보담 훨씬 나아진 거다. 남의 속국으로 있는 것하고 독립된 나라로 있는 것 하고 이처럼 다른 거라."

위한림은 어머니가 만석군의 며느리로 시집와 살면서도 가난한 집 사정을 그처럼 그때 파악하고 있었던 것은 견식이 훌륭하고 정이 깊은 탓이라고 생각했다.

일단 정이 통하면 주고받는 말에 저어함이 없다. 위한림도 물었다.

"쿠로키는 세상을 어떻게 봅니까?"

"내가 세상을 아나 뭐? 내가 아는 세상은 카지노뿐인 걸."

"그래도 뭔가 보는 게 있을 것 아뇨?"

"글쎄, 나는 남자들은 모조리 사기꾼이고 여자들은 모조리 창부라고 보지. 카지노에 드나드는 사람만을 보고 하는 말이니까 무리가 있을지 모르지만 남자들은 예외없이 사기꾼이고 여자들은 예외없이 창부다. 이게 나의 인간관이라면 인간관."

"남자를 사기꾼이라고 하는 덴 이해가 가지만 여자를 도매금으로 창부라고 하는 것은 지나친 말 아닐까요?"

"내 경험에서 하는 말이니까. 나는 창부 아닌 여자가 있다면 창부 노릇을 할 겨를이 없었던 여자라고밖엔 생각할 수가 없어."

"결국 자신이 불행하다는 얘기 아닙니까."

"난 별루 불행하다고 생각진 않아. 나같은 놈을 위해서 카지노가 있고 나같은 놈을 위해서 창부가 있고. 제정신 나름대로 차리고 있으면 이 세상은 그다지 살기 힘드는 곳은 아냐. 당신처럼 자기 주제에 걸맞지 않게 카지노같은 곳을 기웃거리게 되면 세상 살기가 힘들지."

쿠로키는 위한림에게 왜 하필이면 기계학을 전공하게 되었느냐고 물었다.

"이 세상에 기계 이상으로 흥미 있는 것이 없을 성싶어서죠."

위한림의 대답은 간단했다. 그러나 쿠로키는 납득하지 않았다.

"산도 바다도 사람도 사회도 경제도 모두 흥미 있는 것뿐인데 하필 기계에만 흥미를 느꼈다는 게 이상하지 않은가?"

"흥미 있는 건 많죠. 산이나 바다, 인간과 사회에 대한 답안은 한결같지가 않습니다. 그 문제를 철저하게 진척시킬 수도 없구요. 사람이 무엇이냐, 하고 물으면 백 사람의 답이 다 다를 겁니다. 그러나 기계가 무엇이냐고 물으면 대답은 한 가지죠. 프랑스 루로의 정의가 있지요. 기계란 저항력이 있는 물체를 조직해서 일정한 운동을 발생하게끔 조립한 것을 말한다는, 말하자면 기계의 정의는 이것 하나로써 족합니다. 게다가 기계는 정직만을 요구합니다. 아까 쿠로키 씨가 사나이는 전부 사기꾼이라고 했지만 기계의 세계에만은 사기꾼이 용납되지 않습니다. 성식과 능력이 그냥 그대로 성과가 되는 것, 그것이 기계입니다. 앞으로 인생과 사회에 가장 중요한 것, 그것도 기계입니다. 내 딴으론 이 세상에 가장 중요한 것이 뭣이냐고 따져 묻고 그 결과 기계라는 답을 얻어 대학에 있어서의 나의 전공은 기계학이다, 이렇게 결정한 거죠."

"기계학이 학문일 수 있을까?"

"학문일 수 있죠. 있다마다요. 기계학은 하기에 따라선 철학과 통할 수도 있죠. 이를테면 기계는 원동기(原動機), 전달기구(傳達機構), 작업기(作業機) 세 부분으로 구성되어 있는데 인간의 정신 작용도 이와 유사한 조건을 갖추고 있지 않으면 보람을 다 할 수 없는 거죠. 원동기는 기계 전체의 원동력으로서 작용하는 것도 외력(外力)을 도입하기도 하고 자체 내에서 힘을 만들어 내기도 하죠. 이것을 우리의 체력(體力)에 비교할 수도 있는데 우리 체력의 설명을 인체 자체의 설명에 의해서보다는 기계학적 설명으로써 보다 납득을 쉽게 할 수 있습니다. 소박한 생명력의 원형같은 것이 원동기이니까요. 전달기구는 갖가지 장치를 갖추고 운동을 조절하기도 하고 운동의 형태를 바꾸기도 하고 배분(配分)하기도 하는 건데, 여기서 정치, 사회제도의 합리적인 체제에 관한 아이디어를 얻을 수도 있는 겁니다. 작업기는 원동기에서 직접 동력을 받기도 하고 전달기구를 통해서 동력을 받기도 하여 유효한 작업을 하는 기계지요. 내가 기계학을 중시하는 것은 기계 자체의 발달을 기한다는 뜻도 있거니와 사회생활 전반에 걸쳐 이러한 기계적 절차에 어긋남이 있는가 없는가 기본적 테스트를 해보고 이런 테스트에 낙제했을 경우, 그것은 기본적으로 실패했다는 판단을 내릴 수가 있다. 그러니 사물의 기계적 인식이 중요하다는 데 있는 것이죠."

"잘은 모르지만 당신의 말을 듣고 있으니 기계학이 정치학으로 되는 것 같군." 하며 쿠로키가 처음으로 웃었다.

"그러니까 폴리테크닉이란 말이 성립되는 겁니다." 하고 위한림이 가슴을 폈다.

"나는 기생충에나 비유할 수 있는 하나의 도박사다. 그러니까 세상일을 알 까닭이 없지만." 하고 쿠로키는 다음과 같이 말을 계속했다.

"내가 몬테 카를로에서 병을 얻어 병원에 누워 있을 때 읽은 신문에 사하로프라는 러시아 과학자가 발표한 성명이 나와 있더군. 그 요지는 이랬어. 과학자가 인류의 진보를 위해서 아무리 좋은 문명의 이기를 만들어 보았자 사악한 정치가가 그걸 악한 목적으로 사용한다는 거야. 수소폭탄, 핵폭탄 등 무기는 원래 인류의 적을 퇴치하기 위해 만들어진 과학자들의 꿈의 소산인데 그것이 지각없는 정치가들의 손아귀에 잡혀 있고 보니 원래의 기도와는 멀어져 버리게 되었다고 통탄하고 있더먼. 내가 지금 그 일을 상기한 것은 기계학도 물론 소중하지만 당신처럼 밸을 가진 사람은 기계를 만드는 기술자가 되는 것보다 기계를 만든 기술자까지 호령하는 사람이 되는 게 좋지 않을까 싶어서야. 내 좁은 소견이지만 기술자보다는 정치가 낫지 않을까?"

쿠로키의 이 말엔 위한림이 미소짓지 않을 수 없었다.

"모든 길은 로마로 통하는 게 아닙니까. 살반 하면 밀입니다. 나는 카지노로부터도 로마에 통하는 길이 있지 않을까 하는데요."

"바로 그게 세상을 덜 살아본 사람의 얘기다. 나면서부터 세계의 규모 또는 나라의 규모로서 정치를 생각하고 연구하는 사람과 다른 길을 걷다가 어쩌다 성공해선 도박이나 하는 것처럼 정치에 관심을 두는 사람관 본질적으로 다르지 않을까? 내가 라틴 아메리카로 돌아 다니며 생각한 건데, 그쪽 나라들이 하나같이 정치적으로 혼란해 있는 까닭은 소 뒷걸음 치다가 쥐 같은 격으로 정권을 잡은 사람이 우두머리가 되어 있는 그런 사정에 있는 것 같애. 전공과 전문이 소중하다는 것은 새삼스럽게 강조할 필요가 없는 것이 아닌가. 항상 전체적인 것을 생각하는 사람허구 기계의 엔진이나 벨트나 너트 같은 것을 생각하고 있는 사람허군 그 사고방식과 두뇌의 작용이 다를 것 같애. 그런데 기계학은 벨이 없는 사람도 할 수 있겠지만 정치만은 벨이 없고선 할 수 없을 것이라고 생각하거던. 위한림 씨의 벨이 아까워서 하는 소리야."

"그런데 난 정치에 흥미가 없어요."

"그 까닭은?"

"정치는 한마디로 사람의 마음을 조종하는 기술 아니겠어요? 그건 벨만 갖곤 어림도 없는 일입니다. 이른바 마키아벨리즘이 필요한 거죠. 나는 마키아벨리즘이 싫어요. 나는 가능하다면 정치하는 사람을 조종하는 권능을 가졌으면 합니다만, 내 스스로가 정치할 생각은 없어요."

"요컨대 관심이 없다, 이건가?"

"왜 야심이 없겠어요. 나는 기계를 마스터함으로써 현대 사회에 있어서의 실질적인 영웅이 되고 싶어요."

"대재벌이 되어 보고 싶다, 이건가?"

"가능하다면."

"피동적이군."

"때에 따라선 능동적으로 될지 모르죠."

"능동적으로 되어 봐. 내 당신에게 걸겠어. 노름쟁이 문자로 노리를 가겠다, 이 말이야."

창 밖 화단에 대륜(大輪)의 꽃이 아침 햇빛을 받아 눈부신 아름다움이었다. 이럴 때 이런 자리에 앉아 뜻밖에도 꽃의 아름다움을 느낀다는 사실이 이상하기도 했다.

'저 꽃 이름이 뭘까?' 싶었지만 위한림은 쿠로키에게 물었다.

"그 노리를 가겠다는 말은 어느 나라의 말입니까?"

대강의 짐작은 하면서도 물은 것이었다.

"일본 노름쟁이 문자지 자기는 직접 도박을 하지 않고 어느 편엔가 돈을 건다는 얘긴데 한국말로 하자면 편승한다는 뜻으로 되는 길까?"

"요컨대 노리란 말은 일본말, 간다는 말은 한국말 아닙니까?"

"그럴 테지."

"심히 불결한 말이군요. 말의 구성도 말의 뜻노."

"노름쟁이 문자란 대강 그렇고 그런 거지, 뭐 별수 있겠나."

쿠로키는 창 밖으로 시선을 돌리며 중얼거렸다.

"그건 그렇고 내게 편승하겠다는 뜻이 뭡니까?"

"아까 말하지 않았나. 당신에겐 뭔가 있을 것 같애. 당신이 무슨 사업을 하겠다면 나도 한몫 끼이겠다, 이 말이야. 물론 일체 간섭은 않고 말야."

"그래서 무슨 이득이 있을 것 같애요?"

"이득이 문제가 아니라 당신같은 사람에게 내 운명을 걸어 보겠단 얘기야."

"그렇다면 그만두슈. 난 당분간 아무 일도 안 하고 카지노에서 노닥거릴 참이니까요."

위한림의 이 말은 쿠로키의 심상을 약간 상하게 한 모양이다.

"내가 그토록 말했는데도 카지노엘 드나들 참인가?"

"난 직껏 남의 충고를 들어본 적이 없는 놈입니다. 헌데 남의 충고를 듣고 노름을 그만둔 놈이 이 세상에 있기나 합디까?"

위한림이 빈정대는 투로 되었다.

쿠로키는 위한림을 흘겨보는 표정으로 되었다. 위한림이 말을 이었다.

"충고가 통하는 세상이 아니니까 카지노같은 게 번창하고 있는 것 아닙니까? 그런 세상인 줄 아니까 정부도 이런 시설을 허용하고 있는 것 아닙니까? 나는 망하건 흥하건 바닥을 보고 나서야 결심할 참입니다. 일단 카지노에 드나들게 된 이상 결과야 어떻게 되었건 내 스스로 뭔가를 납득하기 전엔 그만둘 생각이 없습니다. 노름꾼이란 대강 그런 것 아닙니까? 돈을 잃곤 떠나지 못하는 곳이 노름판 아닐까요? 수중에 무일푼이 되기까지엔요. 나는 끝까지 버텨 볼 참입니다. 거지꼴이 될 때까지. 그때 가면 뭔가 깨달은 게 있겠죠. 게다가 나는 약속이 있습니다."

"약속?"

"어떤 여자와의 약속이죠."

"무슨 약속, 어떤 약속인데."

쿠로키는 호기심을 느낀 것 같지도 않게 중얼거리듯 물었다.

위한림이 스르르 장난기가 생겼다.

"어떤 여자의 제안이 있었어요. 기막힌 여자의……내가 룰렛에서 1억 원, 아니 2,700만 원을 따기만 하면 나의 프로포즈를 받아 주겠다고 했어요. 신나는 제안 아닙니까?" 하고 쿠로키의 눈치를 살폈다.

쿠로키의 백자의 가면 같은 얼굴에 약간의 핏기가 돌은 것처럼 된 느낌이었다.

"그런 제안을 한 여자라면 카지노에 있는 여자겠군."

"물론이죠."

"내가 한 번 알아맞춰 볼까?"

"윤신자겠지." 했을 때 쿠로키의 입 언저리에 싸늘한 미소가 깔렸다. 그러나 그건 위한림의 마음 탓인지 몰랐다.

"어떻게 당장 그렇게……."

위한림이 물었다.

"그 여자 말고 이 카지노에 기막힌 여자가 있기라도 해?"

"쿠로키 씨도 그 여자를 잘 알고 있구먼요, 그럼?" 하고 위한림이 시치미를 뗐다.

"윤신자는 카지노의 꽃이다. 내가 이 카지노에 눌러 붙어 있는 이유도 윤신자 때문이야. 아니나 다를까 윤신잔 영리하군."

쿠로키는 자기만 알고 있는 비밀이 있다는 듯 고개를 끄덕끄덕했다. 그 태도가 비위에 거슬렸다.

"뭣이 영리하단 말입니까?"

"유혹을 뿌리치는 방법이 영리하지 않은가."

"유혹을 뿌리치는 방법?"

"그렇지 않은가."

"뭣이 그렇지 않은가란 말입니까?"

"당신 재간으론 룰렛에서 2,700만 원을 딴다는 것은 불가능한 일이다. 그것을 알고서 결정적으로 봉쇄해 버린 거야. 이제야 알겠나?"

"……."

"그러나 윤신자는 나빠. 유혹을 뿌리치는 것까진 좋았지만 유능한 청년을 망쳐 버리려고 들었으니."

"망쳐 버리다니 내가 망쳐진다는 얘긴가요?"

"2,700만 원을 벌려고 서두는 동안 망쳐지게 될 게 아닌가."

위한림은 이런 경우 맹렬한 반발을 했다.

"천만의 말씀, 누구도 날 망칠 수가 없고, 어떤 경우에도 난 망쳐지지 않을 테니 두고 보시오."

"그 기상이 내 마음에 들었어. 그러나 윤신자에 대한 환상은 버리는 게 좋을 거야."

"내가 2,700만 원을 따면 윤신자는 환상이 아닐 테죠?"

"잠꼬대 같은 소린 작작해."

"나는 어떡하든 2,700만 원을 따도록 해 볼 셈이니까."

"안되면?"

"그뿐이죠. 안되는 걸 어떻게 합니까."

"그 말을 듣고 난 안심했어." 하고 쿠로키는 탁상의 전표를 주워 쥐며 덧붙였다.

"그럼 우리들의 대화는 이로써 끝난 것 같군."

위한림이 그냥 그 자리에 남아 앉아 카운터 앞으로 가는 쿠로키를 보며 생각한 것은 만일 윤신자를 사이에 두고 라이벌이 된다면 자기는 쿠로키의 적수일 수 없다는 것이었다. 40세를 넘은 나이라고는 하나 쿠로키의 미남은 출중했다. 게다가 돈도 많이 가지고 있는 듯싶었고 비범한 무술과 노박술을 겸유하고 있는 터였으니까. 그러나 위한림은 후퇴할 의사가 없었다.

빌라에 돌아와 미국 주간지를 펴들고 침대에 벌렁 드러누웠다.

글러리어 스타이님에 관한 화려한 기사가 있는 바로 그 이웃에 인도차이나 전선의 비참상이 보도되어 있었다. 위한림은 잠시 카지노와 인도차이나 전선과의 거리를 생각해 보는 마음으로 되었다.

저긴 비참이 있고 여긴 퇴폐가 있다는 그런 식의 대조가 아니라 결정적으로 이 지구는 무질서하다는 싸늘한 인식이 쿠로키에 대한 적개심으로 부풀었다. 위한림은 룰렛의 공식을 짜기 시작했다.

십 회까지 지켜보다가 25번에 적중되지 않으면 그 때부터 25번에 계속 돈을 걸 계획을 세웠다. 그 다음은 앞서 나온 번호의 빈도에 맞추어 영감이 시키는 대로 할 뿐이었다. 위한림은 또 오늘의 최고 온도와 최저 온도를 이용할 아이디어도 가졌고 윤신자의 나이로 추정 되는 27의 숫자도 이용 범위 속에 넣었다.

이렇게 하루를 빈둥거리며 지내다가 위한림은 밤 9시쯤 카지노에 들어섰다. 시선이 먼저 포커 테이블로 갔다. 윤신자가 딜을 하고 있었고 쿠로키는 먼젓번 앉았던 그 자리에 단정하고 차가운 옆얼굴을 보이고 앉아 있었다. 먼 곳에서도 윤신자와 쿠로키 사이에 통하고 있는 자력같은 것이 느껴져 질투심이 끓어올랐다.

"이래선 안되지." 하고 룰렛대 옆으로 들어섰다.

계획대로 열 번만 지켜보기로 했다. 25번에 다이스는 떨어지지 않았다. 열한 번째 위한림이 5만 원을 25에 걸었다. 빗나가 버렸다.

그래도 계속 25번에 걸었다. 마지막 5만 원이 수중에 남았을 때였다. 다시 25번에 걸고 잠시 눈을 감았다.

'옥황상제님 날 살려주오' 하는 여태까지 뜻하지도 않았던 기도가 뇌리에서 빛난 듯하더니 가슴 한복판에 철썩하고 내려 앉았다. 그리고 눈을 떴을 때 다이스는 보기 좋게 25번 위에 뒹굴었다. 그때의 수입이 125만 원이었다.

그런데 그 후부턴 다음다음으로 예상이 빗나갔다. 어찌된 일이지 옥황상제를 마음속으로 불러 볼 생각이 나질 않았다. 완전히 혼이 빠진 상황이었다. 새벽 2시가 되었을 때 위한림의 낭중엔 한푼의 돈도 없었다. 아뿔싸 했을 땐 이미 늦어 있었다. 위한림은 말라붙은 호주머니를 건성으로 후비면서 멍청한 눈을 천정으로 돌렸다.

그때였다. 어깨를 건드리는 손이 있어 정신을 차렸다. 종업원의 귀엣말이 있었다.

"저기서 누구신가 보자고 합니다."

종업원이 이끄는 대로 화장실 입구까지 갔을 때 거기에 서 있는 윤신자의 모습을 발견했다.

종업원이 멀어지자 윤신자의 말이 있었다.

"이건 50만 원이에요. 지건 말건 끝까지 하시고 내일 밤 11시에 동남 호텔 로비에서 기다리세요. 결과야 어떻든 꼭 그리로 와야 해요."

윤신자는 돈꾸러미를 위한림의 포켓에 집어넣곤 그림자처럼 사라져 버렸다.

몽유병자처럼 룰렛대로 돌아온 위한림은 요량도 없이 이곳저곳에 돈을 걸었다. 그는 완전히 자포자기한 상태에 있었던 것이다.

눈을 떠보니 2시였다. 커튼 틈으로 햇빛이 눈부셨다. 뱃속이 뒤틀리는 것 같고 머리가 욱신거렸다. 위한림은 새벽 카지노에서 돌아오자마자 카티마크 한 병을 병째 다 마셔 버렸다는 사실을 상기했다. 이를테면 위한림은 술에서 깨어난 셈이었다.

나른한 몸을 이끌고 목욕탕에 가서 냉탕에 몸을 담갔다. 겨우 정신이 차려진 기분이었지만 바깥으로 나갈 힘은 없었다. 다시 침대에 드러누웠다.

그 후 눈을 뜬 것은 9시였다. 커튼은 어둠에 물들어 있었다. 불을 켜고 주위를 살폈다. 황량한 느낌이 오싹하게 그의 가슴을 저몄다.

— 11시, 동남 호텔의 로비.

윤신자의 말이 선명하게 기억 속에 되살아난 것이 이상할 정도였다.

빌라 센터를 불러 계산서를 가지고 오라고 했다. 매일매일 지불한 때문에 3만 원하고 얼만가를 냄으로써 셈을 끝낼 수가 있었다. 그리고 남은 돈이 3만 원 남짓. 위한림은 빙그레 억지 웃음을 웃어보았다. 따지고 보면 퇴직금 70만 원 다 털고 3만 원이 남은 셈인데 그 동안 십여 일을 워커힐하고도 빌라에서 몬테 카를로에서의 파르크 왕처럼 호화롭게 지낸 것이 아닌가.

위한림은 털털 털고 일어나 빌라에서 걸어나왔다. 본관 앞에서 택시를 탔다. 카지노 쪽은 보지도 않았다. 보기도 싫었다. 한마디로 미련도 없었다.

택시 속에서 생각했다.

'나는 룰렛을 마스터하진 못했지만 룰렛을 졸업한 건 사실이다.'

그러자 이런 상념이 일었다.

'윤신자를 다른 데서 만날 기대가 있었기 때문에 내 마음이 이처럼 홀가분한 것이 아닐까. 만일 윤신자를 저 카지노에 둬 둔 채 영영 만날 수 없다고 되었을 경우 과연 내 마음이 평온할 수 있을까?'

아무튼 위한림은 다시 카지노를 찾을 경우는 없으리라고 생각했다. 윤신자를 만날 기대만이 부풀어 갔다.

시심에 다다랐을 때 위한림은 이발소에 맡겨 둔 팬티 꾸러미를 생각했다.

'그 꾸러미를 먼저 찾아 와야지.' 하고 택시를 그리로 돌렸다.

그에겐 그 팬티 꾸러미가 환상의 세계에서 현실 세계로 돌아오게 된 계기로서의 상징이 될 것 같았다.

이발소는 문을 닫고 있었으나 안에서 소제를 하고 있었다. 수월하게 팬티 꾸러미를 그때 그 시간에 찾을 수 있었다는 것이 내난한 요행같이 느껴지기도 했다.

'이기라도 사시 않았다면 퇴직금이 연기처럼 사라진 것으로 될 뻔했구나' 싶으니 웃음이 저절로 나왔다. 그 웃음소리가 너무나 당돌했던 모양으로 택시 운전사가 힐끔 돌아봤다.

위한림은 그 웃음의 사연을 자초지종 운전사에게 설명해 주고 싶은 충동을 느꼈으나 가까스로 참고 보따리를 높이 들어 보이며 말했다.

"이 보따리 안에 뭣이 들어 있는지 아슈? 모르시겠죠. 내 말해 줄까요? 팬티가 자그마치 한 장을 뺀 서른 장이오. 우리 사 부자가 씻고 벗고 평생을 입을 팬티요. 인생에 있어서 팬티 걱정만은 안 하게 되었다는 것도 대단한 일 아뇨?"

로비의 한구석에 정면의 스윙도어를 보고 앉았다. 뜻밖에도 차분한 기분이었다. 긴 여행 도중 낯선 도시의 호텔에서 하룻밤을 쉬기 위해 들른 그런 감상이 따랐다.

벽면의 시계가 11시를 가리켰다고 싶었을 때 스윙도어의 저편에서 베이지색 코트가 보이는 듯하더니 윤신자의 얼굴이 나타났다.

윤신자도 위한림의 모습을 본 듯했는데 그녀는 곧바로 프런트로 걸어가서 돈을 치르고 키를 받아들었다. 그리고는 멀찌감치서 손짓을 했다. 위한림 이외의 사람은 누구도 눈치 채지 못하는 음미로운 동작이었다.

엘리베이터 안엔 두 사람밖에 없었다. 오 층에서 내렸다. 505호의 방문을 윤신자는 열었다. 그 동안 말이 없더니 창가의 소파에 위한림이 자리를 잡자 "위스키? 맥주?" 하고 물었다.

위한림은 아예 술 생각이 없었지만 "맥주." 라고만 대답했다.

전화로 맥주 두 병과 마른 안주를 시켜놓고 윤신자는 정면의 소파에 자리를 잡았다.

"이리로 오시라고 해서 놀란 건 아니죠?"

"꿈만 같습니다."

"오해를 해선 안돼요."

"오해?"

"위한림 씨는 혹시 내가 위한림 씨에게 밀회 신청을 한 걸루 오해하시진 않겠죠?"

"……."

종업원이 맥주와 안주를 날라왔다. 윤신자는 맥주를 글라스에 따라 위한림에게 권해 놓고 자기 글라스에도 맥주를 반쯤 따랐다. 종업원이 나가자 다시 입을 열었다.

"사실은 사과하려고 이리로 오시라고 한 거예요."

"사과?"

"내가 엉뚱한 소릴 했거든요."

"룰렛에서 2,700만 원 따면 어쩌고저쩌고 하겠단 말 말예요. 그걸 취소하겠어요. 동시에 사과를 하구요."

위한림이 어처구니가 없어서

"내버려 두어도 룰렛에서 2,700만 원을 따지 못할 것은 뻔한데 새삼스럽게 취소할 것까지야 없지 않소?" 하고 웃었다.

"아녜요. 위한림 씬 룰렛에서 2,700만 원쯤 딸지 몰라요. 어느 누구도 못할 일을 당신은 해낼 사람일지 몰라요. 그래서 공포심을 갖게 된 거예요."

윤신자는 정색을 하고 있었다.

"공포심을 갖게 되다니 그야말로 해괴하십니다."

"그 까닭을 말하죠."

윤신자는 맥주를 한 모금 삼키더니 이렇게 말을 이었다.

"사실은 위 선생이 2,700만 원을 따가지고 와도 난 위 선생의 신청을 받아들일 수 없는 처지에 있어요."

"그건 왜 그렇습니까?"

"내 얘길 끝까지 들으세요. 그리고 만일 위 선생이 룰렛에서 2,700만 원을 따는 날엔 위 선생의 일생은 파멸되어 있을 거예요. 2,700만 원을 따기 위해서 몇 해가 걸릴지 모르잖아요. 설혹 몇 해가 걸리지 않고 바로 내일 따는 수가 있어도 사정은 마찬가지예요. 아시겠수?"

"알기는커녕 무슨 소릴 하는지 오리무중에 있는 기분이오."

위한림이 덤덤히 말했다.

윤신자는 위한림의 빈 글라스에 맥주를 따라 놓고 계속했다.

"룰렛이란 기계는 질투할 줄 아는 기계예요. 2,700만 원이 따게 한 사람을 그냥 놔 주진 않는 기계예요. 위 선생이 2,700만 원을 땄을 때 룰렛은 위 선생의 운명을 그 순간부터 사로잡아 버려요. 결국 룰렛 이외의 아무것에도 관심이 없게 된다 이 말예요. 세계의 중심에 룰렛이 앉게 됩니다. 이래도 몰라요? 머리가 좋으신 분이."

"대강은 알겠소. 그러나 그건 보통 사람에게나 하는 소리지 나같은 사람에겐 통하질 않아요. 나도 내 의지력을 믿습니다."

"의지력?" 하고 윤신자는 깔깔대고 웃었다. 그리고 덧붙였다.

"몬테 카를로의 룰렛이, 바덴 바덴의 룰렛이 몇 개의 왕조(王朝)를 파멸시켰는지 아시기나 합니까? 이집트의 파르크는 황태자 시절 알렉산더대왕 이래의 명군(名君)이 되리란 촉망을 받고 있었어요. 황태자 시절의 사진을 보셨으면 아실 겁니다만 일류 역사상 그만한 미장부는 아직 나타나지 않았다고 할 만큼 기가 막혀요. 그의 지력은 사막에서 석달 열흘을 혼자 방황했는데도 까딱 없을 정도였구요. 그런데 몬테 카를로의 룰렛은 그를 산송장으로 만들어 버렸어요. 또 하나의 예로 불가리아의 왕이 있어요. 루마니아의 황태자도 있구요. 불가리아의 왕은 피한차 몬테 카를로에 왔다가 함몰했고 루마니아의 황태자는 신혼여행으로 그곳에 들렀다가 룰렛에 미쳐 버린 거예요."

"그런 정도니까 내 의지력도 룰렛 앞에선 맥도 못춘다, 이 말 아닙니까?"

"결국 그런 얘기예요."

"그렇다면 말해 드리죠. 나는 룰렛을 마스터하진 못했지만 룰렛을 졸업했습니다."

"졸업?"

"그렇죠."

"돈이 떨어져 자포자기한 것이 아니고 진심으로 졸업했어요?"

"그렇다니까요. 난 워커힐에서 나올 때 카지노 쪽은 보기도 싫었습니다."

그러자 윤신자가 묘한 웃음을 웃었다. 보기에 따라선 비웃는 웃음이고 달리 보면 가련하다는 뜻으로 되는 웃음이었다.

위한림이 가만 있을 수밖에 없었다.

윤신자는 다시 잔을 들어 한 모금 마시곤 정면으로 위한림을 쏘아보며 말했다.

"약정한 돈을 따서 내게 신청할 의욕까지 포기했단 말인가요?"

이 물음에 얼른 대답할 수 없었던 것은 윤신자가 이곳에서 만나자는 청이 없었더라면 어떤 심정으로 워커힐을 떠났을까 하는 생각이 얼핏 들었기 때문이다.

위한림은 솔직할 수밖에 없었다.

"내가 신청을 하기 전엔 윤신자 씨가 내게 신청을 했으니까요. 그래 그 의욕에 관한 건 잠깐 잊은 겁니다."

이 말에 윤신자는 활짝 웃고 말했다.

"이렇건 저렇건 좋아요. 자기의 몸을 자기 마음대로 쓸 수 있는 사람치고 돈을 따고 있는 동안 또는 지고 있는 동안 돈이 있는데도 룰렛을 떠나는 사람을 나는 아직 보질 못했어요."

"아무튼 날 그런 사람으로 취급하는 것에 대해 별로 좋은 기분이 아니더군요."

위한림이 일부러 불쾌한 체 꾸몄다.

"위 씨는 자기를 무슨 특별한 사람으로 생각하고 있나요?"

윤신자의 물음에 웃음이 섞였다.

"난 보통 사람이 되긴 싫소."

"대단한 자부심이군요."

"자부심이 나쁠까요?"

"천만에, 위 씨가 보통 사람이라고 생각했으면 난 여기까지 나오
지도 않았을 거예요. 카지노에서 딜러 노릇을 한다고 해서 나는 내
자신을 값싸게 여기지 않고 있으니까요."

"고맙다고 해야 할까?"

"아마 고마운 편에 속하겠죠."

"그러나 저러나 윤신자 씨가 빌려준 돈을 다 날려 버렸으니 어
떡하지?"

"빌려 달라고 위 씨가 말했나요? 내가 제공한 것이니 부담으로
생각할 것 없어요."

"언젠가 형편이 되면 갚아 드리지."

"갚는다는 것 싫어요. 내가 조건없이 주었으니까. 여유가 있을 때
위 씨도 조건없이 내게 주면 그만이에요."

"그런데 왜 내게 50만 원을 줄 생각을 했죠?"

"어제 새벽에, 시간도 다 되고 했으니까 그만한 돈이면 파장이 될
때까지 할 수 있으리라고 계산한 거죠."

"이를테면 룰렛과 마지막까지 격투를 해보란 뜻?"

"그런 건 아니죠. 위 씨를 카지노에서 끌어내어 이곳으로 오게 할 구실을 만든 거죠."

"그 이유는?"

"뻔하지 않아요. 위 씨에게 다신 카지노에 출입하지 말도록 권고할 참이었어요."

"그 권고가 가능하리라고 믿었소?"

"객관적으로 가능하리라고 믿었죠."

"객관적?"

"돈이 떨어지면 카지노에 드나들지 못할 것 아녜요?"

"언젠가 돈이 생기면 또 가게 될 가능이 있는데두?"

"앞으로 위 씨는 카지노에서 날릴 만한 돈을 당분간은 가지지 못할 거예요."

"그건 어떻게 알지?"

"그까짓 건 중요하지 않아요. 내가 여기까지 위 씨를 오라고 한 것은 설혹 앞으로 돈이 생기더라도 카지노에 오지 말라는 권고를 하러 왔으니까. 그리고 내가 보고 싶어 카지노에 왔다는 구실을 달지 못하게 내 스스로 이곳에 왔다는 게 중요해요."

"아닌 게 아니라 윤신자 씨를 이렇게 만날 수 있다면 난 앞으로 영영 카지노 출입을 안 해도 좋습니다. 아니 카지노 출입을 할 생각이 없소."

윤신자의 표정이 다시 심각하게 되더니 말했다.

"위 씨, 오해하지 말아요. 난 이 밤을 예외로 하고 위 씨를 만날 생각 없어요. 위 씨와 나는 다른 천체에서 살고 있는 사람예요."

"그렇다 해서 언제나 카지노에만 있을 것은 아니지 않습니까?"

"그건 그래요. 그러나 앞으론 위 씨를 만날 수 없어요. 절대루."

"절대루?"

"그래요, 절대루. 오늘밤 내가 위 씨를 만나는 것도 엄청난 결심을 한 거예요. 나를 여기에 오도록 허락한 사람도 엄청난 결심을 한 거구요."

"당신을 여기에 오도록 허락하다니, 그게 누군데?"

"나는 어느 사람의 지배하에 있는 거나 다름없는 사람이에요. 그 사람의 승낙없인 행동하지 못해요. 그 사람 승낙없이 행동할 생각도 없구요."

윤신자는 천천히 한마디 한마디에 힘을 주어가며 말했다.

위한림은 그 사람이 바로 쿠로키일 것이라고 짐작하면서도 물었다.

"그 사람이 누구요?"

"말하지 않아도 알고 있을 것 아녜요?"

"쿠로키?"

윤신자의 대답은 없었다. 무언이 곧 긍정이었다.

"아아!" 하고 위한림이 신음했다.

"그 사람헌테 대항할 생각은 말아요."

윤신자의 말이 차가왔다.

"왜, 그 사람은 특별한 사람인가요, 별난 인종인가요?"

위한림은 스스로의 흥분을 깨달았다.

"별난 사람이에요."

"신자 씬 그 사람이 겁나나요?"

"겁나요."

"겁이 나서 그 사람의 명령을 듣나요. 그 사람으로부터 벗어나지 못하나요?"

"그런 뜻으로 겁난다는 게 아네요. 그 사람이 지닌 분위기가 겁이 난다는 뜻이에요. 그런데 그 겁난 분위기에 내 스스로 사로잡혀 있는 거예요. 나는 그분 없인 살지 못해요. 이유는 몰라요. 웬지 그래요."

"그래서 짜고 사기도박을 하는군."

위한림의 말이 저도 모르게 거칠게 나왔다.

"사기도박?"

윤신자의 눈이 둥그렇게 됐다.

"그래요, 사기도박." 하고 위한림이 자기가 관찰한 바를 말했다.

"아네요."

윤신자가 단호하게 부인하며 다음과 같이 덧붙였다.

"그게 이상한 거예요. 두 판 세 판까지 지면 그분은 나와 눈을 맞춰요. 그런데 나도 자연 그와 눈을 맞추게 돼요. 그런 연후엔 어떻게 된 셈인지 그분이 필요로 하는 카드가 내 손끝에서 나가요."

"아무런 조작도 안 하는 데두?"

"그래요. 아무런 조작도 안 하는 데두 저절로 그렇게 돼요."

"거짓말 말아요. 신자 씨가 자리를 떠나면 쿠로키의 형편이 전연 달라집니다. 괜한 소리 하지 말아요."

"그건 쿠로키 씨와 그 여자 사이에 아무런 텔레파시의 교환이 없는 탓이에요. 만일 쿠로키가 그 딜러에게도 나에게와 같은 감정을 가졌다면 나의 경우와 같이 될 거예요. 그러니까 난 그 분을 겁나는 사람이라고 하는 겁니다. 무슨 초능력같은 것을 가지고 있는 사람이에요."

"초능력에 반했군. 기껏 도박 상습자의 술수에 불과한 것일 텐데."

"반하고 어쩌고 한 감정과는 달라요. 꿈쩍도 못하게 되는 걸요. 뱀에 홀린 개구리와 같다고나 할까요? 고양이 앞의 쥐? 그런 설명으로도 모자라요. 그러나 확실히 말할 수 있는 건 내가 그 분을 위해 카드를 조작한 적은 없다는 거예요. 절대루."

"또 절대야? 반하면 뭐라더라? 곰보도 보조개로 보인다며? 결국 그 인간은 치사스런 인간 아냐?"

흥분하고 있는 위한림을 질린 표정으로 보고 있더니 윤신자는 단호한 태도가 되었다.

"위 씨, 한마디 주의하겠는 데, 그분을 욕하는 말은 삼가 주세요."

"대단한 충신이군."

"다른 사람은 몰라도 위 씨만은 그분 욕을 못 해요."

"그 이유를 한번 들어봅시다."

위한림이 빈정댔다.

"그분은 당신의 장래를 걱정하고 있어요."

"고맙군."

"빈정대지 말구 내 말을 들어요. 나를 여기에 보낸 것도 위 씨를 생각한 때문이에요."

"당신은 오기 싫었는데 그자가 가라고 해서 왔수?"

"꼬집어 말하면 그렇게 되는 거죠. 위 씨를 언제고 만나볼까 하는 생각이 내게 없지는 않았지만, 지금 만날 수 있게 된 건 그분 때문이니까요."

"그 사람이 뭐라고 하고 날 만나랍디까?"

"신자에게 대한 미련이 카지노에 대한 미련이 될지도 모르니 그 미련을 해소하고 오라고 했어요."

"당신의 마음이 내게로 기울어질까봐 선수를 친 게군."

"자신만만하군요."

"내겐 자신이란 건 없소."

"그런데 그런 소릴 해요?"

"어쩌다 해 본 소리뿐이오."

"나는 당신을 영리한 사람으로 보았는데 실망했어요."

"미안하군, 덜 영리해서."

"위 씨가 사람 볼 줄 알면, 그분을 나쁘게 생각하진 않을 거예요. 그분은 위 씨를 나쁘게 말하진 않았어요. 그런데 위 씨는 그분을 나쁘게 말했어요. 여자가 사이에 서서 비교를 할 때 누구에게 점수를 더 주겠어요. 욕을 할 만한 충분한 이유가 있는데도 욕을 하지 않는 사람허구 욕할 아무런 이유가 없는데도 욕을 하는 사람허구……."

"그럼 그자가 내게 욕을 할 만한 충분한 이유를 가졌단 말인가?"

"그렇지 않구요? 먼저 그분에게 덤빈 건 위 씨 아녜요? 새벽부터 날이 샐 때까지 끈덕지게 물고 늘어져 괴롭힌 건 위 씨 아니었어요? 그래도 그분은 위 씨에게 손 한번 대지 않았잖아요. 그만하면 욕할 이유를 충분히 가진 것으로 되잖을까요?"

"당신이 뭐래도 난 그자가 미워요. 미우니까 밉다고 하는 겁니다. 잘난 척하는 태도로부터가 미워요. 공격을 당하고도 대항하지 않는 그런 엉큼한 생각이 싫어요. 싫은 걸 싫다고 하고 미운 놈 밉다고 하는 게 뭐 나빠요? 자기가 사랑하는 계집을 라이벌에게 보내 놓고 큰 도량이나 있는 것처럼 꾸미는 그 태도를 용서할 수 있어요? 난 그런 위선자는 철저하게 싫어."

이 때 윤신자는 일어서 있었다. 그리고 "내가 어제 새벽에 준 돈도 사실은 그분에게서 나온 돈이에요. 그 사실이나 알아 두세요." 하고 뱉듯이 말하곤 윤신자는 도어 쪽으로 걸어갔다.

위한림이 황급히 뒤따라가서 윤신자의 팔을 붙들었다. 윤신자가 팔을 뿌리쳤다. 위한림은 윤신자의 허리를 안으려고 했다. 순간 눈이 번쩍했다. 윤신자가 위한림의 따귀를 사정없이 갈긴 것이다.

순간 해변에서의 일이 위한림의 뇌리를 스쳤다. 기명숙으로부터 얻어 맞은 뺨의 아픔이 되살아났다.

'난 계집년에게 따귀만 맞는 놈인가?' 했을 때 격분이 머리 끝까지 솟았다.

위한림은 윤신자의 머리채를 왼손으로 휘감아 쥐고 오른손으로 몇 차례 윤신자의 얼굴에 주먹을 폭발시켰다.

윤신자는 비명을 울리지 않았다. 반항하려고도 안 했다. 전연 무저항 자세로 내맡기고 있었다.

저항없는 인간에 대한 폭행처럼 쑥스러운 건 없다. 위한림이 윤신자의 머리채를 놓았다. 윤신자의 눈이 이상스런 광채를 띠고 위한림의 얼굴을 째려보았다. 그리고는 저편쪽 바닥에 뒹굴고 있는 백을 집어들더니 도어를 열고 사라져 버렸다. 한마디의 말도 없이.

위한림은 달려나가 윤신자를 끌고 올까 했지만, 어찌된 영문인지 기진맥진한 기분이었다.

우두커니 방 한가운데서 서 있다가 탁자 위에 남아 있는 맥주를 마저 마셨다. 그래도 갈증은 계속되었다. 갈증을 풀기 위해선 술을 마셔야 했다. 침대 위에 팽개쳐 놓은 상의를 걸치고 방을 나섰다. 스낵바로 갔다.

자정이 넘었는데도 스낵바엔 몇 사람의 남녀가 각각 짝을 지어 술을 마시고 있었다. 위한림은 스탠드의 빈자리에 비집고 앉았다. 바로 옆에 일본 사람으로 보이는 중년의 사나이와 매춘녀임에 틀림없는 젊은 여자가 앉아 있었다.

젊은 여자가 이제 갓 배운 듯한 일본 말로 중년의 일본인 사내에게 응수하고 있는 것이 꼴사나워 견딜 수가 없었다. 감정대로라면 따귀라도 한 대 갈겨 호통을 치고 싶었다.

'어떻게 저런 여자가 다음다음으로 생겨나는 걸까?'

위한림은 경제적인 사정만으로 있게 된 현상이라곤 생각할 수 없었다. 어떤 인간성의 부족에서 오는 타락이라고밖엔 할 수 없는데 하필이면 일본인을 상대로 하는 것이 얄밉기만 했다.

그러나 곧 위한림은 남의 일에 관심을 쓸 처지가 아니란 걸 깨달았다. 한 잔의 스카치 소다를 비웠을 때 오늘밤 자기가 저지른 과오에 대한 후회가 무럭무럭 가슴 밑바닥에서부터 끓어 올랐다.

아무래도 윤신자에게 손찌검을 한 것은 잘못이었다. 그 여자는 확실히 위한림에게 호의를 가지고 있었던 것이다. 하지만 쿠로키를 나쁘게 말했다고 해서 따귀를 갈긴 것은 아무래도 용서할 수 없는 일이었다.

쿠로키가 자기에게 베푼 아량이랄까, 호의랄까, 그것은 되레 증오만도 못한, 한마디로 말해 불결하기 짝이 없는 것이란 생각마저 들었다. 잠깐 동안이나마 그에 친근감을 느꼈다는 그 사실로써 위한림은 자기를 용서할 수 없다는 격한 심정으로 되기도 했다.

그런 가운데서도 윤신자에 대한 미워할 수도, 사랑할 수도, 포기할 수도, 잊을 수도 없는 복잡미묘한 감정이 위한림을 괴롭혔다.

'언젠가 사과를 해야지. 비록 저편에서 먼저 손을 들었다고 해도 내가 그래선 안 되는 것인데……'

여자가 때리면 남자는 점잖게 맞아줄 줄도 알아야 하는 것이 아닌가. 모처럼의 호의로 호텔까지 왔다가 실컷 두들겨 맞기만 하고 밤길을 돌아간 윤신자의 마음을 짐작할 때 당장이라도 그녀의 거처를 알면 뛰어가고 싶은 충동이 가슴의 격렬한 고동으로 되었다.

잠결에 요란한 전화벨 소리를 들었다. 그래도 위한림은 비몽사몽하는 상황에 있었다. 자기가 어디에 누워 있는지도 지각이 들지 않았다. 간밤에 몹시 취했구나 하는 의식만이 맴돌았다.

전화벨은 계속 울리고 있었다.

더듬다시피 해서 송수화기를 들었다.

"나 윤신자예요."

"아아, 신자 씨……" 하고 우물우물 말을 꾸미려는데 윤신자의 또박또박한 말이 수화기로부터 흘러나왔다.

"빨리 피하세요. 쿠로키가 그 쪽으로 떠났으니 지금쯤 도착할지 몰라요."

"쿠로키가 어쨌다구?"

그 말에는 대꾸도 없이 "빨리 그 자리를 피하세요. 이게 내 마지막 호의에요." 하고 전화는 딸깍 끊어졌다.

다시 이불을 머리에 쓰며 위한림이 몽롱한 의식 속에서 '쿠로키가 온다? 뭣 하러. 제기랄, 왔으면 왔지 내가 뭣 때문에 피해.' 하며 잠깐 잠이 들었다가 '앗! 그렇군.' 하고 무엇에 찔리기나 한 것처럼 벌떡 일어나 앉았다.

'내가 그를 욕했다는 소릴 듣고 오는 것이로구나. 올테면 오라지. 한번 야무지게 붙어보자.'

위한림은 목욕탕으로 가서 찬물로 샤워를 했다. 정신이 맑아졌다. 대강 옷을 주워 입고 소파에 앉았다. 그대로 앉아 쿠로키를 기다릴 참이었다.

담배 맛이 썼다. 이제 막 붙였던 담배를 재떨이에 비벼 끄고 있을 때였다.

노크 소리가 났다.

일어서서 도어를 끄르고 "들어오시오." 했다.

나타난 사나이는 쿠로키였다. 검은 골프셔츠에 검은 바지를 입은 쿠로키의 얼굴은 창백하리만큼 희었다. 방으로 들어온 쿠로키는

"아무래도 넌 맞아 봐야 알 놈 같다."며 성큼 위한림의 앞으로 다가서더니 주먹으로 위한림의 명치 부근을 쳤다. 일순, 위한림은 방바닥에 딩굴었다. 세상이 누렇게 보였다.

딩구는 위한림의 어깨를 쿠로키의 발길이 걸어 찼다.

"네밀내만도 못한 너식이!" 하고 한 번을 너 차려고 할 때 위한림이 쿠로키의 한쪽 다리를 힘껏 안고 끌었다.

쿠로키의 남아 있는 한 발이 다른 발을 안고 있는 위한림의 손등

을 찼다. 비명이 저절로 나올 만큼 손등이 아팠다. 그러나 그때 위한 림은 벌떡 일어서서 대항의 자세를 취했다.

그런데 그 대항의 자세는 쿠로키의 동작 하나에 허무하게 무너 져 버렸다. 쿠로키는 멱살을 잡아끌어 일으키곤 위한림의 얼굴에 사 정없는 타격을 가했다.

"약한 여자의 얼굴을 멍이 들도록 때리는 비겁한 놈을 가만 둘 수 없다." 며 쿠로키의 주먹은 사정없이 움직였다. 코피가 터졌다. 입이 와지끈 무너졌다. 입 안에 부서진 이가 씹혔다.

이윽고 위한림은 팔을 움직일 수조차 없었다. 겨우 정신을 차려 쿠로키의 불알을 잡으려고 했을 찰나 위한림 자신의 고간(股間)이 쿠 로키의 치켜든 무릎에 맞아 기절하고 말았다.

위한림은 정신을 차렸을 때 자기가 피투성이의 코와 입을 방바닥 에 처박고 길게 엎드려 있는 꼴을 발견했다. 방 안엔 아무도 없었다. 죽음에서 깨어났구나 하는 의식만이 또렷했다.

일어나려고 하자 늑골 부분에 동통을 느꼈다. 뿐만 아니라 다리가 말을 듣지 않았다. 겨우 몸을 뒤쳐 천정을 쳐다보는 자세로 누웠다.

'몇 시나 되었을까.' 하고 고개를 돌려 침대 옆에 있는 라디오에 달린 시계를 보았다. 12시 10분 전. 그렇다면 두 시간 가량 인사불성 이 되어 있었던 것이다.

누운 채로 심호흡을 했다. 가슴이 아팠다. 그래도 두세 번 심호 흡을 계속했다. 겨우 힘이 돌아온 것 같았다. 가까스로 일어나 앉았다. 그 다음 침대의 모서리를 잡고 일어섰다. 다리가 후들후들 떨렸다. 떨리는 다리를 끌고 목욕탕으로 갔다. 거울에 비친 얼굴은 차마 볼 수 없는 몰골로 되어 있었다. 눈두덩이 부어오르고 코언저리도 부어올라 있었다. 찬물을 틀어 피를 씻었다. 그리고는 한참을 찬물에 손을 담그고 있었다. 손에서 전해 오는 냉기로 신경이 진정되었다. 위한림은 몰라보게 변형된 자기의 얼굴을 들여다보며 중얼거렸다.

"꼴 좋다."

소파로 돌아와 담배에 불을 붙였다.

그때 응접탁자 위의 쪽지가 눈에 띄었다. 집어들고 읽었다. 다음과 같이 적혀 있었다.

'사람엔 두 종류가 있다. 하나는 두들겨 맞지 않아도 철이 드는 사람과 두들겨 맞지 않으면 철이 안 드는 놈과의 두 종류다. 네 놈은 후자에 속한다. 그래 실컷 두들겨 주었다. 언제이건 보복에 응할 용의가 있다.'

분명히 쿠로키가 쓴 쪽지일 것인데 위한림은 빙그레 웃었다. 그 쪽지의 내용에 슬그머니 공감하는 기분으로 되었기 때문이다.

'그럴지 모르지. 나는 실컷 두들겨 맞아야 될 놈인지 모른다.'

위한림은 비로소 세상이 호락호락한 것이 아니라는 사실을 안 것 같았다. 이상하게도 보복할 생각은 나지 않았다. 상대방의 실력에 겁을 먹은 탓이 아니고 당연한 일을 당연하게 당했다는 체관이 앞섰기 때문이다.

'윤신자로부터 따귀를 맞을 만한 짓을 나는 했다.'

'내가 윤신자에게 폭행을 한 것은 확실히 잘못이었다.'

'나라도 애인이 폭행을 당했다고 하면 폭행한 자를 용서하지 않았을 것이다.'

'쿠로키의 행동은 백 번 정당하다.'

여기까지 생각하고 위한림은 담배를 끄고 일어섰다.

프런트로 내려가 셈을 했다.

셈을 하면서 종업원이 위한림의 얼굴을 힐끔힐끔 보았다. 묘하게 일그러진 쌍판이 이상했던 모양이다. 그래도 위한림은 아무렇지도 않았다. 세계 선수권을 놓고 한바탕 싸우다가 링을 내려선 권투 선수의 기분과 같은 기분이었던 것이다.

셈은 다행히 호주머니를 다 턴 액수로 치를 수 있었다. 셈을 하고 나니 호주머니는 완전히 비었다. 버스비도 남지 않았다. 위한림은 불광동에 있는 집까지 걸어갈 작정을 했다.

고급차가 달리고 택시가 달리고 버스가 달리고 있는 거리를 낮중 무일푼으로 팬티가 들어 있는 꾸러미를 들고 터벅터벅 걷고 있다는 것도 의미가 있는 일이었다.

엊그제 카지노에서 흥청대던 놈이, 엊그제 호화스런 호텔의 빌라에서 딩굴던 놈이 버스비도 없어서 초라한 몰골을 하고 두들겨 맞은 흔적을 간판처럼 내세우고 백주의 서울 거리를 걷고 있다는 사실.

'이것이 인생이다.' 싶으니 웃음이 났다.

지나가던 사람이 멈칫하는 표정이 되었다. 험상궂게 얼굴이 부어오른 자가 웃고 있는 꼴이 징그러웠던 모양이다.

무악재를 넘어 홍제동에 들어섰을 때였다. 길가 오른편에 태권도 도장이란 간판이 나 있었다. 위한림이 성큼 도장으로 들어갔다.

그는 군대시절 태권도를 조금 배운 적이 있었다. 그러나 본격적으로 수련한 것은 아니었다.

사범인가 조수인가로 보이는 사람이 위한림 앞으로 왔다.

"뭘 팔로 온 사람이면 나가 주십시오."

위한림이 들고 있는 보따리를 보고 한 소리였다.

"팔러 온 사람이 아니오. 태권도를 배웠으면 해서 왔소."

위한림이 연습하고 있는 광경을 시선으로 쫓으며 말했다.

"그럼 이리로 오시오."

사나이의 말이었다.

"태권도를 배우려면 한 달에 얼마나 내면 되겠소."

위한림이 물었다.

"5만 원 정도면 됩니다."

"그럼 돈을 준비해 갖고 오겠소."

"돈은 뒤에 내도 되는데요."

"아무튼 일단 집에 갔다가 오겠소."

"그렇게 하시오." 하는 말이 상냥했다.

위한림이 도장에서 나왔다.

괜히 기분이 좋았다.

사실 위한림은 내일부터 무엇을 할까 하는 생각으로 마음이 우울해지려던 판이었는데 그 태권도 도장으로 인해 갑자기 할 일을 발견한 셈이었다.

'그렇다. 열심히 태권도를 익혀보자. 내가 나를 보호해야 할 것 아닌가. 만사는 그때부터이다.'

위한림은 쿠로키를 가상적(假想敵)으로 삼기로 했다. 보복을 하느니 어쩌느니 하는 그런 마음으로서가 아니라 인생을 다시 시작하려면 먼저 쿠로키와 대결해야 한다는 관념이 어느덧 생겨나고 있었던 것이다.

집으로 통하는 골목의 어귀에 섰을 때 위한림은 콧등이 시큰해지는 것을 느꼈다.

그 무수한 골목을 다 제쳐 놓고 하필이면 이 골목을 찾아들었다는 감정이야말로 탕아(蕩兒)가 집으로 돌아오는 감회였다. 어머니의 센티멘탈한 푸념, 아버지의 퉁명스런 표정, 잔뜩 호기심에 부풀어 있을 아우들. 위한림은 골목 어귀에서부터 집이라고 하는 분위기 속에 젖어들었다.

이윽고 집으로 돌아온 위한림은 식은 밥으로 시장기를 채우면서 팬티 꾸러미를 끄르고 있는 어머니에게 익살을 부렸다.

"어머니, 앞으로 팬티 걱정 안 해도 될 거요. 차근차근 한 가지씩 문제를 처리해 나가야죠."

새로운 출발

그 해의 가을과 겨울은 태권도와 더불어 시간이 흘렀다. 하나의 무술을 익힌다는 것은 또 하나의 인생을 만드는 작업이란 것을 깨달았다. 동시에 그 도장을 통한 하나의 세계가 전개되기도 하는 것이었다. 뛰는 놈 위에 나는 놈이 있다는 실감도 나쁠 것이 없었다.

위한림은 그 도장에서 정광억이란 사나이와 임춘추란 사나이의 친구가 되었다. 정광억은 이북 출신으로 단신 남쪽으로 내려와 방황하는 동안에 폭려배의 무리에 섞인 사람이다. 그는 해방과 더불어 초등학교를 중퇴한 정도의 학력밖에 없었는데도 천성이 워낙 영리한 탓으로 대단한 지식과 어학력을 가지고 있었다. 특히 영어에 능란했다.

"어디서 그처럼 영어를 배웠소?"

하고 위한림이 궁금해 물은 적이 있었다.

"2년 동안 미국인 집 하우스 보이 노릇을 했지. 영어 배울 욕심으로 하우스 보이 노릇을 한 건데 그때의 내 팔자가 상팔자였다." 며 이런 얘기를 했다.

어느 여름날, 미국인 부부는 일곱 살 난 아들을 데리고 경기도 광주의 어느 산으로 소풍을 갔다. 도중에 시내가 있었다. 남자는 아들놈을 어깨에 등말을 태우고 건너갔다. 여자는 정광억이 업고 건너게 되었다.

정광억이 여자를 업었다. 육중한 젖가슴이 등에 느껴지고 받쳐든 허벅다리의 감촉이 뭐라고 형언할 수가 없었다. 게다가 여자의 바로 그곳이 허리에 찰싹 붙었는데 그 감촉이 또한 기가 막혔다.

"강을 건너고 보니 남자는 아들의 손을 끌고 어느 새 사오백 미터 앞의 산허리를 돌고 있었지. 그들의 모습이 시야에서 없어졌을 때 나는 업고 있던 여자를 근처의 풀밭에 던지듯 하며 뉘고 다짜고짜로 올라타 버린 거야. 그런데 여자가 가만 있더라 이거야. 얌전히 한 번 해치웠지."

성욕이 참으로 무서운 것이란 사실을 정광억이 그때 알았다고 했다. 아랫배 밑에 부풀어 오른 욕정에 완전히 휘둘려 아무것도 눈에 보이지 않더란 것이다. 한데 그 다음부터가 스토리로 된다.

"중이 고기 맛을 보면 법당에 파리가 없어진다는 말이 있지 왜. 한 번 그 맛을 보고 나니까 사람 참 환장하겠드면. 이왕 한 번 준 거니까 마음의 경우는 수월할 것이란 믿음도 있고 하니 참지 못할 지경이었어."

그래서 기회를 노리고 있는데 좀처럼 호기가 도착하지 않았다.

"그런데 어느 날 아침, 남자가 아들을 자동차에 태우고 출근을 했다. 여자는 거의 알몸으로 침대에 남아 있었다. 커피 심부름을 하느라고 내가 그걸 알았지. 현관문을 잠가 놓고 나도 알몸으로 되어 침실에 뛰어들어가 침대 위로 올라갔더니, 글쎄 여자가 귀신 같은 형용이 되어 주먹을 마구 날리는데 참으로 어이가 없더먼. 그래도 내가 우물우물하고 있으니까 여자는 알몸으로 침대에서 뛰어내려 서랍을 열고 권총을 꺼내드는 거라. 혼났어. 당장 나가지 않으면 쏘겠다며 안전장치를 딸가닥 푸는데 정신없이 도망을 쳤지."

그 사건을 계기로 정광억은 하우스 보이 노릇을 끝장냈다며 "아닌 게 아니라 그놈 잘못 휘두르다가 죽을 뻔했다."고 호탕하게 웃었다.

임춘추는 말이 적었다. 정광억이 무슨 얘기라도 하면 그것을 듣는 것이 기쁘다는 듯 황홀한 표정을 짓고 정광억을 바라보고 있는 것이다.

그 두 사람은 일이 없으면 도장에 나타나서 땀을 빼곤 하는 것인데 다른 사람들과 상종하는 것 같지가 않았다. 도장주나 사범들은 그 둘을 경원하는 눈치마저 보였다. 그들은 도장주와 사범들을 상대도 하지 않았다.

그런데 뜻밖에도 위한림에게만은 만나자마자 호의를 보였다. 대포나 같이 한잔 하자고 제안해 온 것도 그들이었다. 그들과 처음으로 자리를 같이 했을 때 서로 통성명을 하고 나서 정광억이 물었다.

"위 형은 뭣하는 사람이우?"

"목하 실직 중입니다" 하고는 위한림이 물었다.

"정 형과 임 형이 하는 일이 뭐요?"

"별루 좋은 일은 하지 않소."

정광억이 빙그레 웃으며 말하자 임춘추는 고개만 끄덕였다. 위한림이 임춘추의 대답을 기다리는 눈치를 보이자, 정광억이 말을 보탰다.

"이 사람 대변인은 나요. 워낙 고생해서 대변인을 통하지 않곤 말씀하시지 않디오."

그 말꼬리로써 위한림은 그들이 평안도 출신임을 알았다.

미국인 하우스 보이를 하다가 쫓겨났다는 이야기가 있은 지 며칠 후 정광억이 다시 위한림을 초대하곤 대뜸 "위 형, 용돈 없디오." 하고 10만 원 묶음 하나를 쑥 내밀었다. 옆에 임춘추는 흡족한 얼굴을 하고 앉아 있었다. 그러나 위한림은 멈칫했다. 두어 달 같이 사귀었기로서니 까닭 모를 돈을 받을 정도로 뻔뻔스러울 순 없었다.

"아무런 조건 없수다. 위 형이 조금 궁색한 것 같아서 드리는 겁니다. 오늘 우리 야무디게 한탕 했거든요. 그렇다고 해도 위 형에게 누를 미치게 할 성질의 돈은 아닙니다."

돈은 탁자 위에 있었는데 임춘추가 그걸 집어들더니 위한림의 호주머니에 다짜고짜 쑤셔 넣었다.

"고맙긴 합니다만, 어쩌지."

위한림이 어물어물했다.

"우리 툭 터놓고 지냅시다래. 없으면 같이 굶고 돈 생기면 나눠 쓰구. 세상 그렇게 살아야디 쩨쩨하게 살아 뭣하겠소." 하고 정광억은 주문 받으러 온 아가씨에게 큰 소리로 소주, 돼지고기, 빈대떡, 더덕구이 등을 시켰다. 술과 더불어 세상 돌아가는 얘기를 한바탕 하다가 정광억이 돌연 정색을 하며 "위 형, 의논이 있습니다." 하고 시작했다.

정광억은 정색을 하고 말할 땐 순전히 서울말이 되었다. 평안도 사투리는 한마디도 나오질 않았다.

"이제 막 얼만가의 돈을 드렸다고 해서 그것을 조건으로 얘기를 꺼내는 건 아닙니다. 그러니 조금도 마음에 부담을 가지지 마시구 들으세요. 조금도 강요할 생각은 없습니다. 위 형이 거절하신대두 앞으로 우리는 종전처럼 지낼 겁니다."

전제가 길다는 것은 그만큼 문제가 묘하다는 것일 확률이어서 위한림이 "무슨 말씀이신지 해 보시지요." 하고 술잔을 들어 정광억에게 권했다.

정광억이 그 술잔을 단숨에 들이켜고 위한림에게 돌리며 말했다.

"회사를 하나 차릴까 합니다."

"회사면 주식회사?"

"아닙니다. 그저 회사지요."

"그저 회사라는 것이 있습니까?"

"회사란 이름이 좋지 않으면 임의단체라고 해도 되지요."

"임의단체라면?"

"임의단체면 당국에 제출만 하면 되게 돼 있더군요."

"그런 것 전 잘 모릅니다. 헌데 회사건 임의단체건 무슨 목적이 있어야 할 것 아닙니까."

"물론 목적이 있어야죠. 한마디로 말해 억울한 사람을 도와주고 우리도 이득을 보자, 이겁니다. 그래 정의사(正義社)란 이름으로 해볼까 했는데 억울한 사람을 만들어야 할 필요가 없지 않을 테니까 정의란 말은 약간 모순이다. 이렇게 생각하고 의리사(義理社)라고 해 볼까 했지만 이것도 안되겠어요. 결국 우리의 이득을 노리는 사업인데 의리만은 내세울 수 없다, 이거지요. 그래 춘추사(春秋社)라고 하기로 했습니다. 저 친구 이름이 임춘추이니 무방하고, 거어 춘추 필법(筆法)이란 것 있지 않습니까. 옳은 건 옳다고 하고 나쁜 건 나쁘다고 하는 필법 말입니다. 그러나 우리는 글을 쓰지 못하니까 춘추의 필법을 행동으로 하자로 되니까 춘추사. 어때요? 이름이 좋지요?"

"구체적으로 어쩌자는 겁니까."

"예를 들면 갑이 을로부터 돈받을 게 있는데 그걸 못 받아 애를 먹고 있을 경우 대신 돈을 받아주고 할(割)을 먹는다, 이거죠."

"결국 고리대금업자의 심부름을 하겠다, 이 말입니까?"

"고리대금업자는 상대를 안 합니다. 물건 값이나 노임이나, 응당 나눠 먹어야 할 것을 독식한 거나 그럴 걸 챙기고 드는 거죠."

"시쳇말로 해결사란 게 있다던데 그런 등속의 것이군요."

"그런 등속이 아니라 바로 그겁니다. 재판소에 갈 수도 없고 권력도 없고 완력도 없어 그저 꼼짝 못하고 손해만 보는 사람들이 비일비재합니다. 그들의 소원을 들어주자는 거죠. 그들의 문제를 해결해 주자는 거죠. 나쁠 건 없지요?"

"그러나 그런 일은 합법적으로 해야 되지 않습니까?"

"법은 멀고 주먹은 가깝다는 말이 있지 않습니까. 게다가 합법적으로 해결될 문제만 있으면 뭣 때문에 해결사가 필요하겠습니까. 해결할 문제는 많습니다. 예컨대 가난한 집의 딸이 부잣집 아들의 농락을 받고 채였을 때 그 원한을 풀어 주는 겁니다. 거꾸로 선량한 남자가 못된 여자의 꾐에 빠져 협박을 당하고 있는 경우 그걸 해결하기도 하구요."

위한림은 정작 난관에 부닥친 당혹을 느꼈다. 묵묵해 버렸다.

정광억의 말은 계속되어 있었다.

"서울은 문제의 바닥입니다. 별의별 문제가 득실거리고 있는 거죠. 우리의 재산은 바로 그 문제들입니다. 잘만 하면 우리는 노다지 광산을 발견한 거나 다름이 없습니다. 그런데 그 잘만 하면 하는 것이 문제거든요. 잘해 보려고 위 형에게 의논하고 있는 겁니다."

"나는 생각도 안 해 본 일이라서 뭐라고 말씀드릴 수가 없군요."

위한림이 이렇게 망설이자 정광억이 이런 말을 했다.

"해결사의 사업은 멋지고 훌륭한 사람이 하면 멋지고 훌륭한 사업으로 되고 우리 같은 놈만 모여서 하면 솔직한 말로 깡패들이 하는 짓으로 타락하고 맙니다. 나와 임춘추는 수 년 동안 그짓을 해왔어요. 공갈, 협박, 폭행 등 방법을 골고루 썼지요. 그래도 묘하게 법망을 피한 것은 피해자들이 워낙 나쁜 탓이지요. 우리들이 함부로 할 수 있었다는 것도 우리가 아무리 악질로 놀아 봐야 그놈들 보다는 덜 악질이란 자신이 있기 때문이기도 했죠. 위 형이 만일 우리와 협력한다면 춘추사는 그야말로 스마트한 게 될 겁니다. 당당하기도 하구요."

"나를 과대평가 하시는군요."

"과대평가가 아닙니다. 서울대학교 공과대학을 나왔다는 그 간판만 해도 어딥니까."

위한림이 놀랐다. 그래서 물었다.

"내가 서울공대 출신이란 걸 어떻게 아셨습니까?"

"뿐만 아니라 경기 출신이라고 하시더면요. KS 마크 아닙니까. 거기에다 해병대 출신이면 KSM. 귀신이 철봉을 든 거나 마찬가지가 아닙니까."

"하여간 어떻게 그런 걸."

"조사를 다 했죠." 하고 싱긋 웃는 정광억은

"조사를 했다는 건 괜한 소리구. 내가 잘 아는 친구 중에 해병대 출신이 있습니다. 언젠가 도장에서 위 형과 인사를 하데요. 그놈은 그날 절 찾아온 겁니다. 그놈에게서 들었죠. 위 형의 무용담도 실컷 들었습니다."

"그래 그치도 춘추사 사원입니까?"

"아닙니다. 위 형이 우리와 협력하신다면 그 사람도 물론 춘추사의 멤버가 되겠지오만."

"아무래도 난 자신이 없습니다." 하고 위한림이 잘라 말했다.

"그럼 할 수 없죠."

정광역은 활달하게 웃고 덧붙였다.

"춘추사를 멋진 결사로 만들어 볼까 했더니, 결국 깡패 집단으로서 당분간 끌고 가야겠군."

"왜 하필 깡패 집단입니까. 그렇게 안되게 해 보시지 그래요."

"그게 그렇게 안됩니다. 우린 주먹을 앞세우지 않곤 말을 못하거든요. 그렇대서 대뜸 폭행으로부터 시작하는 것은 아니지만, 만일 위 형의 협력을 얻을 수만 있다면 만사를 설득력만으로 해결하는 방법을 수립하려고 했던 겁니다."

"나 없어도 정 형과 임 형의 실력으로 충분히 설득력을 발휘하실 수 있을 텐데요. 그러나 저러나 재미는 있는 일이겠습니다."

"재미있죠. 공금을 수억 원이나 횡령하고 있는 회사의 간부 부인이 식모아이가 반지를 훔쳤대서 경찰에 고발을 한 겁니다. 경찰 신세를 지고 나온 놈의 얘기를 들은 거죠. 처음엔 그 집의 바깥주인이 횡령을 했는지 어쩐지 알 수 없었는데 그 얘길 듣고 그집 근처를 서성거리고 난 연후에야 그집 주인이 횡령했을 거란 짐작을 하게 된 거죠. 그런 냄샐 맡아내는 데 임춘추는 귀신입니다. 임춘추의 판단에 의해 우리는 부탁을 받지도 않았는데 그집으로 부인을 찾아 갔죠.

딱 두 시간의 쇼부였습니다. 우리는 식모 아이에 대한 고발 취소장과 1,000만 원의 프레미엄을 따냈죠……."

"그 얘기 한 번 들읍시다." 하고 위한림이 술잔을 권했다.

"어렵잖은 일입니다. 첫째, 인도주의를 설교함으로써 고발 취하장을 받았고, 둘째, 재산의 축적과정을 강의함으로써 1,000만 원을 받아 냈고," 하고 정광억은 연신 웃음소리를 냈다.

"재산의 축적과정이 또 뭡니까?"

위한림이 물었다.

"그 집의 가구나 조도(調度)가 모두 최고급이더라, 이 말입니다. 그래서 그만한 집과 가구를 장만하고 살려면 20억 원쯤의 기본 재산에 월 500만 원에서 1,000만 원쯤의 수입이 있어야겠다고 하고 그 재산이 축적된 경로를 내가 설명했죠. 그랬더니 부인은 신통하다는 듯 듣고 있습디다. 내 말이 진실인지 아닌지 알기 위해 세무서를 시켜 재산조사를 해보자고 했지요. 그랬더니 1,000만 원 갖고 좋은 말 하자고 하대요."

정광억의 이 대답은 믿어지지가 않았다. 세상에 그 정도의 협박으로 넘어갈 사람이 어디에 있겠는가 말이다. 그래 위한림이 빙그레 웃었다.

"내 말이 믿어지지 않는 모양이군요." 하고 정광억이 설명했다.

"그러니까 두 시간간에나 승강이했다고 하잖았습니까. 그런데 결정적인 수단이 있는 겁니다. 이편의 이름을 기명하고 만일 무고였을 경우엔 응분의 처벌을 받겠다는 서약서를 동봉해서 모 씨가 탈세행위를 했으니 조사하라고 고발장을 내면 국세청에서 조사하지 않을 수 없는 겁니다. 그 사실을 이용한 거죠. 세무서의 조사를 받는 등 귀찮은 것보다 돈 1,000만 원 주어 해결하는 게 낫지 않겠어요?"

"요컨대 질이 좋은 일을 한 것은 아닌 것 같은데요."

위한림이 빈정댔다.

"질? 질이 좋은 일만 하고 살 수 있을 정도로 우리가 고상하게 보였습니까? 살기 위해선 질을 따지고 있을 형편이 안되었습니다. 생각해 보슈. 농장이 있나, 공장이 있나, 어장이 있나. 불알 두 쪽 하고 아가리 하나하고 멀쩡한 허우대만 갖고 사는 우리가 말요. 게다가 게으른 습성은 몸에 꽉 배어 있는 터라 날품팔이도 못하겠고 시청 청소부 노릇도 못할 판인데 도리가 있습니까. 그러나 치사스런 노릇은 되도록 안 하려고 하지요."

정광억의 그 말이 또 이상했다.

"질이 좋지 않은 거나 치사스러운 거나 그게 그것 아닙니까?

위한림도 웃음을 머금고 말했다.

"높은 데서 보면 고만고만 하지만 우리들로선 다르게 봅니다. 만일 우리가 그 부인에겐 조금도 하자가 없었는데도 덤볐다면 치사한 짓을 한 거로 되지요. 그런데 그 부인도 질이 좋지 못하거든요. 자기들은 공금 횡령을 한다, 뇌물을 받는다 해서 호화스럽게 살면서 불쌍한 식모 아이가 뭘 좀 잘못했다고 고발하는 따위의 짓 말입니다. 그

것은 치사스런 짓 아닙니까? 그런 여잘 혼내 주는 것은 별반 질이 좋은 일은 아니지만 치사스럽다고 생각하지 않아요. 우리가 하는 집은 대략 그런 기분입니다."

그리고는 정광억이 자기가 들어 해결한 사건 얘기를 익살을 섞어 가며 재미나게 엮어나갔다.

좋은 일을 해도 미운 사람이 있고 나쁜 일을 하는데도 미워할 수 없는 사람이 있다. 이를테면 정광억과 임춘추는 결코 좋은 짓을 하는 사람들이 아닌데도 미워할 수 없는 종류에 속한다.

위한림이 그들의 이른바 춘추사에 가담하는 건 거절했지만 어쩌다 그들의 해결사업에 참여하는 경우는 있었다.

"위 형, 오늘 밤 세기 호텔의 커피숍에 좀 나와 주슈. 먼 빛으로 바라보고 앉아 있는 것만으로도 도움이 됩니다." 하고 부탁을 받았을 땐 같이 도장에서 뒹구는 처지에 거절할 수 없는 것이다.

"오늘의 사건은 어떤 거지요?"

위한림이 물었다.

"잘 되어야 100만 원밖엔 안되는 일거린데 그 여자가 불쌍해서." 라고 전제하고 정광억이 설명한 바에 의하면—

청진동 꽤 큰 빌딩 일층에 다방이 있는데 김이란 여인이 2년 전 그것을 3,000만 원 주고 전 경영자로부터 샀다. 그런데 건물 주인이 세약의 만기를 이유로 보증금 1,500만 원을 돌려 주고 해약해 버렸다. 김 여인이 전 경영자에게 낸 권리금 1,500만 원과 수리비로 돈

500만 원, 도합 2,000만 원이 날아가 버린 것이다.

그날 밤 정광억과 임춘추의 과업은 긴어인 편에 서서 그 일을 원만하게 해결해 주는 데 있었다.

그럴 경우 관행을 전혀 모르는 위한림이 다소의 흥미를 느끼기조차 해서 같은 시각 세기 호텔의 커피숍에 나가 정광억과 임춘추가 자리를 잡은 데서 두 칸쯤 떨어진 곳에 앉았다.

건물 주인으로 보이는 사람은 사십대 중간쯤으로 단단한 체구와 불그스름한 얼굴을 하고 있었다. 깡패로 보이는 청년들이 서넛 그 사나이를 옹위하는 자세로 둘러앉았다. 공기가 사뭇 험악했다.

정광억이 건물 주인과 인사를 나누더니 조용히 시작했다.

"건물은 화재보험에 들어 있겠죠?"

"물론 들어 있소."

"당국이 시키는 대로 소방시설은 잘 되어 있습니까?"

"잘 되어 있소."

"그래야죠. 그 지구는 과밀지대가 돼서 특히 조심해야 하겠습니다."

정광억이 이렇게 중얼거리듯 하곤

"주차장은 어떻게 되어 있습니까?" 하고 물었다.

"차차 시설을 할 참이오."

주인의 대답은 어디까지나 무뚝뚝했다.

"건물 규모에 맞추어 주차장 시설이 되어 있어야 하는 거죠?"

"그런 건 상관 없는 일 아뇨. 이 문제에 있어선."

"나는 이 문제에 앞서 시민으로서 알고 싶어하는 겁니다. 주차장 문제에 관해 당국으로부터 지시가 있었죠?"

"……"

"알아보면 되겠지. 아무래도 그 건물에 맞는 주차장을 만들려면 지하실을 개조하거나 그 밑을 파거나 해야 할걸요."

"글쎄 그게 당신과 무슨 관계가 있소?"

"아닙니다. 건물주로서 당연히 해야 할 일을 했는가 안 했는가 알아보고 싶어서 그럽니다. 만일 지금껏 안 했다면 이웃에 사는 시민으로서 당국의 주의를 환기할 만 하잖습니까?"

"쓸데 없는 말 그만하고 본론으로 들어갑시다."

건물 주인이 투덜대는 투로 말했다.

"나는 쓸데 없는 말을 하고 있는 게 아닙니다. 대단히 유용한 말을 하고 있는 겁니다. 당신 건물에 주차장이 없는 바람에 그 앞의 교통이 얼마나 복잡한가는 당신이 먼저 알고 계시겠죠. 자기집 앞 도로라고 해서 함부로 사용해도 되는가요?"

정광억의 말은 여전히 조용했다.

"별소리 다 듣겠네. 당신이 무슨 교통부 관리라도 돼요?"

"교통부 관리는 아니지만 교통에 관심은 많소. 헌데 또 문제가 있너군요. 소방도로는 어떻게 합니까. 건물 뒤로 소방도로를 내게 돼 있지 않소. 주차장 만들고 소방도로 만들려면 1억 원쯤 얌전히 들게 돼 있더군요."

"남의 걱정은 마슈. 내 일 내가 알아서 할 테니까."

"내가 시청이나 소방서에 서둘러서 주차장 짓고 소방도로 만들 도록 한번 해 볼까요?"

"별 사람 다 보겠군. 기껏 자기 밥 먹고 남의 일 걱정하고 돌아다 니다니."

"당신이 당신 일 걱정을 하두 안 하니까, 나라도 걱정을 해 줘야 할 것 아니오."

"그렇다면 충고하겠소. 남의 일 참견 마슈. 내 할 일 내가 할 테 니까."

"하기사 남의 돈은 아랑곳하지 않고 자기 돈은 잘 챙기시더군."

"나는 내 돈 챙기면 그만이지 남의 돈까지 돌봐줄 그런 처지엔 있지 않소."

"그래서 김 마담의 돈 2,000만 원을 떼먹을 작정을 한 게로군요."

"내가 언제 김 마담 돈을 떼먹었단 말요."

"그 다방을 살 적에 김 마담이 권리금을 낸 건 아시죠?"

"난 그런 것 모르오. 나는 나에게 들어온 보증금만 문제로 할 뿐 이오."

"당신은 그 다방을 3,500만 원에 내 났다죠?"

"내가 얼마에 내났건 무슨 참견이오."

"그렇다면 2,000만 원을 김 마담에게 내 줘야죠."

"누구의 마음을 자기 마음대로 할려는 거요?"

"그럼 김 마담에게 권리금에 해당하는 돈을 못주겠다 이거구만."

"그렇소."

"꼭 그렇죠?"

"두 말 해 뭣해."

"좋소" 하고 정광억이 일어섰다.

무언가를 열심히 적어 넣고 있던 임춘추가 수첩을 챙겨넣고 일어섰다.

정광억과 임춘추가 눈짓을 하고 나간 뒤 위한림은 그 자리에 잠깐 남아 있었다. 무슨 말을 하는가를 들어보기 위해서였다.

건물 주인 옆에 앉았던 깡패 하나가 투덜댔다.

"괜히 재기만 하는 놈이군."

그러자 또 하나가 맞장구를 쳤다.

"그게 뭐 해결하려고 온 놈들이야? 거드름만 피우는 놈들이지."

그런데 건물 주인만은 침울한 표정이었다. 깡패 하나가 "사장님, 나갑시다." 해도 얼른 응하지 않고 멍청히 그냥 앉아 있었다.

위한림이 일어서려는데 잠바 차림의 한 사나이가 건물 주인 옆에 가서 앉는 것을 보고 좀 더 지켜보기로 했다.

건물 주인은 깡패 비슷한 사나이들에게 뭐라고 말했다. 4명의 청년이 우르르 일어서서 나갔다. 정광억에게 대비하기 위해 깡패 네 사람을 동원한 것이란 짐작이 들었다.

건물 주인과 잠바 차림의 사나이 사이에 낮은 말들이 오갔다. 그러나 위한림의 귀는 그 내용을 놓치지 않으려고 애썼다.

"주차장과 소방도로 문제는 사장님께서 얼른 해결해야 할 겁니다."

하는 말이 있었고

"그게 어디 쉬운 일입니까." 하는 건물 주인의 응수가 있었다.

"내가 보기론 둘 다 괜찮은 사람들로 보이던데요." 한 것은 잠바 차림의 사나이였고 "무슨 말을 그렇게 하십니까. 놈들은 능구렁이 같은 놈들입니다. 해결사라나 뭐라나 그런 놈들이라니까요." 하고 건물 주인은 흥분했다.

"조금만 어색한 데가 있어도 상습범으로 취급하고 문제를 삼아보려고 했는데 조그마한 결점도 없었으니 어떻게 합니까."

잠바 차림은 미안하다는 듯 말하고 "그러나 사장님, 김 마담과의 문제는 사장님이 생각을 달리해야겠던데요. 권리금을 1,500만 원을 보태 3,000만 원에 산 것을 보증금만 내 주었대서야 좀 억울하지 않습니까. 나는 그들의 말에 억지가 있다고는 생각 못하겠던데요." 하고 있었다.

"심 형사, 무슨 말을 그렇게 하시오. 주인 모르게 권리금을 주고받은 것까지 감당해야 한 대서야 어떻게 되겠소. 내가 알고 있었다면 또 모르지만. 그런데 그 여자는 악질입니다. 설령 그렇다고 해도 좋게 의논해 볼 생각은 안 하고 해결산지 뭔지 하는 깡패를 대뜸 이용하려고 하니 그게 말이나 되는 소리유?"

"해결사가 아니고 우연히 아는 사이라서 동정적으로 나설 수도 있지 않겠습니까?"

"예끼 심 형사, 그런 게 아니래두요. 놈들은 해결사요, 해결사."

"글쎄요."

"내일이건 모래건 놈들이 나를 찾아올 겁니다. 오늘은 심 형사에게 보이기 위해 이 다방을 택한 거지만 놈들이 다시 올 땐 내 사무실에서 만날 테니까 한 번만 더 나와 보슈. 그땐 놈들이 정체를 드러낼 테니까."

"설혹 정체를 드러낸다고 했자 나름대로의 동정심에 이끌려 하는 짓이라면 그걸 어떻게 합니까. 어쨌든 김 마담의 일을 잘 해결하십시오. 선생님이 조금 손해 보시면 억울한 여자 하나 구할 수 있지 않겠습니까." 하고 심 형사라고 불린 사나이는 같이 술이라도 한잔 하자는 건물 주인의 권유를 물리치고 나가 버렸다. 건물 주인도 따라나갔다.

그리고는 일 분쯤 더 앉아 있다가 위한림이 다방을 나섰다. 호텔로 나와 네거리에 이르렀을 때 어깨를 친 손이 있었다. 임춘추였다.

"광억이 기다리고 있습니다."

하고 임춘추가 앞장을 섰다. 위한림이 그 뒤를 따랐다.

정광억은 '성구집'이란 그그미한 간판을 달아 놓은 한식집 안방을 차지하고 위한림을 기다리고 있었다.

위한림은 자리에 앉기가 바쁘게 쏘았다.

"정 형, 그게 뭐요. 나는 하끈한 장면을 기대하고 나간 선데……
오늘의 그 장면은 정 형다운 액센트가 전연 없던데 도대체 어떻게
된거요?"

정광억은 너그럽게 웃고 위한림의 핀잔을 듣고만 있더니 말했다.

"술이나 한잔 하고 이야기합시다."

술자리가 어울려졌을 때 정광억이 한 얘기는 그 다방에 들어서
자마자 깡패가 동원되어 있다는 것과 형사가 대기하고 있다는 것을
눈치 챘다는 것이다.

깡패들은 어떻게 하건 이편의 말꼬리에 트집을 잡아 일을 벌이
려고 할 것이고 무슨 야로가 있기만 하면 형사는 이편저편 할 것없
이 일단 경찰서로 연행할 참으로 있다는 것도 정광억은 짐작했다.

"경찰에 연행되기만 하면 우리 사업은 김이 새는 겁니다. 이런저
런 이유를 붙여 추궁하면 물론 적당히 대답을 해서 풀려나기는 하겠
지만 앞으로 그런 충돌이 없도록 하라는 주의만은 받아야 하고 일단
그렇게 하겠다고 약속은 해야 하는 겁니다. 그런 약속이 있고도 뒤
에 싸움이 벌어지면 이편이 불리한 거죠. 이유 여하를 막론하고 상
습 싸움꾼으로 몰리는 겁니다. 저런 깡패들은 그것까지 계산하고 덤
비는 거구."

정광억의 이 말을 받아 위한림이 "그래서 꽁무니를 뺀 거로군요."
하고 빈정댔다.

"꽁무니를 뺀 것은 아닙니다. 주차장과 소방도로의 미비를 들먹여 건물주에게 약점이 있다는 것을 경찰관에게 미리 알려 무조건 그자를 두둔하지 못하게 해 놓고 그자가 약자의 등을 쳐먹는 놈이란 사실만을 알린 거죠."

"주차장이니 소방도로니 하는 것이 대단한 문제가 되나요? 더욱이 일개 형사에게."

"직접 소관사는 아니더라도 관내에 있어서의 범법행위를 전연 등한히 할 수 없는 것이 형사입니다."

"그러니까 정 형은 형사가 듣고 있다는 데 중점을 두고 말을 했다, 이거군요."

"바로 그렇습니다. 그리고 또 한 가지는 깡패들에게 트집을 잡히지 않게 점잖은 말을 골라야 했구요. 건물 주인놈은 되도록 내 비위를 거슬러 내 입에서 불손한 말이 나오도록 유도합디다만, 어디 그런데 넘어갑니까."

"요컨대 형사에게 그처럼 신경을 써야 하는 일인가요?"

"위 형, 우리가 하는 일의 성질이 뭡니까. 절대로 경찰의 눈을 피해야 하는 겁니다. 털어 먼지 안 나는 놈 없다지만, 우리는 털지 않고 손을 대기만 해도 먼지가 풀썩한 놈들이니까요. 그런 까닭에 설혹 이편에서 명분이 서는 일을 하고 있을 때에도 경찰관의 눈을 피해야 한다는 것이 해결사의 급신무로 돼 있는 겁니다."

"쉽지 않은 일입니다 그려."

"한 건에 최하로 100만 원을 버는 일인데 그게 그처럼 쉬울 까닭이 있겠소." 하고 정광억은 한편으론 경찰관의 눈을 피하고 한편으론 상대방의 수단방법을 가리지 않는 방어를 뚫어야 하니 해결사란 직업은 칼날을 건너는 곡예와 마찬가지라고 했다.

"그런데 뭣 때문에 그런 위험한 짓을 합니까?"

위한림이 물었다.

"스릴이 있잖아요. 누군 드릴이라고 하더라만."

"드릴만을 노려 그런 짓을 해요."

"드릴만을 노려 고층 빌딩의 유릴 닦는 놈이 있겠수?"

이 말을 할 때의 정광억의 얼굴엔 약간 서글픈 빛깔이 있었다.

위한림은 정광억과 임춘추가 다방을 나간 뒤에 있었던 일을 대강 얘기했다. 그랬더니 정광억이

"그렇다면 내가 노린 목적은 달성한 셈이 아닙니까." 하고 빙그레 웃곤 위한림 옆에 앉아 있는 아가씨를 가리키며 물었다.

"위 형, 그 아가씨 안면이 없수?"

본 듯싶다 했는데 그때야 그 아가씨가 아까 다방에서 위한림과는 대각선의 방향에 앉아 있었다는 사실을 깨달았다. 그땐, 원피스 차림이었는데 어느덧 한복으로 바뀌어 있어 채 알아차리지 못했던 터였다.

"위 형으로부터 들은 얘기, 지미로부터 듣고 있었소."

그리고는 덧붙였다.

"하여간 우린 신경을 그렇게 쓰고 있습니다."

정광억은 자기가 나온 후 그들 사이에 무슨 말이 오가는가를 알기 위해 미리 지미라는 아가씨를 배치해 두었던 것이다.

"그만한 신경을 쓰면 천하라도 장악할 수 있을 텐데."

위한림이 중얼거렸다.

"출발이 나빴던 거죠, 출발이. 고래잡이 배를 탔더라면 고래를 잡을 놈이 메루치 배를 탔기 때문에 메루치밖에 잡지 못한다, 이것 아닙니까. 그러니까 애초부터 큰 걸 노려야 해요. 위 형 알겠소? 위 형은 엄청나게 큰 걸 노리는 겁니다. 서울대학교를 나왔으면 큰 걸 노릴만 하잖아요? 우린 이미 틀렸지요. 반도 호텔에 가 보시오. 조그마한 방에 책상 하나 놓구 전화 받는 아이 하나 있습니다. 그래 놓고 10만 달러, 20만 달러의 커미션을 노리고 차관 주선을 하는 놈이 있지요. 그런가 하면 시청 근처의 다방에 우글거리며 차 한잔 점심 한끼를 노리는 브로커가 있답니다. 아무튼 위 형은 큰 걸 노리슈. 우리 뒤에 가서 덕 좀 봅시다."

고래잡이와 멸치잡이의 비유는 위한림의 마음에 들었다. 아무렴 큰 걸 노려야지, 하는 다짐을 하기도 하며 물었다.

"그런데 김 마담인가 하는 여자의 문제는 어떻게 됩니까?"

"내일 쇼부를 내겠습니다. 위 형 구경 한번 하시려우? 내일 그놈을 만나려고 하던 그놈은 반드시 자기 사무실에서 만날 겁니다. 아까 말씀하신 대로 내일 형사들은 나오지 않을 겁니다. 깡패들도 나오지 않을 거구요."

"형사는 모르지만 깡패들이 나오지 않을 걸 어떻세 장남합니까?"

"오늘 다방에 나온 깡패들의 종류를 알았습니다. 눌러야 할 버튼
을 알아낸 거죠. 오늘 화끈한 구경을 하시려고 했다지만 화끈한 장면
은 구경하긴 좋을지 모르지만 실효는 없는 겁니다. 하여간 내일 연
락할 테니 지정된 시각에 지정된 장소 근처에 한번 나와 보시구려."

김 마담이 화제에 올랐다. 정광억이 "한마디로 말해 딱한 여자여."
하자 정주집의 마담, 정광억의 애인으로 보이는 여자가 말을 받았다.

"세상 물정 모르는 순진한 여자가 돈을 벌어 보겠다고 나섰다가
호되게 당한 꼴이지."

위한림이 도중에 말을 끼었다.

"그 여자 혹시 경상도 출신 아네요?"

"경상돕니다. 그런데 위 형이 어떻게 그 여자를." 하고 정광억이
이상한 표정을 했다.

"느낌이 그렇게 들었다 뿐입니다. 시끌덤벙하게 떠들기만 하고
사기당하는 여자는 경상도 여자니까요. 그래서 한번 물어본 게죠."

위한림이 웃으며 말했다.

"김 마담은 시끌덤벙한 여자도 아네요. 어느 회사의 중역으로 있
던 남편이 죽은 뒤 시작해 본 것이 다방인데 누가 그런 악질을 만
나리라고 생각이나 했겠어요?" 하고 마담은 자기 일처럼 흥분했다.

이어 정광억의 얘기가 있었다.

"대강 보면 사업을 한답시고 다방이나 음식점 같은 걸 갖고자 하는 건 경상도 전라도 함경도 평안도 여자예요. 특히 경상도 여자가 다방 같은 것을 경영하고 싶어하죠. 서울, 개성, 수원 등지의 여자는 원래부터 그런 상황에 있은 경우가 아니면 다방이나 음식점 같은 건 안 합니다. 그런데 돈은 서울 여자가 벌죠."

위한림이 어떤 연유로써 그렇게 되는가를 물었다.

다음은 정광억의 설명이다.

"서울 여자는 다방을 하지 않고 돈놀이를 합니다. 예를 들면 경상도 여자가 다방을 하려고 복덕방에 연락합니다. 권리금 합해서 3,000만 원짜리 다방이 나왔다고 할 때 경상도 여자가 준비한 돈은 2,500만 원밖에 없다고 가정합시다. 그런데 서울 여자는 복덕방에다 그럴 경우가 있으면 연락하라고 해 둡니다. 돈이 모자라 애태우고 있는 여자에게 서울 여자를 소개하는 거죠. 500만 원 빌려주고 그 대신 다방 계약서는 서울 여자가 가지는 거죠. 일수 형식으로 합니다. 그런데 일수를 제대로 찍지 못하는 거죠. 돈 들 데만 자꾸 생기구요. 그럴 경우 서울 여자는 돈 천만원 정도까진 더 빌려줍니다. 결국 3,000만 원짜리 다방이 1,500만 원의 빚에 이자가 합쳐지는 바람에 서울 여자의 손에 떨어지는 셈이죠. 서울 여자는 그 다방을 다른 사람 손으로 넘겨 주곤 또 그런 식으로 합니다. 요컨대 고생은 경상도 여자가 하고 돈은 서울 여사가 버는 결과가 됩니다."

위한림은 그렇게 되겠다고 납득이 가지 않는 바는 아니었으나 그

것이 통례일 순 없지 않겠느냐고 했다.

"아닙니다. 서울 시내 군소 다방을 살펴보면 삼 할까지는 그런 사정일 겁니다. 돈놀이 하는 여자는 손님이 뜸할 때 핸드백 하나 들고 손님처럼 나타나는 거죠. 대리인을 보내기도 하구요. 낮엔 신사들과 골프를 치고 놀구 즐기면서도 돈은 영락없이 벌죠."

정광억은 이렇게 말해 놓고 한마디 더 보탰다.

"경상도 여자와 서울 여자는 돈에 대한 감각이 달라요. 경상도 여자는 매상을 올려야만 돈을 번다고 생각하는데 서울 여자는 금리(金利)를 통해서만 돈을 벌 수 있다고 생각하거든요."

위한림에게 있어서 그러한 것은 모두 새로운 지식이었다. 그런데다 호기심이 솟기도 했다.

"정 형, 좀 더 구체적으로 설명해 보시구려."

"한마디로 말해 경상도 여자는 금리를 겁낼 줄 모르고 빚을 내서 매상을 올릴 장사를 한다는 것이고 서울 여자는 금리가 무서운 줄을 알 뿐 아니라 금리만을 노리고 산다 이겁니다."

"그렇다면 경상도 여자는 욕심이 많고 서울 여자는 욕심이 적다는 얘기가 아닙니까?"

"천만에요. 욕심이 많다 적다 하는 문제가 아니죠. 서울 여자는 돈이란 어떤 것인가 하는 것을 잘 알고 있습니다. 경상도 여자는 3,000만 원을 투자해서 1달에 300만 원쯤은 벌 수 있다고 계산해선, 500만 원, 1,000만 원을 월 삼사 푼의 이자로 비는 겁니다. 이자라고 해

보았자 500만 원 3푼이면 15만 원, 4푼이면 20만 원, 1,000만 원이라 해 봤자 삼사십만 원 이자면 된다고 짐작하는 거죠. 만일 당초 노린대로 삼사백만 원의 수입이 있다면 문제도 안되는 거죠. 그런데 서울 여자는 3,000만 원 투자해서 1달에 삼사백만 원이나 벌 생각을 안 합니다. 이자 3푼이면 3푼, 4푼이면 4푼, 정도로 벌 생각을 하는 거죠. 3,000만 원에 3푼이면 90만 원인데, 그 90만 원이 경상도 여자가 노리는 삼사백만 원보다 확실하다는 겁니다. 재료를 사고 사람을 쓰고 다시 물건을 파는 등 번거로운 일이 없이 깨끗한 옷 입고 핸드백만 들고 나서면 그만이니까요."

"그만큼 서울 여자는 재정적인 기초가 튼튼하다는 얘기가 아닐까요?"

"그 재정적 기초도 금리를 통해서 만들어 나가는 겁니다."

"상당히 근기를 필요로 하는 태도이군요. 요컨대 서울 여자는 근기가 있다는 얘긴가요."

"근기도 근기지만 사고방식이 다른 겁니다. 위 형, 돈 100만 원을 월 3푼으로 해서 복리계산을 해 보십시오. 10년 안에 3,000만 원이 됩니다."

위한림은 수학에 소질이 없는 편은 아니었지만, 그런 산술은 터무니 없는 것이라고 얼핏 생각했다.

"위 형, 이 자리에서 긴민히 계산해 봅시다" 하고 정광억이 볼펜을 꺼냈다.

위한림이 정광억의 볼펜이 그려내는 숫자를 쫓았다. 아니나 다를까, 정광억의 말대로였다. 100만 원을 월 십 푼 이사도 복리 계산하면 10년 내에 3,000만 원이란 숫자가 계산 되었다.

위한림이 "흠!" 하고 신음했다. 카지노에서 날린 300만 원 가까운 돈이 무슨 향수처럼 가슴에 밀어닥쳤다.

"100만 원이, 그러니 1,000만 원으로 시작했다면 3억 원이 되는 것 아닙니까. 확실한 담보를 잡고 하루도 놀리는 일이 없도록 노력하는 데만 신경을 쓰면 10년 안에 3억 원을 갖게 되는 겁니다. 인플레를 감안한다고 해도 대단한 일 아닙니까. 무슨 장사를 해서 천만 원의 밑천으로 10년 동안에 3억 원을 만들 수 있겠소. 이 이치를 신념처럼 알고 있는 것이 서울 여자지요. 서울 여자란 말을 돈놀이 하는 여자라고 바꿔 말해도 좋소."

정광억의 얘기는 끝 간 데를 몰랐다. 그에 의하면 사람은 나면서부터 어떤 팔자를 타고나는 것이 확실하다고 했다.

"지능 지수가 비슷비슷한데도 어떤 여자는 수월하게 돈을 벌고 어떤 여자는 악착같이 서두르는데도 항상 고생이구."

"그건 어디 여자만의 경우겠소."

"남자는 그 불행을 본인이 어느 정도는 책임을 져야 하죠. 그러나 여자의 경우는 자기가 질 책임 바깥에서 불행의 원인이 작용한다, 이거요." 하자 정주집 마담이 "나처럼?" 하고 웃었다.

"마담은 그래도 성공한 편 아닌가. 이만한 집을 자기 것으로 가

지구 말야. 하기야 마담도 돈놀이 했더라면 지금쯤 재벌이 돼 있었을 텐데."

정광억이 이렇게 말하며 마담의 등을 툭툭 쳤다.

"말 마슈. 죽었으면 죽었지. 난 돈놀인 못하겠더라. 돈놀이 하는 여자는 무쇠같은 마음과 고무줄같은 신경을 가지고 있어야 해요. 마음에도 없는 웃음을 웃어야 하고, 뱀처럼 독살스럽게도 해야 하구. 난 평안도 기질 그대로예요. 수 틀리면 당장 박살을 내야만 직성이 풀리니까요. 그래서 나는 그 흔한 계도 못해요."

"그래서 우리 정주댁 아닌가."

정광억은 호방하게 웃었다.

"한 때 날더러 돈놀이하라고 권한 사람은 누군데."

마담이 째려봤다.

"이만택이란 놈이 부러워서 그런 소리도 해 봤지. 내 본심은 아니었어. 돈놀인 못해, 하고 딱 잡아뗄 때 사실 난 그때 마담에게 반한 거야."

"이만택 씬 요즘 더러 만나우?"

마담이 물었다.

"ㄴ 같은 것 자꾸 나타나면 골치 아플 것 아닌가. 그래 그 빌딩 앞을 피해서 다녀."

위한림이 그 이만택이란 사람이 누구냐고 물었다. 해병대 동기생 가운데 그런 이름의 형을 가진 사람이 있었기 때문이다.

"나와 같은 고향의 사람으로 나와 비슷한 처지의 사나이였소. 함께 명동과 충무로를 쓸고 다녔지. 그런네 ㄱ 사내가 수원 색시를 만난 거야. 수원 색시는 타관 사람은 거들떠보지도 않는다는데 우연히 짝자꿍이 됐어. 그러더니 그 수원 색시가 돈놀일 시작했던 모양이야. 이만택이 뒤를 봐주구. 우리도 모르는 사이에 충무로에서 빌딩을 샀어. 그때 돈놀이가 무섭다는 것을 알았다 이거요. 빌딩을 사더니만 부동산을 사데. 지금은 재벌하고도 대재벌이 되어 있어. 10년 동안에 말요. 근래 이 친구보고 돈놀이하라고 권했더니만 보기 좋게 거절이야. 덕택에 난 재벌이 못 되고 말았어."

"그래서 내게 불평이우? 그 알량한 빌딩보다는 기어들고 기어나가는 정주집이 더욱 아늑할지 몰라요."

마담이 평안도 기질을 마구 나타내는 말투가 되었다.

"내 해결사 신세가 말이 아니라서 하는 말 아닌가."

"누가 그짓 하랬어요? 하기 싫으면 당장 집어쳐요. 그럼 나두 발 뻗구 잠을 자겠수."

정광억은 말없이 웃기만 했다.

인구가 팔백만이면 별의별 생활방식이 있을 것이라고 짐작하기도 했지만, 위한림이 그날 밤 들은 얘기 가운덴 충격적인 것이 한두 가지가 아니었다.

대강의 감을 잡고 상류부인을 사흘 동안만 추적하고 있으면 스캔들의 단서를 잡아낼 수 있다는 얘기도 있었고, 여대생이 대학교수를 유혹하여 톡톡히 돈을 뜯어낸 얘기도 있었고, 여편네를 사장과 붙게 만들어 드디어 회사를 집어 삼킨 얘기도 있었다.

병리적인 틈서리만 노리고 있는 눈엔 서울은 사건의 더미로 되고 그 더미를 이용하여 먹고 사는 사람의 수가 부지기수라고도 했다.

일본인들의 이른바 현지처를 용케 농락하여 뜯어먹고 사는 사나이가 있는가 하면, 아르바이트 홀에 나타나는 유한부인들의 약점을 잡아 그것을 미끼로 사는 사나이들이 있고, 외지에 남편을 보내놓고 있는 여자들만 전문으로 하는 사나이도 있다고 했다.

여자를 술집에 내보내 끄나풀 노릇을 하는 사나이들의 얘기는 이미 흔해 빠진 상황이고…….

"한마디로 말해 믿어서 좋을 사내도 없고 믿어서 좋을 여자도 없다는 얘기요. 모두가 모두 돈 돈 돈 하고 광분하고 있고 여관마다, 호텔 방마다엔 간통이 벌어지고 있고, 이런 세상에서 정업(正業)이 성립될 것 같아요? 뭐라더라 성서에 소돔과 고모라라는 패륜의 도시가 있다며? 서울은 바로 소돔과 고모라야. 그런데 여기에 유일하게 믿을 수 있는 친구, 성인군자같은 사람이 있어요." 하고 정광억이 임춘추를 바라보며 술잔을 건넸다.

임춘추는 씨익 웃고 술잔을 받았을 뿐 말이 없었다. 위한림은 새삼스럽게 임춘추의 존재를 깨달았다.

임춘추가 결코 바보가 아니라는 것은 그의 동작을 보면 알 수가 있었다. 그의 태권도 실력은 도장에서도 일류에 속했다. 말없이 후배들에게 태권도를 가르쳐 주는 요령을 보더라도 그가 이만저만 영리한 사람이 아니라는 사실을 알고 있었다.

"임 형, 한번 물어봅시다. 왜 말을 안 하죠?"

위한림이 이렇게 묻고 술잔을 건넸더니 임춘추는 술잔을 받아놓곤 손가락으로 정광억을 가리켰다.

"또 나더러 통역을 하라는군."

정광억이 장난기를 섞어 투덜대며 말했다.

"내가 자기 할 말을 다해 주니 자긴 말할 필요가 없다는 겁니다."

그러자 임춘추가 비로소 입을 열었다.

"이 친군 내가 말할 몫까지 죄다 해 버리거든. 내게 말이 필요할 까닭이 있수?"

"말은 안 하면서 여자를 보기만 하면 두꺼비에게 파리야. 한눈 깜짝할 사이에 잡아먹어 버리니."

정광억이 임춘추를 째려보며 빈정댔다.

임춘추는 대꾸도 안 하고 술만 마시고 있더니 훌쩍 일어서서 바깥으로 나가 버렸다.

그 뒷모습을 보며 마담이 중얼거렸다.

"당신 괜히 여자를 들먹였소. 임 씨는 여자 찾으로 나갔어요."

"그럼 임춘추 씨는 갔단 말요?"

위한림이 물었다.

정광억이 고개를 끄덕였다.

"그럼 나도 가야겠다."며 일어서는데 정광억이 위한림을 붙들었다.

"위 형은 오늘 여기서 자고 가시오. 집에 가 봤자 부인이 있을 것도 아니지 않소. 내 임춘추 얘기를 하리다."

꼭 집으로 돌아가야 할 일이 있는 것도 아니고 안 돌아갔대서 걱정할 사람이 있는 것도 아니다. 되레 아귀다툼을 방불케 하여 택시를 타야만 하는 번거로움만 있을 뿐이었다. 위한림은 정광억이 권하는 대로 정주집에서 자기로 했다.

그날 밤 위한림이 들은 임춘추 스토리는 다음과 같았다.

임춘추의 아버지는 평안도에서 이름난 지주의 아들이었는데 월남이 늦어진 건 일제 때 사회주의 운동을 하다가 감옥살이를 한 경험이 있었기 때문이었다. 말하자면 임춘추의 아버지는 북한의 정치에 다소나마 기대를 걸었던 것이다. 이윽고 그 기대가 헛된 것이었다는 것을 깨달았을 땐 시기는 이미 늦었다. 삼팔선의 통행이 거의 불가능하게 되어 버린 때였다. 그래도 임춘추의 아버지는 월남을 결행하기로 했다. 임춘추의 삼촌 둘은 벌써 서울에 가 있었기 때문에 어떻든 삼팔선만 넘으면 된다고 생각했던 모양이었다. 가족은 임춘추의 부모와 누님, 그리고 임춘추 넷이었다. 그런데 임진강을 건널 무렵에 임춘추의 아버지는 등 뒤로 총을 맞아 죽었다. 그 혼란 통에 임춘추는 어머니와 누나와 갈라지게 되었다. 그 때 임춘추의 나이는 여섯 살, 임춘추는 어머니와 누나의 생사조차 확인하지 못한 채 그저 서울을 향해서만 걸었다. 이른 봄이라서 산과 늘에서 자도 얼어 죽진 않았다. 여섯 살 난 거지를 굶겨 죽일 정도로 인심은 박절하지 않았다. 임춘추가 그럭저럭 서울의 한 구석으로 밀려 들어왔을 땐 벌써 여름이 되어 있었다.

거지 임춘추에겐 여름이 좋았다. 적당한 곳을 골라 잠을 자고 닥치는 대로 밥을 얻어 먹으며 삼촌집을 찾았지만 성만 알았을 뿐 이름 모르는 사람을 서울에서 찾아내기란 무망한 일이었다. 임춘추가 보통 거지와 달랐던 것은 공동수도나 물을 보기만 하면 얼굴을 씻었다는 사실이다. 시내에서 물을 구할 수 없으면 한강까지 나갔다. 얼굴을 깨끗이 씻음으로써 나는 거지가 아니다 하는 자기 증명을 하고 싶었던 때문이다.

어느 무더운 날 한강에서 멱을 감고 있는데 계집아이 하나가 물에 빠져 죽을 뻔한 상황에 부딪혔다. 어쩌다 물살에 채어 그 계집아이가 강 한복판까지 밀려들어간 것이다. 여섯 살 난 임춘추에게 어찌 그런 용기가 있었던 것인지 모른다. 어른들도 "저런, 저런," 하고 발만 구르고 있었을 때 임춘추는 그 계집아이를 쫓아 헤엄치고 있었다. 대동강 가에서 살고 있던 임춘추는 누가 가르쳐 주지도 않았는데 수영을 익히고 있었던 모양이다.

익사 직전에 그 계집아이를 구했다는 인연으로 임춘추는 한동안 그 계집아이의 집에서 지내게 되었다. 그러나 그 집은 너무나 가난했다. 당시 우환동포라 불렀던 귀환동포의 집이었던 것이다.

그러나 그 집의 주선으로 어떤 여관집의 심부름꾼으로 들어갔다.

나이는 여섯 살이라도 재치가 있었고 동작이 빨라 사환으로서의 일은 제대로 할 수 있었다.

이듬 해 임춘추는 초등학교에 들어갔다. 영리하고 잘 생긴 사내 아이를 여관집의 심부름꾼으로만 부려먹을 수 없다는 것이 안주인의 양심이었다.

학교엘 다니는 바람에 월남동포들의 가족을 알게 되고 그것이 연줄이 되어 임춘추가 큰 삼촌을 만나게 된 것은 그 해의 가을이었다. 어머니와 누나가 무사하다고 들었을 때 임춘추의 기쁨은 한량이 없었는데 뒤이어 어머니가 개가했다는 소식을 듣곤 높은 낭떠러지에서 떨어진 것 같은 절망을 느꼈다. 임춘추는 개가의 뜻을 알고 있었다. 여관의 심부름꾼을 하고 있는 동안에 개가란 사실에 따른 음탕한 행위를 연상할 수도 있었다.

임춘추는 여관집 심부름꾼으로 남아 있길 고집했다. 어머니를 개가시킨 건 삼촌의 책임이란 생각으로 그는 어머니는 물론 삼촌을 용서하지 않겠다고 다짐했다. 기회를 보아 어머니를 만날 수 있게 해주겠다고 했을 때 임춘추는 삼촌의 얼굴을 똑바로 보고 말했다.

"어머니 보고 말하세요. 날 만날 생각 말구 새 서방허구 깨가 쏟아지도록 잘 살라구요. 어머니가 만나겠다고 해두 내가 만나지 않겠어요."

꼭 이대로의 말투였다고 하는데 삼촌은 아연실색했다. 그래서 너 어디서 그런 말투를 배웠느냐고 힐난했다.

"여관에 한 1년 있으면 온갖 걸 다 배우게 돼요." 하고 임춘추는 붙드는 삼촌의 손을 뿌리치고 여관으로 돌아왔다. 작은 삼촌은 군인으로서 지방에 가 있다는 것이며, 누나는 작은 삼촌을 따라갔다고 들었다. 누나가 보고 싶었지만 입 밖에 내진 않았다.

여관으로 돌아와 임춘추는 구석진 방에 들어 앉아 어머니를 생각하고 울었다. 임진강을 건널 때 어머니가 살아남은 것이 잘못이란 생각까지 들었다. 그런 생각이 임춘추를 더욱 슬프게 했다.

임춘추가 초등학교 3학년 때 육이오 동란이 있었다. 서울을 떠나게 되었을 무렵, 임춘추는 어머니가 살고 있는 집 앞까지 가 보았다. 어머니와 만나는 것을 완강하게 거부하면서도 그는 남몰래 그 집을 알아두고 틈만 있으면 그곳으로 달려가 먼 빛으로 어머니를 바라보곤 했던 것이다.

대문은 굳게 닫혀져 있었다. 피난을 간 게 분명했다. 한편 안심을 하면서도 한편 섭섭했다. 영영 만날 수 없게 되지 않을까 하는 공포를 느끼기조차 했다. 임춘추는 어머니를 거부하면서도 언젠간 화해할 날을 꿈꾸고 그것을 마음의 지레로 하고 있었던 터였다.

주인집 내외와 주인집 두 아들, 임춘추, 그리고 가정부 이 여섯이 끊어지기 직전의 한강교를 건넜다. 영등포역에서 언제 움직일지 모르는 기차에 짐짝처럼 몸을 싣고 땀을 뻘뻘 흘리고 있을 즈음, 천지를 진동시키는 듯하는 굉음을 들었다. 그것은 한강 인도교가 폭파되는 소리였다.

천신만고해서 부산에 도착했다. 부산에 도착한 후의 임춘추는 양아치 노릇을 했다. 준비해 온 돈이 떨어진 주인집 식구들을 먹여 살리기 위해선 그 길밖에 없었다.

"그때 임춘추를 만난 겁니다. 나도 그 무렵 양아치 노릇을 하고 있었던 거요. 같은 고향이라고 들으니 가슴이 찡하데요."

정광억이 한숨을 짓고 잠깐 얘기를 중단했다.

"생각하면 그 시절이 그리워."

서두를 이렇게 꺼내 놓고 정광억은 양아치 시절의 얘기를 신나게 엮었다.

"10살의 소년, 13살의 소년, 합치면 23세의 청년이 되는 거지. 그함께 23세의 청년이 휘발유의 드럼통을 굴리는 겁니다. 그 당시 부산에선 얌생이 몬다는 말이 유행했지. 얌생이란 염소의 부산 사투리요. 염소처럼 길들이기 힘드는 드럼통을 몬다는 얘긴데 그 기술이 신통하단 말이오. 경비원들 눈을 피해야죠. 굴리고 있으면서 구르지 않는 것처럼 해야죠. 정확하게 목적지에까지 도착시켜야죠. 철조망 한쪽을 뜯어 개폐식(開閉式)으로 해놓는 겁니다. 그 구멍으로 드럼통을 굴러 떨어지게 하는 거죠. 정말 힘드는 노릇이지. 어떤 밤은 드럼통 다섯 개를 몰았으니까. 잠으로 영웅이지 영웅."

"그 휘발유 드럼통을 어떻게 팝니까?"

321

위한림이 신기해서 물었다.

"없어서 못 팔지요. 언덕 아래에만 굴러 떨어뜨려 놓으며 거기서 매매가 성립되는 겁니다. 리어카가 있고 대기시켜 놓은 트럭이 있고 일은 척척이죠."

"돈을 많이 벌었겠네요."

"뒤에 알고 보니 휘발유 한 트럭에 그때 돈으로 20만 원은 받아야 할 것을 1만원 씩에 팔아 치웠으니 재주는 곰이 하고 돈은 되놈이 먹은 것으로 되었지만, 그래도 좋았어요. 양키 잠바를 줄여서 입고 제법 어깨를 재고 돌아다녔으니까. 그런 차림으로 야적장 근처를 돌아다니고 있으면 GI들이 우리를 귀엽다고 껌도 주고 담배도 주구 해요. 밤이 되면 얌생이꾼으로 변하는 걸 그들이 알 리가 있나요……."

어쩌다 PX창고에 침입할 수 있었다는 얘기도 했다. 보물섬을 찾아낸 기분이었다는 얘기도 했다. 한데 그 풍부한 물자를 눈앞에 보고도 가지고 나올 수 없었던 것이 지금 생각해도 원통하다는 얘기였다.

그러나 운이 좋았던 것은 팔목시계가 꽉 차 있는 상자를 발견했기 때문이다. 상자를 그냥 가지고 나올 수 없어서 시계를 비닐 끄나풀에 주렁주렁 끼었다. 그리곤 그것을 허리, 허벅다리, 어깨 등에 감았다. 벽 한쪽을 뚫고 하수도 구멍으로 기어나와 쥐새끼처럼 순찰대의 눈을 피해 산마루 아지트에 와서 세어보니 두 사람이 가지고 나온 시계는 삼백 수십 개였다.

애니카라고 하는 GI용 싸구려 시계였지만, 삼백 수십 개면 대단한 돈이 되었다. 한꺼번에 팔면 탄로날 우려가 있대서 하루에 두세 개씩 호주머니에 넣고 나가 팔았다. 백만장자가 된 기분이었다. 정광억이 덧붙인 말은 —

"도둑질 한다는 것은 훔친 물건이 돈이 된다는 그 목적으로 하는 짓이지만, 그것만으론 도둑질을 할 수 없는 드릴이란 게 있어요. 사냥개처럼 물자가 있는 곳을 알아내는 데도 드릴이 있고, 계획을 세우는 재미가 또한 일품이고, 계획대로 진행해 나가는 그 과정이 또한 기막히며 성공리에 일이 끝났을 때의 그 쾌감, 그 승리감은 무엇에도 비길 바 없어요. 운수 나쁘면 총을 맞아 죽는다, 경찰서나 MP에게 끌려간다는 위험이 따르고 있는 그 사실 또한 대단해요. 모험심은 가꿀수록 커지는 것인가 봅니다. 나와 임춘추는 자꾸만 대담해졌지요."

양아치의 생활 가운데 빼놓을 수 없는 재미의 하나는 GI와 양공주가 펼쳐 놓는 음란의 장면이라며 정광억의 얘기는-

"그 무렵 양공주들은 대부분 판자촌에서 살았거든요. 그 집들을 우리는 대강 알고 있는 겁니다. 보통의 경우 거리에서 양공주가 GI 들을 꼬셔 갖고 들어오는 겁니다. 그걸 보고 점찍어 놓았다가 몰래 그 집에 다가가서 판자 틈으로 들여다보는 거죠. 방안에서 시시덕거리는 연놈은 알 까닭이 없죠. 판잣집이란 건 조금만 손을 보면 내부를 환히 들여다볼 수 있게 돼 있는 겁니다. 하여간 놈들이 하는 것은 요란해요."

이어 갖가지의 성교 스타일을 소상하게 설명하고 나서 정광억은 덕분에 임춘추와 자기가 너무 빨리 익혀냈다며 웃었다.

비참한 것은 남편이 있는 여자가 남편 양해 하에 양공주 노릇을 하는 사실이었다고 한다.

"우리가 아는 경우만으로도 셋이 있었어요. 한 여자는 남편이 폐병에 걸려 빈사 상태에 있었고, 한 여자의 남편은 공사판에서 발을 다쳐 일을 할 수가 없었고, 한 여자의 남편은 시골에서 노름판에나 돌아다니다 부산으로 피난 온 사나이로 매일 빈둥빈둥 놀고 있었죠. 세 집 다 달리 생활의 방도가 없었던 겁니다."

참극은 빈둥빈둥 놀고 있는 사나이의 일이었다. 그 사나이는 배가 고프지, 돈은 없지, 그런데다 아내가 나가 일할 자리도 없지 막다른 골목에 이르자 아내를 조르기 시작했다. 검둥이 사나이라도 꾀어 돈을 벌어보라고 권했다. 물론 여자는 거절했다. 사나이는 가만히 앉아 굶어 죽는 것보다는 그렇게라도 연명하는 게 낫지 않겠는가, 검둥이는 동물이나 다름없으니 정이 통할 까닭도 없지 않겠는가, 놈들과 만나 무슨 짓을 해도 이편에서 색만 쓰지 않으면 정교가 되지 않는거나 다를 바 없지 않은가 등등 나름대로의 구실과 명분을 만들어 여자를 설득했다. 여자도 배만 채울 수 있으면 무슨 짓을 못하랴 하는 절박한 정황에 이르러 있었다.

여자가 처음으로 검둥이를 데리고 온 날 밤, 검둥이가 돌아가고 난 뒤에 부부는 부둥켜 안고 울었다. 검둥이가 주고간 돈으로 밥과 고기와 술을 거나게 마시고 난 연후의 일이다.

여자가 검둥이를 데리고 오면 남자는 슬그머니 바깥으로 나갔다. 그리고는 이 골목 저 골목을 헤매다 돈이 몇푼 있으면 막걸리라도 한 사발 마시고 검둥이가 갔을 때를 가늠해 집으로 돌아오곤 했다.

"나와 임춘추는 어린 마음으로 도저히 그럴 순 없다고 생각했죠. 그러나 이것 또한 가난이란 얼마나 겁나는 것인가를 우리들에게 가르쳐 준 재료이기도 했죠. 그 여자가 사는 동네는 우리들이 있는 곳과 떨어져 있었기 망정이지, 만일 가까이 있었더라면 임춘추는 그 집에 불을 질렀을 겁니다. 그만큼 그 집에서 발생한 일이 임춘추에게 충격이었던 모양입니다. 그런데 이상스럽게도 임춘추는 그 동네에 자주 가선 그집 근처를 한 바퀴 돌곤 했지요. 웬지 마음에 걸려 있었나 봐요. 그런데 어느 날……"

"그런데 어느 날, 그날은 되게 추웠어요, 부산 앞바다가 얼어 붙었을 정도였으니까요."

그렇게 추운날 밤, 임춘추가 정광억을 보고 부두엘 내려가 보자고 했다. 오늘밤은 추우니 그만 쉬자고 했으나 임춘추는 이런 밤에야 고래가 잡힌다며 우겼다. 고래를 잡는다는 것은 큰 수입을 올린다는 뜻으로 쓰이는 은어다.

임춘추의 짐작대로 너무나 추운 날씨라서 창고 외부를 지키는 경비원은 하나도 없었다. 경비원은 모두 초소에 들어 앉아 있었다. 임춘추는 해안 쪽으로 나 있는 창길에 로프를 걸고 그 창을 부수고 창고로 들어가선 제니스 라디오 두 개를 들고 나왔다. 만일 바깥으로 돌고 있는 경비원이 있었더라면 엄두도 내지 못할 대 모험이었다.

그 무렵 제니스 라디오라고 하면 최고급의 사치품이라고 해도 과언이 아니다. 공공연하게 제니스가 든 박스를 들고 부두 옆 넓은 길을 건너 판자촌에까지 수월하게 들어갈 수 있었던 것도 추위 때문이었다.

친숙한 사이가 되어 있던 노인 집에 전리품을 맡겨 놓고 근처의 음식점에서 요기를 하려고 바깥으로 나왔을 때 검둥이 하나가 방한복에 방한모를 눌러 쓰고 골목 안으로 들어가는 것을 보았다. 그것은 덩치로 보아 그 여자 집에 다니는 검둥이였다. 그 여자는 어느덧 그 검둥이를 단골로 만들고 있었던 것이다.

정광억과 임춘추는 그 검둥이 뒤를 따랐다. 의논한 것도 아닌데 우연히 뜻이 맞았다고나 할까.

아나나 다를까 검둥이는 그 판잣집 위에 서더니 창문을 똑똑 두드렸다. 이윽고 이쪽 문이 열렸을 땐 저쪽 문으로 나가는 그림자가 있었다. 보나마나 여자의 남편일 것이었다.

"우리는 그 집을 지나쳐 식당으로 갈 참이었는데 돌연 저편에서 그 여자의 남편이 나타났어요. 그리곤 우리들의 존재엔 아랑곳 않고 그 판잣집 벽에 착 붙어서 안을 들여다 보기 시작합디다. 오늘밤 구경거리가 생겼다 싶었죠. 나와 임춘추는 빈 터 쪽으로 돌아 그 판잣집 안을 들여다보기 시작한 겁니다. 우리는 미리 그 집 판자벽에 구멍을 뚫어 놓고 있었거든요. 나무토막 하나를 빼면 구멍이 되고 그

나무토막을 도로 막으면 흔적도 없이 되는 거지요. 한데 그날 밤의 그 장면은 지금도 잊을 수가 없어요. GI와 양공주들의 성교 장면을 무수히 보아왔지만, 그날 밤의 것처럼 농후한 장면은 보질 못했어요. 굶고 있었을 때의 여자는 형편없이 초라했고 아직도 초라하게만 보아오던 여자인데 그 장면에서의 여자는 전연 사람이 달라진 것 같았어요. 처염하다고나 할까, 몸매도 괜찮았구요. 우리가 벽틈에 눈을 댔을 때는 검둥이가 옷을 다 벗었을 때였어요. 방 안엔 연탄난로가 활활 타고 있는데도 상체는 추울 것 아닙니까. 여자가 검둥이 어깨에 담요를 얹었습니다. 그는 벌거벗은 검둥이의 하체를 스토브 가까이로 오게 해선 여자는 얼어 붙어 있는 듯한 사내를 이리 뒤적 저리 뒤적 하며 불길에 녹이더라 이 말입니다. 사내는 차차 부풀어 오르는데 여자의 눈은 괴상하게 빛났어요. 드디어 여자는 입을 그곳에 대고 비비더니 그 이상 얘기를 못하겠네요."

"아무튼 나는 그처럼 농후한 장면을 본 것은 처음인데……돌연 눈앞에 수라장이 전개된 겁니다. 여자의 남편이 문을 차고 들어와선 어디서 주워 왔는지 맷돌만한 돌을 번쩍 들어 내려친 겁니다. 그땐 여자가 남자 위에 있었는데 어깻죽지를 맞고 축 늘어지는 동시 맷돌은 흑인 병사의 면상을 정면에서 내리친 결과가 된 거죠. 남자는 즉사, 여자는 조금 후에 죽었는데 그건 타박상에 인한 것이라기보다 중격사가 아니었을까 시금은 그렇게 생각합니다 한마디로 처참했습니다. 맹렬한 성연(性宴)이 진행되고 있는 찰나, 무참한 죽음이 잇달았다는 상황이 더욱 처참하데요. 크게 비명을 지른 것이 아닌데도 인근의 사람들이 순식간에 모여들었죠. 임춘추를 보고 가자고 했으나 그는 움직이지 않는 겁니다. 나는 아무래도 그곳에 있는 것이 불리할 것 같아 그럼 나 먼저 간다 하고 그 자리를 떠났지요.”

검둥이와 아내를 죽여 놓고 사나이는 도망을 쳤다. 피의자로서 지명 수배되었을 것은 물론이다. 이윽고 그 사나이는 체포되었는데 완강하게 자기의 범행을 부인했다. 갖가지 알리바이를 세우는데 수사기관은 그것을 믿을 수도 없고 그렇다고 해서 폐기할 수도 없었다.

문제는 임춘추였다. 유일한 목격자가 임춘추였기 때문에 유일한 증인이기도 했다.

임춘추는 수사기관으로 재판정으로 끌려다니며 심문을 받았다. 그러나 그는 그 사건에 관한 한 결단코 입을 열지 않았다.

“어린 놈이 왜 이렇게 고집이 세어, 하고 호되게 두들겨 맞기도 했던 모양입니다만, 임춘추는 끝내 입을 열지 않았던 거죠. 지독한 놈입니다, 참으로. 생각해 보세요. 열 살짜리 소년이 별의별 수단으로 꼬셨다가 위협했다가 하는데 그것도 몇 달 동안을, 입을 다물고 견딜 수가 있겠어요? 임춘추가 말을 하지 않게 된 동기는 바로 그 사건에 있는 겁니다. 그는 어린 시절, 결정적인 철학을 익힌 거죠. 말은 하느니보다 안 하는 것이 낫다는 사실, 그렇지 않습니까. 링컨 대통령쯤이나 처칠쯤 되어 연설 말씀을 할 수 있으면 또 몰라도 대강의 경우 사람들의 말이란 하나마나 한 것이 아니겠어요? 임춘추는 그 철학을

관철하려는가 봅니다. 덕택으로 내가 그의 몫까지 지껄여야 할 팔자
가 되어 버린 겁니다."

"임 형의 여성에 대한 태도에도 배경에 무슨 스토리가 있는 겁니
까?" 하고 위한림이 물었다.

"있죠. 여성에 대한 철저한 불신이 있는 겁니다. 임춘추의 여성
에 대한 철학은 여자는 내가 필요로 할 때만 필요한 물건이다 하는
겁니다."

정광억의 말에 위한림이 고개를 끄덕끄덕했다.

"밤도 깊었으니 우리 자도록 할까요?"

하곤 정광억이 자기의 긴 얘기에 다음과 같은 결론을 지었다.

"위 형, 나나 임춘추, 보잘것없는 인간 아닙니까? 그런데 그 보잘
것없는 인간을 있게 하기 위해서 한량 없는 사건이 있었다, 이겁니
다. 한량 없는 굴곡이 있었다, 이겁니다."

정광억의 말을 들으며 생각했다.

'정광억과 임춘추의 경험까지도 내 경험에 합치자, 그리고는 이
것을 바탕으로 새로운 출발을 해야 하겠다.'

남편과의 양해 하에 몸을 파는 아내의 이야기는 위한림에겐 대
단한 충격이었다. 젊은 나이로선 인생의 풍파를 제법 겪었고 인생의
비극, 인생의 복잡성을 보아왔다고 자부하고 있던 그로서도 방금 정
광억으로부터 들은 얘기만은 예사로 흘려들을 수가 없었다. 동시에
그러한 체험의 늪을 건너온 정광억과 임춘추란 존재가 이상한 광채

를 띠고 가슴에 다가서는 것을 느꼈다.

'인생은 살아 볼 만한 것이다.'

'사람이 스스로의 생명을 지탱하기 위해 때에 따라선 얼마든지 추악하게 될 수가 있다.'

'요컨대 살아 놓고 볼 일이다.'

이러한 말들이 조각조각 뇌리를 스쳤다. 그리곤 위한림이 다시금 다짐하는 마음으로 되었다.

'정광억과 임춘추의 체험까질 합쳐 나는 인생이란 것을 대강은 알았다. 이만한 바탕으로 나도 새로운 출발을 해야 하겠다.'

새벽이 되었을 때 위한림은 정광억이 잠 깨지 않게 신경을 쓰며 자리에서 일어나 정주집을 나섰다. 차가운 공기에 기분이 좋았다. 골목에도 거리에도 사람의 그림자라곤 없었다. 가끔 택시가 획획 소리를 내며 지나갔다.

위한림의 걸음은 어느덧 남산으로 향하고 있었다. 무슨 까닭인지 남산에 올라가 보고 싶은 기분이 동한 것이다. 남산 가까이에 갔을 때 사람들을 보게 되었다. 아침 산책을 나온 사람들이었다. 운동복 차림도 있었고 평복 차림도 있었으나 하나 같이 건강을 위해 일찍 일어난 사람들이란 사정은 다를 바 없었다. 중턱에서 노인을 만나 동행이 되며 위한림이 물었다.

"영감님은 매일 아침 여기에 오십니까?"

"한 20년 되었는가 보오."

"대단히 건강하시군요."

"내가 건강해서 남산에 오는 것이 아니라 남산이 내 건강을 만들어 주었소. 남산은 내 은인이오. 아니 서울의 은총이오. 서울에 남산이 있다는 사실은 참으로 고마운 일이오."

위한림은 노인을 따라 약수터로 갔다. 벌써 사오 명의 선객이 있었다. 노인은 그들과는 잘 아는 사이인가 보았다.

"오늘 아침 또 만나게 되니 기쁘오." 하고 인사를 나누곤 약수를 마셨다.

"젊은이도 마시구려." 하고 위한림에게도 권했다.

위한림이 컵으로 세 개를 마셨다. 모든 찌꺼기와 가스가 한꺼번에 씻겨내려가는 듯한 상쾌감이었다. 처음 맛보는 물맛이란 감동이 일었다.

"이십 분쯤 지나면 이곳은 붐비기 시작하오. 그런데 그 이십 분을 모두들 앞당기지 못한단 말이야."

하고 노인은 지각자를 나무라는 말투가 되었다.

위한림은 아직도 불결한 이불 속에 불결한 꿈을 쫓고 있을 탕아 탕녀들, 아니 자기 자신의 모습을 생각했다. 노인은 남산을 서울의 은총이라고 했는데 그 탕아 탕녀들에게 있어서 남산은 무엇일까. 남산은 성지의 일부에 불과할 뿐이다.

위한림은 노인들에게 정중한 인사를 하고 산마루로 향해 걸음을 옮겨 놓았다.

1971년의 크리스마스를 며칠 앞둔 서울의 새벽—

'나는 지금 남산 마루에 앉았노라.' 하는 기분으로 되며 북악을 바라보는 위치의 석벽 위에 앉았다.

추위를 느끼지 않는 것은 거기까지 걸어 올라오는 동안에 내연기관이 가열해 있었기 때문이다.

서울의 윤곽이 완연히 눈 아래 있었다. 아직은 회색 속에 있는 그 풍경은 꿈의 폐허를 보는 듯한 느낌과 그다지 멀지 않았다. 그러자 확실히 서울은 꿈의 폐허일지 모른다는 생각이 들었다.

권력자의 꿈, 권력을 노리다가 실패한 자들의 꿈, 사업가들의 꿈, 사기꾼들의 꿈, 좀도둑의 꿈, 허영투성이인 여자들의 꿈, 간통하는 남자, 간통하는 여자의 꿈, 수험생들의 꿈, 예술가의 꿈, 그 무수한 꿈들이 지칠 대로 지쳐 그 형해(形骸)가 건물이 되고 거지가 되었다는 감상이 날카롭게 가슴을 찔렀다.

그러지 않아도 서울은 줄잡아 500년 동안을 환멸한 백성들의 서글픈 고장인 것이다. 어느 작가의 말이 되살아났다.

— 서울은 하나가 아니다. 팔백만의 인구가 산다면 서울은 팔백만 개의 서울이다. 구두닦이의 서울, 대통령의 서울을 양극으로 해서 무서운 서울이 뒤엉켜져 탁류처럼 흘러가는 시간의 내용이 곧 서울의 내용이다.

동쪽 하늘에 살큼 빛이 비꼈다. 보일까 말까 하던 그 빛깔이 차차 짙어가고 확대되었다. 북악의 이마, 낙산의 봉우리에 비끼는 광채가 있었다. 이윽고 태양이 솟았다. 수줍은 듯한 태양! 여름철엔 그처럼 오만불손하던 태양이 어떻게 겨울이 되면 저처럼 풀이 죽어 수줍게 되는 것인가.

그러나 빛은 빛이다. 태양과 더불어 서울은 비로소 그 색채를 찾았다. 폐허에 생기가 돋아나는 느낌이다. 위한림이 일어서서 활개를 펴고 심호흡을 했다.

'아아, 이 날이 내게 있어서 위대한 날이 되게 하소서!'

위한림은 최근에 이처럼 고양된 기분이 되어 본 적이 없다는 사실을 깨달았다. 그런데 이러한 감동의 근거가 새벽에 일어나 남산에 왔다는 그 사실에 있다고 느꼈을 때 인생은 사람의 마음과 노력에 따라 그 국면을 달리하는 것임에 틀림이 없었다.

'내겐 젊음이 있다. 내겐 건강이 있다. 내겐 의욕이 있다'는 자부로 위한림은 이탈리아의 평원을 내려다보는 나폴레옹과 같은 기분이 되어 보다가 '그런데 나에겐 돈이 없다.'고 중얼거리곤 피식 웃었다.

'돈, 돈이 무엇이냐. 없으면 만들어야 할 것 아닌가?'

개구리도 뛰려면 움츠릴 줄을 안다. 위한림은 위대한 꿈을 모색하여 그 실현에 착수하기에 앞서 다시 월급장이를 할 작정을 세웠다.

'그러나 그 월급장이는 넓고 넓은 곳으로 통할 수 있는 길로서의 의미가 있어야 한다. 언제나 세계 속에 있다는 자각을 일깨워 주는 직장이라야만 한다.'

남산에서 내려오며 위한림은 직장을 찾는 데 있어서의 방침을 세웠다. 이런 생각을 하게 된 것도 남산의 덕택이었다. 그는 앞으론 더욱 더 남산을 사랑하기로 했다.

천사의 동산에서

그 천사의 동산은 에덴의 서쪽에 있지 않고 서울 삼일로 고가도로를 남쪽으로 보는 위치에 있었다.

사원의 수는 남녀 합쳐 50명 가량. 그 가운데 남자가 얼마, 여자가 얼마라고 내용 설명을 못하는 것은 남자 같은 여자가 있는가 하면 여자 같은 남자가 섞여 있었기 때문이다.

회사의 이름을 말하면 에스 슈나이더 컴퍼니 한국 대리점. 슈나이더 회사의 본점은 스위스 취리히에 있다. 그러니까 대리점 책임자와 그 아래 두 사람, 도합 세 사람은 스위스 사람인데 이름이 그럴싸하다. 대리점장은 성이 노발리스.『푸른 꽃』을 쓴 낭만주의의 귀재 노발리스의 성과 똑같다. 그 아래 부지점장의 성은 바그너. 이것도 엄청나다. 〈탄호이저〉, 〈로엔그린〉 등 명작 가극을 쓴 작곡가의 성이 바로 바그너였으니까. 또 하나의 스위스인의 성은 잉게보르그. 같은 성을 가진 거인을 선뜻 찾아낼 수 없으니 그지의 성은 겸손하다고 해야 하겠다.

어떤 운명의 계교로 위한림이 스위스 회사의 사원이 되었다. 한국에 상륙한 지 1년 남짓한 신접살림으로 널리 인재를 모집한다는 말을 듣고 위한림은 "인재 좋아하네." 하는 야유 섞인 웃음을 웃어보이고 원서를 냈던 것인데 면접날을 통지해 왔다. 스위스 회사도 '서울대학'이란 간판엔 약했던 모양이다.

"우리 회사는 무역이 전문인데 기계학을 전공한 사람이 우리 회사를 지망한 이유가 뭐냐."는 것이 노발리스의 첫 질문이었다.

"무역이란 필경 장사가 아뇨. 장사는 산술만 알면 되는 것인데 기계학을 했대서 못할 일이 아니잖소?"

위한림의 이 대답에 노발리스는 약간 놀란 모양이었으나 곧 다음 질문을 했다.

"스위스에 관해서 아는 것이 있수?"

"윌리엄 텔 얘기를 아오."

"윌리엄 텔?"

"자기 아들 머리 위에 사과를 얹어 놓고 활을 쏘아 그것을 맞힌 윌리엄 텔 말이오."

노발리스는 '하하.' 하고 그러나 예절 바르게 웃더니 물었다.

"그것 말곤?"

"글쎄요."

"알프스는 알겠죠."

"알프스는 어디 스위스의 독점물입니까?"

"그건 그렇군."

"스위스에 관해 아는 게 또 있지요. 아인슈타인이 다닌 학교가 취리히에 있다면서요."

"그렇소. 아인슈타인이 다닌 고등공업학교가 취리히에 있소. 그리고 그밖엔?"

"국민 평균소득은 스웨덴, 미국 다음으로 세 번째이지만 국민의 평균 아이큐는 세계 제일이라고 생각하오."

"그렇게 쓴 책이 어디 있습니까?"

"책에 있으나마나 스위스처럼 국내 자원이 없는 나라가 공업국가로서 세계에 두각을 나타냈으니 국민의 평균 아이큐가 그만큼 높지 않고선 될 말이겠습니까?"

"오늘 뜻밖인 찬사를 들었군요."

"천만의 말씀입니다."

"참, 영어를 썩 잘하시는데요."

"나도 오늘 뜻밖인 찬사를 들었소. 내게 영어를 가르친 선생은 절대로 그런 말을 안 했으니까요."

이런저런 응수가 있은 끝에 위한림은 에스 슈나이더 회사의 사원이 되었다.

세월은 순조롭게 흘렀다.

먼저 있던 회사완 분위기가 전혀 달랐다. 전의 회사는 층층시하에 있는 기분이었다. 계장이 있고 과장이 있고 과장 위엔 부장이 있고 상무가 있고 전무가 있고 사장이 있고도 또 회장이 있었다. 평사원으로서 회장까지의 거리는 아득해 우주 여행의 항정쯤이나 되는데, 회장이 평사원을 부를 필요가 있으면 변소에 앉아 개를 부르는 수작과 같은 것이었다. 요즘은 수세식 변소에 앉아 개를 부를 필요도 없는 것이겠지만.

그런데 스위스 회사에도 각 부, 각 과마다 책임자격인 사람이 없진 않았으나 똑같이 외국인 밑에 고용살이 한다는 일종의 용병심리(傭兵心理)가 작용하는 탓인지 무거운 압박감 같은 것이 없었다. 뿐만 아니라 여사원들의 움직임이 활달했다. 대강 대학의 영문과쯤 나온 아가씨들이어서 농담 상대가 될 정도로 건방져 있었다. 그래서 약간 위태위태한 어휘도 거리낌없이 사용할 수 있는 것이 또한 자유스러웠다.

월급은 20만 원. 20만 원이면 일본 돈 15만 엔쯤을 바꿀 수 있었을 시대의 얘기다.

관철동 '사슴'에서 친구 서넛이 어울려 실컷 마셔도 5,000원에서 6,000원이면 되었을 시대이니 독신 월급장이로선 돈 액수 갖고 불평할 처지는 아니었다.

그런데다 위한림은 남몰래 스위스를 배워보겠다는 의욕이 있었다. 유럽의 그 복잡다단한 국제관계 속에서 초연한 중립을 지키고 있는 나라. 불, 독, 이, 토착민 등 네 개의 용어를 쓰고 있는 미묘한 상황이면서도 통일과 단합을 이룩하여 영세중립의 위치를 굳히고 있는 슬기, 자원이 없어 원자재를 사들여 와선 가공해 파는 등 옹색한 짓을 하고 있으면서도 굳건한 경제적 토대를 닦고 있는 성실성과 근면성. 위한림은 애국적 발상을 내세우는 성미는 아니면서도 우리가 배워야 할 나라가 있다면 그건 스위스일 것이라고 믿고 있었다.

사실 그렇지 않은가. 우리 산업의 장래도 가공수출의 길밖엔 없는 것이 아닌가.

위한림은 대학시절 어떤 외국잡지에서 읽은 일화를 소중하게 간직하고 있기도 했다.

— 독일 함부르크의 어느 정밀공이 스위스의 정밀공에게 편지를 보내 동봉한 소녀의 머리칼 끝을 현미경으로 보라고 했다. 그 머리칼 끝엔 구멍이 뚫려 있었다. 가늘고 부드럽기 짝이 없는 소녀의 머리칼 일단에 구멍을 뚫을 수 있었으니 자랑스러웠던 것이다. 그러자 일주일 후 함부르크의 정밀공은 스위스에서 온 편지를 받았다. 편지엔 동봉한 머리칼을 세로로 하여 현미경으로 보라고 했다. 그 머리칼에 스위스의 정밀공은 터널을 파 놓았던 것이다.

스위스의 정밀공업이 얼마나 정교한가를 알려주는 에피소드에 불과하지만, 스위스에 정밀공업이 발달하지 않을 수 없었던 사연 또한 감동적이다. 좁은 국토에서 모자라는 자원을 이용하여 값진 것을 만들어 내려면 정밀공업 밖엔 없었다.

위한림은 세세 속에 스위스를 정립하고자 하는 자각과 스위스를 배워야 한다는 의욕을 갖고 그 회사에 들어갔고 또한 그럴 요량으로

339

있었던 것인데 이윽고 환멸이 거듭되기 시작했다.

위한림이 에스 슈나이더 회사 한국 대리점의 사업 내용과 본사의 시스템을 파악하는 덴 그다지 시간을 요하지 않았다.

입사한 지 한 달이 되었을까 말까 한 어느 날 지점장실에 근무하고 있는 미스 정과 위한림이 명동 어느 호텔 커피숍에서 차를 같이 마실 시간을 가졌다. 토요일의 오후 우연히 명동거리에서 만난 것이다. 글래머 스타일의 미스 정은 퍽 쾌활한 성격이었다. 슈나이더 회사로 치면 위한림보다 1년쯤 선배사원이었다.

"어때요, 미스터 위. 회사 재미있어요?"

하고 미스 정이 선배답게 물었다.

"가끔 미스 정의 몸매를 보는 것이 재미 있다고나 할까. 그밖엔 재미있지도 않아요."

위한림이 약간 시니컬한 대답을 했다.

"그러나 한국인 회사보단 낫지 않아요? 습습하지 않는 게 말예요. 통풍이 잘 되지 않아요?"

미스 정의 그 말이 계기가 되었다.

위한림이 이런 말을 했다.

"처음엔 나도 천사들의 동산인 줄 알았더니 그게 아니더군. 우선 통풍이 잘된다고 봄바람을 쐰 망아지 얼굴만 하고 있어야 되는 건가 하는 생각이 가끔 들어요."

"미스터 위, 그건 무슨 소리예요?"

"아냐. 회사가 천사의 동산일 순 없는 것이지만, 그렇다고 해서 복마전(伏魔殿)이어선 곤란하지 않겠어요?"

"슈나이더 회사가 그럼 복마전이란 말예요?"

"아직은 모르겠어. 그러나 냄새가 이상해요."

"미스터 위, 그건 오버 센스예요. 슈나이더 회사가 한국의 공업 발전을 위해 공헌한 바는 커요. 슈나이더 회사 덕분으로 유로 달러를 우리나라가 얼마나 얻었다구요. 그리고 유럽의 차관을 얻은 회사는 모두 잘 되고 있지 않아요. A 회사와 B 회사 모두."

"그럴까?"

"그래요."

"나도 슈나이더 회사가 한국에 있어서의 유럽의 창문이란 건 알고 있어. 그러나 너무해."

"뭣이 너무 하단 말예요."

"당분간은 그 얘기 안 하겠어. 앞으로도 안 할지 모르지. 나는 절대로 트러블 메이커가 되긴 싫으니까. 되도록 우등생으로 있으면서 스위스를 배울 셈야. 줄잡아 유럽, 특히 스위스 회사의 생리와 병리를 알기 위해선 절호의 기회라고 생각하니까."

"그 생각 썩 잘했어요."

"그러고 보니 미스 정은 천사의 동산의 공작이군요."

"공작? 피콕?"

"그렇다니까요."

"그건 무슨 의미?"

"자기를 예쁘게 보일 생각만 하지, 자기가 있는 곳의 생리를 알 생각은 안 하시니까."

"날 멍청인 줄 알아요?"

"공작이 멍청하던가요. 자기 자신을 잘 알고 있는 게 공작인 줄 아는데요. 노발리스의 속셈이 어떤지, 바그너의 근성이 어떤지, 잉게보르그가 무엇을 생각하고 있는지 공작이 알 필요는 있으니까요."

"그들이야 열심히 일해서 돈 벌 욕심에 가득차 있겠죠. 헌데 그게 어때요. 돈 벌려는 게 어디 그들만이겠어요?"

"그런데 그 돈 버는 방법이 치사하다고 하면 어떻게 할 거요?"

위한림이 무뚝뚝하게 물었다.

"치사한 게 어디 스위스 사람뿐이던가요?"

"글쎄요. 치사한 건 오히려 한국인일지 모르죠. 한국인의 치사한 성격에 편승하고 있다고 볼 수도 있으니까요."

"미스터 위의 말 뜻을 모르겠네요."

"그럼 내가 설명을 해보죠. 서독이면 서독, 프랑스면 프랑스의 어느 금융기관으로부터 1,000만 달러의 차관을 얻기로 약속이 되었다고 합시다. 한국의 업체, 즉 그 차관을 받을 업체는 그 돈으로 시멘트 공장을 세울 사업계획을 세웁니다. 시멘트는 시급한 생필품 물자일 뿐만 아니라 수출할 수도 있는 상품이거든요. 그러니까 정부로선 그 차관에 지불보증을 해 줍니다. 그리고 나면 차관을 주는 업체에서 어떤 메이커의 플랜트를 사라는 의논이 들어옵니다. 그 의논에 불응하면 차관이 나오지 않게 되겠으니까 그 지명업체에 주문을 하게 됩니다. 그때 사이에 서는 것이 슈나이더 같은 회사죠. 중간회사와 그 메이커 사이에 담합이 이루어집니다. 메이커가 일일이 세일즈를 할 수 없으니까 부득이 중간 회사를 필요로 하게 되어 있는 거죠. 그러니까 메이커는 대강 중간회사의 말을 듣게 됩니다. 문제는 여기에 있는 겁니다. 그렇게 해서 실질적 가치는 500만 달러밖에 안 되는 것을 1,000만 달러란 값을 치르게 되는 거죠. 기계에 대한 대강의 상식은 있는 거니까 한국의 업체는 그 값이 비싸다고 나오죠. 그럴 경우 중간회사가 일 할 가량의 돈, 즉 100만 달러를 현금으로 돌려 줄 테니 1,000만 달러로 하자고 우깁니다. 한국의 업체는 모처럼의 차관이 무효가 될까봐 겁도 나고 차관을 갚는 것은 회사이고 우선 자기 호주머니에 현금 100만 달러가 들어간다는 데 솔깃해서 500만 달러 짜리를 1,000달러, 실질적으로 900만 달러에 사게 되는 거요. 그런데 계약서는 중간회사에서 만들어 메이커와 한국 업체가 각자 서명하는 거죠. 한국의 업체가 가지고 있는 것은 그 계약서입니다. 그런데 내막적으론 중간회사와 메이커 사이에 계약이 이루어지는 겁니다. 그때의 액면은 500만 달러로 되는 거죠. 중간회사가 먹는 돈이 400만 달러다, 이겁니다. 물론 그렇게 하기 위해선 차관을 준 기관, 메이커 그리고 관계 요로에 다수의 리베이트를 줘야죠. 그렇더라도 삼백50만 달러 상당의 이익은 떨어진다 이겁니다. 기업은 망해도 기업주는 산다는 한국 사업가의 치사스런 근성에 편승해서 그런 치사스런 방법으로 돈을 번다 이겁니다. 그래도 현재는 잘 되어 나가고 이 차관의 반환 기일은 수 년 앞으로 되어 있으니 순풍의 돛이지요. 그런데 앞날이 어떻게 되겠소. 요행히 사업이 잘 되기만 하면 그런 불미한 일들이 다 묻혀 버려 누이 좋고 매부 좋은 결과가 되겠지만, 그렇게 안될 때 기업은 망하고 기업가만 살아 남아 미국이나 스위스로 이민 가서 덩더꿍 잘 산다 이 말이우. 알아 들으시겠수?"

"우리 슈나이더 회사가 그런 짓을 한단 말예요?"

"구책적으론 아직은 모릅니다. 그러나 그런 냄새가 난다 이겁니다."

고개를 갸우뚱하며 생각하는 포즈가 된 미스 정에게 위한림이 말을 보탰다.

"그러니까 미스 정은 공작이면 돼요. 나 자신도 트러블 메이커는 되기 싫으니까 알고도 모른 체할 참이니까요."

"사실이 정 그렇다면 가만 있을 문제가 아니잖아요."

미스 정은 심각한 표정이 되었다.

"순진하시군, 미스 정은. 정 그렇다고 해서 어떻게 할 거요. 지금 수출 진흥의 바람이 한창 불러제끼고 있는데 그런 사실을 갖고 덤벼 봐요. 물을 끼얹는 결과밖에 안 됩니다. 아니 물을 끼얹지도 못하죠. 그런 소릴 잠꼬대처럼 취급해 버릴 테니까요. 계약서는 번들번들 꾸며져 있는데 내가 한 말은 증거를 동반할 수 없으니까요. 게다가 정부는 알고도 속고 모르고도 속아야 할 입장에 있는 겁니다. 어떻든 기업가들의 사기를 돋우어 붐을 일으켜야 할 판이니까."

"만일 그런 사정이라면 미스터 위가 신경쓸 문제는 아니잖아요?"

"난 신경은 쓰지 않아요. 그러나 알 것은 알아 둬야죠. 누가 알 수 있수? 내가 큰 사업을 하게 될지. 그때를 위해 모든 것을 알아 두고 싶은 겁니다. 다시 말하면 알아만 두겠다. 그러나 결코 트러블 메이커는 되지 않겠다, 이 말입니다."

미스 정은 눈에 감정의 움직임이 보였다. 이 사나인 흩으로 볼 인간이 아니로구나 하는 인식의 작용일지 몰랐다.

"그러나 저러나 스위스 사람을 배울 만해요."

미스 정이 중얼거렸다.

"어떤 점이?"

"돈에 관해선 철저해요. 단돈 10원도 소홀히 안 해요."

하고 미스 정은 이런 말을 했다.

그들이 손님을 청해 파티를 할 땐 이름 있는 요정 몇 개, 레스토랑 몇 개의 비용을 사람 다섯이면 얼마, 셋이면 얼마가 든다는 사전 조사를 미리 해 둔다. 가령 S장이 각 인당 5만 원이란 시세를 알고도 한국인 직원을 불러 오늘 밤 S장으로 손님을 초대하고 싶은데 각 인당 이만 5,000원으로 하도록 교섭해 보라고 부탁한다. 그럴 때 심부름을 히는 것이 경리과이 미스터 하다.

"미스터 하에게 교섭 방법을 지시하고 있는 걸 보면 우스워요. 기

어이 이만 5,000원으론 안 된다고 하거던 술은 이전에서 가지고 가
겠다고 말하라는 거예요. 그래도 안 되면 3만 원 선으로 하고 그래도
안 되면 부득이 조금 격이 낮은 집으로 정해야겠다는 거예요. 그리
고 그들끼리 하는 말을 들어 보면 한국 요정에서 술 마시는 것보다
바보스런 것이 없다며 투덜거려요. 스위스 사람들은 시계를 만드는
데만 정밀한 게 아니라 생활에 있어서도 기막히게 정밀한가 봐요."

"알프스의 웅장한 자연을 바라보고 살면서 어떻게 그런 째째한
버릇을 익혔을까."

위한림이 이렇게 한마디 끼었다.

"난 째째하다곤 보지 않아요." 하고 미스 정이 항의했다.

"한국인들, 요령없이 술 마시고 돌아다니는 것 보면 정말 아니꼬
워 견딜 수가 없어요. 첫째, 시간을 그렇게 낭비한다는 게 불쾌해요.
스위스 사람들은 시간만 있으면 사업에 관한 책을 읽거나 소설, 철학
책 등을 읽어요. 세일즈를 하고 담합을 하기 위해선 철학적, 문학적
교양이 절대로 필요하다는 거예요."

"나도 미스 정이 아니꼽게 생각해야 할 그런 부류의 인간이오. 열
심히 스위스 사람이나 존경하시오."

말투가 왜 그렇게 험악하게 되었는진 자신도 모를 일이라서 위한
림이 내심으로 약간 당황했다. 그러나 미스 정의 굳은 표정을 확인하
자마자 다음과 같은 말이 저절로 터져 나왔다.

"한국인은 계산할 줄 모르고 살아온 족속들이오. 조금 잘 살아보

자 하면 오랑캐가 쳐들어오고, 그것을 물리치고 정신을 차려 보자 하면 일본놈들이 침노를 하고, 도대체 계산이 무망한 땅에서 살아왔단 말요. 요컨대 내일이 불안한 거요. 자기 자신이 믿어지지 않는 거요. 요량없이 술이라도 먹을 수밖에요. 친구끼리 어깨를 맞대고 술을 마시며 문둥이끼리 정다워 할밖엔요. 그러나 그걸 요량이 없다고 평하는 사람이 있다면 한국 사람이 아닌 거요. 우리는 그렇게라도 해서 우리의 아이덴티티를 모색하려는 거요. 술이라도 마시며 무언가를 욕해 줘야 하고 뭔가를 비웃어 줘야 하는 거요. 그 욕설과 비웃음이 설혹 하늘을 향해 침을 내뱉는 셈으로 되어도 말이오. 미국 사람들은 오랜만에 친구끼리 만나 술을 마시는 데도 술값은 따로따로 낸다고 합디다. 얼마나 요량 있는 사람들인가요. 스위스 사람들은 어떻게 하길래 그처럼 요량이 있습디까. 제기랄 물건 팔아 먹기 위해, 브로커 잘해 먹기 위해 문학을 읽고 철학을 읽는답디까. 우리 한국 사람은 물건은 물건대로 팔고 문학이니 철학이니를 읽을 시간이 있으면 그 시간에 술을 마신다 이겁니다. 계산을 잘해 갖고 은행 잔고를 늘려나가는 스위스 놈들허구, 아무리 계산해 보았자 빚이 늘어나는 우리 한국인관 달라요."

"미스터 위, 왜 갑자기 흥분하시는 거죠?"

미스 정은 가까스로 격분을 참는 듯한 목청으로 물었다.

"난 흥분 안 했소. 미스 정이 자꾸자꾸 스위스 사람을 존경하도록 권했을 뿐이오."

"스위스는 훌륭하다. 그러니까 스위스를 배워야겠다는 얘기는 누가 하셨죠."

"내가 했소."

"나는 미스터 위의 의견에 동조했을 뿐예요. 그런데 왜 흥분이죠?

"나는 스위스인 일반을 말하고 있는데 미스 정은 스위스의 특정 인물을 두둔하니까 하는 말이오."

"특정 인물을 두둔한다?"

"나는 스위스인 전반을 염두에 두고 말하고 있는데 미스 정은 노발리스를 중심에 두고 얘기한 것 아뇨?"

"그랬으면요?"

미스 정이 질린 표정이 되었다.

"내라고 해서 질투가 없으란 법이 있수?"

"질투?"

미스 정의 눈이 둥그렇게 되었다.

"이 땅의 아름다운 아가씨가 스위스 놈 따위에 사죽을 못 쓴다고 생각할 때 불알 달린 한국의 사내가 질투를 느끼지 않는다면 병신이게요?"

"어머나."

중치가 막힌다는 듯 미스 정은 탁자 위의 물컵을 들이켰다.

"그래 내 말에 틀린 게 있수?"

"세상에 나를 그렇게 보다니."

미스 정이 신음하듯 했다.

"그렇게 보는 게 아니라, 그렇게 되어 있는 것 아뉴?"

위한림이 능글능글 말했다.

"이 이가 정말 나를 어떻게 보구."

미스 정의 눈에 증오가 이글거렸다.

"어떻게 보다니 내가 뭘 잘못 보았수?"

위한림도 만만찮게 맞섰다.

"숙녀에 대해 실례가 아닐까요?"

미스 정은 금방 터질 것 같은 풍선처럼 되었다.

"스위스인은 숙녀 대접을 어떻게 합니까? 예복을 입고 침실로 안내하던가요?"

"이런 모욕 견딜 수가 없어요." 하고 미스 정이 일어섰다.

위한림이 차갑게 한마디 보냈다.

"이미 현지처가 되어 버렸으면 도리가 없지만, 아직 그 지경까지 가지 않았거든 조심하시오."

"현지처?" 하고 미스 정이 도로 앉았다.

목구멍이 막혀 뒷말이 이어지지 않았다.

"냉수나 마셔요." 하고 위한림이 자기 앞에 있는 물 글라스를 밀어 놓았다. 그리고 부드럽게 덧붙였다.

"한국 사내가 스위스 사내만 못할지 모르지만 질투하는 소질이나 심정에 있어선 엇비슷할 거요. 질투가 시킨 노릇이라고 생각하고 용서하세요."

"기가 막혀서."

미스 정이 한숨을 지었다.

위한림이 문득 이 여자가 스위스인의 현지처인지 아닌지를 기어
이 밝혀 보고 싶은 마음으로 기울어 들었다. 미스 정의 엉거주춤하는
표정과 행동이 그런 충동을 주었던 것이다.

그래서 전술적으로 말을 꾸며야겠다고 마음먹고 위한림이 이런
말을 했다.

"관광호텔의 커피숍이나 로비에 가면 말입니다. 더러 눈을 번쩍
뜨게 하는 미녀를 만나죠. 그런데 그 미녀들의 태반이 일본인을 비롯
한 외국 상사원의 현지처더라 이 말이오. 생활이 궁해 갈보 노릇을
해야 하는 여자완 또 달라요. 어느 정도의 학력과 교양이 있는 여자,
그다지 궁핍하지도 않은 여자들이 그런 것을 한다 이거요. 외국인의
현지처가 되어 떼돈을 벌 수 있으면 또 모르죠. 그런 것도 아니니까
울화가 터진단 말요. 언제부터 이 나라 여자들이 그런 꼴로 되었는지
참으로 알고도 모를 일입니다. 이 나라 사나이들이 모두들 머저리란
말인가요? 성적 매력이 모자란다는 말인가요? 사랑엔 국경이 없다
는 말은 국경이 엄격하다는 말을 뒤집어 놓는 겁니다. 그만큼 어렵다
는 얘기죠. 그런데 요즘 여자들은 뭔가 엉뚱한 생각을 하고 있는 것
같아요. 성욕엔 국경이 없다는 정도로 말입니다. 남자들의 책임도 있
지만, 한국을 깔보게 하고 있는 게 바로 여자들이다 이겁니다. 그 가

운덴 물론 당당한 사람도 극소수 있겠죠. 내가 이런 말을 하는 덴 내 개인의 절실한 사정이 있기도 합니다."

위한림은 홍 마담과 윤신자를 뇌리로 떠올리며 말을 이었다.

"어떻게 된 일인지. 내가 이 여자 같으면 하고 반할 만한 여자들은 죄다 외국인과 관계가 있었어요. 그러니까 미스 정도 혹시나 하고 지레 겁을 먹은 거죠. 그런 까닭에 본의 아니게 거친 언동이 된 겁니다. 말하자면 미스 정에게 내가 호감을 가졌다는 것이 잘못이다, 이거죠."

미스 정은 어느덧 차분한 표정을 되찾고 있었다. 보기에 따라선 슬픈 표정이기도 했다. 언제나 활달하고 쾌활한 그녀가 그런 표정을 할 때도 있을까 싶은 그런 표정이었다.

위한림은 자기의 말이 미스 정의 마음 한군데에 충격을 준 것이라고 짐작했다. 요컨대 미스 정이 스위스인 가운데 누군가의 현지처다 하는 심증을 갖게 되었다.

"미스 정, 단도직입적으로 물어보겠는데 대답해 주시겠수?"

"대답할 수 있는 것이면 하죠."

"잉게보르그가 현지처를 가지고 있습니까?"

"아마 가지고 있을 겁니다."

망설인 끝의 대답이었다.

"회사 내에 있는가요? 그 여자."

"회사에 있는 여자는 아닙니다."

351

"회사에 있다가 그만둔 여잔가요?"

"……."

"현지처가 되자 회사를 그만둔 모양이군요."

"……."

"바그너도 현지처를 가지고 있죠?"

"가지고 있어요."

"누굽니까, 그게."

"……."

"내가 알았다고 해서 무슨 야로를 부리거나 하지 않을 테니 솔직하게 말해 주시오. 그래야만 내가 엉뚱한 짓을 하지 않을 것 아뇨. 난 총각이니까 색시감을 구하는 중이거든요."

"색시감을 회사 안에서 구할 작정이세요?"

"꼭 그런 건 아니지만 일단은 선택 범위 속에 넣어야 하지 않겠소. 회사 내의 여자들도."

미스 정이 애매하게 웃었다.

"누굽니까, 바그너의 현지처가. 회사 내에 있는 거죠?"

"바그너의 타이피스트가 그렇지 않을까 해요."

"바그너의 타이피스트라면, 미스 신?"

위한림의 가슴이 쿵 하고 내려앉았다.

미스 신은 슈나이더 상사 가운데선 어느 모로 보아도 제일로 꼽아야 할 여자였다. 화려한 얼굴은 아니지만 어떤 미녀와도 바꿀 수 없는 은근한 얼굴이었고 큰 편이 아닌 키인데도 말쑥한 스타일의 몸매였다. 게다가 말수가 적고 침착했다. 어느 때인가 위한림이 퇴근 후 차를 같이 하자고 했더니 부모님들이 자기의 퇴근 시간을 까다롭게 챙긴다면서 미스 신은 거절했다. 그런 태도까지가 위한림의 마음에 들었던 것이다.

"미스 신과 같은 여자가!" 하고 위한림이 중얼거렸다.

"왜, 미스 신은 연애를 하면 못쓰나요?"

"아닙니다. 하두 뜻밖이라서 놀란 겁니다. 부모님이 꽤 엄하시다고 들었는데."

"부모님? 미스 신의 부모님이 엄하시다구요? 그 말 누구한테서 들으셨죠?"

"귓전으로 스쳐들은 얘기일 뿐입니다."

"혹시 미스터 위, 미스 신에게 모션을 썼다가 채인 건 아니죠?"

"천만의 말씀. 나는 이 회사에 와서 어느 누구한테도 모션을 쓴 일은 없소."

"그것 참말이에요?"

"난 그 따위 일로 거짓말은 안 합니다. 헌데 노발리스의 정부, 아니 현지처는 누굽니까."

"노발리스에겐 그런 것 없을 겁니다."

미스 정의 말이 단효했다.

"어떻게 그처럼 단언할 수가 있죠?"

위한림의 시니컬한 반문이었다.

"비서니까 그만한 것쯤은 알죠."

하면서 얼굴을 붉히는 미스 정의 표현을 위한림이 놓치지 않았다.

비서는 밤의 일까지 동반하느냐고 쏘아주고 싶은 충동을 꾹 참고

위한림이 넌지시 말했다.

"허기야 모순율에 의해서 단언할 수가 있겠죠."

"모순율?"

"논리학에서 배웠을 걸요? 갑(甲)은 비갑(非甲)이 아니다. A는 A

아닌 것이 아니다. 동시에 이곳에도 있고 저곳에도 있을 수 없다는

모순율(矛盾律) 말입니다."

위한림은 밤에 너와 같이 노발리스가 있었으니까 너 말곤 노발

리스의 현지처가 있을 수 없다는 뜻을 풍긴 것인데 미스 정은 알아

듣지 못하는 듯 말했다.

"미스터 위는 꽤 유식하군요."

"꼴찌로 나왔어도 대학을 나왔으니까 모순율쯤이야 알지."

하고 여전히 시니컬한 투로 덧붙였다.

"잉게보르그나 바그너는 현지처를 가지고 있는데 그만은 그런 걸

가지고 있지 않는 걸 보면 노발리스를 품성이 고귀한 사람으로 보

아야 하겠네요."

"현지처, 아니 애인을 가졌대서 품성이 고귀하지 않던가요?"

"고향에 처를 두고 있는 자가 또 다른 여자를 걸머잡고 있다면 줄

잡아 그건 룰 위반이 아닙니까? 동시에 두 여자를 농락하고 있는 거니까요. 그런 사람의 품성을 고귀하다고 하겠수?"

"잉게보르그에겐 아내가 있어요. 그러나 바그너에겐 없어요. 바그너는 미스 신과 결혼할 작정인 것 같애요. 그러니까 바그너의 경우는 다르지 않을까요?"

미스 정이 화제를 이렇게 바꿔 버리는 태도에 위한림의 의혹은 더욱 짙어만 갔다. 그러나 미스 신이 바그너와의 결혼을 전제로 교제하고 있다는 사실에 약간 안심을 했다. 다소나마 자기가 관심을 가진 여자가 철저한 화냥년은 아니라고 느낀 데서 오는 안심이었다.

"그렇다면 미스 신을 심하게 탓할 순 없겠군." 하는 말로 되었다.

"그럼 잉게보르그의 애인은 탓할 수 있다고 생각하세요?"

미스 정이 정색을 하고 물었다.

"아내가 있는 사내인 줄 알면서 그런 관계를 지속하고 있다면 탓할 수밖에 없잖소."

"사람에겐 각기 사정이 있는 거예요. 나는 누구도 탓할 수 없다고 생각해요. 한국 사람은 남의 일에 신경을 너무 많이 쓰는 것 같애요. 그게 한국 사람들의 결점이에요. 남이사 무슨 짓을 하건 말건 자기에게 손해가 되는 일이 아니면 왈가왈부할 필요가 없는 일이 아닐까요?"

"나 역시 길거리에서 떠들썩하게 누구가를 탓할 생각은 없소. 말이 났으니까 하는 말이고 내 마음일 뿐이오. 그러나 저러나 일반론

적으로 슬픈 일이 아니우? 이 나라의 딸들이 외국인들에게 농락당한
다고만 생각하면……,"

"미스터 위는 어째서 한국의 여성이 외국의 사내를 농락하고 있
다곤 생각하지 못하죠?"

"흥, 그런 논법이 있었군." 하고 위한림이 콧방귀를 뀌었다.

미스 정은 이미 단단히 각오를 한 모양이었다. 다음과 같은 말을
늘어 놓았다.

"남자들은 자기들의 일은 선반에 얹어 놓고 여자들의 일만을 들
추고 있지만 자기들이 하는 짓은 어떻게 돼 있죠? 외국이나 외지에
나가면 거의 구 할까진 외도를 한다고 하잖아요. 그럴 때의 상대가
누구죠? 어떤 부류의 사내들은 외국 여자와의 상관이 있었다고 해
서 국위 선양을 했느니 태극기를 꽂았느니 하고 으시댄다고 하대
요. 웃기는 소리예요. 스스로 자원해서 외국 여자로부터 농락을 당
하고 와서 국위 선양이 뭐냐 말예요. 나는 한국 여자들이 외국인과
관계를 가졌다고 해서 모두가 농락당하고 있다고 생각하지 않아요.
되레 외국 사내를 농락하고 있다고 하는 편이 옳을 경우가 훨씬 많
을 거예요."

"농락한다면서 농락당하고 있는 건 어떻게 하구."

"그거야 피장파장이겠죠. 남을 농락하는 사람이 그만한 반대급부
쯤을 각오 않고 되겠어요?"

"내 말은 농락당하는 꼴도 농락하려 드는 짓도 싫다 이거요."

위한림의 이 말이 있자, 미스 정의 얼굴에 냉소가 비꼈다. 그리고 말이 있었다.

"요컨대 한국의 요즘 여성들이 미스터 위, 아니 남성들의 주문대로 되지 않는다 이 말 아네요?"

"주문대로 되지 않는단 말은 어색하오. 바람직스럽지 않게 움직인다고 하는 말은 성립될지 모르지만."

"마찬가지예요. 미스터 위는 우리 여성이 외국 사내에게 눈짓 하나 돌리지 않고 순결하고 정숙하게 행동하길 바라시겠죠? 그런데 자기들은 외국에 가서 외국 여자들과 실컷 놀아나고 싶겠죠? 그것이 틀렸단 말예요. 남자와 여자와 뭐 다른 게 있어요. 어떻게 해서 우리들 여자만 한국 남성의 주문대로 되어야 하나요? 그게 바로 남자들의 독선이란 거예요."

"그렇게 말하면 할 말이 없군. 극단적으로 말해 외국인에겐 좀 비싸게 팔아먹으란 얘기요."

"외국인들은 한국 남성처럼 헬레레 하지 않아요. 야무져요. 자기 값 이상으로 팔아먹재도 어림이 없어요."

미스 정의 이 말이 위한림의 비위를 와락 거슬려 놓았다. 그러나 가까스로 참았다. 기껏 "노발리스의 품성이 고상하다는 말 끝에 얘기가 이상한 방향으로 되어 버렸군." 하고 투덜댔을 뿐이다.

"왜 자꾸만 노발리스를 문제로 하는 거죠?"

"지금의 상황으로선 우리들의 상전이니까. 노예는 상전의 일상생활에 자연 관심을 갖게 되는 거요."

"노예 근성이로군요."

"아니 혁명 근성인지 모르지."

"혁명 근성?"

"나는 절대로 트러블 메이커가 되지 않을 각오를 했지만 수 틀리면 한바탕 해치울지 모르지. 잉게보르그나 바그너 따위야 어떤 짓을 해도 좋지만 노발리스가 우리 여성을 농락하고 있다는 사실을 알기만 하면 가만 두지 않을 테니까."

"왜 하필 노발리스만이 문제가 되는 거죠?"

미스 정의 반문이었다.

"아까도 말하지 않았소. 우리 상전이기 때문이오."

"좀 더 솔직할 수 없을까요?"

"웬지 생리적으로 싫소."

"어떤 점이 그렇게 싫죠?"

"웬지 싫다는 것 뿐이오. 그러나 노발리스가 미스 정 말마따나 현지처나 정부를 가지고 있지 않다고 하면 억지로라도 나는 그를 존경할 참이지."

"그 사람의 사생활이 그처럼 궁금해요?"

하는 미스 정의 말에 노발리스의 사생활에 참견하지 말라는 뜻이 있는 것으로 느껴졌다. 그래서 위한림은 노발리스의 사생활에 관심이 있는 것이 아니라 미스 정 당신의 사생활에 관심이 있다고 말하고 싶었다. 그러나 말을 바꾸었다.

"어떻게 스위스 본점에나 갈 수 있으면 그곳에 가서 스위스 처녀 가운데서도 일등 가는 처녀를 꼬시고 싶은데."

"복수?"

"사내의 밸이지 밸."

"미스터 위, 누군가를 질투하고 있는 것 아뇨?"

"질투란 말은 벌써 내가 했을 텐데."

"그런 일반적인 것이 아니고 특정인에 대한 질투. 혹시 미스터 위는 미스 신 때문에 바그너를 질투하고 있는 것 아뇨?"

"미스 신이 아쉽다는 생각은 해요. 그러나 뒤에 가서 어떻게 될 망정 결혼을 전제로 하고 있다니까 별다른 감정은 없어요. 내가 스위스 여자를 꼬셔보겠다는 덴 다른 의미가 있는 겁니다."

"그 의미를 말할 수 없나요?"

"말할 수 있죠. 스위스 여자도 한국 여자들처럼 외국인에게 호락호락 넘어갈까 어쩔까를 시험해 보고 싶은 것이 첫째 이유요."

"한국 여자들처럼, 하고 싸잡아서 말하지 마세요. 외국인을 거들떠 보지도 않는 여자가 더 많을 테니까요."

"나는 그 가운데 미스 정이 끼여 있길 바랄 뿐입니다."

"내가 그처럼 미스터 위의 관심거리가 되나요?"

"되구 말구요."

미스 정은 잠깐 생각에 빠지는 듯하더니 음정을 착 가라앉히고 이런 말을 했다.

"외국인과 관계를 가진 여자는 불행한 여자들이에요. 미스터 위는 지금 한국의 여성 상황을 아세요? 대부분 모두 행복한 결혼생활을 할 수 있는 조건이 안돼 있어요. 어차피 부자연한 사랑을 감수해야만 할 여자가 수두룩 해요. 그럴 바에야 오히려 외국인이 낫다는 마음먹이가 있을 법한 상황이다, 이거예요. 아내 있는 남자를 사랑하게 될 바에야 그 아내가 이곳에 있지 않고 먼 곳에 있는 사내와 지내는 게 낫다는 사고방식으로 되어 버리는 거예요. 게다가 경제적인 조건이 붙거든요. 미스터 위쯤 되는 사람은 그런 사정을 이해할 줄 알아야 해요. 여자의 약점이 그런 현상을 빚어낸 것이란 점을 알아야 해요. 한국의 여자를 이렇게 만든 책임은 한국의 남자에게 있다고 해도 과언이 아녜요. 한국의 남자들이 대수롭게 여겨 주지 않으니까 한국의 여성들은 스스로를 대수롭게 여기지 않게 된 거예요."

"멋진 논법이군. 핑계없는 무덤이 없다더니."

위한림의 이 말엔 아랑곳하지 않고 미스 정은 얘기를 계속했다.

"생각해 보세요. 혼기는 늦어지고, 적당한 상대자는 나타나지 않죠, 들은 것 본 것은 있어서 눈은 높아졌죠. 게다가 생리적인 욕구라는 게 있지 않겠어요? 말하자면 그런 엉거주춤한 상황에 있는 여자들이 어떤 것을, 무엇을 생각하겠어요. 외국인과 관계를 가졌다는 사실만으로 어떤 여자를 비난한다는 것은 안전 지대에 사는 사람들이 피난민을 업신여기는 거나 다를 바가 없어요. 감싸 주지는 못할망정 돌을 던지지는 말아야죠."

마지막 부분에 가서 미스 정의 말투는 처량하기까지 했다.

그런데도 위한림은 "이제 그 말들을 미스 정의 고백이라고 들어도 좋겠소?" 하며 냉소를 섞었다.

미스 정은 시계를 들여다보았다. 불안한 표정이었다.

"무슨 약속이 있는 것 아닙니까?"

위한림이 물었다.

"약속이 있었지만 시간이 지났어요."

미스 정의 얼굴이 창백했다.

"조금쯤 늦은 거면 서둘러 가 보시죠."

"시간 약속엔 특히 까다로운……" 하다가 미스 정은 얼른 입을 다물었다. 위한림은 흠! 노발리스와 약속이 있었던 거로구나 하는 짐작을 했다. 그러나 그런 내색은 않고

"어때요, 미스 정. 모처럼의 토요일이기도 하니 놀러가지 않을래요?" 하고 말을 걸어보았다.

"어델?"

"우이동에라도."

"이 계절에요?"

"철이 어긋나 있으니까 가자는 거요. 붐비지도 않을 거구. 조용한 곳에서 우리 애기나 더 합시다."

"더 이상 얘기해 보았자 쑥스러울 뿐일걸요."

"어쩐지 미스 정과 헤어지기가 싫네요. 우이동이 좋지 않으면 인천쯤에라도 가 봅시다. 바다가 보고 싶으십니까?"

"인천이면……." 하고 망설이더니 미스 정이 물었다.

"거길 갔다 오면 몇 시간이나 걸릴까요."

"가는데 한 시간, 오는 데 한 시간, 거기 가서 노는 데 두 시간쯤, 네 시간이면 될 겁니다. 통행금지 시간 전엔 돌아올 수 있겠죠."

"네 시간이면 곤란해요."

"그럼 우이동으로 갑시다."

일단 마음을 먹으면 저돌적인 위한림이었다. 거절을 불허하는 태도로 설쳤다.

"난 요즘 마음이 울적해서 견딜 수가 없어요. 미스 정에게 내 모든 감정을 털어 놓고 싶어요. 노발리스에 관한 얘기는 전혀 빼버린 우리끼리의 얘기만 합시다."

미스 정은 도저히 거절 못할 궁지에 몰렸다고 자각한 모양이었다.

"그럼 가세요." 하고 일어섰다.

거리로 나와 택시를 잡으려다 말고 미도파 앞 정류장에서 버스를 탔다. 버스에 자리잡곤 위한림이 나직이 속삭였다.

"우리를 보는 눈이 어디에 달려 있을지 모르니까요. 버스가 가장 안전합니다."

미스 정은 스스로 함정에 빠져든 셈이다. 위한림을 심하게 거부하지 못했던 것은 노발리스와의 관계를 은폐하기 위해서였는데 반대로 노발리스와의 관계를 폭로하는 결과가 되었다.

그날 밤 위한림은 미스 정이 이미 처녀가 아닌 사실을 확인했지만 결코 안 체를 안 했다. 뿐만 아니라 그녀의 잠꼬대에서 너무나 뚜렷한 자백을 읽었다. 미스 정은 "파르동, 파르동"이라고 두세 번 되풀이했던 것이다.

'파르동'이란 프랑스어로 용서하라는 말이다. 노발리스는 프랑스계였다. 하지만 회사에선 영어를 쓰고 프랑스어는 쓰질 않았다. 이를테면 프랑스어는 미스 정과 노발리스의 규방 용어였던 것이다.

이런 짐작을 했지만 위한림은 못들은 체했다. '알고도 모른 체하는 것이 어른의 시작이니라.' 하곤 속으로 웃고 앞으로 미스 정 앞에선 노발리스의 이름을 꺼내지 않기로 마음을 먹었다.

요컨대 위한림은 미스 정에게 육체 이외의 매력을 발견하지 못했다. 이용 가치만을 보면 될 것이었다. 여자나 남자나 상대를 일단 이용 가치로서 보게 되면 마음에 여유가 생기고 행동이 능소능대 해진다. 바꿔 말하면 사람은 어느 사람에게서 이용물을 발견했을 때 비로소 악인이 되는 것이다.

"이 세상에 나고 처음으로 맛본 황홀이었소."

위한림이 정사가 끝난 직후 다시 한 번 미스 정을 안은 팔에 힘을 주며 속삭이는 말이다. 듣기만으로도 이가 시어오를 이런 말을 예사로 할 수 있는 데 타락의 시작이 있다.

"나도 행복해요."

미스 정은 맞장구를 쳤으나 건성이었다. 그녀는 위한림을 순진하다고 보았다. 이 순진한 청년이 진정 자기를 사랑하면 어띡하나 하는 걱정이 겹치기조차 했다. 그 걱정이 "회사 사람 누구도 우리의 관계를 알아선 안돼요." 하는 속삭임으로 되었다.

"결혼하고 싶어두?"

미스 정의 젖가슴을 어루만지며 위한림이 어리광을 부리는 투로 말했다.

결혼이란 말에 소스라치게 놀랐으나 미스 정은 가까스로 가슴을 진정하고 "저하고 결혼하고 싶어요?" 하고 물었다.

"결혼을 전제로 하지 않구 이런 일이 있을 수 있어요?"

위한림이 되물었다.

"미스터 위는 순진하셔."

"미스 정은 순진하지 않구?"

"연애와 결혼을 분리해서 생각할 수도 있을 텐데요."

"난 그런 생각을 할 수 없어요."

"어머나."

"그럼 미스 정은 어떤 사람과 결혼할 거요. 연애는 나와 하구서."

"생각해 봐야죠. 사랑한대서 결합될 수 있는, 그렇게 수월한 세상은 아니니까요."

이렇게 되고 보니 위한림은 어디까지나 순진한 청년으로서 말을 꾸며 나가지 않을 수 없었다. 이를테면 미스 정의 사랑을 얻어 감격한 청년으로서의 역할을 끝끝내 연기해야만 했던 것이다.

그리고 두 번째 라운드의 성희가 자연스럽게 진행되었다. 먼저보다 더하게 미스 정의 몸은 타올랐다.

'육체만은 최고급이다.'

이렇게 판단하자 위한림은 자기의 짐작대로 미스 정이 노발리스와의 관계가 있다면 맹렬한 질투를 느낄 것이란 예감을 가졌다.

현실의 감각과 그 예감이 상승작용으로 되어 위한림의 젊은 육체는 지칠 줄을 몰랐다. 위한림은 잠깐 눈을 붙이고서 다시 깨어선 미스 정을 안았다.

"어때 그놈허구 비교해서 어때. 난 절대로 백인 따위에서 지지 않을 것이다, 어때?" 하고 물어보고 싶은 충동에 아찔했다. 그러나 그런 충동을 용케 참았다.

어느덧 통행금지 시간이 해제되었다.

만일 거기서 계속 자게 된다면 출근 시간에 맞추지 못할 것이 뻔했다. 미스 정은 가족들에 대한 체면이 있었다. 친구집에서 자고간다는 전화를 해 두었지만, 아침에 남의 눈에 띄게 돌아갈 순 없는 형편이어서 두 사람은 즉시 시내로 내려오기로 했다.

요행으로 택시를 곧 잡을 수가 있었다. 택시를 타기에 앞서 회사 내엔 눈치채이지 않도록 하자는 굳은 약속을 했다. 일주일에 한 번쯤은 만나자는 약속도 되있나. 그린데 그 방법은 구체적으로 정할 수 없었다. 미스 정의 사정 때문이었다.

위한림은 집 근처에 미스 정을 내려주고 청진동 해장국 집에 가서 막걸리 한 사발과 해장국을 미시고 근처의 여관으로 들어가서 잤다.

깨보니 10시가 지나 있었다.

결근하는 것보다는 낫다고 생각하고 회사엘 나갔다. 간단한 핑계를 댔다. 군대 시절의 친구를 만나 밤새워 술을 마셨다고 했다.

"자유는 책임 의식에서 나온다."

하는 묘한 말을 한 것은 잉게보르그였다.

'요녀석! 현지처를 가지는 자유가 네 놈의 책임 의식에서 나온 거냐'고 꼬집어 주고 싶었지만 트러블 메이커가 되기 싫은 위한림은 "굿 필로소피(좋은 철학)이군." 하며 웃어 넘겼다.

그런데 공기가 웬지 이상했다. 사무실 내가 약간 긴장한 것 같은 느낌이었다.

"어떻게 된 겁니까?" 하고 위한림이 경 과장에게 물었다.

"설마 내가 지각했대서 이런 건 아니겠죠?"

경 과장은 지점장실 쪽을 눈으로 가리켰다.

"노발리스에게 무슨 일이 있었나요?"

"아마 무슨 일이 있었던가 보지? 사환 얘길 들으니 출근 시간 휠씬 앞서 와서 신경질을 부리기 시작하더래요. 방문을 잠가놓고 아무도 들어오지 못하게 하고 있어."

경 과장이 낮은 소리로 말했다.

"그럼 노발리스는 방에 혼자 있나요?"

"아냐, 미스 정하고 둘이 있어."

"두 사람이 싸우고 있나요?"

"글쎄, 미스 정은 비서니까 방에 있는 거겠지. 아무 소리도 들리지 않으니까 미스 정과 싸우는 건 아닌 것 같애. 본사에서 나쁜 소식이 있었는지 모르지."

위한림에겐 짚이는 게 있었다. 어제 노발리스는 미스 정으로부터 바람을 맞은 것이리라. 그래서 의신암귀가 되어 신경질을 부리는 것이리라.

점심 시간이 가까워져서야 지점장실의 문이 열렸다.

미스 정이 나오는 것이 보였으나 반대편으로 사라졌기 때문에 그녀의 표정을 읽을 순 없었다.

회사 내에선 절대로 말을 나누지 않기로 약속한 터라서 그녀를 붙들고 물어볼 수도 없었다.

그날은 그럭저럭 지냈는데 그 이튿날부터 위한림의 체내에 미스 정에 대한 맹렬한 갈구가 솟아났다. 미스 정이 어떻게 구슬렀는지 노발리스는 명랑성을 되찾은 것 같았다. 그것이 또한 위한림의 심기를 상하게 했다. 미스 정과 연락할 방법을 모색했지만, 미스 정은 위한림을 철저하게 피했다.

어느덧 일주일이 흘러갔다.

퇴근하는 길목을 지킬 수밖에 없다고 생각하고 그녀를 붙들려고 했는데 미스 정이 빌딩을 나선 곳에 노발리스의 차가 대기하고 있었다. 위한림이 미스 정에게 신호를 보내려고 하기도 전에 노발리스의 운전사가 도어를 열어 미스 정을 태우곤 달아나 버렸다. 위한림은 '쫓던 닭을 놓친 개' 꼴이 되었다.

화가 나서 가슴이 이글거려 어쩔 줄을 모르고 있는데 바그녀와 관계가 있다고 들은 미스 신이 길을 건너왔다. 며칠 전 바그녀는 급한 용무로 스위스 본사로 돌아갔다는 사실이 뇌리를 스쳤다.

위한림이 미스 신의 가는 길을 막아섰다. 미스 신이 주춤했다.

"미스 신, 우리 차나 한잔 같이 합시다."

미스 신의 얼굴에 당혹감이 서렸다.

"동료들과 차 한잔도 안 할 정도로 바그녀에게 충실해야 하우?"

위한림의 입에서 본의 아닌 말이 튀어 나오고야 말았다.

새파랗게 질린 표정으로 되더니 미스 신은 몸을 날려 피해 가려고 했다. 위한림이 그녀의 팔을 덥석 잡았다. 미스 신은 잡은 위한림의 손을 뿌리치려고 했다. 동시에 날카로운 말이 있었다.

"이것 놓으세요."

"못 놓겠소."

"깡패 같은……"

"깡패 같은 게 아니라 나는 깡패요."

"놔요, 빨리. 고함을 지르겠어요."

지나가는 사람들의 호기심에 찬 눈이 있었다. 그러나 모두 젊은 남녀의 사랑 다툼쯤으로 여기는 모양이었다.

"고함을 지르겠다구?"

"고함 못 지를 줄 알아요?"

"고함을 질러 봐요. 나도 고함을 지를 테니까. 내가 고함을 지르면 어떤 고함을 지를지 알아요? 양갈보, 아니 양갈보는 조금 심하구, 양공주 꼴 좀 보라고 고함을 지를 거요."

미스 신은 와들와들 떨었다. 그 눈은 증오에 가득차 있었다.

"일은 간단합니다. 나허구 차 한잔 하자고 제안했을 뿐입니다. 같은 회사에 있는 동료로서, 독신남성으로서 그걸 매정하게 거절할 때 뱃심 있는 사내라면 가만 있겠어요? 나는 부득이 깡패가 되는 겁니다. 당신은 부득이 양공주가 되어야 하구요. 그래야만 당신의 고함에 대항할 수 있을 것 아닙니까?"

위한림은 미스 신의 팔을 쥔 손에서 힘을 빼지 않으면서 그러나, 말은 조용하고 부드러웠다.

위한림이 미스 신을 붙든 목적은 미스 정의 집 전화번호를 알았으면 하는데 있었던 것인데 공교롭게도 일이 이렇게 되고 보니 그런 말을 꺼낼 수는 없었다.

뒷골목 경양식집 구석진 자리에 마주 앉자마자 위한림이 말했다.

"미친 개에게 물린 셈 치고 나를 용서하시오."

"……"

"미스 신, 생각해 보우. 짝사랑을 하고 있던 대상을 어느 놈에게 그것도 외국인에게 날치기 당했다고 생각하면 환장하지 않을 놈 몇 놈 있겠습니까. 피가 뜨물처럼 흰 놈이거나 식어 엉노쏨이나 된 놈이면 몰라도 피가 붉게 끓는 놈은 가만 있지 못합니다. 그렇다고 해서 다른 데로 가 버린 마음을 내게로 돌리려고 하는 건 아닙니다. 그렇게 될 까닭도 없구요."

"……."

"하물며 원망할 까닭도 없지요. 그러나 내가 짝사랑을 하던 사람이 잘 되길 바라는 마음은 어찌할 수 없는 게 아니겠습니까. 내가 짝사랑을 하던 사람이 남의 모욕을 받지 말아야 하지 않겠습니까?"

"……."

"미스 신, 회사에서 당신을 뭐라고 하는지 아십니까? 바그녀의 현지처라고 합니다. 현지처가 뭔지 아세요?"

"난 현지처가 아녜요."

미스 신의 눈이 이글거렸다. 모욕을 참지 못하겠다는 분노의 불길이었다.

"현지처가 아니면 뭡니까?"

"우리는 약혼한 사이예요."

"그럴 테죠. 그런데 주변은 그렇게 안 본다, 이겁니다. 외국인은 일본인이나, 미국인이나, 스위스인이나, 영국인이나 돈만 갖곤 마음대로 안되는 여자를 꼬실 때엔 대강 그런 수법, 그런 말을 쓸 겁니다. 그러기에 앞서 약혼하자, 약혼은 우리 둘만으로 결정할 수 있는 일이다. 우리의 사랑은 국경과 국적을 넘어설 수 있을 정도로 강하다. 주 위의 백안시쯤은 문제도 하지 말아야 한다. 대강 그런 식으로 진행되 겠지요. 그렇다면 일본인, 미국인, 스위스인이 자기 나라에서 자기의 약혼자를 어떻게 대접하는가를 알아보도록 하세요. 상대방이 외국 인이면 더욱 정중하게 해야 하는 법이오. 자칫 잘못하면 현지처란 말 을 듣게 되니까요. 바그너는 미스 신의 부모를 찾아가서 정식으로 프 로포즈를 했나요? 그의 부모가 정식으로 미스 신에게 인사가 있었어 요? 그런 절차가 없었다면 미스 신은 현지처다, 이거요."

말하고 있으면서도 위한림은 자기 자신이 무슨 소릴 지껄이고 있는지 분간할 수 없는 심정으로 되었다. 그러나 자연 말이 중도에 서 끊어졌다.

"할 말 다 했어요?"

의외에도 침착한 미스 신의 말이었다.

"미스터 위, 남의 걱정 마세요. 바그너와 나는 사랑하고 있어요. 절차니 예의니 하는 따윈 문제도 안될 만큼 사랑하고 있어요. 나는 절대로 현지처가 아녜요. 양공주도 아녜요. 어떻든 남의 일에 참견 말아요. 내 솔직하게 말할까요?"

"말하시오."

"자기 할 일은 다하지 못하면서 남의 참견이나 하는 미스터 위 같 은 너절한 남자들 때문에 난 한국의 사내들이 싫은 거예요."

가슴이 뜨끔했다.

그야말로 정문의 일침이었다. 그런데 위한림은 미스 신을 보통의 여자로 보지 않았던 스스로의 견식이 옳았다는 만족을 느끼기조차 했다. 그러면서도 미스 신과 같은 여자가 거들떠보지 않을 타입의 사나이가 바로 자기 자신과 같은 사나이라는 사실엔 미처 생각이 미치지 않았다. 아무튼 미스 신은 미스 정과는 질적으로 전혀 다른 여자인 것이다.

그러나 위한림이 지고 있을 순 없었다.

"지금 미스 신이 무슨 말을 하고 있는 줄 알고 있을 테죠? 당신은 지금 한국의 남성을 모욕하고 있는 거요. 그래 한국의 기막히게 아름답고 총명한 여자가 외국 놈의 농락을 받고 있는 것을 보고만 있으란 말요? 곧 불행하게 될 게 뻔한데 본체만체 하란 말요? 한 발 잘못 디디면 낭떠러지로 굴러 떨어질 절벽 위를 걸어가고 있는 사람을 보고도 가만 있으란 말요? 한국의 남자는 그만큼 정이 있다는 얘기요. 자기 일도 채 못하면서 남의 참견을 안 할 수 없을 정도로 정이 있다 이거요. 정이 있다는 게 죈가요? 정이 있대서 한국 남성을 모욕하는 거유? 말도 안되는 소리 하지도 마슈."

이렇게 말하면서도 위한림은 미스 신의 입언저리에 싸늘한 미소가 있다는 것을 놓치지 않았다. 아니나 다를까 미스 신의 날카로운 반발이 있었다.

"한국 남성에 정이 있다구요? 정이 많다구요? 한국 남성에 정이 있다면 그건 깡패의 위리와 같은 거겠죠. 깡패의 의리가 공범의식에서 비롯된 것이라면 한국 남성의 정이란 허영심에 비롯된 것이에요. 자기가 할 일을 다해 자기의 면목을 내세우진 못하고 남을 참견함으로써 똑똑한 척하려는 거예요. 스위스 사람이 좋은지 나쁜지 그런 일반론이 성립될 수 있는 것인지 없는 것인진 몰라요. 그러나 한 가지만은 알아요. 스위스 사람 공부하는 것은 알아요. 노발리스도 바그너도 잉게보르그도 시간만 있으면 책을 읽어요. 바그너는 사업과 아무런 관계가 없는 데도 열심히 수학 문제를 풀고 있었어요. 노발리스는 철학 공부를 하구요. 잉게보르그는 역사 연구를 하구요. 우리나라 상사 맨들 가운데 공부하는 사람 있어요? 난 아직 보지 못했어요. 물론 실무에 관해 참고가 되는 책은 읽겠죠. 그러나 그것은 사업이고 노동이지 공부는 아니잖아요? 내가 알고 있는 스위스 사람 셋이 모두 열심히 공부를 하고 있다면 스위스 사람 전부가 그렇다고 할 수 있잖아요? 뿐만 아니라 그들의 모든 행동은 합리적이에요. 긍지와 자부는 있어도 허영은 없어요. 스스로의 책임은 다해도 남의 참견은 안 해요. 그런데 한국의 남성은 뭐죠? 시간이 있으면 노름이나 하고 술이나 마셨지, 공부할 생각은 안 해요. 대학을 나와 취직을 하면 공부는 거기서 끝장이에요. 허영만 있고 긍지와 자부는 찾아볼 수가 없어요. 남의 참견은 해두 책임 의식은 없어요. 그런데도 할 말이 있어요?"

"결국 그래서 스위스 놈을 좋아한다, 이거군."

"그렇죠. 그게 이유죠."

미스 신의 말엔 주저함이 없었다.

"한국 남자를 그렇게 싸잡아 모욕하지 말아요. 미스 신, 스위스 사람을 좋아하게 되었으면 되었지 그걸 번영하기 위해 한국 남자를 욕할 건 없지 않소. 공부하는 남자가 좋으면 한국인 가운데서 찾아보면 될 게 아뇨? 한국인 가운데도 그런 사람이 있을 테니까요."

"그런 사람이 있겠죠. 있겠지만 우리 차진 되질 않아요. 보다도."

"보다도?"

"이 땅의 좋은 여자란 좋은 여자가 모조리 외국인 남자를 사랑하게 되었을 때 한국 남자는 그때 정신을 차릴 거예요. 한국 남자 정신 차리게 하기 위해서라도 한국의 여성은 보다 좋은 남자를 외국인 가운데서 구해야 한다고 나는 생각해요."

미스 신의 그 말은 실로 엄청난 일이었다. 미스 정은 외국 남자와 사귈 수밖에 없다는 사정을 한국 여자의 슬픔으로 치고 있었는데 미스 신의 의견은 전혀 반대인 것이다. 말도 하기에 따라 이처럼 달라지는 것일까. 사람에 따라 의견이 이처럼 달라지는 것일까.

"그리고 보니 미스 신은 한국의 남자를 원수처럼 취급하고 있는 모양이군."

"원수처럼 취급하는 것이 아니라 머저리로 보고 있는 거예요. 슈나이더 회사서만 해도 그렇지 않아요? 노발리스는 별도라고 치더라도 같은 나이 또래의 사내 가운데 한국인으로서 잉게보르그만한 사람이 있어요? 바그너만한 실력자가 있어요? 교양에 있어서나 자기를 수련하고 도야하는 의욕에 있어서 말예요."

그런 비교를 하면 그럴지 모른다는 생각이 들기도 했다. 잉게보르그나 바그너의 교양이 보통이 아니란 것은 그들과 사귄 지가 얼마 되지 않는데도 위한림이 알 수가 있었다. 잉게보르그는 서양사는 물론 동양사에도 통달하고 있을 만큼 역사와 역사철학에 조예가 깊었고 바그너는 수학과 수리철학에 밝았다. 그러나 그러한 깊은 교양이 너무나 지나친 개인주의와 이기적 태도와 결부되어 있기 때문에 위한림은 반발을 넘어 혐오감을 품고 있는 터인데 미스 신 같은 여자의 눈을 통하면 그것이 모두 미화된 경지로 보이는 모양이었다. 그런 만큼 불쾌감이 더했다. 위한림이 뱉듯이 말했다.

"슈나이더 회사에 고용살이 하고 있는 기생충 같은 한국인들을 그들과 비교해서 말하는 것 자체가 불쾌해. 다른 직장에 가봐요. 잉게보르그나 바그너 같은 인간 같은 건 족탈불급할 한국인이 얼마라도 있을 테니까."

"유감스럽지만, 난 그런 가정으로 사태를 판단하기 싫어요. 아무튼 나는 한국 남자들을 좋게 보지 않습니다. 그 대표적인 사람이 미스터 위라는 것만 알아 두세요. 난 가겠어요."

위한림은 미스 신을 붙들 구실도 용기도 없어졌다. 종래 그가 여자들에게 쓰던 책략과 수단은 하나같이 미스 신에겐 통할 것 같지 않았다. 그러나 지긴 싫었다. 자연 빈정대는 투가 되었다.

"실컷 좋은 섯 좋아해 보시구려. 미스 신 말마따나 스위스 남자가 그처럼 훌륭하다면 스위스 여자는 그 이상에 가 있을 거니까. 그

런 스위스 여자 두고 당신 같은 한국 여자를 선택하겠수? 기껏 현지
처 취급이나 할까?"

창부에겐 창부의 논리가 있고 현지처에겐 현지처로서의 논리가
있다. 인생이 매양 같을 순 없지 않는가. 케케묵은 도덕이나 윤리를
가지고 남의 인생을 만만하게 비판할 순 없다.

꽃이 온실에서 자라듯 평온한 가정에서 자라 부모님 덕택으로 시
집을 가는 규수들만을 바람직한 여성으로 보는 것은 잘못이다. 뚜렷
한 결혼관 또는 애정관을 지닌 개성 있는 여자들은 더러 상식적인 궤
도에서 이탈하는 경우가 있게 마련이다.

위한림은 미스 정과 미스 신을, 요즘 일본인을 상대로 하는 창부
와 별로 다를 것이 없는 현지처들과 같이 취급할 것이 아니란 마음
으로 기울어 들었다. 하기야 일본인을 상대로 하는 현지처들 가운
데도 천 층 만 층 구만 층의 차이가 있는 것이 아니겠는가. 창부 또
한 그렇다. 창부 가운덴 창부 아닌 여자 이상으로 훌륭한 창부가 있
기도 하다. 예컨대 『죄와 벌』에 등장하는 '소냐' 같은 창부. 위한림은
어느덧 인생에 관한 한 일반론이 성립될 수 없다는 것을 가꿀 참으
로 있었다.

그래서 스위스 사람과 애정 관계에 있다는 이유만으론 미스 정과
미스 신을 깔보지 않기로 했다. 그런 만큼 미스 정과의 정사를 잊지
못할 정도가 되었다는 뜻이고, 미스 신의 독특한 논리를 한때 핀잔하
긴 했어도 어느 만큼은 수긍할 수 있었다로 되는 것이다.

그러나 불쾌한 마음은 계속 남았다. 첫째 미스 정이 좀처럼 만날 기회를 주지 않았기 때문이고 미스 신은 위한림과 스쳐 지날 때마다 냉랭한 표정이 되었기 때문이다.

위한림의 감정 같아선 미스 정의 머리채를 휘어 잡곤 "네 이년!" 하고 호통을 치며 그다지 상하지 않을 만큼 벽에다 쿵쿵 찍어 주고 싶었고, 미스 신에 대해선 "빨리 바그너 쫓아 스위스를 가지 왜 이러고 있어." 하고 익살을 퍼붓고 싶었다.

하지만 위한림은 사회를 알았다. 아니 아는 체라도 해야만 했다. 그러는 동안 하나의 아이디어가 생겼다. 미스 정과 미스 신에게 신경을 쓰지 않아도 될 방법을 강구하자는 것이었다.

위한림은 이십 수 명 있는 여사원들 하나하나를 마음속에서 점검하기 시작했다. 이상하게도 눈여겨 여자들을 관찰하고 보니 제 나름대로 각기 매력을 가지고 있는 것이다.

그 가운데 손만 대달라 떨어져 주마, 하는 식의 낙화형(洛花型)이 있고, 내게 호감만 가져라 상대해 줄 테니까, 하는 기분을 풍기는 황진이형(黃眞伊型)이 있고, 불면 날리지 뭐, 하는 수양버들형이 있는가 하면, 팬시리 무뚝뚝한 표정을 강작(强作)해선 그것이 요조숙녀인 양 작긱히고 있는, 기실 꺾으려고 들기만 하면 형편없이 부러져 버릴 고지형(枯枝型)도 있었다. 그런데 그 모두가 각기 그런 대로 매력을 지니고 있는 것이니 여성에 관한 흰 끼하은 존재하지 않는 것이고, 그 대신 돈 후안이나 카사노바 족속이 생겨나는 것이리라.

한데 위한림이 돈 후안이나 카사노바 따위의 인간은 되고 싶지 않았지만, 미스 정의 질투심을 자극하는 한편 미스 신의 자존심을 건드려 놓을 만한 여자를 직장 안에서 발견해야겠다는 필요를 느꼈다. 그러자면 적어도 평점 구십 점 이상은 되는 여자라야 하는 것이다.

이윽고 위한림은 자료실 한구석에 수선화를 닮은 여인을 발견했다. 수선화의 이름은 한근자.

그런데 이 수선화가 오스카 와일드를 읽고 있는 것을 위한림이 우연한 기회에 발견했다. 점심 시간에 모두들 외식하러 나갔는데 한근자만이 도시락으로 점심을 때웠던 모양으로 자료실 창 쪽에 의자를 꺼내 놓고 책을 읽고 있는 모습을 무슨 용무로 빨리 회사로 돌아온 위한림이 발견한 것이다. 가까이에 가 보았더니 랜덤판의 오스카 와일드였다. 위한림이 와일드를 읽은 적이 없지만, 그자가 탐미적 퇴폐적인 작가란 사실만은 들어서 알고 있었다.

지나가는 말로 "숙녀가 와일드를 읽어요?" 하고 빈정대는 투가 되었으나 한근자는 너그러운 미소를 띠었을 뿐 말은 없었다. 답이 없는 여자에게 다음의 수작을 걸 수도 없어 자리에 돌아와 앉으면서 속으로 중얼거렸다.

'저런 걸 소이부답(笑而不答)이라고 하는 거로구나.'

위한림은 격에 맞지 않게 한문적 표현을 즐겼다. 자기만으론 한문을 좋아하는 셈으로 있었다.

고등학교 때의 일이다. 도의 과목을 맡은 교사가 흑판에 큼직하

게 '정신일도 하사불성(精神一到 何事不成)'이라고 써놓고

"정신을 한 군데 집중하여 노력하기만 하면 안되는 일이 없느니라." 하고 설명했다.

이때 위한림이 손을 들어 "정신을 한 군데 집중하여 노력해 봐도 아무 일도 안되느니라 하는 뜻으로 풀이할 수도 있지 않겠습니까."

했더니 교사의 얼굴이 단번에 푸르락 붉으락 해지며,

"그 따위로 읽는 법은 없다."고 우겼다.

사실을 말하면, '하사불성'(何事不成)을 '아무 일도 안된다.'로도 읽을 수 있는 것을 '무슨 일인들 안될 수 있을소냐.'로 읽어야 한다는 당위(當爲)에 그 문자의 의미가 있게 되는 그런 대목에 한문의 온축이 있기도 한 것인데 교사는 그것을 몰랐던 것이다.

마찬가지로 '소이부답'에도 갖가지 의미가 있다. 상대방을 경멸하는 태도일 수가 있고, 수줍어 하는 성격의 표현일 수가 있고, 말없이 받아 넘기는 활달한 태도일 수도 있다.

위한림은 한근자의 '소이부답'을 수줍어 하는 성격과 활달한 태도의 중간이라고 보았다. 그 인상을 구체적으로 말하면 수선화로 된다.

체격이나 용모는 미스 정이나 미스 신에 비해서도 미학적 현대적으로 뒤지지 않을 뿐 아니라 정과 신에겐 없는 수선화를 닮은 품위와 향기를 겸진하고 있는 터인데 탐색(探色)에 있어서도 출중한 그들이 어떻게 이 여자만은 남겨 두었을까, 아니면 이미 손이 닿아 있는 것

인가, 아니면 한근자의 몸가짐이 의연한 것인가 하고 이런저런 생각을 해보며 위한림은 일단 목표를 한근자로 정했다.

그러기 위해선 우선 오스카 와일드의 책을 읽어야 할 것이었다.

퇴근길에 서점을 들렀다. 근래엔 없던 일이다. 위한림은 광화문의 어떤 서점에서 펭귄 출판사의 바이킹 판으로 나와 있는 오스카 와일드를 샀다.

그 가운덴 갖가지 작품이 수록되어 있었다. 난관은 부피가 너무 크다는 데 있었다.

「윈다미야 부인의 부채」, 「살로메」를 읽고, 「도리안 그레이의 화상(畫像)」을 반쯤 읽었을 때 위한림이 대담하게 자료실에 들어가 한근자에게 "말씀드릴 게 있는데 오늘 오후 시간을 내 주실 수 없겠습니까?" 하고 물었다.

한근자는 고개를 갸웃하더니

"오늘 오후는 안되겠는데요."

"그럼 내일은?"

"내일도 일이 있을 것 같은데요."

"모레는?"

"모레는 토요일이죠?"

토요일은 노는 날이다. 그러니 그 반문은 안되겠다는 말과 동일한 뜻이다.

일단 말을 꺼낸 이상 물러설 순 없었다.

"그럼 월요일은 어떻겠소."

"월요일?" 하곤 난처한 표정을 짓는 한근자에게

"삼십 분이면 되는데 그 삼십 분을 할애할 수 없어요?" 하고 위한림이 토라진 투로 말했다.

"삼십 분이면 좋습니다." 하고 한근자는 점심 시간을 지정했다.

"점심 시간 좋지요." 하고 월요일 점심 시간 청진동에 있는 경양식 집에서 만나기로 했다.

그런 번거로운 절차를 취할 것도 없이 점심 시간이나 퇴근 시간에 "좀 봅시다." 하고 강인하게 행동할 수도 있었지만, 어쩐지 한근자를 상대로 하곤 위한림이 철저하게 신사가 되고 싶었다.

월요일까진 「도리안 그레이의 화상」을 다 읽고 「심연에서」라는 표제가 붙은 옥중기를 시작했는데 문장이 너무 어려워 포기 상태에 있었던 위한림이 그 가운데 어려운 문장 몇 개를 골라 한근자에게 물어볼 작정을 했다. 영문과 출신의 한근자가 그걸 모르면 오스카 와일드는 한근자에게 있어서 크리스찬 디오르의 화장품과 같을 것이 분명했다. 이를테면 허영의 액세서리.

"이렇게 만나 뵙기가 힘들어서야 어디 사내가 견딜 수 있겠소."

경양식집 탁자를 격하고 앉아 위한림이 던진 첫 말이었다.

"힘들게 절 만날 용무가 뭐죠?"

약간 긴장한 빛으로 한근자가 물었다.

"중대한 문젭니다."

"중대한 문제?"

"그렇죠, 중대한 문제죠."

"……."

"그보다 뭘 시킵시다. 무얼 하시렵니까."

"전 굴 프라이로 하겠어요."

"ER가 들지 않은 달의 굴은 먹지 말란다는데요?"

"그건 영국에서의 얘기겠죠."

위한림은 새우 프라이를 시켰다.

그래 놓고 말했다.

"미스 한, 이 지구에서 가장 큰 동물이 뭣인지 아십니까?"

"글쎄요?"

"새우랍니다. 새우는 태평양도 좁다고 웅크리고 있답니다."

그래도 한근자는 웃지 않고,

"미스터 위는 꽤나 유식하군요."

"모르는 것 빼 놓고는 다 알죠."

"어느 소설을 읽으니 그런 말투가 있더군요."

위한림은 이 여자와 얘기할 땐 각별히 조심해야겠다고 생각했다.

수선화가 아니라 가시 돋친 장미가 아닐까 하는 마음마저 들었다.

말없이 식사가 끝났다.

한근자는 제철 아닌 굴을 먹고 위한림은 세계에서 제일 큰 동물

을 먹을 셈인데 위한림이 재담의 재료로 할 수 없을 만큼 분위기가

딱딱했다.

커피가 왔다.

"중요한 문제가 뭔지 말해 보세요."

"하루 삼십 분씩만 시간을 가졌으면 합니다."

한근자는 위한림을 말끄러미 바라보고 있더니 말했다.

"미스터 위, 무슨 오해를 하고 계시는 것 아녜요?"

"오해가 또 뭡니까?"

"혹시 절 미스 신으로 오해하고 계시는 게 아닌가 해서요."

한근자의 말은 또박또박 했다.

"미스 신이 왜 튀어나옵니까? 이 자리에."

"제가 본 게 있거든요."

"뭣을 봤단 말입니까."

"미스터 위가 억지로 미스 신을 데리고 다방으로 들어가는 것을 봤어요."

"억지로 데리고 간 일은 없었는데요."

"사실은 몰라도 제 눈엔 그렇게 보였어요."

"설혹 그렇다고 치더라도 그 사람이 무슨 상관입니까?"

"프로포즈를 했다가 거절당한 것 아녜요?"

이거야 정말 경천동지할 일이었다.

위한림이 펄쩍 뛰고 싶은 충동을 억지로 참고

"확인해 보고 싶은 일이 있어서 만났을 따름이오. 그런데 내가 프로포즈를 하다니." 하고 투덜댔다.

"그런데 여사원들 사이엔 그렇게 말이 돌고 있어요."

"참으로 어이가 없군."

"그렇다면 무엇을 확인하려고 하셨죠?"

사실은 미스 정의 전화번호를 알아보려다가 만 일인데 실토할
순 없는 일이어서

"미스 신에게 불미한 풍문이 나돌기에 사실 여부를 확인해 보고
충고를 할 참이었소."

"불미한 풍문이란 게 뭔데요?"

"바그너의 현지처란 말이 있어서."

"현지처? 무슨 말을 그렇게 해요."

"현지처가 나쁩니까?"

"미스 신은 바그너와 진지한 연애를 하고 있는 거예요. 진지한 연
애를 하고 있다는 얘기가 불미한 풍문으로 되는 건가요?"

위한림은 궁지에 몰린 기분이었다.

"그래서 그렇다는 걸 알고 나도 안심을 했죠."

"안심을 해서 목하 미스 신과 냉전이 전개되고 있는 거예요?"

위한림은 자기와 미스 신 사이의 싸늘한 관계를 엉뚱하게 해석하
고 있구나 싶었지만 해명할 엄두가 나질 않았다.

하는 수 없이 엉뚱하게 화제를 바꿨다.

"그러니까 미스 한께서도 그런 국제적 사랑을 동경하고 계시다

는 말인가.”

한근자는 일순 핼쑥한 표정으로 되더니 “국제적인 사랑을 긍정은 하지만 동경하진 않아요. 전 한국의 남성에게 미스 신처럼은 실망하고 있진 않으니까요.” 하고 보일 듯 말 듯하게 웃었다.

그 웃음은 위한림에게 안심을 주었다.

“남 얘긴 그만하고 제 얘길 하겠소……” 하고 커피 스푼을 놓았다.

“오늘의 화제와 관계되는 일인데요.” 하면서 위한림이 물었다.

“미스 한은 오스카 와일드를 좋아하십니까?”

“그다지 좋아하진 않아요.”

“좋아하진 않는데 숙녀가 그걸 읽을 필요가 있을까요?”

“숙녀는 그런 걸 읽어서는 안되나요?”

“양서(良書)를 읽지 말고 최고의 책을 읽으라는 충고가 있지 않소. 나는 오스카 와일드를 최고의 책이라곤 생각하지 않는데요. 특히 숙녀에게 있어선.”

“저도 최고의 책이라곤 생각하지 않아요. 헌데 미스터 위는 언제나 최고의 책만 읽나요? 그런데 왜 그런 말씀을 하시죠?”

“자긴 행하지 못하면서 충고는 제대로 할 줄 알죠.”

“그것도 어디서 읽은 것 같은 말이군요.”

“요컨대 나에겐 독창이 없다는 말씀인데 내가 알고 싶은 건 미스 한이 왜 하필이면 오스카 와일드를 읽느냐 하는 것을 알고 싶습니다.”

"무슨 이유로 그것에 관심이 많죠?"

"사실은 내가 와일드를 기막히게 좋아하기 때문입니다."

"그러니까 미스터 위는 데카당이다, 이건가요?"

"데카당으로서의 경향이 있다는 것은 확실히 인정합니다. 그러나 그것에 대한 반발도 강합니다. 나는 내가 와일드를 좋아하는 것은 와일드가 몸소 데카당의 파멸을 증명해 보인 데 있습니다. 그가 「도리안 그레이의 화상」에서 한 말 기억하고 계시죠? 쾌락주의의 길은 처음엔 대도처럼 넓지만 종국엔 칼날처럼 좁아진다는, 그런 뜻으로 나는 와일드에게 다른 누구에게서도 발견 못할 스승을 봅니다."

한근자는 실로 뜻밖이란 표정을 하면서 위한림의 말을 듣고 있더니 고개를 끄덕끄덕하곤 "미스터 위가 진지하게 말씀하니 저도 진지하게 대답하죠." 하며 다음과 같이 말을 보탰다.

"전 오스카 와일드에게 남성의 정념이라든가 사상의 어느 한쪽의 극단을 볼 수 있지 않을까 해서 그것을 읽고 있어요."

"그래 극단을 보았습니까?"

"그런데 뜻밖에도 그에게서 건강한 사상을 느꼈습니다. 그의 사생활은 어떠했는지 모르지만 그의 사고는 건전해요. 그의 에피그램적인 표현은 기교한 것 같아도 좀 더 깊이 내면을 파고 들어가면 극히 상식적인 것이 나타나요. 가령 '자연은 예술을 모방한다'는 말. 놀랄 만한 패러독스이지만 조금 생각해 보세요. 상식 아녜요? 또 이런 말이 있죠 왜. '아무리 좋은 풀밭이라도 앉거나 눕기엔 서툴게 만든 소파가 좋다'는 말. 그게 사실 아녜요? 그렇다고 해서 제가 와일드의 사상 전부를 긍정하는 건 아닙니다."

한근자도 놀랐겠지만 위한림도 놀랐다. 대학 영문과를 나온 여성이라고 치더라고 자기가 읽고 있는 작가에 대해 이만한 견식을 가지고 있다는 사실은 보통일 수 없는 것이다.

"그래서 말입니다." 하고 위한림이 허두를 꺼냈다.

"매일 30분쯤 시간을 할애해 달라는 것은 공과대학을 나온 내 실력 갖곤 그의 옥중기를 읽을 수 없어요."

"「드 프로펀디스」 말인가요?"

"그렇습니다."

"와일드의 문장은 그의 예술론 빼곤 그다지 어렵지 않을 텐데요."

"그런데 내겐 어렵단 말입니다. 매일 삼십 분쯤 내가 모르는 부분을 가르쳐 달라는 얘깁니다."

"제겐 남을 가르칠 실력까진 없어요."

"그런 말씀 말고 하루 삼십 분이면 됩니다."

그녀는 한참을 생각하더니 "전 미스터 위가 짐작한 것보다는 바쁜 사람이에요. 토요일도 일요일도 없구요." 하고 난감한 얼굴을 했다.

"뭐가 그렇게 바쁩니까?"

"사실은 아르바이트를 하고 있어요. 대학 입시준비를 하는 두 학생을 가르치고 있거든요. 이왕 맡은 바엔 그 학생들이 대학에 들어갈 수 있도록 해 주고 싶어요."

"한데 그 아르바이트는 돈을 벌 목적으로 하는 겁니까, 달리 목적이 있는 겁니까?"

"돈이 목적이죠."

"회사에서 받는 월급으로도 충분할 텐데 돈이 뭣 때문에 그처럼 필요한 겁니까."

한근자는 애매하게 웃을 뿐 얼른 대답을 안 했다.

"알고 싶은데요. 뭣 때문에 아르바이트를 해서까지 돈을 모아야 하는지."

"저의 집은 가난해요. 그래서 스칼라쉽을 받았는데도 유학을 가지 못했어요. 그러나 유학 갈 꿈은 아직도 잊지 않고 있거든요."

위한림은 비로소 한근자의 사정과 그 사람됨을 알 수가 있었다.

"나도 삼십 분에 해당하는 사례를 내겠소."

위한림이 정색을 하고 말했다.

"그럴 것까진 없습니다. 그랬다간 회사 안에 큰 소문이 나게요?"

"아무튼 부탁합니다."

위한림은 절대로 물러설 수 없었다.

"시간을 만들어 보죠." 하고 한근자의 승낙이 떨어진 것은 오후 근무 시간이 박두했을 때였다.

그것이 계기가 되어 위한림과 한근자는 점심 시간이 아니면 퇴근 직후 30분 가량의 시간을 같이 지내기로 되었다.

모르는 것을 묻는다는 건 구실에 불과했다. 매일 두세 개 센텐스를 언더라인을 쳐와서 묻곤 주로 잡담으로 지냈다. 만나는 횟수가 더해 갈수록 위한림은 한근자에 대한 호감을 가꾸어 갔다.

어느 날의 일이다.

"미스터 위, 뻔히 알고 계시는 것을 괜히 묻는 건 아녜요?" 하고 농담조로 물었다.

"알고 있는 것도 영문학자에게 물어 확인하려고 하는 겁니다."

"그런 것 싫어요."

한근자가 정색을 했다.

"긴가 민가 하는 게 있잖아요? 결코 나는 장난을 하고 있는 게 아닙니다. 설사 그렇더라도 이렇게 해서라도 미스 한과 시간을 같이하고 싶은 나의 심정을 이해해 주셔야죠."

"저도 미스터 위와 같이 있는 시간이 싫은 건 아녜요."

한근자는 가볍게 한숨을 섞어 말했다.

토요일과 일요일을 빼고 위한림과 한근자는 매일 삼십 분씩 만났다. 장소는 다방일 수도 있었고 빌딩의 옥상일 수도 있었고 같이 동대문까지 걷는 경우도 있었다. 아르바이트가 있었기 때문이기도 했지만 한근자는 그 이상의 시간은 허용하려 하지 않았다. 30분이란 시간도 활용하기에 따라선 대단히 가치 있는 시간으로 된다. 위한림에겐 그 삼십 분 동안이 하루의 보람이었다.

그날도 ―오늘은 한근자와 무슨 얘길 할까 하고 책상 위의 서류

389

를 챙기고 있는데 지점장실의 사환이 야무지게 봉함이 되어 있는 작은 봉투를 위한림에게 건네고 샀다. 펴보았더니 미스 정의 필적으로 된 쪽지가 있었다. 오늘 오후 퇴근 시간 삼십 분 후에 S호텔의 로비에서 만나자는 내용이었다. 우이동에서 하룻밤을 같이한 이래 거의 한 달 동안 얼굴 맞대기를 피해 온 미스 정의 전갈이어서 위한림은 어리둥절했다.

그날 퇴근 직후 위한림은 종로에 있는 과자점에서 한근자를 기다렸다. 정확히 이 분 후에 나타난 한근자와 아이스크림을 먹었다. 화제는 영국의 찰스 왕자가 일기장을 독일의 잡지사에 판 돈을 친구들과 어울려 노는 비용으로 했다는 어느 외국 잡지의 기사였다.

"영국의 황태자가 용돈이 모자라 일기장을 팔았다는 사정이 도무지 납득이 가질 않는데." 한 것은 위한림이었고, 한근자는 "황실에선 엄한 규칙이 있나 봐요. 몇 살까진 용돈이 얼마, 고등학교 시절엔 용돈이 얼마라고 되어 있기 때문에 더러 궁색할 경우도 있었겠죠." 하고 했는데 다음과 같은 결론이 나왔다. 공식적으로 정해져 있다고 하더라도 어머니인 여왕이나 아버지인 필립 공이 사적으로 용돈을 줄 만도 한데 그렇게 하지 않는 것이 영국이다. 즉 황실부터가 철저하게 법률이나 규칙을 지킨다. 그런 준법정신을 본받을 만하다.

이렇게 한바탕 영국을 찬양하는 얘기를 주고받은 뒤 스위스인과 영국인의 비교론이 나왔다. 스위스인이나 영국인은 똑같이 인색하고 자존심이 강하지만 스위스인은 자기들의 결점을 절대로 인정하려들지 않는데 영국인은 자기에게 잘못이 있다고 생각하면 당장 그 것을 승인한다. 단적으로 말하면 스위스인은 편협한데 그에 비해 영 국인은 관대하다…….

그 이유가 어디에 있을까 하는 토론 중에 한근자가 일어났다. 삼 십 분이 지난 것이다. 위한림은 한근자와 헤어진 그 걸음으로 미스 정이 기다리고 있는 S호텔로 향했다.

S호텔의 로비에 도착했을 땐 십오 분이 늦어 있었다. 미스 정은 노골적으로 불쾌한 얼굴을 하고 핀잔을 주었다.

"약속 시간을 15분이나 어길 수 있어요?"

미안하다는 말 대신 위한림이 쏘았다.

"나는 스위스인이 아니라서 그렇소."

"그렇게 말하기 있어요?"

미스 정이 발끈 성을 냈다.

"싸우자고 날 여기까지 나오라고 한 거요?"

"약속을 어겼으니 하는 말 아녜요."

"약속 약속하지 말아요. 미스 정은 나와의 중대한 약속을 지키 지 않았소."

"무슨 약속을 내가 지키지 않았단 말예요."

"우린 일주일에 한 번은 만나기로 약속했지 않았소?"

위한림이 어이가 없는 투로 밀렸다.

"가능하다면 그렇게 하기로 했지 약속을 한 건 아니잖아요?"

"그렇다고 칩시다. 그렇다고 치더라도 너무 하지 않소. 한 달 동안 그처럼 시간을 만들 수가 없었어요?"

"딱한 사정이 있었어요."

"그 딱한 사정 좀 알아 봅시다."

"쑥스러운 얘길 뿐예요."

"쑥스러우나 뭐나 우선 내 감정이 조금이라도 석연할 수 있어야 하지 않겠소."

"그건 미스터 위가 계속 나에게 관심을 가지고 있단 말인가요?"

"기가 막혀. 미스 정은 날 목석으로 알았소?"

"남자의 마음은 알고도 몰라."

"남자의 마음을 논하는 건 이따가 하고 도대체 무슨 사정이 있었길래 그처럼 매정스러울 수가 있소."

"미안해요."

미스 정은 풀이 죽은 투가 되었다.

"그날 미스터 위와 거길 갔었죠? 사실을 말하면 그날 노발리스와 수원에 가게 돼 있었어요. H공업의 공장을 둘러볼 겸…… 노발리스가 바람을 맞은 셈이죠. 성이 머리 끝까지 나 있었더군요. 그런데 그 사람은 끈덕진 사람이에요. 자길 바람을 맞게 한 덴 배후에 남자가 있었을 걸로 짐작하고 그 남자가 회사 안에 있는 것이 아닌가 하고 눈치를 살피기 시작했어요. 나로선 절대로 눈치 채게 할 수가 없었어요. 그래서 미스터 위를 의식적으로 외면하게 된 거예요."

"일등 국민의 애인 노릇 하기도 쉬운 일이 아니군."

그러자 미스 정의 눈에 일순 불이 커지는 것 같았다.

"미스터 위!" 하고 부르는 소리가 날카로웠다.

"말씀하시구려."

"사람에게 그처럼 빈정대기예요?"

"빈정대긴, 내게 그만한 밸도 있어선 안되나요?"

"난 노발리스와의 관계를 깨끗이 청산했어요. 미스터 위와 거겔 갔다 온 이후로요."

그게 나와 무슨 관계냐고 뱉어 버리고 싶었지만 위한림이 잠자코 있었다.

겸연쩍은 침묵이 얼만가 흘렀다.

침묵을 깬 것은 미스 정이었다.

"요즘 미스 한과 대단히 친하게 지내신다는 데 그것 사실인가요?"

"어느 정도이면 친하다고 하는 건지 모르겠소만, 교제하고 있는 건 사실이오."

"무슨 의도로 교제하고 있는 거죠?"

"꼭 의도가 있어야만 교제를 하나요?"

"의도없이 님녀 간의 교제가 있을 수 있을까요?"

"내 요량 같아선 결혼 상대로도 그만하면 충분하지만, 미스 한에 겐 그럴 생각이 전혀 없는가 보더군요."

"결혼 상대를 꼭 회사 안에서 구해야 하나요?"

"꼭 그래야 할 것도 아니지만, 회사 안에서 구한대서 나쁠 것도 없잖을까?"

"내가 있는 회사에서 날 보라는 듯이 다른 여자와 교제하는 건 너무나 참혹한 일이라고 생각지 않아요?"

어이가 없어 위한림이 다음과 같이 말했다.

"나는 매일 미스 한으로부터 영어를 배우고 있는 겁니다."

"영어를 배워요?"

미스 정의 눈꼬리가 치켜졌다.

"미스 한의 영어 실력은 대단해요. 문학적인 교양이 깊기도 하구요. 나는 미스 한에게 많은 것을 배우고 있습니다."

위한림이 또박또박 말했다.

"미스 한은 훌륭한 여자예요. 경박하지도 않구요. 미스 신이 입사하기 전 바그너는 미스 한에게 열렬한 프로포즈를 했지요. 그러나 미스 한은 응하지 않았어요. 그런 점에서 우리완 종류가 달라요. 미스터 위의 선택은 옳았어요. 회사 안에서 남자가 결혼 상대를 구하려면 마땅히 그런 여자를 골라야죠. 그러나 가혹해요. 나를 두고 어찌 그럴 수가 있어요?"

"미스 정은 나와 결혼할 수 있는 상황이 아니지 않소."

"결혼할 상황이 아니란 것을 알면서도 절 사랑한다고 말하지 않았어요?"

위한림은 분명히 그런 말을 했었다. 하나 그게 어떻단 말인가. 한 달 동안이나 외면당하지 않았는가.

"미스 정, 오해를 안 했으면 합니다. 나와 미스 한과의 교제엔 사랑이고 뭐고 한 그런 웨트한 관계는 아닙니다. 순수한 우정이죠."

"남녀 간의 우정?"

"대단히 힘드는 일이지만, 미스 한과의 사이엔 그게 가능할 것 같아요. 미스 한은 지금 회사일 외에 아르바이트를 하면서까지 돈을 모으고 있습니다. 영국으로 유학할 목적으로. 그러니 나와 미스 한의 관계에 대해선 신경 쓸 필요가 없을 것 같소."

"그 말 믿어도 될까요?"

"믿고 안 믿고 간에 미스 정이 그런 걸 따질 필요는 없는 것 아닐까요?"

"그럼 미스터 위는 절 일시적으로 농락했다는 얘긴가요?"

위한림은 궁지에 몰린 기분이었다.

솔직한 얘기로 미스 한을 알고부턴 다른 여자와의 교제가 부담스러웠던 것이다.

"어떻게 했으면 좋을지 미스 정의 의견을 듣고 싶은데요."

"미스터 위는 여자의 마음을 그렇게 모르세요?"

"알면 어떻게 합니까. 서로 결혼할 형편도 못되고."

"노발리스완 끝장이 났어요."

노발리스와의 끝징이 결혼할 수 있는 조건이 되었다는 말인가 싶었지만 입 밖으로 낼 순 없었다.

"나는 미스 한처럼 미스 정과도 우정을 가꾸고 싶군요."

"늦었어요." 하고 미스 정은 안쓰런 표정을 지었다.

"뭣이 늦었단 말입니까."

"우정이란 거리를 두기엔 우린 너무 가까워져 버렸어요."

미스 정은 육체 관계를 두고 한 말일 것이지만, 위한림은 그 화제에서 멀어지려고 했다.

"우리 일주일에 한 번쯤은 만나기로 해요."

한 달 전 위한림이 한 제안을 이번엔 미스 정이 꺼내 놓았다.

위한림의 대답이 없자, 미스 정이 다시 말했다.

"금요일 밤이 어떨까요. 토요일이 노는 날이니까."

위한림이 애매하게 고개를 끄덕였다. 결국 그 제의를 승낙한 결과가 되었다.

토요일, 일요일을 놀고 수요일은 반휴(半休), 평상일에도 여섯 내지 일곱 시간만 일하면 되는 것이고 급료는 국내 기업체보다 많은 편이니 그 정도면 월급장이로선 상팔자에 속한다.

위한림으로선 적당하게 일하고, 적당하게 놀고, 적당하게 마시며 미스 정관 몸으로 교제하고, 미스 한과는 마음으로 교제하며 청춘을 즐길 수 있었으니 시간은 태평하게 흐르는 것이다.

그러나 세계는 그처럼 태평하지 않았다. 인도차이나의 전쟁은 여전히 계속되고 있었다. 중동(中東)의 정세는 누란의 위기에 있고 인도와 파키스탄 사이의 전쟁은 끝났다고는 하나 파키스탄의 정국은 혼미하고 독립을 얻었다고는 하나 방글라데시의 장래는 예측을 불허하는 상황이다. 위한림은 웬지 파키스탄의 부토와 방글라데시의 라만에게 숭경에 가까운 감정을 느끼게 되었다.

이러한 어느 날 점심을 도시락으로 때운 위한림이 옥상으로 올라가 외국의 시사잡지에 실린 파키스탄 기사를 읽고 있었는데 스위스인 잉게보르그가 다가와서 물었다.

"무엇을 읽고 있느냐?"

"파키스탄의 기사를 읽고 있다."

위한림이 무뚝뚝하게 대답했다.

그러자 잉게보르그가 "흠, 파키스탄?" 하더니 구제 받지 못할 나라, 라고 덧붙였다.

위한림이 화가 치밀었다.

"어째서 파키스탄이 구제 받지 못할 나라인가?" 하고 반문했다.

"야만에다 편집광증까지 겸한 나라이니 구제 받을 방도가 있겠나. 야만이면 순진하기라도 해야지."

잉게보르그는 혀를 끌끌 찼다.

"적어도 수천 만의 인구를 가진 나라를 그 따위로 모욕할 수 있는냐."고 위한림이 흥분하고 부토라고 하는 훌륭한 지도자가 들어섰으니 활로가 트일 것이라고 나름대로의 소신을 말했다.

그런데 잉게보르그는 냉랭한 표정이 되면서 뇌까렸다.

"부토? 그 잔센티멘탈한 돈키호테일 뿐이다. 멀지 않아 쿠데타가 나서 그자의 목이 달아날걸."

"어떻게 당신은 그런 막말을 할 수 있는가?"

위한림이 대들 듯이 말했다.

"후진국의 생리 아닌가, 쿠데타라는 것은. 그런데 파키스탄은 민간 출신의 정치가가 감당할 수 있는 나라가 아니거든."

그런 말투에 위한림은 백인의 우월의식 같은 것을 느꼈다. 한마디로 불쾌했다. 뭔가 칼날이 되는 말을 쏘아 주고 싶었다.

"그리고 보니 스위스엔 뉴스거리가 없더군. 모두들 낮잠만 자고 있는 모양이지?" 하고 빈정댔다.

"노 뉴스 굿 뉴스. 무소식이 희소식이란 말이 있지 않나. 스위스의 지성은 사건을 만들지 않아. 사건을 해결해 주긴 하지만."

"그렇겠지. 신사들에게 사랑방 빌려 주고 구전먹는 주제에 사건을 일으킬 박력이 있을라구."

그러자 잉게보르그는 일순 햇슥한 얼굴로 되더니 옥상에서 사라져 버렸다.

X+X+X+Y=X

슈나이더 한국 지점의 업태는 일취월장하는 추세를 보였다. 위한 림이 그 직장에 들어간 지 1년쯤 되었을 때 한국인 직원의 수는 거의 배로 불어났다. 이에 비례해서 스위스인 직원도 배가 되었다.

사업 내용은 각종 플랜트를 한국이 도입하는 데 있어서의 알선 및 무역의 중계 업무, 차관 주선 등으로써 그로 인해 커미션, 즉 구전을 먹는 이를테면 브로커 시스템인데 그 전모를 한국인이 파악한다는 것이 불가능하게 되어 있었다.

첫째, 어떤 플랜트를 독일로부터 도입했다고 할 때 그 원가를 알수 없는 것이다. 텔렉스실을 장악하고 있는 것은 스위스인이고 그 아래 보좌하는 한국인이 없지 않았지만 암호, 또는 반암호(半暗號)로 송신되고 발신하는 내용을 그들로선 파악할 수가 없었다. 가령 원가가 200만 달러의 것이면 텔렉스는 300만 달러로 찍어내는 것이나. 그 해독(解讀)은 오직 스위스인들에게만 가능하다

뿐만 아니라 사무의 내용이 극도로 세분되어 있고 복잡해서 세

로도 가로도 연결지어 파악할 수가 없다. 때문에 한국인 직원들은 상회의 업태를 구체적으로 알아볼 생각도 하지 않았다. 보람 없는 신경을 쓸 필요가 없는 것이다. 그런데 어느 날 위한림이 미스 한으로부터 이런 말을 들었다.

"이번 R회사의 석유화학 콤비나트를 만드는데 슈나이더 상회가 3,000만 달러 이상을 벌었대요."

석유화학 콤비나트는 거대한 규모이다. 이에 소요되는 품목만 해도 수천 종이 될 것이었다. 그렇더라도 3,000만 달러의 이득이란 엄청나다. 3,000만 달러면 환율을 800 대 1로 쳐서 240억 원이 된다. 석유 콤비니트 한 건으로 240억 원을 벌었다면 줄잡아 슈나이더 상회가 올리는 연간 이득을 1,300억 원 이상으로 잡아야 할 것이 아닌가 하는 짐작이 들어 위한림이 물었다.

"미스 한은 어떻게 그런 사실을 알았소?"

"새로 온 포이엘이 있잖아요. 잉게보르그가 그를 안내해서 경복궁으로 가는데 나에게 도움을 청해 왔어요. 날더러 설명을 해달라는 겁니다. 그때 두 사람이 낮은 소리로 속삭이고 있는 것을 들었어요. 독일어로 주고 받고 있었는데 소리를 낮추기도 했을뿐더러 내가 독일어를 알아 들을 줄은 몰랐던 것 같아요."

"그래 무슨 내용입디까."

"석유화학 콤비나트에서 3,000만 달러를 벌었다는 말은 슬쩍 지나친 말이고 그들이 주고받은 얘기의 골자는 그 3,000만 달러 가운데서 노발리스가 500만 달러를 떼내어 정치 자금으로 하겠다며 자기의 통장에 넣는 데 대한 불평이었어요. 과연 그것이 정치 자금으로 쓰일 거냐, 사복을 채운 것이냐 하는 문제가 초점이었어요. 원래 본사에선 그 콤비나트로써 1,000만 달러의 이득을 올리면 된다는 방침인 것 같았는데 그 이상 올린 이득은 노발리스의 재량으로 요리될 수 있는가 보죠?"

한국인 직원을 대할 땐 일치단결하고 있지만, 스위스인들 끼리엔 내부적으로 갈등이 있는 것 같은 인상을 받아 온 터이어서 포이엘과 잉게보르그의 불평엔 놀랄 것이 없었지만 섬유 콤비나트 하나로 3,000만 달러의 이득을 올렸다는 사실은 위한림에게 있어서 하나의 충격이었다.

이 직장에서는 결코 트러블 메이커가 되지 않도록 하겠다는 것이 위한림이 슈나이더 상회에 들어왔을 때부터 스스로 굳게 다짐한 맹세였다.

그러나 백 수십 명을 지닌 상사로서 연간 1,300억 원의 이득을 올리는 한국인 회사가 있을 것인가 하고 생각할 때 위한림은 뱃이 틀렸다.

그 때부터 그는 슈나이더 상회 한국 지점의 업태를 철저하게 챙겨 볼 작정을 하고 미스 한에게도 협력을 구했다. 믿을 만한 한국인 직원 몇 사람에게도 뜻을 전했나. 첫째 한국 지점의 규모부터 연구해 보기로 했는데 이것은 실로 교묘하게 짜여져 있었다.

이를테면 모든 상사의 기구는 능률적으로 조직되는 것이 원칙인데 슈나이더 상회의 기구는 칠두철미 비능률적으로 꾸며져 있다는 것을 발견했다. 일과(一課) 열 명씩의 스태프로 팔 개의 과로 나누고 그 외에 총무, 기획, 자료, 통신 등 사 실(四室)이 있었는데 만일 능률 위주로 사무를 집행한다면 팔 개 과를 삼 개 과로 줄일 수가 있는 것이다.

인색할 정도의 절약으로 여행하는 스위스인이 이처럼 비능률적으로 사무를 진행할 까닭이 없다고 생각했을 때 위한림은 슈나이더 회사의 생리를 어느 정도 파악했다고 할 수가 있다. 요컨대, 사무는 진행하되 동시에 은폐(隱蔽) 작업을 집행해야 했던 것이다. 예를 들면

—A B C D E……의 과(課)가 있어 각각 지시에 따라 서류를 만드는데 A과의 서류가 A_1 A_2 A_3의 계통으로 취합되지 않고 E_5 D_4 C_3 B_2 A_1의 계통으로 취합되기도 하고 전혀 별도로 취합되기도 한다. 즉 80명이 서류를 만드는 데 60명은 전혀 소용 없는 서류를 만들고 있고 20명의 서류만 유용한 것으로 되는데 그 선별작업은 스위스인이 한다. 결론적으로 말하면 한국인 직원들은 자기들이 하고 있는 일을 만일 한자리에 모여 종합해 본다고 해도 도저히 파악할 수 없게 기구가 짜여져 있다는 얘기다. 스포츠에 있어서의 양동동작(佯動動作)은 동작 직후에 곧 알 수가 있는 것이지만 슈나이더 상회에 있어서의 동작은 누가 양동(佯動)이며 진동(眞動)임을 당사자는 모르게 되

어 있고 오직 지사장을 비롯한 스위스인들만 알게 되어 있는 것이다. 말하자면 슈나이더 한국 지사에서 하는 페이퍼 플레이는 그 팔할까지가 양동이란 뜻이다. 만일 소련의 KGB, 미국의 CIA가 덤벼들어도 슈나이더 한국 지사에서 만들어진 서류 갖곤 도저히 그 업태를 파악할 수 없을 것이다.

방법이 가능하다면 어느 기계를 슈나이더 회사가 얼마에 알선했는가의 결과부터 시작해서 그 기계를 만든 메이커가 얼마를 받았는가를 알아보고 그 차액을 검출하는 동시에 그 경과를 어떤 식으로 카무플라지 했는가의 과정을 따져보는 수밖에 없다. 그러나 이것은 한국인 직원으로선 어림도 없는 얘기로 된다. 발주에도 비밀이 있고, 발주를 받는 회사에도 비밀이 있고, 따라서 그 브로커 과정에도 비밀이 있게 마련인 것이다.

위한림이 소속과(所屬課)의 장인 강기덕 씨에게 이런 사연을 말하고 설명을 구했더니 거의 스위스인을 닮아 가고 있는 그는 볼펜으로 백지 위에 다음과 같이 썼다.

X+X+X+Y=X

"이것을 방정식이라고 치고 한번 풀어 봐요."

그 해괴한 부호의 나열을 들여다보고 있는 위한림에게 강기덕이

"모르로 모르고 또 모르는 것에다 아리송한 짐작을 보태 보았자 결국은 모르게 될 뿐이다." 하고 웃었다.

"강 과장이 모른다면 이 회사 사정을 아는 사람은 없다는 얘기

로 되는 것 아닙니까?" 맥이 풀리는 기분으로 되며 위한림이 물었다.

"그렇다고 할 수 있지."

"그럼 도저히 할 수 없다는 얘깁니까?"

"막 볼 작정하고 챙기려고 들면 어느 정도 알 수야 있겠죠. 그러나 그렇게 기를 써서 알 필요가 뭐 있겠소. 우린 월급이나 받아 먹으면 그만이지."

"그래도 난 알고 싶은데요."

"미스터 위, 갑자기 왜 그처럼 서두르는 거요?"

"본의 아니게 공범노릇을 하면서도 사실 그 속사정을 필히 모른다는 생각이 든 겁니다. 가령 원가 300만 달러짜리를 600만 달러에 팔아 먹고 그 차액 300만 달러를 착복하는 경우가 있다면, 이런 당연히 범죄행위가 되는 것 아닙니까. 우리는 아무것도 모르고 결과적으로 그 범죄행위를 방조하고 있다면, 아니 공범행위를 하고 있다면 기분 나쁘지 않습니까?"

"미스터 위는 순진하군. 300만 달러짜리를 600만 달러에 사들인다면 모두들 짜고 하는 거요. 스위스인들에게만 책임이 있는 게 아니지. 수출진흥정책에 편승해서 그걸 미끼로 정부의 융자를 받아 플랜트를 도입하는 것이니까. 그렇게 해서도 수지가 맞으면 다행이고 수지를 맞출 수 없으면 팽개치구 대부분 그런 배짱으로 있는 거요."

"기업은 망해도 기업인은 산다, 이건가요?"

"그렇고 그런 거지."

"그런데도 강 과장은 아무렇지도 않아요?"

"흥분해 봤자 별 볼일 없는 것 아닌가. 빽 있고 기술 있고 돈 있는 사람들이 요령껏 하는 걸 무력한 놈이 참견한들 무슨 보람이 있겠는가. 요컨대 큰 소릴 치려면 돈 벌어 놓고 쳐라, 권력을 잡아 놓고 하라 이거지."

강기덕 씨의 말을 수긍할 순 있으나 감정은 석연하지 않았다. 위한림이 자기 자리로 돌아오려 하자 강기덕 씨의 말이 있었다.

"놈들의 눈치는 빠릅니다. 의혹을 사지 않도록 조심하시오."

놈들이란 스위스인을 지칭한 말이다.

그런 일이 있고부터 위한림은 서류 하나를 만드는 데도 흥이 나질 않았다. 놈들의 사기 행위를 돕기 위하 양동작업이 아닐까 하는 상념이 문득문득 솟았다. 만일 자기가 하고 있는 일이 양동작업이라면 스위스인들의 눈에 비친 자기는 어떠한 몰골일까 하는 생각마저 들었다. 그러고 보니 스위스인이 기회 있을 때마다 뽐내 보이는 우월의식은 황인종에 대한 백인종의 인종적이 우월의식만이 아니라 자기가 지금 뭣을 하고 있는지도 모르고 개미처럼 일하고 있는 꼭두각시들에 대한 조종자로서의 오만이 섞여 있는 것이라고 느껴졌다. 그러나 위한림은 '내가 무슨 정의한(正義漢)이라고.' 하는 자조와 더불어 은인자중 참기로 했다.

청량하지 못한 기류는 어느 때인가 격변을 일으키게 마련이다.

그러한 예감은 누구에게나 있는 모양으로 각양각태의 반응을 보이기 시작했다.

갑자기 애국자인 체하는 자가 나타났다. 이규진 같은 자가 그런 종류의 하나다. 어느 날 위한림을 관철동 '사슴'으로 청하더니 대뜸 이런 말을 했다.

"위 형, 슈나이더 상회는 이게 복마전입니다. 한마디로 말해 교묘한 수단에 의한, 아니 무역이란 미명하에 악랄한 착취를 하고 있는 거나 다름이 없습니다. 무슨 단호한 수단이 있어야 하지 않겠습니까?"

위한림은 웬지 이규진이란 자에 호감이 가지 않아서,

"무슨 구체적인 증거가 있수?" 하고 물었다.

"증거가 있건 없건 결론적으로 그렇게 판단할 수 있지 않습니까?"

"행동을 일으키려면 구체적인 증거를 잡아야죠. 그러지 않고선 맹목적인 행동밖엔 되지 않습니다. 더욱이 외국인을 상대로 해선 신중을 기해야 합니다."

위한림이 덤덤히 말했다.

"나는 위 형을 박력이 있는 사나이로 알았더니······."

이규진이 우물우물했다.

"박력 있는 사나이가 아니라서 실망했소?"

하고 위한림이 정색을 하며 물었다.

"증거고 뭐고 없이 마구잡이로 덤벼야만 박력이 있는 겁니까?"

"슈나이더 상회의 생리를 알았으면 그만이지 증거가 무슨 필요 있다고 그럽니까?"

"그래 이 형은 어쩌자는 거요?"

"슈나이더 회사가 한국에서 올린 이익금을 공개하라고 주장하고 그 가운데 반쯤은 한국인 직원에게 환원하라고 요구하는 겁니다."

"그게 될 것 같소?"

"그러니까 투쟁하자는 것 아닙니까."

위한림은 말하지 않고 웃기만 했다. 이규진이 말을 계속했다.

"위 형만 호응해 주게 된다면 우린 본격적으로 투쟁계획을 세울 참입니다."

"우리라니, 누구 누구를 우리라고 하는 겁니까?"

위한림이 이렇게 묻자 이규진은 권, 김, 박, 정 등 몇몇 사람들의 이름을 들었다. 그리고는 물었다.

"호응해 주시렵니까?"

"생각해 볼 여유를 주시오."

"생각할 필요가 있는 건가요?"

그 말이 불쾌했다. 위한림이 말했다.

"이 형, 들어보시오. 일단 투쟁을 시작하면 극한(極限)에까지 가야 합니다. 직장을 떠날 각오도 해야 합니다. 경우에 따라선 슈나이더 상회 한국 지점은 폐쇄 될지도 모릅니다. 그런 중대한 문제를 두고 생각할 필요가 없다는 게 무슨 소리요?"

"슈나이더 회사로 인해 우리나라가 입는 손실을 생각한다면 우리들이 직장을 잃는 것쯤은 각오해야죠."

"각오가 거기까지 이르렀다면 내게 의논할 필요가 없잖소. 나는 애국지사이기에 앞서 생활인인 동료들, 다시 말해 이 형처럼 할 각오가 돼 있지 않은 사람들의 처지를 대변하고 있는 겁니다."

하고 위한림이 이규진의 얼굴을 똑바로 보았다.

"나는 한국인이면 모두들 그만한 각오는 할 수 있으리라고 믿는데요." 하고 이규진은 자기가 알아낸 회사 내부의 비밀을 장황하게 설명하기 시작했다. 그 가운덴 위한림이 이미 알고 있는 것도 있었고 모르는 것도 있었다. 하나의 쇼킹한 것은 이미 늙었다고 할 수 있는 스위스인 한 사람이 야간 상고에 다니는 소녀를 유혹해서 전치 일주일의 상처를 입히곤 사건이 탄로날 염려가 있자 얼만가의 돈으로 쓱 싹했다는 사실이었다. 뒤에 알고 보니 그 사건의 무마에 관한 역할을 한 사람이 곧 이규진이었다.

성격적으로 보아 누구보다도 앞서 의분심을 일으켜야 할 위한림이었지만 어쩐지 극한 투쟁을 할 생각까진 나질 않았다. 극한 투쟁을 하려면 그 전제조건이 한국인 직원의 총단결에 있을 것인데 우선 그 점이 자신이 없었고 지금 발의자로 나서고 있는 이규진이란 인간에 신뢰할 수 없는 무언가를 느꼈기 때문이다. 그래서 모두들 하겠다고 하면 나도 따라 가겠다는 정도의 의사표시밖엔 할 수 없었다.

그러나 이규진이 "위 형 용기를 내요. 우린 외국인 회사에 고용되어 있긴 하되 그렇다고 해서 비굴할 순 없는 것 아뇨."

하고 제법 대견한 태도를 보이며 위한림에게 술잔을 권했다.

그 이튿날 회사에 나가 보니 회사 내는 눈에 띄이게 술렁이고 있었다. 퇴근시간 직후 미스 한을 만난 자리에서 어젯밤 있었던 이규진의 제안을 말했더니 미스 한이 약간 이맛살을 찌푸리는 표정으로 변했다. 위한림이 그 까닭을 물었더니 미스 한은 짤막하게 대답했다.

"이규진 씨가 선두에 선다는 것이 꺼림직해서요. 믿을 만한 사람이 못 되거든요."

그러나 그 이상의 말은 하지 않았다. 위한림도 더 이상 캐묻지 않았다. 두 사람은 남의 얘기를 하기 싫어하는 성격이었던 것이다.

"아무튼 한국인의 밸을 보여 주긴 해야 할 겁니다."

무슨 생각에 잠긴 듯하며 미스 한이 조용하게 말했다.

"슈나이더 회사에 있을 날도 얼마 남지 않은 것 같다."고 위한림은 자기의 예감을 말했다.

"싸워 이겨야지, 왜 회사를 그만둘 생각을 하죠?"

"내 예감을 말해 보았을 뿐이오. 스위스인들은 결코 호락호락 하지 않소. 미스 한도 이 기회에 회사를 그만둘 생각을 해야 하는 것이 좋을 것 같소."

"전 금년 말로 회사를 그만둘 작정을 하고 있어요. 지금 그만둔다면 육칠 개월 빨라진다는 것뿐예요. 그러나 많은 사람이 실직을 하게 되면 그것도 문제이군요."

"그래서 난 별로 내키지 않는 겁니다. 어느 정도 단결이 될지 모르지만 결과가 눈에 보이는 셋 같애. 만일 단결이 흐트러지거나 하면 공연한 짓을 해 갖고 창피만 사는 결과가 될 것이니 그게 염려스럽다는 거요."

"그럴지도 모르죠. 이규진 씨가 앞장을 선다는 게 어쩐지 불안하네요." 하곤 미스 한이 위한림의 적극적인 노력이 있어야 할 것이란 말을 보탰다.

"토요일의 경과를 보고 결정하죠"

위한림이 중얼거리듯 말했다.

광릉의 실록은 아름다웠다.

위한림은 무덤을 한 바퀴 돌고 나무 그늘에 앉아 그 무덤 속에 이미 백골이 되어 있을 세조를 생각했다.

한때 수양대군이라고 불리던 사람. 어린 조카 단종으로부터 정권을 찬탈하여 이윽고 조카의 목숨까지 앗아간 사람. 그 인간의 소행으로 말하면 이러한 아름다운 무덤에 뉘어 둘 수 없다는 결론에 이르렀다.

위한림은 학생시절 영월에 가서 단종의 무덤을 찾은 적이 있는데 그때 본 경치를 상기하고 광릉과 비교하는 마음으로 되었다. 승자와 패자와의 구별은 없었다. 망망 500년이 흘러간 허망만이 남았을 뿐이다.

'그런 허망을 남기기 위해서 골육상전을 벌였단 말인가. 세조의 치적이 다소 있었기로서니 그의 인간으로서의 범죄를 보상할 순 없으리라.'

위한림은 세조가 문둥병에 걸려 죽었다는 사실을 상기하고 겨우 유음(溜飮)을 내릴 수가 있었다.

'천벌은 그렇게 내려야 하는 것이거늘! 그러나 세상 일은 안성마춤으로 되질 않으니.'

이런 생각을 하고 있으니 오늘의 모임이 부질 없는 일 같아 신명이 나질 않았다.

"위한림 씨!" 하고 부르는 소리가 있어 소리나는 방향으로 내려갔다. 슈나이더 상회 한국인 직원이 거의 모여 있었다.

사람이 붐비지 않는 개울 쪽 숲속에서 회의는 시작되었다. 사회자로 이규진이 자처하고 나섰다. 이규진은 슈나이더 상회가 하는 짓이 우리에게 모욕적인 소행이란 사실을 누누이 설명하고 나서 모두의 의견을 구했다. 강기덕 씨가 일어섰다.

"고양이 목에 방울을 달려는 쥐새끼들 모임같은 건 당장 집어치우는 게 좋다." 며 "무슨 명안이 있거든 이규진 씨가 먼저 말해 보시오." 하고 앉았다.

"나는 민주주의적 방법으로 이 회의를 진행하고자 합니다. 사회자가 너무 말을 많이 하면 안되니까 여러분의 의견부터 알고자 하는 겁니다." 이규진의 대답이었다.

"그러나 이 회의를 발기한 사람이니 이규진 씨의 안을 먼저 내보시오." 하는 수리가 어디에선기 있었다.

그러나 이규진은 겸손을 가장하여 다른 사람의 의견을 요청했다. 그러자 권태석이란 사람이 일어서서 "지난 번에 이규진 씨가 우리에게 한 말이 있지 않소. 슈나이더 상회가 한국에서 번 돈 총액을 공개하고 그 반을 한국에 환원하는 뜻으로 한국인 직원에게 배분하라는 요구를 내자고 하지 않았소?" 하고 물었다.

사회자 이규진은 "그럼 그것을 권태석 씨의 의견으로서 제의하는 겁니까?" 하고 되물었다.

권태석이 좌중을 둘러보면서 말했다.

"그게 무슨 소리요. 나는 이규진 씨의 의견을 묻고 있는 겁니다. 나는 이규진 씨의 그 의견을 토의하기 위해 이 모임을 가진 것으로 알고 있는데 여러분은 어떻소?"

"그렇소." 하는 소리가 이곳저곳에서 났다.

그러자 권태석이 한층 소리를 높여 외쳤다.

"우리는 이규진 씨의 의견이 타당한 것인지 아닌지를 토의하는 것이 좋겠다고 생각합니다."

"그보다 더 좋은 의견이 있을 수도 있지 않겠소. 그 문제를 토의하기에 앞서 많은 의견을 모아 봅시다."

하고 이규진을 되도록 자기의 의견이 거론되는 것을 피하려고 했다. 그것이 위한림에겐 이상스럽게 느껴졌다. 그래서 일어섰다.

"아무리 생각해도 이규진 씨의 의견 이상 가는 의견은 없을 것 같소. 슈나이더 상회가 한국에서 올린 이득의 반을 우리가 차지할 수만 있으면 우린 팔자를 고칠 수 있을 거요. 나는 이규진 씨의 의견에 찬성이오."

위한림의 이 말은 어디까지나 이규진의 태도를 떠볼 셈으로 한 것이지 본심을 토로한 것은 아니었다.

이규진이 궁지에 몰린 듯 뭐라고 설명하려고 하는데 임창규란 사람이

"슈나이더 회사가 번 돈의 액수를 대강이라도 알아야 반을 내라, 삼 분의 일을 내라 할 것인데 그것도 모르고 덮어 놓고 요구만 한다고 될 것이라고 생각합니까? 만일 한 푼도 번 게 없다고 말하면 어떻게 할 거요?"

하는 발언을 했다. 이규진은 이 바람에 궁지에서 벗어났다.

"그러니까 여러분의 의견을 모아 보자는 게 아닙니까?"

하고 생기를 도로 찾았다.

"정확한 액수를 모르면 어때요. Y지구에 건설하는 석유 콤비나트 만으로도 3,000만 달러를 벌었다고 하니 대충 6,000만 달러쯤 벌었다고 지고 3,000만 달러를 배분하라고 요구합시다." 한 것은 윤창길이었다.

"3,000만 달러면 240억 원 아닌가. 1인당 1억 3,000만 원 꼴 돌아가겠네."

누군가의 이런 소리가 있자 한바탕 웃음소리가 터졌다. 누군가가

"떼줄 생각은 없는데 김칫국부터 마시는 격이군."

하자 또 왁자지껄 웃음소리가 일었다.

"장난하는 게 아니오."

하고 이규진이 고함을 질렀다. 그리고 계속했다.

"꿈같은 소리만 하고 있을 것이 아니라 결론을 냅시다. 윤창길 씨 의견 외에 또 의견 없습니까?"

"윤창길 씨 의견에 제청이오."

"삼청이요." 하는 소리가 잇달았다.

위한림이 다시 한 번 일어섰다.

"삼천만 달러 내라고 요구해서 상대방이 거절하면 어떻게 할거요?"

장내가 조용해졌다. 위한림이 말을 이었다.

"한번 생각해 보시오. 그게 될 일인가. 놈들은 세계에서 가장 인색한 놈들이오. 셰익스피어가 요즘 살아 있었더라면 샤일록을 유태인이라고 하지 않고 스위스인이라 했을 거요. 애들 장난도 아니구 될 만한 일을 들고 나와야 할 것 아니오. 적어도 스타일은 구기지 말아야 하지 않겠소."

"그러니까 어쩌자는 거요."

하는 소리가 있었다. 위한림이 소리를 높였다.

"쓸데 없는 소리들 그만하고 준비해 온 도시락이나 먹고 술이나

마십시다."

갑론 을박 한나절을 지나서야 다음과 같은 요구서를 작성했다.

1. 인종적인 우월의식 같은 것을 휘두르는 일을 절대로 삼가라.

2. 현재의 보수를 배로 올리고 보너스를 육백 퍼센트로 지불하도록 하라.

이상의 요구가 관철될 때까지 한국인 직원 일동은 파업을 계속한다.

파업의 방법은 일체 직장에 나가지 않기로 하고, 매일 오후 3시 S다방에 와서 경과 과정을 듣기로 한다. 교섭위원으로 이규진, 권태석, 임창규를 선정한다.

만일 단체 행동에서 이탈하거나 배신 행동을 했다고 인정되는 자는 어떠한 제재를 받아도 항의할 수 없다.

이 마지막 조건은 위한림의 제안이었는데 위한림은 이 제안을 하고 나서

"배신한 놈이 있어 보기만 해라, 이 주먹으로 박살을 낼 테니까."

하고 불끈 쥔 주먹을 휘둘러 보였다. 사실 위한림은 슈나이더 상회에 있는 놈을 상대론 누구든지 한 주먹으로 때려 눕일 자신이 있었다.

팡룽에서 돌아오는 길에 눈을 맞추어 두었다가 미스 정을 데리고 우이동으로 갔다. 전에 들렀던 그 집, 그 방이었다.

단둘이 되자 미스 정이 입을 열었다.

"이번 일 성공할 것 같애요?"

"배신자가 나타나지만 않으면 성공하겠지."

"배신자가 나타나면 어떻게 해요?"

"실컷 두들겨 주고 나는 그만둘 테다."

"미스터 위가 그만두면 나도 그만둘 작정이에요."

"그럴 것까지야 없잖을까?"

"노발리스가 날 비서실에 두는 게 거북한가 봐요."

"그럼 노발리스의 마음 편하게 해주려고 그만두려는 건가?"

"천만에요."

"그건 그렇고 노발리스는 요즘 어떤 연과 사귀고 있지?"

"그걸 내가 어떻게 알아요."

"비서실에 있으면서 그것두 몰라?"

"나는 문서 취급만 해요. 노발리스의 잔심부름은 대부분 미스 최가 하거든요."

미스 최는 야간 여상을 다니는 소녀다.

"설마 미스 최를 농락하고 있는 건 아니겠지?"

"그건 한국인의 상식이구, 어떻게 그 내막을 알겠어요?"

"미스 정 생각은 어때. 요구서를 내밀면 노발리스란 놈 되게 놀라겠지?"

"내 짐작으론 콧방귀나 뀌지 별다른 반응은 없을 것 같아요."

"그렇게 생각하는 까닭은?"

"한국엔 사무원들의 노동조합이 없으니까 전부를 해직해 버리고 새로 채용할 수 있다는 게 그들의 사고방식이니까요. 들은 얘기가 있거든요. 불평하는 자는 모조리 파면시키라구. 실업자가 얼마라도 있으니 수월하게 보충할 수 있다는 거예요."

"그러나 문제를 그렇게 단순하게 생각한다면 놈들 코 다치지. 멍청하게 굴기만 해 봐. 놈들이 한국에서 장사를 못하도록 만들어 버릴 테니까."

"하지만 미스터 위, 앞장 서진 말아요."

하고 미스 정은 팔을 위한림의 목에 걸었다. 그리고 한숨을 섞었다.

"미스터 위가 자꾸만 좋아지는데 어떡하죠?"

하루가 지나고 이틀이 지났다.

스위스인들로부턴 아무런 반응이 없었다.

사흘째 되던 날 강기덕이 이규진에게 물었다.

"노발리스의 태도는 어떻소?"

"조금만 더 기다려 봅시다. 워낙 엉큼한 놈이 돼서 태연한 체하고 있지만 속은 탈 겁니다. 우리도 배짱을 느긋하게 가져야죠."

이규진의 대답이었다.

그런데 나흘째 되던 날 이규진이 큰일 났다며 이런 말을 했다.

"경찰에서 사람이 왔어요. 날 만나자고 하더면. 외국인 상사에서 일하는 사람들이 이런 짓을 하던 국제적 문제가 된다는 겁니다. 국위 손상이 이만저만한 게 아니란 겁니다. 평화적인 방법으로 얼마든지 해결할 수 있는 문제를 두고 과격하게 굴면 당국으로서도 취할 수 단이 있다는 겁니다."

그 말을 듣고 위한림이 발끈했다.

"우리가 쓰고 있는 수단이 그럼 평화적 수단이 아니고 폭력적 수 단이우? 우리가 놈들의 먹살을 잡았수? 때리기라도 했수? 기껏 한다 는 것이 스트라이크 아뇨."

"그 스트라이크가 과격하다는 겁니다. 그게 안된단 말입니다."

이규진이 어물어물했다.

"그게 안되면 어떻게 할 테요."

위한림이 추궁했다.

"그러니까 이렇게 의논을 하고 있는 것 아니오."

"경찰에서 왔다는 사람, 날 만나게 해 주슈. 그 사람도 한국인일 테니 우리의 사정을 얘기하면 알아듣겠죠. 종놈처럼 비굴하게 구는 게 결코 국제관계를 좋게 하는 게 아니란 설명을 하겠소."

"위 형처럼 했다간 사태를 악화시킬 뿐이오. 경찰의 태도가 굳어 지면 불리하게 된다는 사실을 몰라서 하는 소리요?" 하고 이규진은 도움을 청하듯 주변을 둘러봤다.

"그러니까 내가 그들을 타일러 보겠다는 것 아뇨."

"위 형이 그런 식으로 나오면 그들을 타이르는 게 아니라 그들과 대립하는 거요."

이규진의 이 말이 있자

"경찰이 움직인다면 신중을 기해야 합니다." 하는 말을 보태는 자가 있었다. 광릉의 모임에서 꽤 강경한 발언을 하던 자다.

위한림이 흥분했다.

"여보시오. 경찰이 움직이니까 신중을 기하라는 거요? 경찰이 움직이지 않았더라면 신중을 기하지 않아도 된단 말요? 그리고 또 우리가 신중하지 않았던 일이 뭐 있소?"

"위 형의 말씀 옳소." 하고 나서는 사람이 있었다.

그러나 경찰이 움직였다는 사실은 적잖은 동요를 일으켰다. 겁을 먹은 표정으로 된 사람도 몇인가 있었다.

그런데 뜻밖에도 강기덕 씨가 강하게 나왔다.

"그만한 일쯤은 이미 짐작하고 있었을 것 아뇨. 무슨 일이 발생하기만 하면 경찰이 신경을 쓸 것쯤은 다 알고 있었던 것 아뇨. 그런데 이제 와서 경찰에서 어쩐다고 겁을 먹어요? 상관 말고 기정 방침대로 밀고 나가요, 밀고 나가."

강기덕 씨의 강경한 발언으로 그날은 흐지부지 끝났는데 그 이튿날엔 벌집을 쑤셔 놓은 것 같은 현상이 벌어졌다.

"우리가 무슨 대역죄라도 지었나? 경찰이 참견한다고 해서 주눅이 들게 뭐 있담." 하는 사람이 있는가 하면 경찰의 비위를 상하는 일은 절대로 삼가야 한다는 신중론을 펴는 자도 있었고 슬슬 주위의 눈치만 살피는 놈들이 나오기도 했다.

"그래, 어쩌자는 거요." 하고 위한림이 대들었다.

이규진이 심각한 얼굴이 되더니 다음과 같이 뇌까렸다.

"투쟁 방법은 갖기진데 하필 불리한 방법을 택할 필요가 어디에 있느냐 말이오. 전투도 지형과 지물을 유리하게 이용할 줄 알아야 승리하는 법이오. 막강한 경찰을 적으로 돌린다는 것은 대단히 불리하오. 그러니 가장 효과적인 투쟁 방법을 채택해야 하겠소."

"그 효과적인 방법을 말해 보시오." 한 것은 임창규였다.

"나는 회사로 들어가서 투쟁하는 것이 가장 효과적이라고 생각합니다. 회사에 들어가기만 하면 경찰은 더 이상 신경 쓸 것이 없어질 테니 말입니다. 그리고 회사에 들어가서도 얼마든지 투쟁 방법은 있습니다. 사보타지도 있고 항의집회를 할 수도 있고 면대해서 규탄하는 방법도 있습니다. 아무튼 우리가 일치단결만 하면 승리는 확실합니다."

"그러니까 결국 무조건 회사로 들어가자는 얘기군요."

위한림이 따졌다.

"무조건은 아니죠. 들어가서 투쟁하자는 것 아닙니까."

"이규진 씨, 우리의 요구를 관철하기 위해서 배수의 진을 쳐야 한다고 한 것은 언제이고 무조건 회사로 들어가자는 건 또 뭡니까?"

"정세의 변화라는 것이 있지 않소. 투쟁에 승리하려면 임기응변의 책략이 있어야 합니다."

"그렇더라도 놈들에게 한 가지의 언질만이라도 받고 회사로 들어가든지 안 들어가든지 해야 할 것 아닐까요? 이대로 아무런 언질도 받지 못하고 회사로 들어간다면 지난 닷새 동안 우리가 한 짓이 뭐요. 시러배 자식들 간질병 앓는 꼴과 다를 게 뭐 있소. 우린 단호하게 언질을 받고서야 행동해야 하오. 일단 우리가 아무런 언질도 받지 못하고 회사로 들어간다고만 하면 끝장이오. 투쟁이고 나발이고 없소. 도로아미타불이다, 이거요."

위한림의 이 말에 환성을 울리고 갈채를 보낸 것은 뜻밖에도 여자들이었다. 남자들은 몇 사람을 제외하고는 꿀먹은 벙어리들처럼 묵묵했다.

다시 이규진의 웅변이 시작되었다.

"여러분, 회사로 들어갑시다. 들어가서 싸웁시다. 여러분이 나에게 전권 교섭위원을 맡긴 이상 내 말을 들어야 할 것 아닙니까. 들어가서 싸우면 절대로 자신이 있습니다. 어느 길로 가나 로마에 도착하면 될 게 아닙니까?"

위한림은 치밀어오르는 불쾌감을 억제할 수 없었으나 그 이상 버티어 봤자 소용이 없다는 것을 알았다.

대세는 회사에 들어가는 쪽으로 기울어졌다.

어색한 기분이었던 것은 책상 위에 먼지가 보얗게 앉아 있었기 때문만이 아니다. 그런데 한편에선 며칠 동안의 수학여행을 끝내고 교실에 돌아와 앉은 학생들의 들뜨는 기분 같은 것이 들기도 했다.

보다도 묘한 것은 스위스인들의 태도였다. 그들은 최대한의 너그러움을 미소로 표현하려고 드는 모양이지만 그 눈빛엔 포로를 바라보는 전승자이 오만 같은 것이 있었다.

이곳저곳 먼지를 닦아내고 있는 사람들의 모습을 차가운 눈으로 둘러보면서 위한림은 먼지 같은 건 아랑곳없이 자기 자리에 풀썩 주저앉았다. 스테인레스 테두리로 된 레저의 둥글의자, 스툴을 회전용으로 개조한 볼품없는 모양을 닮아 그 의자는 결코 앉는 사람에게 안정감을 주는 일이 없다. 뿐만 아니라 철제 책상은 100년을 사용해도 정이 옮아갈 것 같지 않다.

위한림은 서랍 속에서 읽다만 미국의 주간 잡지를 꺼내 놓았다. 사보타지를 하는 방법은 회사 일엔 무관한 책을 읽는 것이 효과적일 것이라고 생각했기 때문이다.

그런데 어디서 어떻게 시동이 걸렸는지 어느덧 업무가 진행되고 있었다.

'이럴 까닭이 아니었는데.' 하고 위한림이 사방을 둘러 보았다.

쉴 새 없이 지점장실로 사람들이 드나들고 있고 타이프라이팅 하는 모습과 소리가 있었다. 모두들 하다만 일들을 다시 시작하고 있는 것이 분명했다.

내키지 않았지만 창 쪽에 자리를 잡고 와이셔츠 바람으로 볼펜을 굴리고 있는 이규진에게로 다가가서 위한림이 물었다.

"이거 어떻게 된 거요?"

"어떻게 되다니 뭐가 말이오."

이규진이 힐끔 위한림을 보았다가 다시 시선을 서류로 떨어뜨리며 한 소리다.

"일을 하기로 한 겁니까?"

위한림이 물었다.

"일을 해야지 그럼 뭣을 합니까."

"들어와서 투쟁할 작정이 아니었소?"

"회사로 들어온다는 건 일을 하자는 것 아닙니까?"

"그럼 투쟁은 어떻게 되는 거요."

"일을 하며 투쟁하는 거죠."

위한림은 그 이상 말해 봤자 소용이 없다고 느껴지자 자기 자리로 돌아와 미국의 주간 잡지를 폈다. 그 잡지는 베트남 전쟁에 관한 특집기사를 싣고 있었다. 어느덧 위한림은 그 기사에 빨려들었다.

월맹(越盟)의 장군은 지압. 지압 장군이 삼면에서 공세를 취했다. 콩트리에서, 콘툼에서, 안록에서, 콩트리는 베트남의 휴전선 즉 십칠도선 바로 밑에 있는 도시이며 콘툼은 베트남 중부에 있는 도시이고 안록은 베트남의 남쪽 바로 사이공 가까이에 있는 도시이다. 이렇게 해서 베트남의 전토는 문자 그대로 불바다가 되었다. 베트남의 패색이 농후하다는 기사 가운데 티우 대통령의 밝게 웃는 얼굴 사진이 끼어 있었다.

또 하나의 사진은 하노이의 실력자 레이 두안의 것이었다. 깡마른 얼굴에 눈길이 매섭다. 위한림이 호지명의 후계자라고 하는 레이

두안의 사진을 한참동안 들여다보고 있는데 책상 앞에서 인기척이 있었다. 잉게보르그가 어색한 웃음을 띠고 눈앞에 있었다.

"미스터 위는 혹시 도서관으로 잘못 알고 여기에 남아 있는 건 아니죠?" 하는 말을 던지곤 그는 훌쩍 떠나버렸다.

"인지위덕(忍之爲德)이란 말이 있지 않소. 참읍시다, 참아."

강기덕은 이렇게 말했고, "괜히 미스터 위가 앞장설 문제가 아니잖아요? 잠자코 계세요." 한 것은 미스 정이고, "이규진 씨 하는 대로 두고만 보세요. 성급하게 서둘 문제가 아니잖아요." 한 것은 미스 한이었다.

임창규와 윤창길은 아무래도 이규진이 서두르는 꼴이 얄밉기 짝이 없으니 사문회(査問會)를 열자고까지 나왔다.

위한림은 좀 더 추이를 보자고 그들을 타일렀다. 그 대신 회사에 나와선 잡지만 읽고 있었다.

불쾌한 나날이 며칠을 계속했는지 모른다. 우선 스위스인들이 위한림을 보는 눈이 아니꼬워 견딜 수가 없었다. 그런데 사원들 대부분은 타세에 휘말려 스트라이크의 행방을 따질 생각조차 포기한 것처럼 보였다.

그러던 차에 미스 신이 쪽지를 보내왔다. 퇴근 후에 잠깐 만나자는 내용이었다. 미스 신과는 꼭 한 번 만난 적이 있을 뿐 서로 외면하고 지내던 사이라서 위한림으로선 뜻밖의 일이었다. 본국으로 돌아간 채 바그너가 오지 않아서 속이 타는 김에 만나려고 하는 것인지 모른다는 짐작을 하고 위한림은 미스 신이 지정한 다방에 나갔다.

그 자리에서 위한림은 중대한 정보를 들었다. 이규진이 노발리스를 비롯한 스위스인들에게 한국 사원들은 모두 자기의 명령에 복종하게 되어 있다고 뻐겼다는 것인데 지난날의 스트라이크도 스트라이크의 해제도 그 실력을 과시하기 위해 해보인 쇼라는 것이다.

"그 말을 누구에게 들었소?"

"미스 양으로부터 들은 얘기예요."

"미스 양?"

"잉게보르그와 동거하고 있는 여자예요."

하고 미스 신은 이어 이런 말을 했다.

"잉게보르그는 위한림이란 사람만 없애면 슈나이더 상회 서울 지점은 무풍지대가 된다고 말하더래요. 심지어 잉게보르그와 이규진이 짜고 회사 내의 불순분자를 적발할 계획으로 스트라이크를 한건데 용하게 위한림 씨가 걸려들었다는 말까지 있었다는 거예요."

위한림은 그 말에 어이가 없어 듣고만 있었다. 미스 신의 말은 계속되었다.

"곧 이규진 씨를 한국인 총책임자로 할 예정인가 봐요. 그러기 위해선 위한림 씰 제거해야만 하는데 다행히도 위한림 씨는 일을 하지 않고 매일 잡지만 읽고 있으니 적당한 기회만 노리면 된다, 이렇게 의논이 되어 있는 모양이에요."

위한림이 '허허' 하고 웃었다.

"왜 웃죠?"

"웃기는 얘기 아닙니까."

"그러니까 조심하셔야 해요. 잡지 읽는 것 그만두시고 일을 하셔야죠. 스스로 함정에 빠질 필요는 없잖아요?"

"미스 신이 나에게 이런 호의를 가지고 있었다니 뜻밖입니다. 대단히 감사합니다. 그러나 내 일을 두곤 걱정하지 마십시오. 그 따위 놈들이 판을 치고 있는 이런 회사엔 있어 달라고 간청을 해도 있을 생각이 없으니까요."

"그럼 그만두시겠다는 거예요?"

"그럴 작정입니다. 그러나 그들이 바라는 대로 순순히 물러서진 않겠소. 스위스인들에게 한국 남아의 기백을 보여 줘야죠."

미스 신이 한 말을 마음의 바닥에 깔고 보니 놈들의 동태가 일목요연하다. 지식의 힘, 정보의 힘이란 참으로 위대한 것이다.

이규진은 잠깐 제쳐 놓고 스트라이크를 하자고 서슬이 시퍼렇게 덤볐던 강경파 몇 놈은 며칠 동안 주눅이 들었는지 눈치만 살살 살피다가 스위스인들에게 적극적인 아첨 공세를 시작한 것 같았고, 온건파는 온건파대로 우리들의 점잖은 태도를 스위스인들이 알아달라는 듯 묘한 냄새를 피우는데 그들이 충성을 증명하기 위해 죄 없는 자의 죄를 날조하여 밀고까지 서슴치 않는 것으로 보였다.

위한림은 임창규, 윤창길과 짜고 정보 수집에 착수했다. 반역모략의 증거가 속속 드러났다. 한동안 아더메치란 말이 유행했는데 그야말로 아니꼽고 더럽고 메스껍고 치사한 꼴이었다.

그 가운데서도 이규진의 작품이 근사했다. 고종 황제를 협박한 송병준(宋秉畯)의 면모가 없지 않았다.

이규진이 전사원을 출근하지 않도록 해 놓고 나서 스위스인들을 찾아 다음과 같이 말했다는 것이다.

"당신들이 지은 죄를 당신들이 알 거요. 그래 당신들의 죄를 규탄하기 위해 전직원의 출근을 금지했소. 당신들은 눈이 있으되 태산을 보지 못했구려. 나를 깔보고 있었다, 이거요. 한국인 직원은 내 호령 하나로 일사불란하게 행동하오. 그 증거를 보았죠?"

스위스인들의 대답이 어떠했는진 짐작할 뿐이다. 이규진의 말은 계속되었다.

"당신들이 서투르게 굴면 당신들의 비행을 우리 경찰에 알리는 동시 당신들의 사생활을 낱낱이 본사에 알릴 참이다. 그래도 좋은가?"

스위스인들은 문제를 복잡하게 할 것이 뭐 있느냐며 시키는 대로 하겠노라고 했다.

"그럼 우리가 요구한 대로 봉급을 인상하고 나를 모시길 극진히 해야 한다." 고 이규진이 말했다.

봉급 인상은 본사에 보고해서 처리해야 할 것이니 시간이 걸린 다는 스위스인의 대답에 이규진이 "그럼 봉급이 인상될 때까지 스트라이크를 하겠다." 고 한 것까지 무방했었는데 그렇게 되면 슈나이더 상회의 한국 지사는 파괴될 뿐이니 그러지 말고 스트라이크를 해제하고 회사에 복귀하도록 해 주는 당신을 우대하는 방법을 강구하겠노라는 스위스인의 말이 있자, 이규진이 그 제안에 굴복하고 말았다. 뿐만 아니라 얼만가의 특별 보너스를 받는 약속까지 이루어진 모양이다.

윤창길은 "그 자는 그걸 노리고 우리를 이용한 게 분명하다."고 했고, 임창규도 "송병준과 같은 놈이다."며 흥분했다.

"배반자를 그냥 둘 수 없다."는 위한림의 말에 윤창길, 임창규가 동의했다.

배반자의 리스트를 작성해 보았다.

이규진을 비롯하여 7명의 사나이가 리스트에 올랐다.

"제기랄, 이건 럭키 세븐이 아니고 라스칼(부랑배) 세븐이구먼." 하고 위한림이 웃었다.

그리고는 제재할 방법을 연구했다.

위한림은 슈나이더 상회에서만은 평화롭게 그 경력을 마치고 싶었다. 약 5년을 기한하고 그 동안에 국제간 무역의 생리와 병리를 파악하기도 하고 돈 버는 덴 선수인 스위스인들의 장사 수법을 배우기 위해서라도 그만한 시간은 필요하리라고 짐작했던 것이다.

보다도 직장마다에서 트러블 메이커가 된다는 건 인간성의 형성에 있어서나 인간의 품위를 위해서도 좋지 않다는 생각이 있었다.

그런데 운명이란 어쩔 수 없는 것이다. 유방(劉邦)이 가는 길엔 산도 많고 물도 많고 사건도 많다. 그러나 끝내 한 나라를 세웠으니 대견하지 않는가.

위한림은 되도록이면 항우(項羽)의 길은 택하고 싶지 않았다. 그가 가는 길에도 산이 많고 물이 많고 사건이 많았지만, 그 길은 이윽고 오강진(烏江鎭)으로 통하는 길이었고 멸망의 길이었다.

어느 누가 멸망을 바랄손가.

위한림의 결의는 단단했다.

내 무슨 정의한(正義漢)이고 내 무슨 열사를 자부할 수 있을까만, 한국인 가운덴 아첨배도 있고 배신자도 있지만 아첨배와 배신자를 제재하는 기백의 사나이도 있다는 것을 스위스인들에게 알려 줘야 하는 것이며 이완용, 송병준의 후예들에게 예나 다름없이 세상이 호락호락하지 않다는 것을 가르쳐 주어야 한다고 마음을 다졌다.

그런데 D데이를 잡기가 무척 곤란했다. 여름의 휴가철이라서 교대로 쉬기 때문에 대상자 전원을 한꺼번에 모으기가 힘들었던 것이다. 그렇다고 해서 가을까지 기다릴 수는 없었다. 악운(惡運)이 센 놈들은 언제나 있는 법이다.

흉악한 나치스들 가운데도 그 격렬한 추적을 피하여 감쪽같이 숨어 사는 놈이 낳나고 들었다.

드디어 D데이를 결정했다.

리스트에 오른 자로서 빠진 놈이 두 놈 있었다. 한 가지 또 유감스러운 일은 수괴 노발리스가 본국으로 출장 중인 사실이었다.

9시 30분, 전원이 제자리에 있었다.

이미 계획한 대로 임창규는 오른편 방문을 지키고 윤창길이 왼편 쪽 문을 지켰다. 튀는 놈을 없애기 위해서다.

이윽고 위한림이 일장 연설을 준비했다. 가로되―

"친애하는 나쁜 놈 제군! 자네들이 이번 파동에서 발휘한 지모는 쥐새끼들처럼 민첩하고 여우처럼 교활하더구나. 덕택으로 회사 내에서 위치를 굳힌 것은 가상하도다. 그만하면 이 나라에서 입신양명할 수 있는 놈들이란 걸 내가 보증한다. 그러나 세상 일이 그처럼 만만찮다는 것은 알려줘야 하겠다. 머리를 하늘에 두고 발로 땅을 딛고 사는 사람의 세계에서 너희들은 귀싸대기 한 대씩이라도 맞아야 하지 않겠는가. 그래야만 너희들 양심이 개운해질 거고, 다음에 또 그런 짓을 안 할 리야 없겠지만, 그래도 조금 주춤하는 기분은 갖게 될 게 아닌가. 괜히 그런 생각이 드는만. 내 무슨 정의의 사자(使者) 노릇을 할 능력도 자격도 없는 놈이지만 한 달 동안을 기다려 봐도 그런 정의의 사자가 나오지 않으니 어쩌겠나. 천학비재한 이 사람이 삼가 견마지로(犬馬之勞)를 다할 수밖에. 억울하단 생각은 아예 안 하기로 하는 게 좋은 걸……."

무슨 일인가 하고 잠잠했고 사무실 안이 위한림의 장광설이 끝나고 나자 술렁댔다.

위한림이 "이규진 씨!" 하고 불렀다.

대답은 없이 이규진이 고개를 들었다.

"날 좀 봅시다."

위한림이 손짓을 했다. 이규진이 엉거주춤 걸어 나왔다.

원래의 작정은 리스트에 있는 일곱 놈을 일렬 횡대로 세워 놓고 귀싸대기 한 대씩 갈길 요량이었는데 방침을 바꾸어 이규진만을 지하에 있는 운전사 대기실로 데리고 갔다. 운전사는 한 사람밖에 없었다. 잠깐 방을 빌자고 하니 운전사는 바깥으로 나갔다. 이규진을 들어오게 하고 방문을 안쪽에서 잠갔다.

그 때서야 무슨 예감을 가졌는지 이규진이 "어쩌자는 거요." 하고 볼멘 투로 말했다.

"당신이 한 짓 당신이 모르겠소?"

"내가 뭣 했길래 그러우."

"그러니까 당신같은 놈은 맞아야 한다니까." 하는 말과 함께 위한림이 주먹을 이규진의 면상에 날렸다. 넘어질 듯하더니 이규진이 대항이라도 할 듯 "당신 이러기야!" 하고 자세를 고치며 버럭 고함을 질렀다.

"한 대 맞곤 모르는 모양이군."

위한림이 이번엔 놈의 어깨를 쳤다.

이규진이 풀씩 주저앉았다.

"덤빌려면 덤벼 봐."

위한림이 노려보는 눈을 이규진이 꾀했다. 한 대쯤 먹이고 말 작정이었지만 퍼져 앉은 이규진의 꼬락서니가 너무나 비굴해 보여 위

431

한림이

"메밀대만도 못 한 녀석이 간사한 꾀와 주둥이만 살아 갖고. 아, 치사스러." 하고 이규진의 어깨를 찼다. 그는 벌렁 드러누웠다. 그 꼴이 또한 민망할 정도로 비굴했다.

"스위스 놈들 똥 빨아먹고 잘 살아. 그러나 그따위 짓 자꾸 하다 간 뼈다귀도 남지 않을 줄 알라." 는 말을 남겨 놓고 위한림이 사무실로 돌아왔다. 임창규와 윤창길이 잘 지키고 있는 덕분에 리스트에 있는 놈들은 꼼짝 못하고 있었다.

불러낼 필요도 없이 놈들이 있는 자리에까지 가서 뺨을 한 대씩 올렸다. 동시에 한 마디씩 했다.

"이유는 당신들 자신이 알 거요."

그런데 그 가운데 어설픈 녀석이 제법 대항하려고 나섰다. 그러니, 자연 위한림의 펀치가 세게 들어갔다. 놈의 입술이 터지고 피를 뿜었다. 잠깐 동안 수라장이 되었다. 여직원들의 비명이 이곳저곳에서 울렸다.

한국인 직원을 대강 처리하고 스위스인들이 있는 곳으로 갔다. 위한림이 오는 것을 보고 대부분 도망을 쳤는데 잉게보르그만은 네놈이 날 어쩔 테냐 하는 태도를 보이고 입구에 서 있었다.

위한림이 불문곡직하고 그놈의 뺨을 내리쳤다. 잉게보르그는 순간 주춤하는 것 같더니 정신 바짝 차린 모양으로 지점장실로 비호처럼 날아가 문을 잠갔다. 위한림이 그 문을 두어 번 걷어찼다.

"야, 이 새끼 문 열어."

그러나 대답도 없고 문은 열리지 않았다. 위한림은 그 정도로 해두는 것이 낫겠다고 생각하고 자기 자리로 돌아와 책상 정리를 하기 시작했다.

"소란을 피워 죄송했쉐다."

구십 도로 몸을 굽혀 사무실 전원에게 인사를 하고 나오려다가 지점장실 앞으로 가서 다시 한 번 닫힌 도어를 발로 걸어차곤

"나, 위한림이 이로써 퇴장한다만, 네 놈들의 죄상을 용서 않고 추궁할 테니 명념하여라." 하고 위한림이 엄숙히 선언했다.

그리고는 따라나온 임창규와 윤창길을 보고 "시저의 웅변이 이만하면 됐지." 하고 웃었다.

바깥으로 나오니 찌는 듯한 여름의 거리였다. 그런데도 사람들은 붐비고 있었다. 가까운 비어홀에 들러 준비 중인 홀 한구석에 자리를 잡고 앉아 찬 맥주를 연거푸 세 글라스를 마셨다.

'나폴레옹이 로마를 점령했을 때의 기분이 이런 기분이었을까.'

그러나 승리의 환호가 없는 승리, 승리의 깃발도 없는 승리, 아니 승리도 패배조차도 없는 싸움이 있었다는 것뿐이고 세 글라스의 맥주로도 씻어 버틸 수 없는 찌꺼기만 가슴에 가득차 있는 꼴일 뿐이다.

물론 한편 후련한 기분이 없었던 바는 아니기만, 지금 이 순간부터 회색의 시간이 계속될 뿐이라고 생각하니, 나라는 강성한 나라라

야 하고 사람은 실력자라야 한다는 생각이 무럭무럭 솟았다.

그래서 위한림은 묵묵히 맥주를 마시고 있는 임창규와 윤창길을 보고 말했다.

"임 형, 윤 형, 회사로 돌아가시오. 아무도 임 형과 윤 형 붙들고 시비 할 놈 없을 거요. 그 직장을 놈들의 천지로 만들어 줄 필요는 없지 않소. 내 장래에 좋은 일 있으면 연락하리다. 난 기필코 성공하고 말 거요."

뭘을 어떻게 해서 성공할 작정인지, 구체적인 아이디어가 있을까닭도 없고 따라서 무슨 계획이 있는 것은 아니었지만 기필코 성공해야 한다는 의욕만은 끓어오르고 있었던 것이다. 성공만이 놈들에게 복수하는 길이란 생각이 절실했던 것이다.

"위 형은 성공할 사람이오."

임창규가 뚜벅 말했다.

"내가 성공할 사람이면 임 형도 성공할 사람이오."

위한림이 힘주어 말했다.

"그럼 난 성공할 필요가 없겠구려."

윤창길의 말이다.

"왜 그렇소?"

위한림이 되물었다.

"위 형과 임 형이 성공하면 난 그 덕으로 잘 살 수 있지 않겠소."
하고 윤창길이 웃었다.

"아무튼 우리 세 사람 가운데 누구라도 하나만 성공하면 셋 다 성공하는 셈이 되니까."

위한림이 이렇게 말하고 "성공을 위해 우리 축배를 들자."고 제안했다.

그날 밤 위한림은 집으로 돌아가 정월 오 일째까지 쓰다가 팽개쳐 둔 일기장을 꺼내 다음과 같이 적었다.

'7월 ○일, 내 인생의 또 하나의 장(章)이 끝났다. 예정보다는 빨리 끝난 셈이지만 나는 이것을 성공에의 접근 속도가 빨라진 것으로 해석할 셈이다. 그런데 성공이란 무엇이냐, 자기가 한 노력 이상의 것을 바라는 마음이 성공을 바라는 마음이란 아인슈타인의 교훈을 잊은 것은 아닌데…….'

알고도 모를 것은 여자의 마음인가.

슈나이더 상회 한국 지점의 여직원들이 모여 위한림의 송별연을 하겠다고 나섰다. 그 소식을 임창규로부터 전해 듣고 "알고도 모를 노릇이로다." 하면서도 지정된 장소인 관철동 일식집으로 갔다. 야간학교에 다니는 여사환을 제외하곤 여직원 전원 20여 명이 모여 있었다. 미스 정, 미스 한, 미스 신도 끼어 있었다.

음식이 대강 날라져 왔을 때 간사역을 맡은 모양으로 미스 강이란 아가씨가 일어서서 인사말이 있었다.

"남자 중의 남자, 위한림 씨가 우리 곁을 떠난다는 것은 여간 섭섭한 일이 아닙니다. 그래 그 섭섭함을 달랠 길이 없어 이런 모임을 가져 보았습니다. 그러나 한편 위한림 씨로선 잘된 일이라고도 생각합니다. 미꾸라지만 득실거리는 개울에 고래가 살 수 있겠습니까. 빈약합니다만 우리들의 마음을 받아 주시어 유쾌하게 한때를 지내 주시면 감사하겠습니다."

위한림의 답사가 없을 수 없었다.

"미스 강의 말솜씨가 그처럼 훌륭한 줄을 미처 몰랐습니다. 미스 강은 슈나이더 상회에 있을 것이 아니라 국회에 가야만 마땅할 줄 압니다. 그러나 과찬은 비례라는 말이 있습니다. 남자 중의 남자라니 무슨 말씀입니까. 진짜로 남자 중의 남자이면 여기 모이신 미녀 모두를 애인으로 만들어 아방궁을 짓고 살 정도는 되어야 하는 겁니다. 그럴 주변도 없는 놈이 어떻게 남자 중의 남자일 수 있겠습니까. 또 고래라는 표현을 썼는데 미꾸라지 등쌀에 못이겨 쫓겨나는 놈은 개구리만도 못합니다. 개구리만도 못한 놈을 고래에다 비유하다니 고래가 들으면 성을 낼 겁니다. 그러나 저러나 오늘의 이 모임, 나는 죽을 때까지 잊지 않을 작정입니다. 순간으로나마 이런 꽃밭에서 놀 수 있다는 것은 사내로선 최고가 아닐 수 없습니다. 나의 생애 최고의 밤이란 생각도 드네요. 그런데 여러분이 잊지 말아야 할 것은 슈나이더의 스위스인들이 철저하게 반성하는 빛을 보이지 않는 한 가만 있지 않을 것이란 사실입니다. 제기랄, 사내가 한번 행동을 일으켜 놓고 뜻대로 되지 않는대서 핫바지 방귀 새어 나가듯 흐지부지 물러난다고 해서야 말이나 되는 일입니까. 이제 슈나이더 상회를 그만두었으니 그들은 내 행동을 규제할 어떤 수단도 힘도 없게 되었습니다. 정정당당하게 싸울 수가 있습니다. 여러분, 내 솜씨를 한 번 봐 주십시오. 그때 가서 남자 중의 남자라고 갈채하시오."

그리고는 포켓에서 한 뭉치의 서류를 꺼내 들었다. 영문으로 쓴 편지였다.

"이것은 어젯밤 내가 갈겨 쓴 스위스 슈나이더 본사 회장에게 내는 편지입니다. 말하자면 선전포고문입니다. 한국 지점의 비행을 폭로하고 만일 본사에서 놈들의 비행을 묵인한다면 나는 본사의 회장까지도 공범(共犯)으로 몰아 투쟁할 작정입니다. 여러분, 내가 이렇게 행동하는 데 이의가 없으시겠죠?"

"없습니다." 하는 소리가 일제히 나왔다.

그리고는 "그걸 읽어 주실 수 없느냐." 는 제안이 나왔다.

"원하신다면." 하고 위한림이 편지를 펴들었다. 그리고 영문 그대로를 읽어나갔다. 다음은 그것의 번역이다.

"하늘에 계시는 아버지! 스위스라는 이름의 나라를 내가 얼마나 부러워했는지 아시기나 하옵니까? 아름다운 호수와 눈의 나라, 적십자의 본부가 있는 나라, 윌리엄 텔의 나라, 영세중립의 나라, 길바닥에 트렁크를 팽개쳐 놓아도 아무도 집어가지 않는 나라, 레만호, 융프라우, 취리히, 제네바란 말만 발음해도 기슴이 떨리는 나의 꿈의 나라, 그리고 스위스란 이름의 나라에 사는 사람들을 얼마나 존경했던가. 친절한 사람들, 청결한 사람들, 자비로운 사람들, 정직한 사람들, 관대한 사람들, 꿈에도 죄짓시 않을 사람들, 그래서 나는 그들과 같이 일하게 된 것을 행복하게 여겼노라. 그런데 알고 보니 웬걸, 그런 가운데서도 일부 스위스인들은 간사하고 배덕한들이며 비겁하고 인색하고 잔인한 거짓말장이며 단테의 신곡의 연옥에서나 발견할 수 있는 사람들이더라, 이겁니다. 그러나 나는 전능하신 그대를 책망할 생각은 없습니다. 그건 당신의 책임이 아니고 과장에 쾌감을 느끼는 속된 여행자, 너절한 작가들의 속임수에 근거한 교사와 교육 때문이었고 그들의 말을 그대로 믿은 나의 바보스러움 때문이었으니 말입니다. 진정 말하노니 일본인이 경제동물이라면 잉게보르그와 같은 일부 스위스인은 경제버러지입니다. 만일 셰익스피어가 좀 더 후세에 태어났더라면 『베니스의 상인』의 샤일록을 유대인이라고 하지 않고 혹 이런 사람을 댔을 것입니다. 다음은 슈나이더 한국 지사의 체질, 즉 그 생리와 병리를 논하리다. 먼저 바보 미스터 N에 관해서. 이 늙은 동물은 기술도 좋다. 책상 정리하는 기술도 좋고 사무실 벽에 못질하는 기술도 좋고 자동차 운전하는 기술도 좋은데, 이 바보 녀석이 텔렉스의 문안(文案)을 고치는 데 있어선 거의 신기(神技)를 발휘한다. 하지만 문장 하나 고치는 데 두 시간이 걸렸다고 탓하지 말라. 지우개와 연필로 흔적도 없이 귀신처럼 고쳐 버리는 기술엔 탄복할 밖에 없다. 뿐만 아니라 친절하게 참을성 있게 창부를 설득해서 화대를 깎아내리는 그 흥정의 기술도 대단하고 터무니 없는 주장을 고집해서 언제든지 이기는 기술도 대단한데 내가 두려워하는 것은 혹시 그가 19세기 프랑스 식민지의 총독(總督)인 것처럼 착각하고 있는 것이나 아닐까 해서니라. 아무래도 이 녀석은 이태리 비제바노의 구두 수리공이나 파리 루브르 박물관의 문지기가 적격인데 그렇지 아니하니 그를 고용한 자 그에게 고용당한 자 양편의 화(禍)이로다……."

"와아!" 하고 좌중에서 함성이 일었다.

"다음은 미스터 I. 이 버러지를 보라. 그의 스위스인 동료도, 그는 남을 해치지 않곤 아무 일도 못하는 놈이라고 하더라만 이녀석이야말로 괴상한 버러지다. 곤충학 연구의 기막힌 대상이다. 그가 스위스에서 어느 숙녀를 강간했다는 설은 확인하지 못했지만 그는 그의 어미가 여우와 간통해서 낳은 자식이란 사실은 맹세코 단언할 수가 있다……."

이렇게 하나하나를 꼬집어 촌철(寸鐵)로 가슴을 찌르는 묘사로 스위스인들의 비행을 폭로해 나간 편지를 읽는 것을 들으며 여직원들은 격정을 가눌 수가 없어 때론 박수를 치고 때론 폭소를 터뜨리는 등 흥분의 도가니를 이루었다.

징징 한 시간에 걸쳐 편지 읽기가 끝나자 미스 신이 박수 소리가 끝나길 기다려 한마디 했다.

"위한림 씬 프랑스에 태어났더라면 블데르가 되고, 영국에 태어났더라면 버나드 쇼가 될 뻔했군요."

"볼테르도, 쇼도 되고 싶지 않고 나는 나폴레옹이 되어 갖고 스위스를 점령하고 싶소."

그러자 이곳저곳에서 함성이 터졌다.

사방에서 술잔이 쇄도했다.

"술이 취하기 전에 꽃 향기에 취하겠군."

하고 위한림이 차례차례 20여 명이 내미는 술잔을 받았다. 아닌 게 아니라 고래처럼 마시고 고래처럼 취해야 할 판국이었다.

으레 여자들이 모인 술자리엔 노래가 있게 마련이다. 누군가가 꾀꼬리 같은 목청으로 노래를 시작했다. 부른 사람 지명에 따라 다음 다음으로 노래를 부르는데 하나 같이 명창들이었다.

"슈나이더 회사 집어치우고 악극단을 만들어 전국을 순회하면 꽤 돈이 벌리겠다."고 위한림이 감탄하자,

"단장은 위한림 씨!" 하는 소리가 있어 또 한바탕 웃음이 터졌다.

이윽고 위한림의 차례가 되었다. 허스키 보이스로 〈백마강 달밤〉을 제법 구성지게 불렀다. 갈채와 더불어 재청이 있었다. 이번엔 김삿갓의 〈방랑 삼천리〉를 불렀다.

"삼청!" 하는 소리가 이곳저곳에서 나왔다.

"속절없는 인기 가수가 되었군. 그런 히트곡은 없지만 레퍼터리는 풍부하니까." 하고 위한림이 〈사나이 갈 길〉을 불렀다. 그리고는 "제기랄, 사나이 갈 길이 요 모양의 노래가 된다면 싹이 노랗다."고 앉아버렸다.

주저없이 술잔이 들이닥쳤다. 어떤 여직원은 벌써 술에 취해 "위형" 하고 호걸풍으로 잔을 내밀었다.

어느덧 자리는 난장판이 되었다. 위한림의 취기는 극도에 달해 혀가 굳어 버린 소리로

"여러분, 40년만 지나면 모두들 할망구가 되어 갖고 손주놈들 노는 걸 지켜보면서 오늘밤 생각을 하고 울거라. 위한림, 그 멋진 놈팽이허구 왜 키스 한 번 못하고 헤어졌는가 하고 말야. 그러니까 그 후회의 눈물을 없애 주기 위해 내 여러분과 키스할 참인데 어떻소?"

하고 주위를 둘러보았다. 그리고는 닥치는 대로 끌어안기 시작했는데 그땐 벌써 정신이 가물가물했다.

얼마 후 위한림이 '사슴'에 나타나서 일장연설을 했다.

"한꺼번에 20여 명의 미녀와 키스한 사나이가 있으면 나타나 봐라, 누구 똑똑한 놈 있거든 기네스북 편집장에게 편지 하라, 여기에 미녀 20여 명과 한 자리 같은 때에 키스한 놈 있다고."

숙취와 슈나이더 회사에 있었을 무렵의 피로를 한꺼번에 풀어 버릴 생각으로 꼬박 사흘을 누워서 지냈다. 언제 기아(饑餓)가 들이닥칠지 모르지만, 누워서 지내는 것보다 편한 게 없다는 사실을 새삼스럽게 깨달았다.

게다가 누워서 공상하는 재미가 또한 그럴 듯하다. 하루 동안 누워 있으면 줄잡아 이십여 개의 성을 쌓았다가 헐었다가 할 수가 있

다. 난데없이 아프리카 어느 나라의 왕으로서 군림하기도 한다. 룰렛으로 한 밑천 잡아 가슴을 떡 펴고 큰 기침을 하는 꿈도 꾼다.

일단 걷기 시작하면 한 시간에 4킬로밖엔 가지 못하는 데도 누워 생각하면 순식간에 세상을 몇 바퀴씩 돌 수가 있다. 그래서 프루스트는 인생은 이를 사느니보다 꿈꾸는 편이 낫다고 한 것이리라.

그런데 나흘째가 되고 보니 상을 줄 테니 누워 있으라고 해도 누워 있을 수가 없었다.

'어디로 가 본담?' 했지만 환영할 자가 있을 것 같지 않았다. 친구도 이편이 호주머니에 돈을 두둑하니 넣어 갖고 찾아야만 환영하는 것이 세상의 상식이다.

'태권도장이라도 가 본다?'

정광억, 임춘수의 얼굴이 떠올랐다. 그놈들의 '해결사' 사업이 어느 정도로 진척하고 있는지 궁금하기도 했다.

그런저런 생각을 하고 있는데 슈나이더 본사에 보낼 편지의 타이프라이팅을 미스 신에게 맡긴 기억이 났다.

'옳지, 미스 신에게 연락을 해 보자.'

드디어 일거리를 발견한 셈이다.

위한림은 세수를 하고 옷을 챙겨 입고 어슬렁어슬렁 집을 나왔다. 오전 10시가 조금 넘어 있었다.

버스를 타고 광화문으로 나갔다. '니나'라고 하는 이름의 다방에 들렀다. 상상력의 빈곤이 어느 정도이면 '니나'라는 이름을 붙였을까. 그 좋은 이름이 한강변의 모래알처럼 무수한 세상에서 말이다.

자리를 잡기에 앞서 공중전화를 걸었다. 미스 신을 바꿔 달라고 목소리를 바꿨다.

"누구시죠?"

"내 음성 못 알아보겠수?"

변성을 한 그대로 말했다.

"누구신지 모르겠네요."

"그렇다면 듣고만 계십시오. 나는 위한림이란 사람의 심부름으로 전화를 걸고 있는 거요."

"알겠어요. 미스터……" 하더니 잠깐 말을 끊었다.

"전번 부탁한 타이프라이팅이 어떻게 되었는가 해서."

하고 위한림이 본시 목소리로 들어갔다.

"회사 안에서 할 수 없어서 친구 사무실 타이프라이터를 빌려서 했어요. 지금 어디 계시죠. 점심 시간에 갖다 드릴게요."

"'니나'란 다방에 있습니다. 덕수궁 쪽의 골목입니다."

하고 전화를 끊었다. 자리를 잡고 앉아 커피를 시켰다.

한데 그 커피의 맛이란! 입을 대다 말고 잔을 놓았다. 그리곤 멍청히 주위를 누리번거렸다. 얼룩덜룩한 남방셔츠를 입은 사나이가 건너편 탁자에 열심히 무엇인가를 쓰고 있었다.

'누굴 속이려는 편지일까?' 하고 어느 모로 보아도 사기꾼일 수밖에 없는 사나이의 옆 얼굴을 한참 동안 관찰했다.

미스 신은 창백한 얼굴을 하고 있었다. 자리에 앉으라고 권하고 위한림이 물었디.

"뭐 좋지 못한 일이라도 있습니까?"

미스 신은 백을 열고 타이핑한 편지를 꺼내 놓으며 말했다.

"이상해요. 카피를 3통 만들었어요. 그런데 1통이 없어졌어요. 친구 사무실 타이프라이터를 빌어서 타이핑한 것을 이 백 속에 넣어 두었던 건데요. 이제 막 나오면서 카피한 것을 챙겨보니 1통이 없어져 있어요."

거의 울상이었다.

"그럼 누가 백을 뒤진 거로군요."

"그렇게 밖엔 생각할 수 없잖아요?"

"미스 신이 그 편지 타이핑한다는 걸 아는 사람이 많수?"

"그거야 아는 사람이 많죠. 송별회를 하던 날 밤 여러 사람 앞에서 그 원고를 제게 주시며 부탁한 거니까요."

"그러니까 미스 신 백 안에 그게 있으리라고 짐작하고 뒤진 게 분명하군요."

"그래요."

"누굴까?"

"글쎄 말예요."

"누군가가 그 편지 내용을 스위스인에게 말했다. 스위스인이 그 내용을 알고자 그 여자에게 부탁했다, 그래서 그 여자가 미스 신의 백을 뒤져 카피 하나를 빼돌렸다. 이렇게 밖엔 추측할 수 없을 것 같은데요."

"그렇게 밖엔 생각할 수 없겠죠."

"그렇다면 그 범인이 누굴까?"

"……."

"대강이라도 짐작이 가질 않아요?"

"전혀."

"혹시 이렇게라도 추측할 수 없을까? 편지에 관한 정보를 들은 스위스인이 사환을 시켜……."

"그럴지도 모르죠."

위한림은 차를 주문해 놓고 타이핑 된 편지를 살펴보았다. 썩 잘돼 있었다. 미스 프린트도 물론 없거니와 글자와 행(行)의 간격이 적당했다.

"역시 미스 신의 솜씨는 일류입니다." 하고 위한림이 칭찬했다.

그러나 그 칭찬도 귀에 들어오지 않는 모양으로 죄 지은 사람처럼 미스 신은 고개를 숙이고 있었다.

"미스 신, 걱정 말아요. 어차피 스위스인의 손으로 건너갈 편지인데 미리 놈들이 알았다고 해서 손해될 것은 없습니다. 조금도 걱정 마십시오."

위한림이 위로하는 투로 이렇게 말했으나, 미스 신은 여전히 고개를 들지 않았다.

"참, 미스 신의 입장이 곤란하게 되겠군. 그런 불온 문서를 타이 핑 한 것을 스위스인들이 알면 아무래도 미스 신을 좋게 생각하진 않을 것이니까."

그러자 미스 신이 고개를 들었다.

"그 따윈 문제도 아녜요. 그들이 싫어하면 회사를 그만두면 될 게 아녜요? 그보다 우리들 사이에 그런 사람이 있었다는 게 불쾌해요. 어떻게 그럴 수가 있겠어요?"

"많은 사람 가운데 역시 한 둘은 있는 법입니다. 신경 쓸 것 없어 요. 불쌍한 자들이라고만 치고 그냥 지나갑시다. 그런데 참, 바그너 로부터 무슨 연락이라도 있었수?"

바그너란 몇 달 전 스위스 본국으로 간 채 돌아오지 않는, 미스 신 과는 사랑하는 사이로 알려진 사나이였다.

"바그너완 끝장이 났어요."

미스 신이 다시 고개를 숙였다.

"그렇게 빨리?"

호기심도 곁들여 위한림이 빈정되는 투로 되었다.

"미스터 위는 이런 꼴이 된 걸 고소하다고 생각하시겠죠?"

"천만에 말씀. 나는 원래가 놀부적인 데가 있는 놈입니다만, 미 스 신과 바그너의 사이엔 유종의 미가 있었으면 하고 바랬습니다."

"어떻게 그런 기특한 마음을 가지셨지요?"

"이거 정말 날 아니꼽게 보고 계셨군. 내 진심을 말할까요? 난 국

제연애, 국제결혼 같은 건 쌍수를 들고 찬성하는 놈입니다. 나도 가
능하면 프랑스나 스페인이 숙녀와 사랑에 빠져 봤으면 하거든요. 그
런데 국제적 사랑, 국제연애를 빙자한 허용된 장난엔 혐오를 느껴요.
그런 까닭에 슈나이더 회사 여직원들 일부가 현지처 노릇을 하고 있
다고 들었을 땐 기분 되게 나쁘던데요. 그 가운데의 하나가 미스 신
이었는데 알고 보니 미스 신과 바그너 사이는 그런 불성실한 관계
가 아니더만요. 바그너는 보기드문 훌륭한 사람이었구요. 슈나이더
회사에서 사람다운 사람은 바그너 하나밖에 없다고 생각해요. 그래
불성실한 환경 가운데서 성실한 한 쌍의 꽃만이라도 피었으면 생각
했던 겁니다. 그런 때문에 내가 미스 신으로부터 거의 모욕적인 꼴
을 당해도 꾹 참았던 겁니다. 한국 여성에 저만한 성깔은 있어야 한
다고 믿은 거죠."

"정말예요?"

"정말이지 않구."

"그렇다면 미안해요."

"미안할 것까지야."

미스 신은 커피를 천천히 저어 스푼을 내려놓으며 조용히 입을
열었다.

"저, 정말 스위스인을 존경했습니다. 정체와 본심을 알기 전엔요.
그 가운데서도 바그너를 존경했습니다. 제가 무슨 애국자도 아니지
만 우리 한국의 청년이 그만큼 청결하고 절도 있고 향상심이 왕성

하고 부지런하면 얼마나 좋을까 하는 생각을 가지게도 되었죠. 그런 마음이 차차 바그너에게 쏠리게 했는데 그래도 전 바그너에게 키스도 허용하지 않았어요. 만사를 유럽 스타일로 해치울 수도 있지만 우리의 사이는 특수한 관계이니 전 한국 고래의 도덕이 가르치는 대로, 의식적으로라도 그렇게 행동하겠다고 하고 바그너를 설득했지요. 만일 나를 사랑한다면 내 원칙에 순응하자구요. 바그너는 처음엔 동의했는데 얼마 후부턴 유럽 스타일로 하자며 제 육체를 요구하기도 했어요. 그러나 전 절대로 응하지 않았죠. 그러자 바그너는 열을 올려 본국에 있는 부모들에게 결혼을 승낙해 달라는 편지를 썼어요. 그 답장을 제게 보여 주데요. 너는 성년이니 네 마음대로 하려는 걸 방해하진 않겠다. 그러나 동의하진 않는다고요. 그걸 보이며 바그너는 결혼하자고 했습니다. 그러나 저는 내가 만일 스위스인 같으면 부모님께 대항해서까지 결혼할 생각을 갖겠지만 외국인이란 핸디캡이 있으니 당신 부모의 동의없인 결혼 못하겠다고 했지요. 그렇게 옥신각신하는 통에 세월은 가게 된 건데 지금 생각하니 제가 썩 잘했다는 생각이 들어요……."

"신중하다는 건 좋은 일입니다."

미스 신을 칭찬하고 싶은 마음을 위한림이 이렇게 표현했다.

"들은 바에 의하면 자기를 소중히 하는 여자라야만 남자의 존경을 받을 수 있답니다. 그런 점으로 봐서 미스 신은 완벽하시군요."

"그러나." 하고 미스 신은 슬픈 빛이 되었다. 모처럼의 사랑을 이루지 못한 탓이리라 싶었다.

"인류의 반은 남자이니까요. 한국 남자 가운데도 좋은 사람이 있을 테니까요." 하며 위한림은 식사를 같이 하자고 권했으나 "여기 조금 더 앉아 있다가 헤어져요. 미스 한이 오해라도 하면 안되니까요." 하는 미스 신의 대답이었다.

"미스 한과 나 사이는 오해고 육해고 할 그런 관계가 아닙니다. 남녀 간에 동성끼리와 같은 우정을 가꿀 수 있나 없나를 시험하고 있는 그런 사이니까요."

"미스 한은 훌륭해요. 당초부터 스위스인을 상대하지 않는 당당한 자세로써 일관하고 있었으니까요."

"그런 건 훌륭하다고 하기보다 지독해야 하는 겁니다. 한마디로 말하면 욕심이 많은 거죠. 많은 욕심, 큰 욕심을 한꺼번에 충족하기 위해서 지금 꿈틀거리고 있는 모든 욕심을 죽이고 있는 겁니다. 의지가 강하다곤 할 수 있으나 인간적이라곤 할 수 없죠."

"너무나 나약한 의지 때문에 비극이 깔려 있는 지금과 같은 시대에 그런 의지적인 여자가 있다는 것도 소중한 일 아닐까요?"

"그런 점은 미스 신도 마찬가지 아닙니까? 서로 좋아하면서도 속도 위반을 삼가고 상대방의 부모님이 승낙하지 않으면 결혼하지 않겠다는 그런 의지 말입니다."

"그러나 전 미스 한에겐 미치지 못해요. 국제결혼을 꿈꾸었다는 것 자체가 경박한 소치 아니겠어요?"

"그건 아닙니다. 처녀 시절엔 여러 가지 꿈을 꿀 수 있다고 생각해요. 솔직한 얘기로 주변에 스위스인란 얼핏 보아 매력 있는 청년이 있는데 그런 대상을 두고 조금도 마음을 움직이지 않는다면 그건 되레 부자연한 거죠. 장차 측천무후(則天武后)나 여태후(呂太后)처럼 될 소질이 있는 무시무시한 여자들이죠. 존경은 받을지 모르지만 사랑을 얻기란 힘들 겁니다. 그건 그렇고, 바그너로부턴 그 후 소식이 없습니까?"

"저와의 사이에 문제가 생길까봐 부모들이 회사에 연락해서 한국에 나오지 못하게 한 처사에 승복하고 있는 것 같아요. 마침 잘 되었다고 생각하고 있을지 모르죠. 동양 여성을 아내로 해서 평생 그 사회에서 콤플렉스를 갖고 사느니보다 약간의 아픔을 참아 이 고비를 넘겨야 한다고 생각하고 있을 것이 틀림없어요."

"그건 지나친 추측이 아닐까?"

"정확한 판단일 거라고 전 믿어요. 그럴 때 제 자존심이란 것도 있지 않겠어요? 이 정도의 상처여서 다행이라고 생각해요."

미스 신의 손이 손수건을 구겨쥔 채 떨리고 있었다.

'기막힌 여자들!'

미스 신과 헤어져 선천집에 있는 골목을 찾아들어가며 위한림이 마음속에서 중얼거렸다.

미스 신과 미스 한은 아타까울 정도로 훌륭한 여자란 생각이 들었다. 자기들이 놓인 환경 안에서 최선을 다해 살아보겠다고 기를 쓰고 있는 것이다.

미스 신은 서양인에 대한 한국 여성의 위신을 세우기 위해 사랑을 희생하고 그 상처를 감수하려는 각오로 있는 여자다. 미스 한은 어릴 때부터 가꾸어 온 희망을 달성하기 위해 처녀에게 있기 쉬운 감상을 극복하고 모든 유혹을 물리치면서 하루 10여 시간을 꼬박 노력하고 있는 여자다.

'그렇다면 미스 정은?' 하고 생각했다. 일시적으로 외국인의 유혹에 빠졌다. 그러나 그 늪으로부터 감연 탈출했다. 자포자기도 할 수 있는 사정인데도 한사코 갱생의 길을 걸으려고 애쓰고 있지 않은가. 그렇게 보면 역시 미스 정도 기막힌 여자다.

위한림은 선뜻 워커힐 카지노에 있는 윤신자에게 생각을 미쳐 보았다. 그 여자도 열심히 살려고 노력하는 여자다. 쿠로키(黑木)와의 사이는 경박한 여심이 만들어 놓은 게 아니고 그녀 나름대로의 순정에서 비롯된 것이리라.

'그렇다면 윤신자도 훌륭하다고 해야 하지 않겠는가.'

룰렛의 명수 마담 홍. 그녀도 또한 보통의 여자가 아니다. 총명하고 감정이 풍부하고 모험할 줄도 알고 경우에 밝고 어떻게 하건 자기 힘으로 험난한 세상을 살아 가려고 결의한 여성!

'그녀도 훌륭하다.'

위한림은 마담 홍을 다시 한 번 만났으면 했다. 하지만 그 마음의 밑바닥엔 룰렛을 통해 한 밑천 잡아야겠다는 원망이 숨겨져 있는 것이 아닌가 하는 생각이 들었다.

이런 생각을 하며 골목을 들어섰을 때 저편에서 나오는 사내와 마주쳤다. 저편에서 먼저 말이 있었다.

"어이, 위 형. 이거 오랜만이오."

민경태였다. 평진산업에 있었을 때의 동료이다.

"민 형이 어쩐 일이오. 아직 퇴근시간도 안되었는데."

하고 위한림이 상대편이 내미는 손을 잡았다.

"위 형이야 말로 웬일이오, 이 시간에. 듣자니 외국인 상사에서 꽤나 재미를 보시는 모양이던데."

"말 마슈."

두 사람은 바로 옆에 있는 다방으로 들어갔다. 민경태가 먼저 자기의 사정 설명을 했다.

"고경택이란 놈을 한 대 두들겨 주고 그만둔 지가 자그만치 반년이나 됐소."

고경택이란 위한림이 평진산업에 있었을 때의 계장이다.

"그것 재미있군요. 그 무용담 한 번 들읍시다."

위한림이 호기심을 바싹 돋우었다.

"고경택과 기명숙의 약혼 문제가 파탄이 난 거요. 그런데 고경택은 어떻게 알았는지 나와 기명숙 씨와의 사이를 안 모양이라. 나를 원수 취급하기 시작했지. 내가 하는 일엔 사사건건 신경질이야. 그런 상황에선 도무지 그 회사에 있지 못하겠더먼. 그래 그만둘 각오를 하고 한방 쾅 먹였지. 단번에 뻗어 버리더만. 기분 좋던데. 목하 실직하고 있지만 그 기분 갖고 버티고 있는 셈이오."

위한림도 자기의 사정 설명을 했다. 그 얘기를 마저 듣고 나더니

"위 형도 주먹으로 끝장을 낸 거로군."

하고 호방하게 웃곤 민경태가 말을 보탰다.

"위형이나 나나 월급쟁이엔 실격이오. 시멘트 포대, 메루치 포대 한 개를 놓고라도 사장을 해야지."

"나도 동감이오. 그래 무슨 계획이라도 있소?"

"요즘 부동산 붐이 일고 있다지 않소. 그래 부동산 브로커나 해 볼까 하고 어떤 친구를 만나고 오는 길이오."

"브로커를 아무나 할 수 있을까?"

"막노동 하는 셈 치면 안될 일이 있겠소."

위한림이 솔깃한 기분이 되어 물었다.

"자본금이 얼마나 있으면 되겠소?"

"자본금이야 다다익선이지만 한푼의 자본금도 없이 할 수 있는 게 또 브로커의 묘미 아뇨." 하며 민경태는 언제 익혔던지 서울 근교의 토지에 관한 예상을 피력하고 복부인을 조종하는 방법을 설명했다.

"결국 사기를 하자는 거로군."

위한림이 이렇게 말하자 민경태가 발끈했다.

"토지의 의미를 만들어 낸다는 거지, 없는 토지를 팔자는 얘기가 아닌데 어떻게 사기가 돼. 바꾸 말하면 잠자는 땅을 깨운다는 얘기요. 땅의 빛깔을 모르는 장님들의 눈을 뜨게 한다는 의미이기도 하구."

요컨대, 민경태는 토지의 가치를 미리 파악해선 적당한 사람으로 하여금 싸게 사게 하고 그 가치를 선전함으로써 값을 높여 다른 사람에게 팔게 하여 남은 이익에서 구전(口錢) 이상으로 받는다는 것이었다. 그렇게 해서 얼만가의 자본을 축전해선 본인이 직접 사고 팔고 할 수 있게 되면 브로커로서의 궤도에 오른 셈이라고 했다.

그리고 덧붙인 말이—

"큰 부자가 되는 건 운수소관이지만 밑져야 본전이고 땅 짚고 헤엄치는 노릇이니까 해볼 만해."

처음엔 호기심이 일었으나 계속 설명을 듣고 보니, 위한림의 구미에 당기는 일은 아니었다.

"민 형이나 잘 해 보시오. 아무래도 내 적성엔 맞지 않을 것 같애. 이편에 가선 이 말하고 저편에 가선 저 말하고 하는 짓이 말이오?"

"그만한 수고도 없이 일이 되겠소. 나도 그런 짓 좋아하는 놈은 아니지만 층층시하로 회사에 앉아 비굴하게 월급 빌어먹는 짓보단 낫다고 생각한 거지."

이런저런 얘기 끝에 오래간만에 만났으니 술이라도 한잔 하자고 위한림이 제안했다.

"'사슴'엘 가잔 말인가?" 민경태가 물었다.

"아냐, 난 지금 이 골목 안에 있는 선천집이란 델 찾아가는 길이었어. 니나노집이지만 꽤 괜찮은 여자들이 있지. 어쩌면 천하의 쾌남아들을 만날 수 있을지 모르구."

"쾌남아?"

"해결사업을 하는 사람들이야."

"해결사업?"

"브로커 하겠다는 사람이 해결사를 모르면 어떻게 해."

위한림은 정광억과 임춘추에 관한 대강의 설명을 했다.

선천집—

대문을 밀고 들어섰다. 어떤 포화(胞化)된 듯한 냄새가 코를 찔렀다. 바로 대문 옆에 있는 변소의 문이 열려 있었다. 위한림이 그 변소의 문을 발로 차서 닫았다. 문 위에 '화장실'이란 글자가 있었다.

"변소면 변소지, 화장실이 또 뭣고." 하며 비좁은 뜰을 댓 발짝 걸었다. 아랫방 창을 열어젖혀 놓고 아가씨들은 화장에 바빴다.

모두 상체를 벗은 브래지어 차림이다. 아가씨 하나가 위한림을 보자, "아이구머니나!" 하고 상체를 타월로 가렸다.

또 하나의 여자는 수줍은 듯 움츠러드는 표정이었으나 다음의 동작은 없었고 그 옆의 아가씨는 "해수욕장엘 간 셈 치지 뭐." 하고 루즈를 바르던 손을 멎지 않았다. 그 밖의 여자들은 각기 옷을 끌어다 어깨를 덮으며 재잘거렸다. 영업시간이 시작되기도 전에 손님이 들이닥친다는 건 하여간 신나는 기분인지 몰랐다.

"미인이 이 집에만 다 모였군."

민경태도 그 방을 들여다보며 한마디 했다. 마담이 대청마루로 뛰어나오더니 "위 사장님 오셨군요." 하고 자지러질 듯한 소리를 내며, "어떤 바람이 불었을까." 하며 애교를 뿌려댔다.

"사장 좋아하네, 내 진짜 사장 소개해 주지."

신을 벗고 마루에 올라서며 위한림이 민경태를 가리켰다.

"민 사장이야. 조금 있으면 서울 땅은 모두 이 사람 것이 될 거요."

번들번들 자개를 박은 농이 한 쪽 벽을 차지하고 있는 방으로 안내되었다.

"정광억 씨와 임춘추 씨, 오늘도 올까?"

위한림이 물었다.

"오구말구요. 임춘추 씨는 몰라도 광억 씨는 올 거예요."

마담은 이렇게 대답하고 선풍기를 틀어 놓곤 화투를 꺼내 놓았다. 술판을 벌이기 전에 화투 놀이를 하자는 수작이다.

위한림이 화투장을 섞으며 "술 팔아서 돈 벌고, 노름해서 돈 벌고 마담은 그 돈 다 어디에 쓸 거요?" 하고 익살을 부렸다.

"먹여 살릴 놈팽이가 너무나 많아 닥치는 대로 돈을 긁어 모아야 되거든요."

마담이 웃으며 말했다.

1점에 1,000원 내기로 하고 '고 스톱' 놀이가 시작되었는데 첫판엔 마담이 땄다.

"오늘밤 운수는 대통할 것 같다."고 호들갑을 떨었다.

"마담 운수가 대통이면 우리 운수는 묵사발이게?" 했는데 그때부터 민경태가 따기 시작하더니, 돈 만 원 날리고 나자 운수는 위한림에게 붙었다. 연속해서 7점, 8점을 올렸기 때문에 어느덧 위한림의 무릎 맡에 지전이 꽤 큰 부피로 쌓였다.

"사람 팔자 시간 문제라더니 이게 뭣고."

위한림이 호기를 냈다.

술상이 들어올 무렵 위한림은 실히 10만 원 넘게 땄다. 그는 3만 원쯤을 집어 자기 호주머니에 넣고 나머지는 옆에서 구경하고 있는 아가씨들에게 주어 버렸다.

"너희들 나눠 가져."

비록 실직은 했을망정 호기만은 대사장(大社長)을 닮아야겠다는 기분이었다.

"대낮부터 호화판이우?"

하는 소리가 바깥에서 났다. 정광억의 말소리였다.

"빨리 이리루 오시오."

위한림이 반겼다.

민경태를 위한림이 소개했다.

"정광억입니다." 하며 넓죽 절을 하고 아가씨들 틈에 비집고 앉으며 말했다. "무슨 좋은 일이 있는가 보죠? 이렇게 훤할 때부터 술을 시작하신 걸 보니."

"정 형, 이건 좋은 일이 있어서 마시는 게 아니라 실직한 옛 친구
끼리 우연히 만나 야케쿠소(자포자기)로 시작한 거요."

하고 위한림이 술잔을 내밀었다.

"원상복귀 하셨군."

정광억이 술잔을 받으며 한 소리다.

"원상복귀가 또 뭐요."

위한림이 물었다.

"날 때 어디 직업이 있었소? 직장이 있었소?"

정광억의 말에 위한림이 "역시 해결사의 말솜씨는 다르군." 하
고 웃었다.

"임 형은?"

"조금 있다 올 겁니다."

"요즘 사업은 어떻소."

"해결할 문제는 많은데 해결할 방법은 모호하다는 게 요즘의 사
정이우. 그런데 실직했다고 하셨는데 그 서양 놈의 회사 그만뒀수?"

위한림은 자초지종을 간략하게 설명했다. 그러자 정광억이 생기
를 띠고 나섰다.

"그야말로 해결사가 등장해야 할 무대가 출현한 셈이로군요. 어
떻습니까, 한번 나서 볼까요?"

"나서서 어떻게 하겠소."

"퇴직금에 위로금에⋯⋯돈이나 몽땅 받아냅시다. 그려."

"퇴직금이라고 해봤자 40만 원 될까 말까. 위로금을 청구한들 그게 얼마나 되겠소. 치사할 뿐이지."

"각본을 멋지게 써 갖고 돈 100만 원쯤 받아내도록 합시다. 놈들도 남의 나라에 와갖고 시끄러워지면 곤란할 것 아뇨. 내게 맡기시오. 위 형에겐 구전 바라지 않을 테니."

"100만 원이면 꽤 큰 돈이긴 하지만 그 정도 갖고 정 형을 괴롭혀서야 되겠습니까. 내 문젠 내가 해결할 테니까 걱정 마시오."

"허기야 위 형의 실력은 알고 있는 바니까. 그건 그렇고 앞으로 무엇을 하시렵니까. 눈 딱 감고 우리와 동업합시다."

정광억이 동업하자는 것은 해결사 노릇을 같이하자는 뜻이다. 정광억은 일거리는 수두룩한데 사람과 지혜가 모자라 각본을 멋지게 짤 수 없어서 소기의 목적을 달성할 수 없다며,

"위 형의 두뇌가 붙기만 하면 한 달에 1,000만 원 수입 올리긴 여반장입니다." 하고 몇 개의 사건을 예로 들었다.

그 가운데 하나는 이류쯤 되는 건설 회사의 사장이 다방 아가씨를 임신시켜 놓곤 돈 100만 원으로 낙찰할 작정인데 일을 잘만 꾸미면 그놈에게서 1,000만 원 가량 짜낼 수 있다는 것이었다.

위한림이 피식 웃고 말았다.

"연놈이 붙어 지랄한 꼴을 미끼로 돈 뜯이니는 그런 짓이야 할 수 있겠소. 청춘이 구만 리 같은 놈이."

"하기사 위 형의 처지는 우리와 다르니까."

하곤 정광억이 장광설을 시작했다.

체면 차리고 앉을 때 설 때 가리고 정당하게 온순하게 살려다간 입에 거미줄 칠 수밖에 없고 사업을 하자 해도 한 밑천 잡아야 하는데 그러자면 "산술적 수법 갖곤 어림이 없다."고 역설하곤,

"내가 정당하게 산술적으로 살려고 작정한다면 리어카를 끌든지, 공사판에 가서 막노동을 하든지 해야 하는데 그짓을 할 수 있겠수?"

하며 정광억이 물었다.

"위형은 취직할 자리를 구할 가망이라도 있으니까 점잖을 수가 있겠지만, 만일 그럴 방도가 없다면 어떻게 하겠소?"

"나도 취직할 생각은 포기했쇠다."

"그럼 사업을 하시겠단 말이우?"

"돈도 없이 사업을 어떻게 합니까."

"그렇다면 어쩌자는 거요."

"목하 생각하고 있는 중이오. 하늘이 무너져도 솟아날 구멍이 있다는 얘기를 믿을 뿐이지."

"아직 정말 곤란한 처지를 당해 보시지 않았으니까 수월한 말씀을 하고 계시지만."

하고 정광억이 결정적으로 법망에만 걸리지 않을 정도의 범위 내에서 무언가 일을 꾸며 돈을 벌어야 할 것이라고 충고를 늘어 놓았다. 그런데 그의 결론은 단호했다.

"정직하게 산다는 건 사회의 희생자가 될 뿐이오. 정직하게 살아 집 한 칸을 장만할 수 있는 세상입니끼? 정직하게 살아 아이들 공부나 제대로 시킬 수 있는 사회입니까? 공무원도 그렇습니다. 정직하게 근무하다간 정년퇴직을 당한 사람들, 그 정황이 답답하더만. 공무원 노릇 할 때 요령껏 해처먹은 놈들은 그만둔 뒤에도 자가용 굴리고 삽디다. 내 이웃집에 공무원 하다가 그만둔 영감이 있는데 위경련으로 죽게 됐어요. 앰뷸런스를 불러 병원에 달려갔더니 선금을 내야 치료해 주겠다는 겁니다. 그 집에 돈이 있어야죠. 쥐꼬리만한 저금이 있긴 했는데 도장하고 통장을 맡겨도 마구 거절입니다. 그 얘길 듣고 내가 돈을 냈지요. 사기꾼 정광억의 돈이 선량한 시민 하나를 살린 겁니다. 이웃에 사기꾼이 없었더라면 그 영감은 병원 문턱에 들어서지도 못하고 죽었을 거요. 세상에 이와 비슷한 일이 어디 한두 가지겠어요? 수단 불구하고 돈을 벌어라, 돈만 있으면 붙들려가도 놓여나올 희망이 있다, 이겁니다. 그래 나의 신념은 이렇소. 강도와 절도 빼놓고 돈을 벌 수 있는 수단이면 다 하겠다 이겁니다."

그러자 민경태가 말을 끼었다.

"강도와 절도는 왜 제외합니까?"

"그렇게끼지 내 스스로를 낮출 수야 없지 않소. 세 치 혓바닥을 놀려 기술껏 살아보자는 거죠. 요컨대 그 이상의 무리는 안 하겠다 이겁니다. 일종의 보신술이기도 하구요."

"그 정도라니 훌륭합니다."

하고 민경태는 정광억에게 술을 권하며 부탁했다.

"난 앞으로 부동산 브로거를 할 작정입니다만, 그때 문제가 생기면 잘 봐 주시오. 정형의 솔직한 인생관 내 마음에 들었소."

술판이 중반으로 접어들자 얘기는 맥락을 잃었다. 위한림이 옆에 앉은 아가씨에게 돌연 관심을 갖게 된 것은 그 옆얼굴에서 어떤 여자를 상기했기 때문이었다. 콧날로부터 입술로 흐르는 선, 귀언저리에서 턱으로 그려진 곡선은 아차할 정도로 기명숙을 닮아 있었다. 기명숙을 닮았다는 것이 자극이 되었다.

"어째 오늘밤 나하고 지내볼까?" 위한림이 말했다.

여자는 "흥!" 하고 콧방귀를 뀌는 듯 아니 콧방귀까진 아니더라도 그와 유사한 시늉을 했다. 술김에 발끈했지만, 그건 신사도에 어긋난다. 위한림이 부드럽게 말을 다졌다.

"아가씬 나를 좋아하지 않는가 부지?"

"그렇지 않아요."

아주 수줍은 대답이었다.

"아무리 봐도 돈이 없어 보이니까 그게 싫은가?"

"그렇지도 않아요."

"그럼 실직한 사내허구 관계를 가져 보았자 이득이 없겠다고 생각한 건가?"

"그런 것도 아녜요."

"그런데 왜 콧방귀를 뀌었지?"

"전 총각하고는 상대하지 않을 거예요."

뜻밖에 또박또박한 발음이었다.

"하하, 이것 야단났군. 총각을 마다하는 아가씨가 이 세상에 있다는 건 실로 중대사가 아닌가."

위한림이 이처럼 호들갑을 떨었으나 그 아가씨는 소이부답(笑而不答)으로 받아 넘겼다.

위한림의 심술이 동했다.

"아가씨 이름이나 알아봅시다."

"미스 양이에요."

"그럼 선천 양씬가?"

"아녜요, 바로 제 성이에요."

"고향은?"

"서울이에요."

"서울이 어디 손바닥만한 덴가?"

"시흥이에요."

"그런데 어째서 미스 양은 총각을 싫어하지?"

"……."

"유부님의 정부 노릇을 할 순 있어도 신선한 총각 상대는 못하겠다는 그런 태도, 꼭 따져 봐야 하겠는데?"

위한림의 말투가 보통이 아니란 길 일이차럼 무양으로 마담이 거들고 나섰다.

"총각 상대를 하지 말자는 건 내 교육 방침이에요. 그 애를 탓하지 마시우."

"교육 방침?"

"그렇잖아요? 아가씨가 이런 데 나온 건 돈 벌려고 나온 것 아니겠어요. 그런데 총각을 만나 정이라도 들어 보세요. 결혼은 못할 팔자에 정이 들어 놓으면 야단이라우. 그런데다 총각에겐 브레이크를 걸 두려운 존재가 없지 않소. 자가용처럼 타고 놀다가 좋은 색시감 생기면 훌쩍……그렇게 되면 그 애는 뭣이 되겠소. 밤 거리 사랑은 담뱃불 사랑, 피우다가 버리면 그만인 사랑 아뉴?"

"제기랄, 그럼 총각은 외입 한 번 못하고 말겠구나."

위한림이 투덜댔다.

"왜 못해요. 한 삼십 넘은 여잘 내가 골라주지. 산전수전 다 겪고 눈물도 말라버린 여자. 정이 들래도 정이 꺼져 버린 여자. 그러면서도 하룻밤 풋사랑쯤 마음먹고 할 수 있는 여자이면 어때요. 총각이면 앞날의 색시를 위해서 그만한 근신쯤은 할 줄 알아야지. 그렇잖아요?" 하고 마담이 위한림에게 술잔을 내밀었다.

"역시 우리 선천댁 철학이 있어."

정광억이 너털웃음을 웃었다.

"정 형, 왠지 나는 그다지 기분이 좋지 않은데요."

하고 위한림이 투덜댔다.

그러다가 보니 민경태가 보이지 않았다.

"이 친구 어딜 갔어."

"그 손님은 떠났어요."

가오 마담 김이 이렇게 말하고 손바닥을 폈다. 얼만가의 돈이 쥐어져 있었다.

"돈 5만 원 내놓고 갔어요." 김 마담이 덧붙임 말이다.

"호기있게 노는군."

5만 원이면 술값을 치르고도 아가씨들의 팁이 남는 액수다.

위한림은 선수를 빼앗긴 느낌이었다.

민경태의 마음씨와 민첩한 동작에 살짝 질투했다.

'아아, 나도 자리를 떠야 한다'는 생각과 숙취에 대한 두려움이 있었으나 미스 양에 대한 미련이 남았다.

"나는 한다고 하면 하는 사람인데 미스 양 끝끝내 거절한 셈인가?"

위한림이 재차 다구쳤다.

미스 양이 고개를 들더니 조용한 눈으로 위한림을 바라보았다. 그러나 말은 없었다. 그 정면에서 보는 얼굴은 기명숙과 달랐다. 그런데 그 정면의 얼굴에서 받은 인상은 슬펐다. 부모를 잘못 만나 이런 델 나오긴 했지만 까닭없이 모욕을 당할 순 없다는 그런 기분이 서려 있는 것 같아서였다.

위한림이 얼른 사과를 했다.

"미안해, 괜히 술에 취해서 안 할 소릴 했어."

그리고 술잔을 양의 손에 쥐어주며 술을 따랐다.

"사내는 그래야 해."

건너편에서 마담의 말이 있었다.

그 무렵 임춘추가 들어왔다.

오랜만에 만난 반가움을 말하고 위한림이 술잔을 권했더니 임춘추는 "그럴 일이 있어서 술은……" 하고 사양했다.

그러자 정광억이

"아가씨들 있는 자리에서 하긴 안 됐지만, 아니 아가씨들이 있으니까 말해야겠다. 저 친구는 최근 만년필 고장이야. 아무데나 기분 내키는 대로 마구 흔들어 대었으니 천벌을 안 받을 까닭이 있어?" 하고 요즘의 성병은 정말 무섭다는 설명을 보탰다.

"어디서 당했소?" 위한림이 물었다.

"그 사람이 알게 뭐야."

정광억이 대신 대답했다. 그리고 덧붙였다.

"병명을 말하면 곤지름이라고 하는 건데 양초처럼 녹아내리는 거야. 너희들 알았지? 조심해야 한다구. 일본 사람 좋다고 마구 대주는 건 절대로 금물이야. 놈들은 세계를 누비고 돌아 다니니까 별의별 병을 걸머지고 있어. 알았나?"

그리곤 여자들을 휘둘러봤다.

성병 얘기가 나오면 춘정(春情)은 잡친다. 그런데도 임춘추는 능글능글 말했다.

"그년만은 족쳐 놓고 말 테니까."

"임 군의 집념도 대단해." 하고 정광억이 한 얘기는 이랬다.

임춘추가 한동안 정을 통하고 지낸 여자가 있었는데, 그 여자가 임춘추를 배신하고 다른 놈과 붙었다. 임춘추가 복수를 하려고 하는데 마땅한 방법이 없던 차 성병에 걸렸다. 임춘추는 마지막으로 한 번만 만나자고 그 여자를 꾀어 내어 병을 여자에게 옮겨 버릴 참으로 벼르고 있다는 것이다.

"아유 지독해."

아가씨 하나가 말했다.

"그러니까 너희들도 조심하란 말이다. 사나이 하나가 원한을 품어 봐. 감당 못하는 일이 생기는 거니까."

정광억이 정색을 하고 말했다.

"그러니까 너희들도 악착 같애야 해. 세상 무서운 줄도 알고 세상이 무섭다는 것을 사내들에게 알리기도 해야 하구."

그리곤 마담은 "괜한 얘기가 나와 갖고 기분 잡쳤다."며 다시 술을 마셔야겠다고 했다.

위한림이 일어섰다. 밤도 꽤 깊어 있었던 것이다. 모두들에게 하직하고 골목을 빠져 나왔는데 뒤에 살금 따라붙는 여인이 있었다.

미스 양이었다.

위한림이 물었다.

"어딜 가는 거냐."

"선생님 따라 갈래요."

"뭐라구? 왜 갑작스레 마음이 변했지?"

"마담 언니가 따라 가래서 왔어요."

"미스 양은 싫은데 마담이 따라가란다고 그대로 해?"

"어른이 시키는 대로 해야죠, 뭐."

위한림이 어이없다는 기분으로 되었다. 두어 걸음 걷다가 말했다.

"마음에도 없는 짓 할 필요가 없어."

"마음에 없는 것 아녜요."

"그렇다면 자의반 타의반이란 말인가?"

하고 위한림이 씁쓸하게 웃었다.

시계를 보니 열시 반. 위한림은 근처의 목로 술집으로 미스 양을 데리고 갔다. 소주를 청해 양에게도 권하고 자기도 마시며 말했다.

"이번엔 내가 거절해야겠다."

미스 양의 눈이 물기를 띠고 위한림을 바라보았다.

"이유는 똑같애. 자칫하면 너한테 정이 들 것 같아. 정은 들었는데 돈은 없고 네게 필요한 건 돈이구, 그렇게 되면 어떻게 되겠니. 피차 처량한 것 아니니."

미스 양은 고개를 숙인 채 있었다.

"슬퍼도 처량할 정도는 되지 말아야지. 그러니 오늘밤은 이대로 돌아가. 내 돈 많이 벌어 갖고 하룻밤에 10만 원쯤 줄 수 있게 되었을 때 널 찾으마."

미스 양은 보일 듯 말 듯 고개를 끄덕였다.

불광동까지 버스에 실려 통행금지 시간까지를 러시하는 밤 풍경을 보며 위한림은 절실하게 돈 벌 궁리를 했다. 미스 양 같은 아가씨를 위해서도 돈을 벌어야만 했다.

임창규가 찾아왔다.

그는 싱글벙글 웃으며 자리에 앉았다.

"위 형도 빨리 결혼을 해야겠소."

"결혼 권하러 왔소?"

"너무나 호젓하고 너무나 난잡한 분위기를 보고 그런 충동을 느낀 겁니다."

하고 임창규는 위한림이 도사리고 있는 방을 한 바퀴 둘러보았다.

"나물 먹고 물 마시고 팔을 베고 누어도 대장부 한평생이 어쩌구저쩌구 하는데 서울 하고도 한복판은 아니지만, 이만한 방 지니고 살면 무던하지 않소."

하며 위한림이 이곳저곳에 팽개쳐져 있는 책들을 주섬주섬 주워 모았다.

"책을 꽤 읽으시는 모양인데 그 꼴이 뭡니까."

임창규는 빈정대는 투로 되었다.

"임 형, 모르슈? 이걸 나폴레옹식 독서라고 하는 거요."

"나폴레옹식 독서?"

469

"나폴레옹은 읽은 책은 아무 데나 버렸답니다. 그래 파리에서 모스크바로 가는 길은 나폴레옹이 읽다가 버린 책으로 덮여 있었다는 얘기요. 어떤 놈이 그 책을 주워다가 헌책방을 차려 한몫 보았다는 말까지 있소."

"위 형의 대포도 어지간하셔."

"이 정도는 대포가 아니고 기관총이오."

그리고는 둘이서 한바탕 웃었다.

웃고 나서 임창규의 말이 있었다.

"놈들이 위 형을 만나자고 해요."

"만나주지, 어려울 것 있나."

"정말 만나주시겠어요?"

"정말이지 빈말 하겠소. 헌데 언제 어디서 만나자는 겁니까."

"내일 열한 시 S빌딩의 삼십 일층에서 만나잡니다."

"S빌딩의 삼십 일층이면 S클럽?"

"그렇습니다. 그런데 위 형 조심하시오."

"뭣을 조심하라는 거요."

"그 친구들 어디 깡패를 살 수 없나 하고 한국 직원들에게 의논하더랍니다. 위 형에게 잔뜩 겁을 먹고 있는 모양이죠? 한 녀석은 마누라를 자기 친구집에 옮겨 놓고 있다니까요."

"멍청이 같은 놈. 친구 좋은 일만 시킬 것이 아니라 그 여편네를 내게 맡겼더라면 안전보장이 더욱 확고할 텐데. 그런데 깡패는 샀답디까?"

"그 후의 일은 모르겠소."

"한국의 깡패가 아무리 썩었기로서니 외국인에게 매수되어 내게 주먹을 내밀까? 명색이 의리로 산다는 놈들이."

그러면서 위한림은 놈들이 정말 깡패를 동원할 경우엔 자기는 태권도장의 동지들을 규합해야겠다는 생각을 얼른 했다.

"그러나 모르지 않소. 아무튼 조심하는 게 나을 거요."

"유비무환?"

"그렇죠. 유비무환 아니겠소."

"그런 걱정 마슈. 그 따위 깡패 무서워서야 어떻게 살겠소. 만일 그런 말이 나오거든 동대문 시장에나 가보라고 하든지, 날더러 부탁하든지 하라시오. 하여간 내일 그 시간에 그곳으로 나가겠소."

임창규는 요즘 슈나이더 회사의 꼴이 어처구니 없다는 얘기를 대강 해놓고 돌아갔다. 그간 남긴 말은 이랬다.

"조심하시오. 놈들의 계교를 알 수 없으니까."

이튿날 아침, 목욕탕엘 갔다. 한산한 탕 안에 마음껏 사지를 펴고 서너 번 하품을 하곤 주먹을 쥐었다가 폈다 해 보았다. 100만 명이 덤벼든들 무시우랴, 하는 용맹심이 솟았다.

냉온탕을 서너 번 왔다 갔다 하곤 목욕탕에서 나왔다. 바로 이발소로 갔다. 당당한 신사로서 맞서야 하는 깃이디. 말쑥이 면도를 하고 고급스러운 토닉까지 머리에 발라 주었다.

"야, 서양 사람 지나간 것 같은 냄새가 나는구나."

하며 거울 앞에서 폼을 잡아 보았다.

"손님은 탤런트로 나서면 인기 독점하겠어요."

여자 종업원이 아양을 떨었다.

"흉악한 놈, 변사또 같은 놈 역을 맡으라, 이 말인가?"

위한림이 무서운 표정을 지어 보였다.

"아녜요, 손님은 미남잔 걸요." 하는 여자의 말에,

"내가 미남자? 나는 흉측한 얼굴로 한몫 보는 사람인데 정말 미남
자로 보인다면 난 내일부터 굶어죽겠구나."

하고 위한림이 인상을 썼다.

"아녜요, 손님은 미남자예요."

"아첨도 적당하게 해야 보람이 있는 거여. 난 미남자 싫어."

"아첨 아녜요."

"아가씬 미남자 좋아하는가 보지?"

여종업원의 답은 없었다.

"미남자만 좋아한다면 아가씨 팔자도 알아볼만하구나. 미남자치
고 사람 같은 놈 없느니라."

이렇게 점잖게 뽐내 보이곤 위한림이 이발료 외에 팁으로 3,000
원을 냈다. 결과적으로 여자 종업원의 아양이 보람을 본 셈이다.

집으로 돌아와 위한림은 양복을 갖추어 입으려다 말고 스포티한
잠바 차림으로 바꾸었다. 놈들을 만나러 가는데 정장할 필요가 없을

것 같아서였다. 신사라도 가끔 투사로 돌변해야 할 경우가 없지 않은 것이다.

대강 열한 시쯤에 S빌딩에 도착할 수 있게 시간을 가늠하고 종로로 향하는 버스를 탔다.

붐비는 정도가 아니라서 위한림은 느긋한 기분으로 창 쪽에 자리를 잡고 언제나 보아 오던 연변의 풍경에 눈을 팔았다. 구질구질한 집들 구질구질한 간판들.

'언제 우리나라도 파리의 거리처럼 세련된 위용을 갖출 수 있을 것인가.'

하고 생각하며 피식 웃었다.

'내가 무슨 애국자라구……'

위한림의 자리 바로 앞에 앉은 시골 티가 분명한 중년 여자가 이제 막 선 정류장을 지내놓곤 소리를 질렀다.

"난 저게서 내려야 하는데 저게서, 차장 아가씨, 차 좀 세워 주시오."

"안 돼요. 다음 정류장에서 내리세요."

차장의 앙칼스런 대꾸였다.

"그럼 난 집을 찾아가지 못해유, 차장 아가씨."

중년여자는 비명에 가까운 소리를 질렀다. 차장은 들은 체도 안 했다. 위한림은 슬그머니 화가 났다.

"차장, 차 세워."

473

위한림의 고함소리에 차장이 힐끔 돌아보았다.

"두 중에선 서지 못해요. 규칙이에요."

"제기랄, 규칙을 지키기 위해선 사람을 골탕 먹여도 좋다는 얘기지."

위한림이 혀를 찼다.

그 차장이 위한림의 모처럼의 기분을 잡치게 했다. 다음 정류장에서 허둥지둥 버스에서 내린 시골부인의 뒷모습을 보곤 괜히 우울해졌다. 동시에 어쩌면 잘 생긴 얼굴로 보일 수도 있고 순진스러울 수도 있는 차장의 옆얼굴과 뒷모습을 보며 도대체 어떠한 사정이 저렇게 사납고 앙칼진 동물로 만들어 버렸을까 싶었다. 그러다가 문득 스위스의 여차장은 결코 저럴 수는 없으리란 상념이 떠올랐다. 그 상념은 스위스인뿐만이 아니라 무릇 어떤 외국인이라도 아까의 그런 장면을 보았더라면 한국인에 대한 경멸감이 생길 것이란 판단으로 이어졌다. 그러나 곧, 이조, 아니 일제 때까지만 해도 여자는 공공의 장소에서 큰 소리로 말하기는커녕 얼굴도 채 못들게 되어 있었던 것인데 저만큼 당당하게 발언할 수 있게도 되었다는 것으로 치고 여자의 진보를 기뻐해 줘야 할 일인지도 모른다는 생각을 하며 피식 웃었다.

그러나 저러나 개운한 기분이 아니었지만, 그렇다고 해서 스위스인과 정정당당히 대결 못하라는 법은 없는 것이다.

"아가씨의 마음씨 보니 좋은데 시집가서 잘 살겠다."

뒷맛이 쓸 줄을 번연히 알면서도 이런 말을 지껄여 놓고 버스에서 내린 위한림은 S빌딩으로 가서 엘리베이터를 탔다. 엘리베이터의 패널을 보니 외국제 슈나이더 회사의 주선으로 들어온 것이 분명했다. 그리고 보니 슈나이더 회사의 덕분에 쾌적한 엘리베이터를 타고 지금 상승하고 있다는 의식이 야릇했다.

시간을 지키는 데 있어서 일본인을 제외하곤 스위스인을 따를 인종이란 없다.

위한림이 S클럽의 도어를 밀고 들어선 것은 약속시간보다 5분쯤 늦어 있었는데 파웰은 물론 이미 와 있었다. 아마 파웰은 11시란 시각에 1초도 빠르지 않고 1초도 늦지 않게 도착했을 것이었다.

파웰은 위한림을 보자 벌떡 일어서더니 만면에 웃음을 띠곤 위한림의 손을 덥석 잡았다. 솥뚜껑 같은 손이다. 파웰은 영화 〈디어헌터〉에 나오는 드니로를 닮아 영국 해군장교의 정장같은 옷이 잘 어울리는 사나이다. 만일 그날 부딪치기만 했더라면 한 두어 펀치 먹이는 걸 사양하지 않았겠지만 위한림이 비교적 호감을 느끼고 있던 파웰이기도 했다.

커피가 왔을 때 파웰이 먼저 입을 열었다.

"우리는 그날의 불행한 사건을 유감스럽게 생각하고 있소."

"유감스럽다는 말이 뜻은 갖가지다. 어떻게 유감스럽다는 말인가."

"아 참, 영어는 당신에게나 나에게나 외국어가 돼 놔서 델리케이트한 의미를 전달하기가 힘들군. 요건내 미인터디는 얘기요. 그 일이 있은 후 우린 회의를 했소. 당신의 심정은 잘 이해하오."

"스위스인은 이해심이 넓으시군."

"잉게부르그도 올려고 했시만 몸이 좀……."

"그 잔 안 온 게 좋았소. 당신 면전에서 하는 말이 아니라 당신은 스위스인이라도 빌헬름 텔 같은 사람이라면 그자는 악덕 영주 게슬러의 졸개 같은 놈이오."

"하지만 그도 심각하게 뉘우치고 있소. 언젠가 기회를 보아 화해하겠다고 합니다."

"역시 스위스인은 너그러우시군."

하고 위한림이 애매하게 웃었다.

커피를 한모금 마시고 파윌은

"오늘 만나자고 한 것은 당신의 퇴직금 문제를 정리하기 위해서요. 당신 몫은 400만 원이오."

"어떻게 된 계산입니까."

"퇴직금, 세일즈 수당, 보너스 등을 합쳐 계산한 겁니다."

"아, 그래요."

했으나 위한림의 마음은 바쁘게 돌아갔다. 돈 한푼 지출하는데도 인색하기 짝이 없는 자들이 아무리 생각해도 100만 원도 될까 말까한 퇴직금일 텐데 400만 원을 주겠다니 이상하지 않을 수 없었다. 게다가 다음과 같은 말이 보태졌다.

"더 많이 드리고 싶었지만, 지금 노발리스가 본국에 가고 없어서 그렇게 밖에 안 되겠으니 너그럽게 받아 주시오."

"너그럽게 받아주지."

그 말에 약간 주춤하는 것 같더니 곧 미소를 짓고 파웰은

"수표로 가져오지 않은 것은 혹시 오해나 하실까 해서요. 모두 현금으로 가져 왔습니다."

하고 가방을 열었다. 가방엔 꽤 많은 액수로 보이는 여러 다발의 돈이 꽉차게 들어 있었다.

"고맙소. 스위스인은 자상도 합니다."

"미스터 위, 그 스위스인 스위스인, 하지 마십시다. 잘못 들으면 빈정대는 소리 같습니다."

"마음에 따라, 무슨 소리이건 달리 들리는 거요. 단란한 분위기 속에선 창밖에 부는 북풍이 행복의 반주처럼 들리고 고독한 사람에겐 부드러운 춘풍마저도 비애를 자극하는 소리로 들리는 거요."

"미스터 위에겐 시인의 소질이 있으시군요."

"우리나라 말의 시인은 두 가지 뜻을 가지고 있소. 하나는 시를 쓰는 사람, 하나는 시시한 사람. 나는 후자에 속하겠죠."

"천만에요."

하고 파웰이 가방 속의 돈을 꺼내려고 했다. 위한림은 그 돈을 가지고 갈 방법이 없다는 것을 깨달았다. 티셔츠 바람으로 백주에 돈다발을 안고 대로를 헤맬 수야 없지 않은가.

"미스터 파웰, 이왕 선심을 쓰는 바이닌 그 가방 좀 빌립시다. 뒤에 돌려 드릴 테니까요."

"아, 그럼 그 가방 그냥 가지고 가십시오. 당신에게 나의 선물로 하겠소."

"고맙소. 역시 스위스인은 고맙소."

"또 스위스인이오?"

파웰이 상을 찌푸리려다 말고

"하실 말씀 없소?" 하고 위한림을 바라보았다.

"할 말이 있지."

위한림이 정색을 했다. 그리고는 다음과 같이 시작했다.

"당신들의 죄, 당신들의 잘못을 당신들은 알겠지."

하고 장장 십오 분 동안 그들의 비위를 조목조목 들었다. 약간의 흥분된 기분도 있어 어법을 무시하고 지껄이는 위한림의 영어를 알아듣는지 알아듣지 못하는 진 몰랐지만, 파웰은 센텐스 하나 마다에 진지한 표정으로

"물론이죠."

"그렇구 말구요."

하는 따위로 맞장구를 쳤다.

"결론적으로 말해 백인들이 18세기, 19세기에 아프리카에서나 중국, 인도에서 하던 짓을 계속했다간 쥐도 새도 모르게 죽는 수가 있을 테니 그리 알아라!"

이렇게 마지막 말을 남기고 위한림이 일어섰다.

-1부 끝-

무지개 사냥 1

초판 1쇄 인쇄 _ 2021년 9월 25일
초판 1쇄 발행 _ 2021년 9월 30일

지은이 _ 이병주
펴낸곳 _ 바이북스
펴낸이 _ 윤옥초
책임 편집 _ 김태윤
책임 디자인 _ 이민영

ISBN _ 979-11-5877-258-1 03810

등록 _ 2005. 7. 12 | 제 313-2005-000148호

서울시 영등포구 선유로49길 23 아이에스비즈타워2차 1005호
편집 02)333-0812 | **마케팅** 02)333-9918 | **팩스** 02)333-9960
이메일 postmaster@bybooks.co.kr
홈페이지 www.bybooks.co.kr

책값은 뒤표지에 있습니다.
책으로 아름다운 세상을 만듭니다. ― 바이북스

미래를 함께 꿈꿀 작가님의 참신한 아이디어나 원고를 기다립니다.
이메일로 접수한 원고는 검토 후 연락드리겠습니다.